U0109829

認識大陸作家系列

笑談俱往

——魯迅、胡風、周揚及其他

以人文的情懷，敏銳的思辨，犀利的筆法，展示並深刻剖析了
與當今社會思潮息息相關的、令人難以平靜的往昔。

周正章　著

題　辭

倘一朵花兒凋謝了，

而芳馨之氣還在縈繞，

那是偶然對必然的挑戰；

這只是尋求著逍遙複逍遙。

若生命之火熄滅了，

而精神之燈依然昭昭，

那是無形對有形的勝利；

我只是對造化的菲薄回報。

作者于先父忌辰十周年，
2009.8.31.之南京。

推薦序

邵燕祥

周正章先生將他近年的著作囑序於我，我想，他大概著眼於我們都非學者專家，而同在「業餘作者」之列吧。

直到這回看到他為這部書稿寫的序跋，我才知道他的生平，確認他從事研究的「業餘」身份。一是已過退休之年，二是純為個人志趣，依我看也算得一種優勢：不像專業研究人員，要受到「官學」體制行政管理的種種限制；而可以一逞思想之自由，循著我自己選擇的方向，研究我所願研究的課題，尊重事實，追求真理，把研究成果寫出來，不問是否合乎規格，也不求在什麼規定的「權威刊物」「核心刊物」發表，東方不亮西方亮，庶可免於「削足適履」，更不至於「曲學阿世」，豈不快哉！

當然，這不是說作為業餘作者、研究者，就可以信馬由韁，相反，我看到周正章先生認真細緻的考證功夫。他的研究似從關於魯迅先生的死因開始，這完全符合他學醫出身的職業道德，他正是以從醫的精神和態度，一絲不苟地進入了搜集證據、做出判斷的過程。他的文章都不是大而化之的誇誇其談，重證據，有細節，因此賦有說服力。

在他近年發表的文章中，有一些如《魯迅先生死於須藤誤診的真相》、《魯迅話說「假如活著會如何」》、《胡風事件五十年祭》、《馬克思、倫勃朗與阿壠》、《話說「日丹諾夫情結」──周揚與胡喬木的 1983 年裂變》，贏得了讀者的好評，我也就是這樣的讀者之一。

　　魯迅、胡風、周揚、胡喬木，這幾位話題的中心人物，不是像今天一般傳媒上的熱點，一時「吸引眼球」，轉瞬隨風而逝。他們在現代中國歷史上，先是在左翼文壇，繼而在全國範圍，代表著知識份子的不同類型，他們的命運標誌著中國不同時期權力者與知識份子複雜曲折關係的印跡。特別是從這個視角，可以窺見中共與知識份子關係之一斑乃至一般。中國現代知識份子身上無不留有歷史的烙痕，他們的故事就不僅是「話題」，而是歷史的旁證了。

　　關於這幾位歷史人物，全書大部分是圍繞他們而寫，這裏不必多說。其中魯迅、胡風、周揚都為廣大讀者所熟悉，即使沒有讀他們多少著作，但他們的名字總是耳熟能詳的了。只是胡喬木恐怕還不是人人都知道的。他在上世紀三十年代初，曾入清華大學，不知他當時是否與錢鍾書、季羨林交往，但後來是一直以老同窗相標榜的。大約一年後，他就南下，在上海參加左翼社團活動，這時應已加入中共。1937年抗戰開始前後去陝北，曾任毛澤東秘書多年。上世紀九十年代，他曾說《毛澤東選集》中的若干篇文章是他所寫，擬編入自己的文集，這個要求未得到完全的滿足。文革後期「批鄧」階段，他曾揭發鄧小平，文革後鄧小平以他是「黨內第一枝筆」而原諒了他。遂死心塌地效忠於鄧。據說「一日無君則惶惶然」。1979 年替鄧起草關於「堅持四項基本原則」的講稿。後與鄧力群一起，多方為胡耀邦、趙紫陽等的改革開放施政設置障礙，包括策劃「清除精神污染」、「反對資產階級自由化」等不叫運動的運動。他與周揚的矛盾，從「白髮漁樵江渚上」看來，似有「既生瑜，何生亮」的意味，雖然都屬中共黨內的內鬥，但也不是一無是非可辨的吧。

　　周正章先生此書，不是必讀之書，但是可讀之書。

2009 年 8 月 17 日

自　序

孔子曰：溫故而知新。反過來說，為了「知新」而「溫故」，似乎也通。

換句更直白的話說，為了認清未來而重新認識過去，依然是富有理性的文化積澱。那麼，這樣的「溫故」，便不只是為了向後看而是為了向前看了。可是，向後看卻不必為所謂「社會發展五大階段」的先驗模式所蒙蔽，而是真切地眼看腳下的往昔。

我們從剛剛離去的世紀走來，難免要挾帶著那個世紀並未消散的些許「熱氣」。打開八、九年來的報刊乃至網路，跨世紀的種種論爭，及至時下的種種頗具「火氣」的爭辯，從未間斷，俯拾即是；這是無可奈何的世紀之宿命。然而，倘要真的重新認清過去的路徑，及其酸甜苦辣、得失成敗、是非曲直的前因後果，以及光明與黑暗、抗爭與屈辱、輝煌與罪惡的來龍去脈，以利今後的前行，卻是件並非輕鬆而容易的事。而這不可回避的人類記憶的頑強慣性，卻正是彰顯歷史本真的價值與意義之所在。

這個「宏大敘述」式的話題，且不去說它。

然而，就個人能力而言，恐怕只是務使自身漸漸「冷」下來，從一件件「具體細節」的「溫故」做起，以平常人的平常的心態，平心靜氣地去耙梳並審視過去，似乎才有可能將思路一步步通向未來的「知新」之路；而這大概才能談得上「溫故」罷。

回想過去的那個世紀，風雲際會，狂飆迭起，尤其是其後半葉，天下大定而仍不安寧，可謂洶湧澎湃、熱浪滾滾。而其間被用得最濫、最膩、最俗者，恐怕莫過於堂而皇之的令人目眩的諸如「偉大」之類

的詞語了;倘將其一一貫串起來,堪稱數千年來的東方古國,亙古未見的最「偉大」的世紀了。

自從列強的堅船利炮,打開了中國的門戶,這裏再也不能按照老皇曆悠閒地生活下去了。於是啟蒙、探索、論爭、圖強、救亡、抗戰、內戰,乃至無休無止的內鬥……,遂一步步演變為一個不可遏制的主潮:革命、革革命、革革革命、革革革革……。傳統的格局被徹底打破,從此社會被導入了一個「病態的偏執型世紀」,再也不能過上七、八年安穩的日子。到頭來,這一路的不斷折騰,直至頭碰南牆之際,方知改弦更張,……。

一百年間,曾有多少人物與事物,被籠罩在煙雲密佈的「偉大」的華蓋之下啊!屈指算算,可能誰都無法算清!然而,普天之下,芸芸眾生,在無數個從未間斷的「偉大」之腳下,人皆俯伏,抬不得頭。這只知道頂禮膜拜而呈現一派「羊群效應」的氤氳氣氛,恐怕還是難以忘卻的。

但是,倘鼓起勇氣,直起脊樑,抬起頭來,與它「平視」,那麼,當你零距離地感覺到它的呼吸、心率、脈搏與體溫,還有種種排泄物時,那「偉大」的神聖光圈就會漸漸地淡化,以至消失了。

而其時,另一種「不過如此」,乃至驚訝、歎息,以至愕然的感覺,便會油然而生。

那久遠的「人的自覺」的呼聲,已過去一百年了。然而,時至今日,若重溫一百年前諸多前賢所啟蒙的「人的自覺」,那麼,你便會意識到:它將會重新在你的心頭湧動和血脈中汩汩流淌了!

這不是白白繞了一個大圈子嗎?

當然,對於人群的大多數來說,恐怕並不是這樣;安之若素者,還多得很,如恒河沙數呢。

這是大歷史,且按下不表,這裏僅就文學說事。

文學者也,又何嘗離得開人與歷史而潔身自好呢?

　　我常這樣想，在這被稱為「人學」的文學之上，不應有凌駕於「以人為本」之上的金科玉律，無論它多麼冠冕堂皇！當「以人為本」一詞尚未成為主題詞之前，我在 2002 年發表的一篇文章中，即寫下對於「以人為本」的禮讚，其實是對人本主義的膜拜。我認為：「以人為本的價值觀點的覺察、覺醒、覺悟的歷史潮流，畢竟是勢不可擋的。」

　　我以為，文學是「人學」，就如同醫學是「人學」一樣；文學與醫學，應是「人學」的兩翼，而且是同樣堅韌的兩翼；它們是人的精神與肉體，從「想做奴隸而不得的時代」到「暫時做穩了奴隸的時代」所形成的循環圈裏，力求掙脫出來的翅膀，並使其飛翔、飛翔、再飛翔，而去爭取人的「價格」的不可缺失的一雙翅膀。

　　面對熟人常以「棄醫從文」，與為醫者的我，虛以寒喧與客套時，我往往笑而不答，默然置之。因為在我的心底，醫學和文學都是「人學」，何「棄」之有？何「從」之有？我以為，「人的文學」，倘取醫學的眼光，直面病態的人生、社會乃至歷史，不是粉飾、逃避，以至謊言來虛以搪塞與哄騙，而是理性地搜索各種症狀，並據以診查，去尋找病根以期療救，這不僅是魯迅、胡適為代表的文學觀、文化觀，而且也是以魯迅的「療救愚弱國民」觀與胡適的「多研究些問題」觀，整合而成的五四新文化運動以來的優良傳統。一百年來，這個以科學、民主為標桿的文化批評，即以「獨立之精神，自由之思想」探索人生真諦的優良傳統，並沒有間斷也沒有過時，仍為當今思想文化界的精英們所薪火承傳著。

　　當我感到這個優良傳統，在一片虛華、浮躁而瞞和騙之風日盛的氛圍中，仍不屈不饒、艱苦卓絕地賡續著時，我覺得自己並不孤寂；並認為：這不僅是我寫作的執著追求，同時也應成為更多真正有志於文化事業的青年朋友，吸納為自己的思考、期盼與不懈追求的。

　　數千年來在專制主義的桎梏下，由於人的醒悟、自覺、尊嚴的缺失，而呈麻木、愚昧、混沌的歷史，太悠遠而漫長了。僅僅百年的啟蒙，如同杯水車薪，是遠遠不夠的；何況啟蒙在這外憂內亂的百年間，

並未一以貫之而一波三折呢？魯迅在百年前的《摩羅詩力說》中寫下：「意者欲宗邦之真大，首在審己，亦必知人；比較既周，爰生自覺」。這豈不是針對當下的浮躁，「比較不周」而「自覺不生」的寫照嗎？直至魯迅逝世前，他仍不忘告誡國人：「我們應該有『自知』之明，也該有知人之明」。這個貫穿魯迅一生的箴言，豈不仍可視為針對時弊最有力度的痛砭嗎？那個奴性十足而被「哀其不幸，怒其不爭」的阿Q，時至今日，豈不還在熙熙攘攘的人群中，到處晃悠著自命不凡、志滿意足的可憐身影而揮之不去嗎？

雖然，錢杏村在1928年已宣告阿Q「死去」，可事實上阿Q卻還「活著」，繼續狂妄地活在廣袤的華夏大地，從繁華的大都會，到冷漠的小村莊，從狹窄的街頭巷尾，到遼闊的山野草原，……。

魯迅所言「自覺之聲發，每響必中於心，清晰昭明，不同凡響」者，雖寥若晨星，聊勝於無。然而，未嘗不可「時時上徵，時時反顧，時時進光明之長途，時時念輝煌之舊有，故其新日新」也。啟蒙，原非一蹴而就之事，而乃水滴石穿之漸進的文化過程。

倘是砂和石，那就臥躺在通往未來的路基下；若是火與劍，那就去做飛簷走壁的大俠吧！

經過世紀輪迴，不管怎樣坎坷艱辛、迂迴曲折，終究要走向現代化之路的趨勢，是無論如何繞不開的。愚以為「當今時代對國人的基本要求，就是弘揚現代民主理念、增強現代法治觀念、培育現代公民道德意識。」

是的，彷彿是有股「人的血氣的蒸騰」的潮湧，時時在鼓勵著、推動著、引導著我手中這枝無力的筆似的。

人啊人，除了這至高無上、無與倫比、大寫特寫的「人」之外，難道還有比「人」更崇高、更寶貴、更偉大的附加物，值得我們去付諸筆墨嗎？

其實，這只是一個古稀之人，以「讀書人」權當「說書人」，將桑榆之情向看官一一道來罷了。有時聲震屋宇，有時淺吟低唱，並拍著

驚堂木，擂著京韻大鼓。而所開談者，無非文壇往事耳。倘若，有看官在台下，或會心的一笑，或長長的太息，或啼笑皆非，或心潮澎湃，或涕淚俱下，或夜不能寐，則余之心願足矣。

不過，看官盡可放心，書中絕無假冒之物闌入，贗品之類務杜門外。所言及的「故人」與「故事」，則勉力循「義理、考證與辭章」之準繩，大概算得上無一字無來歷罷。

年青的朋友，倘用新的視角，冷靜地去思索那個世紀的文學現象，又會有怎樣的感慨、義憤與憎惡呢？那猶如往昔的「故事」，是否在新的世紀該有「新的版本」呢？

喧囂的 20 世紀，漸行漸遠。它在本世紀伊始捲起幾朵浪花後，一步步向歷史的深處淡去，以致終於融入「古今多少事，都付笑談中」了。

「俱往矣」亦俱往，即右軍所謂「俯仰之間，已為陳跡」。這個集子，無以名之，那麼，就以《笑談俱往》為題，奉獻給讀者諸君罷。倘「後之攬者亦將有感於斯文」，則幸矣。可乎，抑非可乎？

2009 年 4 月於南京寓所之五斗齋

目次

魯迅先生死於須藤誤診誤治真相

引 子

　　誰知道十月中旬突然來這晴天霹靂！現在回想起來，我們若能把轉地療養這問題很早佈置的安貼，則魯迅先生不至於因有事實上的一些困難而遷延了三個月的功夫，我們太不負責，我們這罪不能寬饒！我們太不中用了！

　　……

　　「中國只有一個魯迅，世界文化界也只有幾個魯迅，魯迅是太寶貴了！」——這是 G 君在十月二日和我去訪魯迅先生後回來時的話。但是，但是我們太不寶貴魯迅了。我們沒有用盡方法去和魯迅的病魔鬥爭，我們只讓他獨自和病魔鬥爭，我們只讓他獨自和病魔掙扎，我們甚至還添了他病中精神上的不快！中國人的我們愧對那幾位寶愛魯迅先生的外國朋友！

——茅盾：〈寫於悲痛之中〉

（原載 1936 年 11 月 1 日《文學》第 7 卷第 5 號）

　　真是晴天的霹靂，在南台的宴會席上，忽而聽到了魯迅的死！……

沒有偉大的人物出現的民族，是世界上最可憐的生物之群；有了偉大的人物，而不知擁護、愛戴、崇仰的國家，是沒有希望的奴隸之邦。因魯迅的一死，使人們自覺出了民族的尚可以有為，也因為魯迅之一死，使人家看出了中國還是奴隸性很濃厚的半絕望的國家。

──郁達夫：〈懷魯迅〉

（原載 1936 年 11 月 1 日《文學》第 7 卷第 5 號）

茅盾、郁達夫這兩位與魯迅過從甚密的文學鉅子，兩個不約而同的「晴天霹靂」，既寫出了驚悉魯迅靈耗的巨大震驚，也寫出了魯迅逝世猶如「晴天霹靂」般的突然；既寫出作為文化人的嚴屬的民族自責與高尚而強烈的愛國主義情懷，也寫出了魯迅這個偉大生命可以挽救的悲歡與痛惜。我面對魯迅死因這個沉重的話題，不得不陷入沉思。我想起 1821 年的拿破崙之死，想起了 1837 年的普希金之死，其死因法國人、俄國人一直在孜孜不倦地研究著。而 1936 年才離我們而去的「民族魂」魯迅之死因研究，為什麼總是仰人家的鼻息而自踐自己呢？為什麼國人就沒有一點民族自責呢？難道國人就不能從這裏也證明中國絕對是個很有希望的國家嗎？

──筆者 2001 年 10 月 19 日魯迅 65 周年忌日手記

20 世紀匆匆過去了，但它遺留下不少重大歷史懸案急待研究與解密。新世紀伊始，魯迅之子周海嬰先生在 2001 年 5 月 15 日出版的《收穫》第 3 期發表〈關於父親的死〉一文，重提魯迅之死種種疑點，並點名直指當年給魯迅治病的日本醫生須藤，國內外傳媒廣泛轉載，引起國人普遍關注。魯迅死因之謎，就屬這許多重大歷史懸案之一。

　　最早對魯迅死因提出質疑的是周建人先生，見於他在 1949 年 10
月 19 日《人民日報》魯迅逝世 13 周年紀念日專版所撰〈魯迅的病疑
被須藤醫生所耽誤〉一文。但是遺憾的是，這篇對魯迅非正常死亡質
疑的重要文章，竟沒有引起重視。以後在其《略講關於魯迅的事情》
一書中，不知出於何種原因，竟未收錄。對於魯迅死因研究取得突破
性進展的是，上海魯迅紀念館和上海第一結核病防治院於 1984 年 2
月 22 日，興師動眾邀請 23 位上海著名醫學專家、教授參加的「魯迅
先生胸部 X 光片讀片會」。在這次讀片會上，由國內第一流醫學專家
作出極具權威性的科學診斷是：「魯迅先生不是直接死於肺結核病，而
是死於自發性氣胸。」該次讀片會的有關資料見於 1984 年 2 月 23 日
上海《解放日報》第 1 版記者許菊芬的報導，同時還見於上海魯迅紀
念館 1984 年 12 月發行的《紀念與研究》第 6 輯〈魯迅先生胸部 X 線
讀片和臨床討論會的意見〉。令人遺憾的是，關於魯迅死因的這個重要
科學結論，時至今日，連有些魯迅研究專家都不知曉（見 2001 年 6
月 21 日南京《現代快報》第 4 版〈魯迅死於日本醫生之手可能性不
大〉），國內出版的所有魯迅傳記都避而不談，而全都沿用「魯迅死於
肺結核病」的誤說。

　　這個誤說必須予以糾正，因為它不僅掩蓋了魯迅非正常死亡的真
相，同時也掩蓋了魯迅死於須藤醫生誤診誤治的真相。值此世紀之交，
我們這些從上世紀跨過來的「交接者」，不該再把這上世紀因種種原因
而被嚴嚴實實包裹著的魯迅死因的誤說再交下去了。

一、起點：一次很有價值的魯迅胸片讀片會

　　1984 年 2 月 22 日，上海「魯迅先生胸部 X 光片讀片會」是由上
海九家醫院 23 位專家、教授組成的：(1) 上海第一醫學院中山醫院放
射科教授榮獨山、副教授洪應中，肺科教授孫忠亮、教授崔祥璸；(2)

上海第一醫學院腫瘤醫院放射科教授張去病;(3)上海第二醫學院瑞金醫院肺科教授孫桐年、副主任醫師鄧偉吾;(4)上海第二醫學院新華醫院肺科教授朱爾梅;(5)上海市第四人民醫院放射科副主任醫師湯良知;(6)上海市第六人民醫院放射科主任醫師鄒仲;(7)上海市結核病中心防治所主任醫師徐續宇、陳恒,副主任醫師江風;(8)上海市第一結核病防治院主任醫師汪士、裘德懋、何國鈞,副主任醫師趙基津、鄭岩、計威康、夏祥新,主治醫師黃迪澤;(9)上海市第二結核病防治院主任醫師李德洪,副主任醫師汪鍾賢。討論會地點:上海市第一結核病防治院。

據 1984 年 2 月 23 日上海《解放日報》第 1 版載〈魯迅先生不是直接死於肺結核病〉(記者許菊芬)報導:

> 在昨天的讀片會上,專家、教授們根據魯迅先生 1936 年 6月 15 日拍攝的胸部 X 光片與有關醫生的病情記錄,認為魯迅先生患兩側慢性開放性肺結核,右側結核性胸膜炎,病情屬中等程度,因此,肺結核病不是直接造成魯迅先生死亡的原因。而從 X 光片上看,魯迅先生還患有慢性支氣管炎與肺氣腫,由此形成肺大皰,結合魯迅逝世前 26 小時(1936 年 10 月 18 日早晨 3 時至 19 日早上 5 時)的病情記錄:臉色蒼白、冷汗淋漓、呼吸纖弱、左胸下半部有高而緊張的鼓音、心臟越過右界等記錄,大家認為魯迅先生的直接致死原因,是左側肺大皰破裂,使氣體進入胸膜腔引起自發性氣胸,壓迫肺和心臟而引起死亡。

同時,我們也將上海魯迅紀念館 1984 年 12 月發行《紀念與研究》第 6 輯〈魯迅先生胸部 X 線讀片和臨床討論會的意見〉全文照錄如下。

魯迅先生胸部 X 線讀片和臨床討論會的意見

胸部 X 線表現

據 1936 年 6 月 15 日後前位 X 線胸片：兩肺上中部見許多纖維增殖性結核病變，左肺中部有大片乾酪性病變。左上肺第二前肋間外帶見可疑的薄壁空洞。兩肺重度肺氣腫，可見許多大小不等的肺大皰。以左下肺更為嚴重。

兩上胸均有胸膜增厚，以右側較為明顯。右側胸腔中等量積液。

臨床討論意見

討論會日期：1984 年 2 月 22 日下午 2 時。

討論會地點：上海市第一結核病防治院。

根據病史摘錄及 1936 年 6 月 15 日後前位 X 線胸片，一致診斷為：（1）慢性支氣管炎，嚴重肺氣腫，肺大皰。（2）二肺上中部慢性肺結核病。（3）右側結核性滲出性胸膜炎。根據逝世前 26 小時的病情記錄，大家一致認為魯迅先生死於上述疾病基礎上發生的左側自發性氣胸。（筆者按：以下為 23 位專家簽名，略。見上文）

需要說明的是，後者這份由上述 23 位著名醫學專家、教授簽名的意見，不是讀片會之時，而是「『讀片會』後，為慎重起見，『結防院』領導又分別與專家們認真研究，反覆探討。經過多次修改，於七月初正式寫出了鑒定的書面意見。」（見楊藍〈關於魯迅胸部 X 線讀片會的始末〉）否則，套用今天的時髦用語，這個豪華陣容，為了區區幾百字的鑒定意見，不會這麼「艱難」的。但也從一個側面可以看出，要探索魯迅死因真相，在那個年代的語境「艱難」。（下文將略加介紹）不過，即使是醫學行家將這份〈意見書〉與《解放日報》報導兩相比

較，在實質上毫無矛盾之處，只是一些枝節用語不同，或者把一些直截了當的說法變得模糊朦朧一些而已。事實上，反而更顯得報導的鮮活、真實而可信了。

我認為，此次讀片會對魯迅先生病情及其死因作出診斷是很有價值的。首先，它第一次明確地指出魯迅病情屬中等程度，肺結核病不是直接造成魯迅死亡的原因；其次，它第一次精確地公佈了魯迅肺部的具體病變，尤其是左側肺大疱嚴重，其破裂發生左側自發性氣胸是魯迅直接致死原因；再次，它無疑是科學的，因為它比較以往所有籠統地敘述魯迅病情資料更接近客觀真實；第四，它無疑是權威性的，自此之後，不管誰出於什麼目的，魯迅是直接死於自發性氣胸的這個科學結論是誰也動搖不了的；第五，我們甚至可以毫不誇大地說，這個對魯迅晚年實際病情的科學診斷，對於魯迅研究界正確廓清魯迅晚年思想評價問題上的某些混亂將發生影響。上個世紀極左思潮為了政治鬥爭需要而隨心所欲地渲染魯迅病情，說魯迅是個瀕臨死亡的人，晚年已經無法獨立思考，被人蒙蔽和利用云云的論者，我們見到的還少嗎？

這張魯迅胸部 X 光片，對於國人研討魯迅死因與日本醫生須藤責任，更具有重大價值。如果沒有這張魯迅胸部 X 光片，魯迅死因之謎可能很難談起；如果沒有上海魯迅胸片讀片會結論性意見，須藤誤診誤治真相很可能一時還無從解密。現將須藤與這張魯迅胸片的關係，先交待兩句，即可見一斑。魯迅雖然在〈死〉那篇著名文章裏說過須藤不是肺病專家，但他很可能是位放射科專家。周建人在〈魯迅的病疑被須藤所耽誤〉一文中披露：「據魯迅說，須藤本為日本軍醫官，在日俄戰爭時曾出過力。因晝夜醫治傷兵，用 X 光線尋找子彈所在，結果，自己的生殖腺受到了損傷，所以一生不曾生過孩子。」

由此可見，須藤應是位經驗豐富、年資頗高的放射科專家。所以這裏就凸現出一個問題：作為內科醫生兼放射科行家而言，在考慮與運用 X 光射線來診斷魯迅肺結核病，不存在任何思維上與技術上的困

難。但是，須藤竟沒有這樣做，這是為什麼？不過，這也不必或無須深究了，因為此刻延誤，無礙魯迅生死；好在這張 X 光片在美國鄧醫生診斷魯迅肺結核病之後很快就拍攝了。這裏又凸現出第二個問題：作為內科醫生兼放射科專家而言，上海魯迅胸片讀片會所見「胸部 X 線表現」：「兩肺上中部見許多纖維增殖性結核病變，左肺中部有大片乾酪性病變。左上肺第二前肋間外帶見可疑的薄壁空洞。／兩肺重度肺氣腫，可見許多大小不等的肺大皰。以左下肺更為嚴重。／兩上胸均有胸膜增厚，以右側較為明顯。／右側胸腔中等量積液。」須藤都應全部看見。尤其是其中第二節：「兩肺重度肺氣腫，可見許多大小不等的肺大皰。以左下肺更為嚴重。」這個有關魯迅生死的大關節，須藤更不應忽視。魯迅即死於這個左下肺更為嚴重的肺大皰破裂而引發的左側自發性氣胸。1936 年 6 月 15 日，魯迅胸部 X 光線已明明白白顯示了這個危機，歷 4 個月又 4 天，魯迅生命危機爆發了，誰能否認給魯迅看病已兩年左右的須藤醫生無責任呢？那麼，這裏又凸現出第三個問題：假若須藤是放射科專家，他的確應有不可推卸的責任，但事隔這麼多年，誰曉得須藤是否看過這張魯迅的胸片呢？如果，須藤沒有看過這張胸片，上述一個問題則懸空了。如果，須藤確實看過，又當如何？請看須藤在〈醫學者所見的魯迅先生〉一文中果然寫道：「一天，給他拍了胸部 X 光線照片後，說明了他那病灶部。我告訴他在右胸病變部很多。」（筆者按：「右」字應為「左」字之誤）我們若僅憑這一條譴責須藤醫生誤診魯迅致死，委實應負有不可推卸之責任，未嘗不可，然似有淺薄之嫌。但在我看來，這不過是開場白而已。20 世紀這一大公案，豈可只拿雞毛當令箭呢？這裏要特別強調的，此乃上海魯迅胸片會對於國人解密魯迅死於須藤誤診真相確有重大價值之舉隅也，這是個多好的起點啊！

　　這張由上海魯迅紀念館珍藏的魯迅 1936 年 6 月 15 日拍攝的胸部 X 光玻璃片照片，拍攝後從未有過一份正式的書面診斷，有的只是種

種不可靠的「口頭」傳聞。也就是說,到 1984 年為止,魯迅晚年病情終於有了完整意義上的科學結論。

二、挫折:一場對研討魯迅死因的大封殺

就研究魯迅死因而言,是直接死於肺結核病還是直接死於自發性氣胸,這絕不是小事一樁;就主治醫生的責任而言,關係甚大。如果說是前者,屬正常死亡,家屬絕不會叫喊不休 60 多年之久的;如果說是後者,作為並非不治之症,可以搶救的自發性氣胸,就有個主治醫生診治是否得當的問題了。這是一個順理成章的事情,可是在 1984 年 2 月 23 日上海《解放日報》發佈讀片會報導後,竟引發了一場風波,一次新「『友邦驚詫』論」。當年,有人竟蠻不講理地把魯迅死因研究與須藤醫生責任硬性分開,而魯迅死因真相又被塵封了 17 年。

1984 年 5 月 5 日南京《週末》報發表〈揭開魯迅死因之謎〉一文,作者紀維周先生根據上海讀片會結論和周建人建國初那篇〈魯迅的病疑被須藤醫生所耽誤〉的看法,再次把問題指向日本醫生須藤。7 月 21 日北京《團結報》發表〈魯迅先生並非死於肺病〉一文,作者蔡瓊先生也根據上海讀片會報導,提及「魯迅先生氣喘復發,經須藤醫生注射治療,反而病情加重。」

就這麼簡單,就這麼兩篇小文章,卻引來了大麻煩,引來了對魯迅死因真相探討的大封殺。紀維周的文章被日本《朝日新聞》轉載,隨後《朝日新聞(夕刊)》6 月 4 日發表日本泉彪之助(筆者按:泉先生係藤野紀念館資料調查員、福井縣立醫院主任醫師、福井縣立短期大學內科學教授)的文章,6 月 16 日發表日本學者竹內實的文章,對紀文提出不同看法。須藤已於 1959 年病逝,但這兩位日本作者出發點顯然是為了維護須藤的,雖然他們並未「提供任何新的確鑿的史料」,卻在中國境內像鑿鑿言詞似的大行其道。其實,這本屬正常範圍內的

不同議論而已，不值得大驚小怪的。可是，熟讀魯迅〈『友邦驚詫』論〉的人士，將日本報紙上的文章譯成「內參」向上報告，一些人就驚詫了起來：指出紀文「有礙中日友好」，「必須設法消除不良影響，以正視聽」。隨即 1984 年 8 月 25 日北京《團結報》發表魯迅研究室陳漱渝先生〈日本讀者對於魯迅死因的看法〉一文，作者在涉及讀片會結論時持肯定態度，並承認《解放日報》記者「作了客觀報導」。陳文主旨是根據兩位日本作者的意見，批評「有礙中日友好」的紀文：「鑑於以上情況，筆者於 8 月 2 日就魯迅死因問題詢問了魯迅先生的公子周海嬰，周海嬰委託筆者說明：紀維周的文章，對魯迅的死因進行推測，但未提供任何新的確鑿的史料，不能代表中國魯迅研究界的看法，也不代表他本人的看法」。事實上，包括紀維周在內的中國魯迅研究者可謂多矣，可能誰都沒有考慮過「資格」問題，能不能代表中國魯迅研究界。難道「文責自負」的遊戲規則已此路不通了嗎？難道陳漱渝就能代表中國魯迅研究界？（筆者按：1984 年，陳漱渝曾接受周海嬰委託，代表周海嬰。2001 年，周海嬰發表〈關於父親的死〉一文，北京一位魯迅研究專家又嘮叨起來，是不是委託書已經過期失效了？）當年在發表陳文的同時，《團結報》還發表一則〈編者小啟〉，全文如下：「本報第 669 號發表讀者蔡瓊〈魯迅先生並非死於肺病〉一文，根據報刊發表的材料，指出魯迅先生並非直接死於肺結核，而死於氣胸。這是一個可以研討的醫學課題；但由此而引伸到當年治病的須藤醫生有什麼責任，是沒有根據的。現在發表魯迅研究室陳漱渝同志的文章，以正視聽。」1984 年 8 月 26 日日本《朝日新聞‧朝刊》迅速作出反應，對〈編者小啟〉的表態表示滿意：「《團結報》在此之前曾刊登和紀氏新觀點相同內容的讀者意見，然而現在則一轉，在編者按中說，認為日本原軍醫在魯迅之死上有什麼責任是沒有根據的。」蔡瓊也未被放過，罪名是「沒有根據」。彷彿編者有了陳文舶來日本兩位作者的「根據」就有了「根據」了，就可以屬聲屬氣「以正視聽」了。陳漱渝這篇「以正視聽」的文章，當然還得由《週末》報轉載，繼續「以

正視聽」。當時北京《文摘報》、上海《報刊文摘》（1984 年 9 月 4 日）等以〈從魯迅死因懷疑須藤醫生並無根據〉為題轉摘該文與〈編者小啟〉，很「以正視聽」了一陣。

緊接著，1984 年 9 月 23 日上海《解放日報》發表上海魯迅紀念館副館長楊藍先生〈關於魯迅胸部 X 線讀片會的始末〉一文，作者除了敘述讀片會始末並摘錄了專家們鑒定意見外，主旨是不指名地把矛頭指向涉及日本須藤的文章作者：「鑒定意見書表明，魯迅先生是死於『多疾病基礎上的自發性氣胸』。我們認為，對魯迅的病情有不同意見，作為學術探討是完全可以的。但前一時期，有的報刊發表文章，從『讀片會』懷疑到魯迅的死因；從魯迅的死因又引伸到對日本須藤醫生的譴責是沒有根據的。這既不實事求是，更有背於科學態度。」該文第 2 天（即 9 月 24 日）又由《南京日報》和《週末》報全文轉載。請看楊文的「科學態度」何其鮮明：怎樣探討魯迅死因是可以的，怎樣引伸到日本須藤醫生是不可以的，彷彿全憑楊先生說了算數。似乎不甚了然醫學的楊先生的「科學態度」，還表現在她竟為須藤醫生的診治進行醫學「鑒定」：「最後，須藤醫生還概括了魯迅的疾病：『有肺結核，右胸濕性肋膜炎，支氣管性喘息，心臟性喘息及氣胸』。有許多相似之處。可見當年須藤醫生對魯迅病情的診斷，在主要方面與鑒定意見沒有根本矛盾。」其實，上海專家的意見書已將須藤誤診的「支氣管哮喘」與「心臟性喘息」兩個病完全排除（下文將具體討論），有了「根本矛盾」，楊先生卻視而不見，大談「有許多相似之處」。科學不是「似」與「不似」的問題，而是「是」與「不是」的問題，再多相似也毫無用處。由此可見，楊先生這裏不存在什麼「科學態度」問題，存在的只是為日本須藤醫生辯解的「心態」而已。現任上海魯迅紀念館負責人王錫榮先生表示：「須藤誤診這一事實基本上可以確定。」（見 2001 年 5 月 23 日《南京晨報》）這不是又把魯迅死因引伸到須藤了嗎？並把前任的「科學態度」打得粉碎。

剛剛接到的消息，上海幾位魯迅研究專家在對周海嬰重提魯迅之死表示存疑時，又重提了 1984 年批紀之事。「他們告訴記者一件事：上世紀 80 年代初，南京有一位魯迅研究者寫過文章說魯迅是被日本人害死的。上海魯迅紀念館 1984 年 2 月為此還專門召開了一個有十數位（筆者按：其實是 23 位）醫學專家參加的會議」，下文緊接著抄錄了讀片會的結論。（見 2001 年 9 月上海《文學報‧大眾閱讀》月末版 A 版記者陸梅〈周海嬰回憶錄引起爭議〉，同時見 2001 年 10 月 23 日南京《揚子晚報》A8 版陸梅〈周海嬰出書憶魯迅〉）這真是荒唐之極！（1）明明是 2 月間召開讀片會，5 月間紀維周寫了上述那篇被批的文章；現在竟變成紀文在「80 年代初」，讀片會在後了；（2）明明是讀片會，與紀文毫無干係，時間概念也絕不允許有任何干係，這裏竟變成「為此專門召開」會議；（3）隻字不提「讀片會」三個字，給讀者的誤導好像這是次專題否認魯迅被謀害的醫學會議似的；（4）其實，紀文並未說魯迅被日本須藤醫生謀害，只是抄錄周建人看法，並也表示懷疑而已。幸好本文前兩段已將當年封殺經過梳理了一遍，讀者自可明辨。一提魯迅死因，有些研究者就口口聲聲：「許多史實已沒法調查取證，」「是是非非已很難說清」。真是「沒法調查取證」，「很難說清」嗎？還是根本不讓「說清」，根本不想「說清」？對於 1984 年批紀之事，過去時間並不太久，他們既是研究者又是當事人，白紙黑字俱在，竟攪混成這樣，還指望他們去「說清」60 多年前的事嗎？手邊現存的資料都不願翻閱一下，還指望他們去「調查取證」嗎？

當年「有礙中日友好」的紀文被批了下去，「有益中日友好」的奇文〈須藤五百三其人〉就出來了。作者張曉生先生在文章開頭重複了陳漱渝那句「不能代表中國魯迅研究界」的名言後，從正面「以正視聽」道：「據說魯迅夫人許廣平對此兩說（筆者按：係指周建人的『耽誤說』與有人猜度的『謀害說』）不以為然，以後也就不再有人提起了」。隨後介紹了須藤「為人沉靜謙和，看病認真，取費也低廉」及與魯迅診病交往的情況：「魯迅完全依賴須藤，無論何種治療，從來沒有說過

一句嫌厭或異議的話。除了看病之應外，他們還常在一起談論些其他的事情，如文學、人生、孩子……關係很融洽。無奈魯迅所患的活動性肺結核因哮喘頻頻發作，致使胸內壓不斷增高，終於在 10 月 18 日凌晨突然發生氣胸綜合症。在這最後的時刻，須藤及時趕到，仍然竭盡全力進行搶救，直到魯迅已因心臟麻痺而逝世。」「魯迅逝世後，須藤心情非常沉重，在向魯迅先生紀念委員會提交的〈魯迅先生病狀經過〉中，如實地報告了診治的全部情況。他同時還寫了一篇題為〈醫學者所見的魯迅先生〉的文章，回顧與魯迅的交往，深切地表示了對魯迅的佩服和敬仰。」（見 1984 年 9 月 16 日《解放軍報》第 3 版）這一幅中日友好情誼圖，是由以下幾個謊言構建成的：（1）「無奈」是什麼意思？據上文提到的日本醫生泉彪之助教授在為須藤開脫時提供的肺結核和氣胸合併症死亡率目前仍高達 28.6%，那麼治癒率則為71.4%。也就是說此病該是三分無奈七分不無奈，即使是上世紀三十年代至多是四分無奈六分不無奈。這裏何苦用一個完整的「無奈」把話說絕呢？（2）須藤「及時趕到」，「竭盡全力」，「直至」魯迅逝世是什麼意思？實際情況，據魯迅逝世後即發表的內山完造〈憶魯迅先生〉與許廣平〈最後的一天〉兩篇文章（原載《魯迅先生紀念集》，現又收入 1999 年 1 月北京出版社出版的《魯迅回憶錄》）記載，須藤在魯迅病情十分危急的 18 日這一天只來過兩趟：一趟是應內山完造早晨 6點多鐘打的魯迅求診的電話而趕到的；一趟是在束手無策的情況下親自請來日本松井醫生會診；約在傍晚前後，須藤對許廣平說：「過了這一夜，再過了明天，沒有危險了」。須藤對內山完造說了一聲「大概不妨事，明天再來，就回家去了」。其實，須藤在〈魯迅先生病狀經過〉18 日也記錄兩趟：「午前 6 時半往診」，「午後 2 時半往診」。須藤的辦法：「每隔兩小時注射強心針，另外吸入養氣」。（見許文，筆者按：「養氣」即「氧氣」）晚間 6 點鐘後即由須藤的一位護士遵醫囑直至魯迅逝世。魯迅自發性氣胸要緊急抽氣減壓，給魯迅抽過胸水的須藤醫生當然也具備抽氣的條件，但當時他確確實實沒有給魯迅抽氣。這是

為什麼？結論只能是：須藤本人沒有服務「直至」魯迅逝世；他採取的搶救措施也是錯誤的。（3）須藤的〈魯迅先生病狀經過〉（筆者按：以下簡稱〈魯迅病歷〉）不是在對魯迅逝世「心情非常沉重」情況下，「主動」向魯迅紀念委員會（筆者按：係「魯迅治喪委員會」之筆誤）提交的，據魯迅治喪委員會成員之一的周建人在〈魯迅的病係被須藤所耽誤〉一文介紹說：「魯迅死後，治喪委員會要須藤寫治療經過的報告」，而「被動」提交的。（4）須藤的〈魯迅病歷〉，也不是「如實地報告了診治的全部情況」。周建人在上文中指出：「報告裏所說，與實際治療不大相符合。好像抽肋膜水一節移前了一個時期。」這是確實的，《魯迅日記》1936 年 3 月 28 日項下沒有任何須藤看病的記錄，須藤卻在〈病歷〉3 月 28 日項下偽寫了「第一次行穿刺術採取胸液，約得 300 公分」。須藤〈病歷〉是一份疑竇累累的病歷，怎扯得上「如實」二字呢？（下文還將具體討論）1936 年 6 月 15 日魯迅拍 X 光胸片，這樣重要的事，在〈病歷〉中隻字未見，又怎扯得上「報告了診治的全部情況」呢？這篇正面的「以正視聽」與前者略有不同的是，極像國人十分眼熟的「好人好事」報導稿似的，如此而已。

問題由南京發端，自然還得回到南京。因發表〈揭開魯迅死因之謎〉的南京日報社主辦的《週末》報與作者紀維周，雖然臺上被批，但是臺下的日子更難過。據當時的見證人張震麟先生介紹說：「『大人物』一發話，於是，有關方面出面找了當時的報社負責人和作者談話，指出此文錯誤的嚴重性，要作出深刻檢查。當時江蘇就有一文化方面領導人對作者說：『你這篇文章不是學術問題，是政治問題』。」「報社負責人和作者除在內部作檢查外，報紙還兩次以〈按語〉形式作了公開檢查。並專程派人為紀文公佈了『讀片會』內容到上海魯迅紀念館道歉」。（見 2001 年第 4 期南京《新聞廣場》刊載張震麟〈是誰言不由衷──十七年前南京《週末》報的一場風波〉）這真滑稽可笑，引用公開發表的資料，彷彿成了竊取內部機密文件似的。還搞專程登門道歉的玩藝。所幸的是，還沒有跨出國門到一衣帶水的彼岸去登門道歉。

1984 年 9 月 12 日日本《朝日新聞・夕刊》頗為得意地發表〈魯迅死因之謎的論爭可以終止了──中國報紙刊登了自我批評〉一文。

　　總之，臺上的所謂什麼「不能代表中國魯迅研究界」呵，什麼「沒有根據」呵，什麼「這是一個可以研討的醫學課題或學術問題」呵，什麼「以正視聽」與「科學態度」呵，還有什麼「須藤五百三其人」好人好事報導呵，都是表面文章而已。實質，潛臺詞原來還有個所謂的「政治問題」。然而，不管怎麼蠻橫無理，目的還是達到了。從此，中國境內所有報刊關於魯迅死因的探討文字連一個字都不讓露頭。全中國的教授們，還有更多的中小學教師們，在回答學生提問魯迅怎麼死的問題時，一條聲的回答道：魯迅死於肺結核。好像魯迅死得很正常似的。不！現在是到了該說「不」的時候了。

三、揭開：一份須藤偽造過的魯迅病歷

　　魯迅逝世後，是凡與魯迅相關的方方面面都被涉及過，唯獨這份事關魯迅生與死的須藤〈魯迅病歷〉是個空白點，從未有人研究過。即使是機會難得的「上海讀片會」，也只是「讀片」而未及對〈魯迅病歷〉的研究與鑑定。

　　須藤五百三（1876-1959）是日本退伍醫生，在日俄戰爭時期做過軍醫，1933 年時在上海設立須藤醫院，並任內山完造書店醫藥顧問。魯迅因內山書店關係與須藤相識。1933 年 7 月開始替代坪井醫生為海嬰診病。1934 年 7 月（筆者按：1981 年版《魯迅全集》中的人物注釋「須藤五百三」條誤為「1934 年 11 月」）起，迄魯迅逝世兩年多時間，須藤是魯迅的主治醫生。魯迅逝世的突然，人們懷疑魯迅係被須藤所謀害，懷疑須藤係日本軍國主義所派遣的傳說就多了起來。即使在魯迅生前這類傳說就已經有了，周建人在上文中寫道：「我又從別處聽來：上海有一個日本在鄉軍人（即退伍軍人）的會，是一個侵略性的

團體，須藤擔任副會長。又知道須藤家的電話裏所講的多半不是醫藥上的事情，卻多數是中日之間的交涉與衝突。我遂去勸魯迅不要再請教須藤醫生。但結果無效」。對於魯迅死因持懷疑態度的不外兩種觀點：「謀害」說即有政治圖謀，「耽誤說」即為誤診誤治。對於前者目前缺乏有力證據，也不屬本文研究範圍，姑且不論；對於後者可資查閱的資料頗多，但必須要用醫學眼光才能把疏出來。現在我們就揭開有人認為是「如實」的，而我則認為是一份偽造過的〈魯迅病歷〉，從而把須藤誤診誤治的來龍去脈鉤沉出來，以探明魯迅非正常死亡的人為因素，倒是件十分緊要的事。

　　首先要說明的是，如周建人所介紹的那樣，這份記了魯迅逝世之前八個月的唯一一份〈魯迅病歷〉，是「治喪委員會要須藤寫治療經過的報告」而提交出來的。含有被迫、勉強或無奈的意思，和自覺、主動提交是完全不同的兩碼事。經我反覆考證，不僅如周建人所指出的那樣，「與實際治療不大相符合」，而是「很不相符合」，確實進行了偽造。同時，還必須說明的是，這份〈魯迅病歷〉的記載是很不完整的，並未記錄「全部病情」。須藤的主要目的，是為了應付治喪委員會的差事以洗刷自己的責任而已。

　　這份從 1936 年 3 月 2 日起，至 10 月 19 日魯迅逝世的〈病歷〉，與《魯迅日記》同期平行記載相比較，我作了如下統計：

　　（1）《日記》除 6 月 6 日至 6 月 30 日這二十五天未記載外，逐日記載關於診治情況及病情的計 107 項（天），而〈病歷〉記載的計 25 項（天），兩相比較，〈病歷〉比《日記》漏記載 82 項（天）。

　　（2）〈病歷〉記載的 25 項（天）從《日記》中可以查找的計 15 項（天），無從查找的計 10 項（天）。

　　（3）這〈病歷〉記載而《日記》中無從查明的 10 項（天），其中 6 月 9 日、6 月 15 日、6 月 19 日、6 月 23 日、6 月 24 日、6 月 28 日計 6 項（天），因魯迅病重日記未記，無從印證。

（4）但在魯迅3月間逐日正常記載期間的《日記》中無從查找的〈病歷〉中的3月19日、3月25日、3月28日、3月29日計4項（天）便露出了須藤偽造的馬腳。

為什麼下這樣結論呢？理由如下：根據以上統計，《魯迅日記》記載107項（天）是〈病歷〉記載25項（天）的4.28倍，〈病歷〉記載占《日記》的23.36%，這樣懸殊巨大的事實，說明〈病歷〉漏記是正常的，多記是不正常的。《魯迅日記》是紀事應用體，尤其是涉及經濟方面絕少漏記，因為要按記錄次數支付診金；〈病歷〉按摘要方式記載。從這個角度出發，〈病歷〉也不該出現多記現象。須藤三月份多記4項（天），就屬這樣不正常的性質。這還只是從統計學的概念揭開須藤偽造病歷的第一層皮。

請看以下具體分析：

1936年6月15日拍胸部X光玻璃片，是魯迅肺結核病被明確診斷的重要標誌，這根魯迅病史的準繩絕對不能模糊。這就是說在6月15日確診肺結核病之前，醫生須藤與患者魯迅本人並未「確知」所患之病乃肺結核病；6月15日確診肺結核病之後，醫生須藤與患者魯迅本人才「確知」所患之病是肺結核病。而須藤的〈魯迅病歷〉卻竭力把這條分界線搞混，以洗刷自己誤診的痕跡。〈魯迅病歷〉6月15日這一天僅記「從右胸抽取胸水（第二回），採取帶黃半透明液體100公分」一句外，並無即使之前之後也無拍攝胸部X光片的記載。他另在〈醫學者所見的魯迅先生〉一文中，提到此事時也無日期記載。可是，一經考證，須藤的意圖就會顯現出來。

1936年6月15日之後醫生須藤與患者魯迅才「確知」肺結核病併發肋膜炎的證據，有以下五條：

（1）「大約十天以前，去用X光照了一個肺部的相，才知道他從去年至現在，至少生過兩次危險的肺病，一次肋膜炎」。

（《魯迅書信集》1936 年 6 月 25 日致曹白，筆者按：該信係魯迅口述許廣平筆錄）

（2）「到七月初（筆者按：此係魯迅筆誤，應為 6 月 15 日），乃用透物電光照視肺部，始知從少年時即有肺病，至少曾發病兩次，又曾生重症肋膜炎一次，現肋膜變厚，至於不通電光，但當時竟並不醫治，且不知其重病而自然全愈者，蓋身體底子極好之故也」。（《魯迅書信集》1936 年 7 月 6 日致母親）

（3）「我生的其實是肺病，而且是可怕的肺結核，此係在六月初（筆者按：應為 6 月 15 日）用 X 光照後查出」。（《魯迅書信集》1936 年 7 月 6 日致曹靖華）

（4）「我這次所生的，的確是肺病，而且是大家所畏懼的肺結核，我們結交至少已經有二十多年了，其間發生過四五回」。（《魯迅書信集》1936 年 8 月 28 日致楊霽雲）

（5）「男所生的病，……是肺病，且已經生了二三十年，……今年是第四回，大約因為年紀大了之故罷，一直醫了三個月，還沒有能夠停藥」。（《魯迅書信集》1936 年 9 月 3 日致母親）

從以上這 5 件魯迅書信中所採取的證據，我們不難看出：1936 年 6 月 15 日之前魯迅的肺結核病肯定沒有明確診斷出，肯定無從「知情」；魯迅所患肺結核病併發肋膜炎，是 1936 年 6 月 15 日確診肺結核後才「確知」的。時間概念十分明確的「才知道」、「始知」、「用 X 光照後查出」、「這次所生的」（8 月間對 6 月間的指代）、「一直醫了三個月」（9 月間對 6 月間的指認），在在都確鑿無疑地證明了這個事實。

可是，須藤的〈魯迅病歷〉就奇了。

1936 年 3 月 2 日（筆者按：即〈魯迅病歷〉開始之日）記載：「魯迅先生突罹支氣管性喘息症，承招往診」。同時記載：「詢問胸膜炎的已往情況，答稱並不知道」。《魯迅日記》3 月 2 日只記載一句：「下午

驟患氣喘，即請須藤先生來診，注射一針」。並無胸膜炎及其症狀的任何記載。顯而易見，須藤在〈病歷〉的開頭就把此後三個月的胸部 X 光片才明確的診斷提前到這兒來了。請看三月間須藤在〈病歷〉這四天記載的內容：

> 3 月 19 日。發熱較高，係「消耗性熱型」，病者聲稱右胸下部較痛，於是作突刺試驗，得微黃色透明液，檢查咯痰有結核菌陰性，彈力纖維甚多。（筆者按：其中「陰性」係「陽性」之誤，否則醫理不通）
>
> 3 月 25 日。咳嗽，咯痰甚多。
>
> 3 月 28 日。第一次行穿刺術取胸液，約得 300 公分。
>
> 3 月 29 日。咳嗽頻發，而咯痰甚少，熱度仍為「消耗性」，漸次升降，而於 37 度 6 分乃至 36 度 4 分左右為多，一時進以滋養食物後，保守安靜，經過良好，遂停止用藥。

再請看，《魯迅日記》這四天記載的「全部」內容：

> 19 日雲。上午得樓煒春信。得王治秋信。得三弟信。下午張因來。
>
> 25 日晴。午後張因來。明甫來。夜蕭軍、悄吟來。譯《死魂靈》第一章訖。
>
> 28 日雲。上午得增田君信，午後復。寄吳朗西信。下午得唐弢信。得孟十還信。蕭軍及悄吟來。得《漱石全集》（十三）一本，一元七角。晚蘊如攜葉官來。三弟來。夜小峰夫人來，並交小峰信及版稅泉二百，付印證四千。邀蕭軍、悄吟、蘊如、葉官、三弟及廣平，攜海嬰，同往麗都影戲院觀《絕島沈珠記》下集。
>
> 29 日星期。雲。無事。

這四天上文用統計學方法查找出的屬不正常性質的添加，我們再將《魯迅日記》與〈魯迅病歷〉這四天所記內容一一對比，問題的癥結就出來了：這四天魯迅無病無災，無「須藤先生來診」，亦無「往須藤醫院診」，〈病歷〉所記之診治從何而來？尤其是 28 日魯迅從上午到下午、從晚忙至夜，日程安排得滿滿的，還興致勃勃地邀請客人一道看電影。哪有時間抽取 300 公分胸液呢？須知抽 300 公分胸水需要多長時間？如果須藤當時能看到魯迅日記，他絕對不會偽寫到這一天的。質言之，這四天〈病歷〉除了日期是真的，其餘全是假的。這裏，我們不僅能夠對須藤的行為「知其然」，而且還露出了須藤「所以然」的企圖。顯然 3 月 19 日、3 月 25 日、3 月 28 日、3 月 29 日這四天所記內容，繼 3 月 2 日的所謂「胸膜炎」云云之後，有關肺結核診治的記載，純屬編造無疑。查《魯迅日記》3 月 2 日之後的 3 日、4 日、6 日、8 日、15 日均記載「須藤先生來診」一句之外，以後一直至 5 月 15 日兩個月時間沒有任何有關須藤診治的記錄與病情的記錄。3 月 8 日清楚地記了，「須藤先生來診，云已漸愈」，3 月 15 日又「來診」一次，即告一段落。當然也不存在 3 月 19 日、3 月 25 日、3 月 28 日、3 月 29 日須藤診病之事，「胸膜炎」、「查痰」、「結核菌」、「穿刺」、「採取胸液」之類診治經過均屬無中生有。這些關於診斷肺結核病的常規處理及胸膜炎抽取胸液的措施等，應是 6 月 15 日拍胸部 X 光片之後的應做的相關處理，不過被須藤把日期提前了。這個關節點就是魯迅家人周建人、許廣平、周海嬰六十多年一直耿耿於懷，累累訴說而又沒有把握說清抽胸水提前日期的事實真相。

不用說 3 月份須藤把魯迅的肺結核病誤診為「支氣管性喘息」（下文將具體分析），就是越過 4 月份延至 5 月 15 日《魯迅日記》記載「往須藤醫院診，云是胃病」，請須藤繼續診治，他也沒有作出肺結核病的診斷，大約還在兩眼漆黑地尋找之中呢，不過開始了「發熱待查」。

1936 年 5 月 15 日之前須藤沒有給魯迅檢查熱型，也沒有診斷肺結核病的證據，有以下二件：

（1）魯迅在 1936 年 5 月 23 日致趙家璧信中說：「發熱已近十日，不能外出；今日醫生開始調查熱型，那麼，可見連什麼病也還未斷定。何時能好，此刻更無從說起了」。（《魯迅書信集》）

（2）1936 年 5 月 23 日致曹靖華信又說：「這回又躺了近十天了，發熱，醫生還沒有查出發熱的原因，但我看總不是重病」。（《魯迅書信集》）

證之《魯迅日記》這幾天記載的病情，1936 年 5 月 18 日、19 日、20 日、21 日、22 日、23 日分別為「夜發熱 38 度 2 分」、「夜熱 38 度」、「夜九時熱 37 度 7 分」、「夜九時熱 37 度 6 分」、「夜九時熱 37 度 7 分」、「夜九時熱 37 度 6 分」與 5 月 23 日分別致趙家璧信、曹靖華信所述病情完全吻合。《魯迅日記》從 5 月 18 日開始至 5 月 31 日天天記載發低熱，同時天天記載「須藤來診」，而須藤〈魯迅病歷〉，則全部漏記。——時至 5 月下旬，須藤尚且「連什麼病也還未能斷定」，「今日醫生開始調查熱型」，「醫生還沒有查出發熱的原因」，5 月 23 日才開始「調查熱型」。可是須藤卻在 3 月 19 日、25 日、28 日、29 日這四天魯迅沒有發熱也沒有看病的情況下，竟然大談所謂「發熱較高，係『消耗性熱型』」，「檢查咯痰有結核菌陰性」，「熱度仍為『消耗性』」，「第一次行穿刺採取胸液」，——這驚人的大漏洞，誰能補得上！須藤偽造〈魯迅病歷〉的行徑誰能辯解得了？須藤玩弄的「死無對證」足實可瞞騙天下人於一時，但終不能瞞騙永遠；現在，我們就還他個「死有對證」。

1936 年 5 月 31 日下午由美國記者史沫彼萊引薦，當時在上海行醫的美國肺科專家鄧醫生（Thomas Dunn 1886-1948）來給魯迅診治。1936 年 6 月 15 日又拍攝魯迅胸部 X 光片，明確診斷魯迅患有肺結核病併發右側胸膜炎。但是這個正確診斷，最終沒有把須藤從迷誤中解脫出來，因為他在自己的誤診思維中委實陷得太深了，太漫不經心了。

胡風在〈魯迅先生〉一文中這樣寫道：

> 他病得這樣重，但一直是請熟識的日本須藤醫治。這醫生一直把他那麼重的肺病發熱當作感冒治。到經過美國肺科專家D醫生診斷出來後，他還是不換醫生。一次，我去的時候遇見了這位醫生。走了以後魯迅告訴我，他要魯迅不抽煙，少談話，但他自己每次來的時候，煙一支接一支地抽，滔滔不斷地談到一、二小時才走。談著，好像這個醫生是天真可愛的人似的。

四、探尋：一個魯迅被誤診致死的遠因

中國有句古話：差之毫釐，謬之萬里。還有句古話：庸醫殺人不用刀。須藤在〈魯迅病歷〉起始「3月2日，魯迅先生突罹支氣管性喘息症」這第一句誤診，就給有七個半月之遙的10月19日魯迅突然逝世下了禍根。

3月2日魯迅突然氣喘，究竟是什麼病？非常值得探討。魯迅先生這一天《日記》記載：「下午驟患氣喘，即請須藤先生來診，注射一針。」患者寫的是「症狀」並非「病名」，而須藤卻一筆寫定「突罹支氣管性喘息症」，醫生寫的是「病名」而非「症狀」。這一點必須辨別清楚，這也正是魯迅死因人為因素方面一個萬萬不可忽略的遠因。直截了當地說，須藤診斷魯迅突然氣喘為支氣管喘息，即今稱支氣管哮喘，是完全錯誤的。上海讀片會〈臨床討論意見〉一致診斷魯迅患有：「（1）慢性支氣管炎、嚴重肺氣腫、肺大皰。（2）二肺上中部慢性肺結核病。（3）右側結核性滲出性胸膜炎。」肯定慢性支氣管炎，排除支氣管哮喘，而須藤則肯定支氣管哮喘，排除慢性支氣管炎。這個不經意的差異雖小，一般無礙生死，但在魯迅「這一個」患者，卻釀成

嚴重後果。現將須藤〈魯迅病歷〉3 月 2 日這一天記載照錄如下，以便深入討論：

> 本年三月二日，魯迅先生突罹支氣管性喘息症，承招往診，當時驗得病者體格中等，營養稍差，食慾不振，近一年半來，常患便秘，致每隔四日，總須服緩下劑或洗腸用藥。喘息發作之日症狀及醫治經過如下：循左肩胛上部，右鎖骨上下窩及第三、四肋間部，胸骨緣深處，有似水泡之聲響。時作咳嗽，咯痰粘稠，質量或少或多，發熱最高在三十七度六分左右，毫無自覺，泄溺無甚異常。右胸背面第七胸椎以下，呼吸之音細微，診察上肩胛骨下邊以下，詢問胸膜炎的已往情形，答稱並不知道。胃擴張至胸部之上，不時充滿動搖之水聲，並無饑餓之感，時常失眠。

據《魯迅日記》記載從 1933 年 7 月須藤開始給海嬰診病，經常診治的就是支氣管哮喘。1986 年 1 月 16 日，我拜訪周海嬰先生時，他曾提到從小留有支氣管哮喘的病根，經常發作，很頑固。我又問他，後來怎麼樣？他說，後來長大，這個病就好了，這主要與我後來長期生活在北方有關。北方天氣乾燥，南方氣候潮濕。南方潮濕氣候對支氣管哮喘患者是不利的。當年，須藤在給海嬰治療這個反覆發作的支氣管哮喘病時，在醫療思維中留有較深印記，容易把相似的疾病誤為此病，是可以理解的。但是，他把這個支氣管哮喘病套到魯迅的氣喘上，則是沒有根據的。可以用來鑒別診斷的有以下四點：

（1）支氣管哮喘是一種過敏性疾病，以陣發而常有哮鳴音的氣喘為其主要表現；

（2）發作前，常有咳嗽、胸悶、連續噴嚏等先兆症狀；

（3）聽診兩肺佈滿哮鳴音；

（4）有反覆發作史。

　　魯迅 3 月 2 日的氣喘，以上四點都不具備。須藤的〈魯迅病歷〉中無哮鳴音的記載此其一；發作前無任何先兆症狀（魯迅稱「驟患」，須藤記「突罹」，兩者意思一致）此其二；須藤聽診「有似水泡之聲響」而未寫「兩肺佈滿哮鳴音」此其三；無反覆發作史此其四。關於上述前三點，十分了然，第四點無反覆發作史的證據，有如下二件：

　　　　（1）魯迅在 1936 年 3 月 20 日致母親信中談到 3 月 2 日氣喘時說：「至於氣喘之病，一向未有，此是第一次，將來是否不至於復發，現在尚不可知也，大約小心寒暖，則可以無慮耳。」（《魯迅書信集》）

　　　　（2）若查遍《魯迅日記》、《魯迅書信集》，似也無氣喘之記載。

　　魯迅活到 56 歲才第一次發作這樣的氣喘，按須藤〈魯迅病歷〉記載 10 月間第二次（筆者按：據許廣平記載應為第三次）再發作時竟成不治之症，這樣的支氣管哮喘，天下實屬罕見。上述四點雖均可排除，支氣管哮喘的診斷無法成立，可是須藤卻把魯迅 3 月 2 日氣喘診斷為支氣管哮喘，確實是太武斷了。──這個誤診影響所及，當魯迅 10 月 18 日凌晨 3 時，6 月間即可從 X 光胸片上看到的左側肺大皰破裂而引起自發性氣胸時，須藤則認為「舊病支氣管喘息發作」（筆者按：僅發作一二次，就稱「舊病」了），其錯誤的醫療思維，從這裏可以理出一條十分清晰的端緒來。須藤把自發性氣胸誤作支氣管哮喘來治不是偶然的。

　　現在，我們從魯迅胸部 X 光片上可以看出，魯迅患有慢性氣管炎，而且也是上海讀片會專家們一致診斷的，可是須藤根據魯迅症狀並不這樣認為，否認「炎」，只承認支氣管哮喘。這點，我們還可以從「一任著日本的 S 醫師（筆者按：即須藤）的診治的」（1981 年版《魯迅全集》第 6 卷 611 頁）魯迅，在給友人書信中探出一點消息。

證據如下：

魯迅在 1936 年 5 月 4 日致王冶秋信中說：「你所說的藥方，是醫氣管炎的，我的氣喘原因並不是炎，而是神經性的痙攣。要復發否，現在不可知。大約能休息和換地方，就可以好得多，不過我想來想去，沒有地方可去。」(《魯迅書信集》)

這是須藤向魯迅解釋病情的反映，應屬無疑；因為魯迅「一任著日本的 S 醫師」。從支氣管哮喘的角度來解釋病理：因為是「神經性的痙攣」即支氣管平滑肌痙攣，所以要用解痙藥物，而不用消炎藥物；因為是過敏性疾病，所以要解決過敏源問題，醫生往往建議患者改換居住環境。這是須藤動議魯迅到日本異地治療，魯迅晚年屢屢有別處轉地治療打算的原因，以避開過敏源。但魯迅所患氣喘，並非屬過敏性疾病的支氣管哮喘。

魯迅 3 月 2 日的「驟患氣喘」，很快在親近的友人之間傳開，據《魯迅日記》前來慰問的朋友絡繹不絕，信函慰問者更多且不計。6 日「午後孔另境來贈勝山菊花一瓶，越酒一罌」，8 日「上午內山君來訪，並贈花二盆」，13 日「下午張因（筆者按：即胡風）及其夫人攜孩子來」，15 日「上午內山君及其夫人來問病，並贈花一盆。增井君寄贈虎門羊羹一包」，23 日「下午史女士（筆者按：即史沫特萊）及其友來，並各贈花。得孫夫人（筆者按：即宋慶齡）信並贈糖果三種，茗一匣。」3 月間另有 50 人次來訪問候。

魯迅從 2 日之後，迄 20 日，近二十天的時間裏，據《魯迅日記》未有一次外出記載。到 21 日才開始出門，「往內山書店」買書。魯迅 1936 年 3 月 24 日致曹靖華的信中說：「月初的確生了一場急病，是突然劇烈的氣喘，幸而自己早有一點不好的感覺（筆者按：這「一點不好的感覺」，現在仍無法斷定是支氣管哮喘的先兆症狀），請了醫生，所以這時恰好已到，便即注射，平靜下去了。躺了三天，漸能起坐，現在總算已經復元，但還不能多走路。」──從羅列這些證據看來，

魯迅 3 月 2 日的氣喘病，絕不是一場小病，這是支氣管哮喘所不能解釋的：

（1）這次氣喘，驚動了眾多的友人，史沫特萊女士也登門看望，甚至連宋慶齡都致信（筆者按：此信似未發現）致禮慰問，可見病的程度；

（2）如果魯迅確有支氣管哮喘病史，不是第一次發作，友人們即使出於對魯迅的愛戴，也不會「興師動眾」的；

（3）支氣管哮喘一次短暫發作後，很容易恢復，是不會歷二十天才「總算已經復元，但還不能多走路」的。

魯迅致曹靖華信中雖然說「便即注射，平靜下去了」，不能誤解成「注射一針後，氣喘就完全平靜下來了」。不是的，魯迅這裏所說是指氣喘相對緩解的意思。何以見得？這時已搬到北四川路底西側永樂里，已成魯迅近鄰常客，幾乎一二天要見魯迅一次以至兩次的蕭紅，在《回憶魯迅先生》裏寫道：

> 「1936 年 3 月裏魯迅先生病了，靠在二樓的躺椅上，心臟跳得比平日厲害，臉色略微灰了一點。……魯迅先生呼喘的聲音，不用走到他的旁邊，一進了臥室就聽得到的。鼻子和鬍鬚在煽著，胸部一起一落。眼睛閉著，差不多永久不離開手的紙煙，也放棄了。藤躺椅後邊靠著枕頭，魯迅先生的頭有些向後，兩隻手空閒著垂著。眉頭仍和平日一樣沒有聚斂，臉上是平靜的，舒展的，似乎並沒有任何痛苦加在身上。……醫生看過了，吃了藥，但喘並未停，下午醫生又來過，剛剛走。……晚餐後……許先生輕輕的在樓梯上走著，許先生一到樓下去，二樓就只剩了魯迅先生一個人坐在椅子上，呼喘把魯迅先生的胸部有規律性抬得高高的」，「魯迅先生睡在二樓的床上已經一個多月了」。

3 月間魯迅氣喘病發作時的神情、的程度、的病程從這裏也可以找到印證。蕭紅這部屬上乘之品的魯迅回憶錄名篇，我們在欣賞她這段文字描繪的栩栩如生、形神俱見、細膩逼真之餘，也應承認她給魯迅 3 月間氣喘症狀留下了難得一見的醫學資料，魯迅所患氣喘絕非支氣管哮喘所能解釋的理念，焉能不確定下來？

然而，魯迅 3 月 2 日的氣喘，究竟是什麼病呢？我以為很可能就是一次較輕的自發性氣胸的發作，即一次閉合性氣胸的發作。閉合性氣胸，裂口較小，肺臟收縮後裂口自動閉合，空氣隨即就停止進入胸膜腔。胸膜腔因進入的空氣不多，壓力不高。胸膜腔積氣可由血──淋巴管吸收，胸膜腔恢復負壓，肺臟複張。──如果說，魯迅經歷了近一個月時間的恢復，身體才「總算復元」，支氣管哮喘不能作圓滿解釋（支氣管平滑肌一經緩解，身體恢復是很快的），那麼從閉合性氣胸的病理上則可獲滿意的解釋。

我們及將看到，當魯迅以一個左側肺大皰破裂自發性氣胸形成的病人出現在須藤面前時，須藤思維還停留在支氣管哮喘上盤旋呢。

五、顯示：一幅魯迅死於須藤誤診的真相

10 月 17 日上午，魯迅寫〈因太炎先生而想起的二三事〉未完即擱筆。這天秋風大起，氣溫下降。下午由胡風陪同訪問日本人鹿地亘，又在大風中往內山書店，與日本人奧田杏花談論一陣中日關係問題。回來後已晚，與周建人談租房事，精神很好，隨便談談至 11 點鐘。上床已經 1 點多鍾。兩小時後魯迅自發性氣胸發作了。

在我們論證這個問題之前，簡略敘述一下自發性氣胸的病理，是十分必要的。

根據病理生理的不同，自發性氣胸可分為：閉合性氣胸、開放性氣胸（又稱交通性氣胸）、活瓣性氣胸（又稱高壓性氣胸）三型。魯迅

致死於哪一種自發性氣胸呢？一、閉合性氣胸，空氣進入胸膜腔的裂口小，相對進入胸膜腔的空氣也較少。胸膜腔是完全封閉的，正常情況下絕無空氣進入。當空氣進入胸膜腔後，肺臟則萎陷，裂口乃自動閉合，肺內空氣不再進入胸膜腔。而剩留的胸膜腔內的空氣可逐漸吸收，肺臟複張，癒後較好。對照魯迅臨終病情，閉合性氣胸可以完全排除。故我假設魯迅 3 月 2 日氣喘發作，很可能是一次閉合性氣胸的發作，即使未經治療，若不併發其他疾病也可自癒。二、開放性氣胸，空氣進入胸膜腔的裂口較大，空氣可以自由交通，胸內壓與大氣壓相似。裂口經久不癒，病程較長，癒後較差。聯繫魯迅病程僅 26 小時，開放性氣胸顯然可以排除。三、活瓣性氣胸（亦稱高壓性氣胸），肺內空氣進入胸膜腔的裂口呈單向活瓣作用；當吸入空氣或咳嗽時活瓣樣裂口被氣流衝開，空氣進入胸膜腔內。當呼出氣時，活瓣樣裂口則關閉，進入胸膜腔空氣不能排出，結果是大量空氣在完全封閉的胸膜腔內積聚，胸膜腔內壓力逐漸增高形成高壓狀況，嚴重壓迫肺及胸內大靜脈，縱膈推向對側，引起呼吸及循環障礙。這個嚴重的肺結核併發急症，如不及時處理，可迅速發生呼吸、循環衰竭而死亡。其速度之快，往往幾個小時即死亡。根據魯迅的胸片及當時病況記錄，魯迅左側肺大皰破裂後，很可能出現以上三型互相轉變的情況，診斷魯迅直接死於已患疾病基礎上發生的左側自發性高壓性氣胸，是可以肯定的。──顯而易見，此刻給患者抽氣減壓是唯一正確的當務之急；如果醫生正確診斷，緊急施行得法處理，引流胸膜腔排氣解壓，病人即可轉危為安。魯迅的自發性氣胸發作歷時 26 小時之久，完全有時間、有機會、有可能得到急救，但被須藤喪失了。

我們這裏敘述的對自發性氣胸病理的認識，不是什麼新理論、新發明、新創造，上世紀三十年代須藤是完全明白的。為避苛求須藤之嫌，現將須藤完全知曉自發性氣胸病理認識的證據，羅列三件如下：

（1）是須藤〈魯迅病歷〉最後一天記載：

10月18日。午前三時喘息又突然發作，午前6時半往診。當時即以跪坐呼吸營救，病者顏色蒼白，冷汗淋漓，呼吸纖弱，尤以吸氣為短微，體溫35.7度，脈細120左右而軟弱，且時常停滯。腹部扁平，近兩肺處診聽有喘鳴，加以應急處置之後始稍轉輕，其不穩狀態亦似稍緩。午後2時往診，呼吸已較徐緩，然尚在52乃至46之間，脈軟弱，110至114。體溫下降，為35度左右。病者聲稱呼吸困難，情況不佳，頗呈衰憊不堪之狀，早晨以來僅進牛乳百公分。右肺喘鳴盡去，左肺亦然，診察左胸下半部覺有高而緊張之鼓音，肋間亦覺陷落少許，心臟越過右界，橫徑約半指許。決定為心臟下方右傾，肺動與脈搏二音如稍亢進，諒已引起所謂「氣胸（Pneu moth orax）」。由於此病狀，以致雖儘量使之絕對安靜就眠，亦不能深睡，頻頻驚醒，聲稱胸內苦悶。心部有壓迫之感，終夜冷汗淋漓，自翌晨（19日）午前5時起，苦悶加甚，輾轉反側，延至午前5時20分由心臟麻痺而長逝。

> 1936年10月19日
> 上海密勒路108號　主治醫生須藤。
> （追加疾病名稱：胃擴張，腸弛緩，肺結核，
> 右胸濕性肋膜炎、支氣管性喘息、心臟性喘息及氣胸。）
> （原載1936年11月15日上海《作家》月刊第2卷第2期）

（2）是須藤在〈醫學者所見魯迅先生〉一文中關於魯迅之死的解釋，說的便是氣胸的病理：

先生的死，為什麼這樣快地就到來了呢？說起來，是從10月18日午前3點鐘起，舊病支氣管性喘息發作，因為呼吸困難，肺臟組織的抵抗減少部，由於呼吸困難促迫；因為胸內壓亢進，容易引起肺組織的脆弱部自開或穿孔，增加胸腔內氣壓

壓迫心臟，引起心臟性喘息，愈加增呼吸困難血行異常及障礙。因此在比較的短時間內，症狀遽增，而惹起心臟麻痹，終於成為不歸之客了。

（3）是周建人〈魯迅的病疑被須藤醫生所耽誤〉一文所載須藤關於魯迅之死的解釋，說的也還是氣胸的病理：

> 魯迅的病漸漸沉重起來。但過了一個時期，又好像好起來了。可是忽然急劇的氣喘發作，很快的就死去了。據須藤說：因肺結核穿孔，空氣外漏，心臟受壓迫，所以氣喘。無法可治，所以死了。

我們拋開一些用詞的殊異和枝節分岐，須藤對氣胸病理的認識，與上述對氣胸的認識是一致的。所不同的是：須藤胡扯氣胸「無法可治，所以死了」，瞞騙了死者家屬。其實，氣胸可治，可以挽救。

有了這個關於氣胸病理概念及須藤完全掌握氣胸病理的大前提，我們再來看看須藤在 10 月 18 日這一天的實際處理，以及魯迅怎樣死於誤診誤治的問題，就會明白如畫了。

應該說，魯迅在這一天肺結核併發急症自發性氣胸之前，絕無任何作為慢性肺結核病患者死亡前的任何徵兆。據《魯迅日記》記載 10 月 1 日至 17 日期間，這十七天魯迅除了發低熱二次（1 日 37.9 度，10 日 38 度）外，其身體、精神、生活與工作狀況，幾如常人：

（1）10 月 1 日體重 39.7 公斤，較 8 月 1 日增加 1 公斤；
（2）在家接待來訪客人 38 人次；
（3）出門活動 13 次；
（4）寫書信 25 封；
（5）分送或寄贈瞿秋白《海上述林》上卷 26 本；
（6）撰寫文章 5 篇；

（7）日記 17 則；

（8）買書 20 本，合計 19 元。

根據以上可以統計的資料，魯迅這些工作量（每天 1 則日記，平均每 0.68 天寫 1 封信，平均每 3.4 天撰寫 1 篇文章，平均每天買 1 本書）、活動量（平均每天接待客人 2.2 人次，平均每天外出 0.76 次；因臥居工作在二樓，每次必登樓 1 次）及精神狀態，可推知他體能所能達到的程度、肺活量的情況，以及他心臟功能的大概。由此可見，魯迅至此雖身患慢性肺結核病，並非是個精力消耗殆盡的人，他只是面臨著一次急症危機，由於醫生的錯誤，魯迅終於沒有跨越這次生命的劫難而已。

雖然如前所述，在須藤的〈病歷〉中已有魯迅死於氣胸的最早記載，但是我並不認為，須藤在〈病歷〉中的記錄是真實的。換句話說，須藤在魯迅急症之際，實際上沒有作出魯迅病因的正確診斷，他重蹈了他還沒有自覺的三月份的覆轍，仍誤把急症氣胸當作支氣管哮喘復發來診治。繼而又誤為心原性哮喘。然而，此一時已非彼一時，這次的氣胸已非閉合性氣胸（如前假設），而已是致命的活瓣性氣胸。如果說 3 月份的失誤，多少還有情可原，那麼在 6 月份肺結核病已確診後，對於肺結核患者突然氣喘，不首要考慮氣胸，則不能不是大錯誤，不可原諒的大錯誤。至於〈病歷〉中氣胸的診斷，那只是他事後「追加」上的擬診。我作這樣大膽的判詞，是否有根據呢？我估計基於以下幾條理由，即便是讀者看了也會得出與我同樣的結論的。

（1）從當時須藤的處理，可逆推出他的診斷決不是氣胸，而是支氣管哮喘。據許廣平介紹：「內山先生為他（筆者按：即魯迅）的病從早上忙至夜裏，一天沒有停止。」（〈最後的一天〉，《魯迅先生紀念集》第 4 輯）那麼，內山完造的〈憶魯迅先生〉中關於魯迅臨終之日的記述，我們是可以視為「信史」的。將一直陪伴在魯迅身邊的許廣平〈最後的一天〉和內山完造〈憶魯迅先生〉相互對照，須藤在〈病歷〉中含糊其詞的所謂「應急處置」，不過是上午給魯迅注射三針而已。內山

說:「醫生已經把注射的手續準備好了,馬上就在右腕上打了一針」,「醫生又在右腕上面作了第二次的注射」。許廣平說:「須藤醫生來了,給他注射」,「醫生又給他注射」。後來,魯迅的氣喘並沒有平復下來。須藤的處理是:「每隔兩個鐘頭注射一次」,「酸素的吸收」(內山文)。下午「六點鐘左右看護婦來了,給他注射和吸入酸素、養氣」,「每隔兩小時注強心針,另外吸入養氣」(許廣平文)。我們把須藤的處理概括起來,似乎只有兩點:注射、吸氧。注射,除了強心針外,舒張支氣管平滑肌痙攣的解痙藥物當也包括在內。吸氧無疑是正確的。

根據須藤的這兩點處理,我們逆推他的診斷確實是支氣管哮喘,不是氣胸,可以確定下來。何況他在〈醫學者所見的魯迅先生〉清楚地寫著:「10月18日前3點鐘起,舊病支氣管性喘息發作」呢。所謂舊病者,即指三月間第一次氣喘。

(2)反過來說,我們假設須藤當時作出了正確診斷,而不是事後「追加」的擬斷,那麼氣胸患者魯迅的生命是完全可能挽救的。在這裏,我無意用今天的醫療水平來要求當時條件下無法達到的醫療水平,也無意苛求須藤做出當時無法做出的奇跡,決不是的。因為,正確急救氣胸的條件,不僅30年代的上海具備;落實到須藤這個人身上,如果不是診斷上出了偏差,運用他具備的技術條件,及時(魯迅整整掙扎了26小時之久,搶救的時間因素是不成問題的)進行抽氣處理,魯迅的生命是可以得救的。

須藤既然給魯迅抽過三次胸水,那麼運用同樣的條件,給魯迅處理高壓狀況下的氣胸進行抽氣解壓,不存在任何技術上的困難。

須藤給魯迅抽胸膜炎胸水運用的手段,和我們今天臨床上仍在運用的胸腔閉式引流術相差無幾,今天搶救自發性氣胸仍在運用此術,請看周海嬰目睹的回憶:

　　我和母親拿了藥,進入一間玻璃隔扇的換藥室,看見父親坐在一把有靠背的木椅上,斜側著身體,衣襟半解開著。我順

眼一望，他的胸側插入一根粗的針頭，尾部還有一段黃色半透明的橡皮管，地下接著一隻廣口粗瓶，其中盛有淡黃色液體約半瓶，橡皮管子還在徐徐滴下這種液體，速度並不很快，似乎與呼吸起伏相適應。父親安詳地一邊吸煙，一邊還和醫生用日語交談，不久便拔去針頭，和我們一同離開醫院。後來，我看他的《日記》，在 1936 年 8 月 7 日項下，記有「往須藤醫院，由妹尾醫師代診，並抽去肋膜間積水約 200 格蘭（按相當於 200 毫升），注射 Tacamol 一針。廣平、海嬰亦去。」我想，這大概就是我目睹的這一次了。（《新文學史料》1981 年第 3 期 11 頁）

根據海嬰這段文字，說明須藤所用方法和今天的胸膜腔封閉式引流術大體相仿，可是，當魯迅氣胸形成的時候，須藤為什麼忘了運用此法，而束手無策呢？

我們退一步說，假如海嬰回憶有誤，當時確實無此良法。那麼用 50 毫升空管針（或少於 50 毫升的空管針）緊急穿刺抽氣至病人呼吸困難緩解為止，也是切實可行的。但是須藤連這個簡單易辦的措施也沒有採用。他曾給魯迅做過「突穿試驗」也忘了。這個事實說明了什麼呢？我想，順理成章的結論無須我來下了，大概誰都能論定：須藤當時（在搶救的時刻）未能作出氣胸的正確診斷，是沒有疑問的。天下哪有診斷了病因卻並不針對病因採取相應措施的醫生呢？

（3）在須藤的〈病歷〉中，僅有所謂擬診氣胸的記載，而無任何針對病因採取相應措施的記錄，是〈病歷〉中留下的天然漏洞，這個漏洞是無法縫合的。須藤在事後作出的「追加」擬診氣胸，固然給他的誤診在解釋死因上挽回了面子；但是他礙於在場的親屬和友人，是不敢把親友沒有目睹到的處理氣胸的具體措施偽寫進〈病歷〉的。須藤不是這樣的笨伯，那是會很快露餡的。〈病歷〉在「諒已引起所謂『氣胸』之後」，連一句類似「應急處置」含糊的話語也沒有。這樣的行文

很容易給人造成一種氣胸是無法醫治的錯覺。在實際上，須藤也沒有任何氣胸的處理。證之許廣平〈最後的一天〉和內山〈憶魯迅先生〉都決無關於氣胸抽氣減壓的任何痕跡，這是值得深思的。在上述兩篇文章中，上午注射三針，從 18 日下午 6 時起到 19 日凌晨 5 時 20 分魯迅逝世，只有一個護士陪伴在側，在給吸氧同時，遵醫囑有條不紊地兩小時一針地連續注射到這顆偉大心臟停止跳動而已。

（4）正因為須藤在當時沒有作出氣胸的正確診斷，所以他對魯迅病的預後也不可能作出正確的判斷；反之，錯誤的預後判斷，必然導源於錯誤的診斷。須藤對許廣平說：「過了這一夜，再過了明天，沒有危險了。」（見許文）一個「心臟越過右界」（見〈病歷〉），也就是說縱隔已被推向對側的病人，危在轉瞬之間；不給危重患者以最首要的抽氣緩壓處理，只兩小時一針又一針地挨時間，怎麼說「過了這一夜，再過了明天，沒有危險了」呢？也許有人會說，這是醫生「安慰」親屬的話，不能視為醫生的預後。如果，僅有許廣平記下這麼一句話，未嘗不可以這麼說。但強硬的事實，卻不允許我們作違心的結論：「須藤醫生說了一聲大概不妨事，明天再來，就回家了。」（見內山文）這真是無獨有偶。面對一個生命即刻將要消逝的活瓣性氣胸病人，醫生能夠這樣嗎？但須藤畢竟這樣說了，那無非又給我們從預後這個角度，研究須藤在 18 日並未認識魯迅的自發性氣胸提供了一個證據，須藤是希冀著魯迅臨床印象「痙攣」、「心臟性喘息」有緩解的可能的，否則他是決不會作出這樣十分荒唐的預後的。

（5）須藤在面臨魯迅病情危急的情況下，我們如果說他一直維持著支氣管哮喘的診斷，那是不確的。他在〈病歷〉中追加診斷的七個病名的「心臟性喘息」，確實是他在魯迅病情進一步惡化，深感支氣管哮喘不能圓滿解釋患者病情時的臨床印象。因為在內山的文中可以得到印證：「須藤醫生來了（筆者按：係指須藤離魯迅家來內山書店），說是不但哮喘（筆者按：指支氣管哮喘而不是指氣胸）總沒有好，而且好像已經變成心臟性哮喘（筆者按：其實是氣胸進一步惡化）。」

關於須藤一誤再誤的心臟性喘息，即今通稱的心原性哮喘，這個臨床印象也是錯誤的。雖然，上海讀片會已經否定了魯迅患有心原性哮喘，但是，我們這裏還有略加討論的必要。心原性哮喘只有左心心力衰竭和肺水腫時才能引起。前者，魯迅完全可以排除，可見上述魯迅在 10 月間的體能、工作量及活動量等，同時還可見日本鹿地亘、池田幸子、奧田杏花在當時寫就即已發表的回憶錄中，描寫魯迅在 10 月 17 日輕鬆微笑的登樓，在大風中快捷有力的行走，不一一摘錄。魯迅不具備左心心力衰竭的任何體徵。須藤的〈病歷〉中有心律失常和心動過速記載，而無心臟病患者心臟擴大、心區雜音的痕跡，也無左心心力衰竭的任何病徵。後者，原無心臟病患者，在過多過快輸血輸液情況下發生肺水腫，可有陣咳頻仍並咯出大量粉紅色泡沫樣痰液，甚者可從口腔和鼻腔湧出。但魯迅當時 2 小時肌肉注射一次，根本談不上輸液過多過快；魯迅沒有咳出、咯出、湧出任何少量或大量粉紅色泡沫樣痰液，而是活活憋死的。因此，無論從前者與後者分析，心原性哮喘臨床印象是不能成立的。——這裏討論心原性哮喘不能成立的用意何在？與須藤沒有正確診斷氣胸有何關係呢？關係甚大，用意甚明。因為心原性哮喘這個錯誤臨床印象的概念，在病情險惡的緊迫時刻，盤踞在醫生的思維中心。當須藤第二天一覺醒來，10 月 19 日 5 時許，由急救電話再呼喚到魯迅病榻前時，魯迅已突然逝世，他如果是個善良之心還沒有泯滅的醫生，那麼他的驚駭和痛疚是可想而知的。

10 月 20 日上海《時事新報》在報導魯迅逝世消息時，現場採訪魯迅彌留一剎的實際情況，也印證了須藤確實是把自發性氣胸誤為心原性哮喘來醫治的。證據如下：

> 當時因憑一時病勢突變，故派看護婦田島在旁照料，每隔 30 分鐘用酸素吸入，以助呼吸。並注射強心身針（筆者按：原文如此。多出一個「身」字）蓋至兩日內無變化，即可渡過危機。至昨晨 5 時，呼吸益促，經注射三針無效，延至 25 分時，

> 心臟麻痺，遂溘然長逝。時在側侍護，僅氏妻許女士、弟建人
> 及看護婦等 3 人云。

要之，須藤當時在自發性氣胸的病理、病因、診斷、治療上具備挽救魯迅生命的客觀條件；然而他在主觀診斷上出了偏差，這可從他的處理、治療、預後幾個方面求得論證；至於他在〈病歷〉中添加的氣胸病名，那是須藤作偽無疑。須藤不過是作了一回為挽回已經丟盡面子的事後諸葛亮而已。

六、重播：一個鮮活生命可以挽救的分分秒秒

我們有了上述對魯迅死因研討的基礎，再把魯迅 10 月 17 日 3 時 30 分凌晨發作氣喘至 19 日凌晨 5 時 25 分撒手而去的 26 小時簡要回顧一下，須藤究竟是怎樣誤診誤治的，就會得出一個比較完整的概念了，一個無可爭議的概念。同時，我們還注意記錄魯迅這段時間的言語，以提示他體能與精神變化的情況；多好的一次次機會，多寶貴的分分秒秒，硬是給須藤拋擲了。

這個時刻表，是以許廣平〈最後的一天〉（筆者按：作者注「記於先生死後的兩星期又四天」）與內山完造〈憶魯迅先生〉（筆者按：原載 1936 年 11 月 15 日上海《作家》月刊第 2 卷第 2 期）兩篇在魯迅逝世後即發表的文章中，反覆對比，互相參照後列出的，並參考須藤的〈魯迅病歷〉，當真實可靠。

17 日 3 時 30 分：魯迅告訴許廣平：「2 點鐘起來過就覺睡眠不好，做惡夢。」似氣喘初發的樣子，這回氣喘是第三次了，也不覺得比前二次厲害。（筆者按：估計 6 月間發作一次，《魯迅日記》未記，〈魯迅病歷〉漏記，未見其他資料，故本文未涉及）許廣平先以家庭備用「忽蘇爾」（可治肺病、心臟性氣喘）給魯迅 3 時 40 分服一次，4 時 40 分

服一次，5 時 40 分服一次。但病態不減。魯迅因天未亮，怕打攪別人，叫許廣平早上 7 時去內山書店請託電話須藤。（筆者按：多善良而會體貼他人的長者啊！）許廣平因看病重，6 時多鐘就去內山書店。魯迅掙扎著起床到書桌前坐下寫了一張字跡歪歪倒倒的便條，讓許廣平帶去。（筆者按：這就是認真一生的魯迅）

早晨 6 時 30 分之前：內山打過電話後，即來到魯迅病榻前，先給魯迅吃了治哮喘病的雞蛋油三個。魯迅對內山說苦得很。

早晨 6 時 30 分：須藤趕到魯迅病榻前，魯迅對須藤說：「從今天 4 點鐘起，哮喘又發作了，請快替我注射。」須藤在魯迅腕上打了一針（筆者按：估計應是針對哮喘的解痙止喘類藥水）。但魯迅呼吸仍很困難，對須藤說：「怎麼攪起的，總是沒有效果。」其間須藤給魯迅體檢：體溫 35.7 度，脈細 120 次左右／分，時有停滯。腹部扁平，兩肺聽診有哮鳴音。並回答魯迅說：「如果一針不見效，就再打一針。」──此刻須藤看來還有點鼓勵病人的信心和勇氣。其實，再打多少這類解痙止喘的針，也無濟於事，因為根本就不是哮喘病。這是須藤沒有診斷出氣胸的一誤。

早晨 7 時 30 分之後須藤給魯迅打了第二針。──估計還是解痙止喘類藥水。因為解痙止喘畢竟有改善支氣管通透性功能，症狀自然會出現略緩情況。但絕對還是無濟於事的。此是須藤不考慮氣胸的二誤。魯迅由書桌前坐椅移到躺椅上，開始和須藤講起話來了。7 時 55 分：內山看到魯迅病情緩解，因有個約會，即回書店。

上午 8 時：當天的日報到了，魯迅問許廣平：「報上有什麼事體？」許廣平回答：「沒有什麼，只有《譯文》的廣告。你的翻譯《死魂靈》登在頭一篇上。《作家》和《中流》的廣告還沒有。」但魯迅說：「報紙把我，眼鏡拿來。」他一面喘著，一面細看《譯文》廣告。

上午 9 時左右，須藤給魯迅打了第三針。但魯迅氣喘照舊，三針不見效。──須藤誤診所謂支氣管哮喘並不緩解下來。他這才有些犯嘀咕，不對呵，這是什麼哮喘？須藤為什麼不用自己手中的空注射針

管來抽氣呢？他會「行穿刺術取胸液」，為何不用「行穿刺取胸氣」呢？這是須藤不考慮氣胸的三誤。

上午 10 時：須藤離開魯迅病榻，來到內山書店，對內山說：「哮喘總沒有好，好像已經變成心臟性哮喘。」──時間已經過去 3 個多小時，須藤還沒有作出正確診斷。好像這個好像那個，又從誤診支氣管哮喘，再誤到莫須有的心臟性哮喘，就是考慮不到肺結核病常見併發症自發性氣胸。這是須藤還是沒有把錯誤的思維端正過來的四誤。

午前 11 時：須藤醫生在內山書店與內山先生商量，要請福民醫院松井醫學博士，來一道會診。並馬上把汽車駛到福民醫院去接松井醫學博士；恰巧因星期天緣故，松井博士不在醫院；須藤想打聽到他的去處，就親自去接他。又巧，松井偶然跑到內山書店來了，內山當即把魯迅今早發作氣喘、注射幾針無效的情況告訴松井。松井答應看視一下。──時間又過去了 2 小時，須藤已經手足無措了。找同行搬救兵是個辦法，但這「救兵」在肺科方面的醫學水準是不是比自己高明呢？這是須藤在急忙之中的五誤。

中午 12 時：須藤和松井兩醫生來到氣喘不已的魯迅病榻前，進行會診。經過一番問診聽診體檢後，竟一致診斷為支氣管哮喘轉為心臟性哮喘。在松井認可的情況下，決定兩小時打一針強心針，並給予吸氧。

在痛苦窒息中苦苦煎熬的魯迅，在這期間問了句：「我的病究竟怎麼樣了？」

晚間 6 時：須藤派一名護士來值班，執行須藤和松井兩醫生已經決定的醫囑。須藤對許廣平說：「過了這一夜，再過了明天，沒有危險了。」又對內山說了一聲「大概不妨事，明天再來，就回家去了。」──時間又過去 7 小時；從早上 6 時半須藤開始所謂「應急處置」以來，時間已經過了近 12 小時之久。上午的「王牌」是注射解痙止喘針，下午的「王牌」是注射強心針，外加吸氧。偏偏就是不考慮自發性氣胸，當然也沒有採取任何抽氣減壓的措施。更令人不解的是，須藤竟

心安理得地回家去了。回家不妨，你如果也交待一句醫生醫得了病，醫不了命之類回絕病家，我無能為力了，你家是否另請高明？家屬救人要緊，當可另圖他法或另請醫生，或急送醫院，魯迅一命還可得救。這是須藤的六誤。

晚間 7 時：內山總覺得不放心，再次請松井醫生來診，在須藤不在場的情況下看松井能不能想出更好的辦法。松井因不負全責，只說病勢很重，還是叫魯迅三弟周建人來好。——松井並未說是什麼病的病勢很重，也沒有採取措施。建議家人周建人來，是暗喻料理後事之類，隱含放棄之意。比愚拙的須藤沒有示意放棄要略高一些。但放在眼前的明明白白的自發性氣胸，就是視而不見；這是醫家誤診的悲哀，這是病家遭遇的不幸。因為，假設此刻那位還在上海廣東路 3 號開業的美國的肺科專家鄧醫生出現，魯迅這個鮮活生命還是可以挽救的。

晚間 7 時 30 分：許廣平送牛奶給魯迅，魯迅說：「不要吃。」過了些時，他又詢問：「是不是牛奶來了？」許廣平答道：「來了。」魯迅說：「給我吃一些。」飲了小半杯就不要了。此時已沒有醫生在場，只有許廣平、周建人、內山書店一名店員、還有一名護士留下熬夜，內山是裏裏外外忙了一天，到夜間 12 時才離去。——夜越來越深，越來越靜，時鐘的嘀答聲和魯迅的喘息聲顯得越來越清晰。魯迅已經窒息了整整 15 小時，處在高壓狀態下的胸膜腔氣體把肺臟壓迫得越來越小，並把縱隔向右側推移。誰也不知道魯迅這麼厲害的氣喘真正是什麼病，更不用說穿刺左側胸膜腔放出一點點空氣來了。這時，我們不得不提及日本泉彪之助教授為須藤開脫的、被有些魯迅研究專家引為證據的、肺結核和氣胸合併症死亡率目前仍高達 28.6% 的資料。那麼，治癒率則為 71.4%，遠遠高於死亡率。即使上世紀三十年代也只能是治癒率 60% 而死亡率 40%。問題是否正確診斷，像魯迅這樣被誤診的病例，在這裏活活挨時間，打強心針和吸氧，死亡率該是 100% 呵！當時為了營救魯迅突發的急症，內山和書店店員是全體動員，要錢有錢，要人有人，要物有物，要汽車有汽車，就是沒有要到一個好醫生。

在上世紀三十年代的大上海，一名中國上層知識份子，竟發生這樣慘烈的悲劇，還說什麼呢？但魯迅此刻還沒有倒下，不過須藤誤診的情勢已成定局，魯迅剩下的時間不多了！

夜間 12 時：魯迅看到善良的妻子擔心晚間 6 點鐘才來值班的護士熬不住夜，讓護士先睡一下，由她來盡護士的職責時，說了一句：「時間不早了，你也可以睡了。」這是魯迅在臨終之前給妻子留下的最後一句話；自己將撒手而去了，還關愛著妻子；這就是魯迅！真催人淚下！——如果在這個時刻，有誰忽然想起了 1936 年 6 月 15 日拍攝的魯迅胸部 X 光片，或者就是須藤在睡夢中想起了這張被遺忘的 X 光胸片，請一位高明的放射科醫生來會診一下，魯迅這個頑強的生命還可挽救！但病榻周遭除了嘀答聲和喘息聲外，只有死一般的沉寂。

夜間 12 時至次日凌晨 4 時：魯迅這其間飲過三次茶，解過一次小便。

19 日 5 時：護士又提前給魯迅注射最後一針強心針，即感情況不妙，店員即趕到書店大聲向內山老闆呼救。內山即奔到魯迅病榻前。石井醫生先趕到。須藤醫生後趕到。兩位醫生都說：「沒有法子。」是什麼病你們還明白吧？你們何曾想到應該想到的法子呢！

1936 年 10 月 19 日凌晨 5 時 25 分：魯迅先生這個偉大的生命定格。

嗚呼！魯迅這個——可能挽救而竟因誤診誤治被氣胸活活憋死的——鮮活生命不幸逝世的巨大悲劇，終於釀成。雖然，歲月的河流已經流淌了大半個世紀之久，但每當我們憶念起我們的「民族魂」彌留之際，那一聲比一聲急促的喘息，那在黎明之前的黑暗中漸漸消失的痛苦掙扎的神情，那已無法再凝視多事的中國文壇與多難的中華民族的目光時，我們的內心也還不得不為之震顫。在深深的痛惜之餘，即便我們已經跨入了新世紀，我們能不再次同聲一哭嗎?!

筆者附言：

　　本文在寫作過程中，承醫學界前輩南京胸科醫院院長談光新先生、南京醫科大學第二附屬醫院肺科主任醫師楊志華先生，魯研界前輩南京師範大學教授甘競存先生、教授洪橋先生、南京圖書館副館員紀維周先生、南京日報社張震麟先生審閱，特此致謝！限於本人水平，可能仍有欠妥與不足之處，歡迎讀者批評指正。

1984 年 3 月初稿

2001 年 11 月定稿於南京

附錄一

〈魯迅先生死於須藤誤診真相〉校閱記

南京胸科醫院院長、主任醫師　**談光新**

周正章同志撰〈魯迅先生死於須藤誤診真相〉稿已閱，對其中醫學部分，僅提出如下意見：

（1）上海的專家作出「魯迅先生不是直接死於肺結核病，而是死於自發性氣胸」的結論是正確的。雖然須藤醫生在死亡診斷書上最後追加了氣胸，但同時又並列了支氣管喘息與心臟性喘息（Impression）幾種病，說明主治醫生只是想到了這幾種可能，最多算為擬診，而態度不明確，未能作出科學的（Final Diagnosis）最後診斷。

（2）10 月 18 日（見須藤〈報告〉）檢查「近兩肺處聽診有喘鳴，加以應急處置之後始稍轉輕，其不穩狀態亦似稍緩」，19 日早晨「右肺喘鳴盡去，左肺亦然，診察左胸下半部覺有高而緊張之鼓音」，但「肋間亦覺陷落少許……」這其間有矛盾之處。如何理解喘鳴之時有時無？氣胸既呈鼓音，肋間一般呈膨滿，為何陷落？病者自發病至死亡 26 個小時之多，如果是張力（高壓）性氣胸，在病程中不可能出現稍許緩解，而應進行性加劇，造成死亡可能還更為迅速。氣胸如文中所述可分為三型，但可以互相轉變，我同意作者的意見，高壓性氣胸是病者的主要死因。

（3）「酸素」在日文中是指氧氣，而「酸素的吸入」即「吸氧」。文章論述「可以挽救偉大生命」的觀點，我是同意的。須藤對魯迅先生誤診誤治，應予譴責。

由於原稿文長，考證之處甚多，不及仔細鑽研，且限於水平，以上與作者商榷之處，僅供參考。

1984 年 4 月

附錄二

〈魯迅先生死於須藤誤診真相〉校閱錄

南京醫科大學第二附屬醫院主任醫師 **楊志華**

看了周正章同志撰〈魯迅先生死於須藤誤診真相〉一稿後，作者的觀點我是同意的。文中的醫學部分，就肺結核病的生理病理及其術語的運用和分析而言，沒有問題，是可以放心的。

這裏，我想談點氣腹箱問題。氣腹箱應用於肺結核臨床是比較早的，年青時的白求恩大夫患肺結核，因當時還沒有發明有效的抗癆藥物，就用氣腹箱做過氣腹治療（筆者按：時間是 1926 年）。氣腹治療法，在有效的抗癆藥物發現之前，是治療肺結核病的一種很普通的治療方法。原理就是用氣腹箱向腹腔裏注入空氣，使橫膈肌上升，將肺臟向上託，從而使肺臟中空洞性病灶閉合，以促進病灶的癒合。人工氣腹，到 60 年代還用。這種氣腹箱，在 30 年代的上海，是比較普遍的一種醫療器械，已廣泛應用於臨床。如果，把氣腹箱功能倒過來，從胸腔裏抽取空氣，改善氣胸的高壓狀態，使危害生命的氣體排出體外，是完全可以做到的。

我同意作者這個觀點，須藤當時既然能給魯迅抽取胸水，那麼，給魯迅的氣胸抽氣自然不成問題。

關於魯迅為什麼不讓美國肺科醫師代替日本醫師來給自己看病，我說不出所以然來。在我的印象中，舊中國醫學界，派別是很厲害的。30 年代的上海，在中國的德日派很吃香，紅的很；英美派那時不行，不很吃香。英美派一度也變得很紅，那是後來的事了。魯迅學的醫屬德日派，我年青時學醫，也是德日派。當時，醫學界就是這麼個形勢，叫做潮流吧。

　　魯迅逝世時，我在上海讀高中二年級，這事至今還記得。但我還沒有學醫。這篇文章，如果再從當時的治療背景上找些資料來論證，將會更有說服力的。不過，這工作有一定的困難，因為到目前為止，西醫學傳入中國的歷史，各種技術藥物演變的情況，恐怕還沒有人研究整理，這方面的資料不好找。自然，找一些年紀 70 開外的老專家還是可以的；但人數極少，而且他們的事情多，各種會議多，也不好找。如果方便的話，南京軍區總醫院的鄔學俊老先生是可以就近請教的。上海的榮獨山老先生也會很清楚的。大家都很忙，如果文章發稿後，再請他們發表意見，我看也不算遲。

1984 年 5 月 23 日

（原載《魯迅世界》2002 年第 1 期，
收入東方出版社 2003 年 10 月第 1 版《魯迅的五大未解之謎》）

筆者附言：

　　榮獨山（1901-1988）中國臨床放射學家。中國放射學奠基人之一。江蘇無錫人。畢生從事放射學的醫療、教學和研究工作，為中國放射醫學作出了重大貢獻。主要著作有《X 線診斷學》、《X 線診斷學進展》、《中國百科全書 X 線診斷學》等。1982 年他和夫人林飛卿教授捐資上海醫科大學設立「榮林獎學金。」（參見 1999 年版《辭海》第 4262 頁）（2006.5.15）

關於魯迅死因、毛羅對話等問題

──駁秋石「愛護魯迅」的「道義」

　　秋石先生的〈愛護魯迅是我們的共同道義──質疑《魯迅與我七十年》〉一文（見 2002 年 9 月 17 日《文藝報》第 3 版〈理論與爭鳴〉，以下略稱「秋文」。筆者按）愛護魯迅是假，愛護須藤是真；假弘揚道義之名，掩蓋與歪曲事實真相，對作為魯迅家人周海嬰於情於理於法均無可置議的正當權益，用輕薄的語言肆意攻擊，何嘗有什麼「道義」可言！本著「愛護魯迅」的道義，本文對秋文的質疑提出如下質疑。

一、輕薄魯迅愛護須藤的破產

　　秋文〈關於魯迅死因〉一節開頭寫道：「魯迅因肺結核晚期又不同意外出休養療病，於 1936 年 10 月 19 日逝世。應當說，有關魯迅死因是十分明瞭的，也是一個沒有什麼爭議的問題。」事實果真像秋石所說的那樣「明瞭」、「沒有什麼爭議」嗎？

（一）關於魯迅死因長期而尖銳的爭議

　　1949 年 10 月 19 日《人民日報》發表周建人先生撰寫的〈魯迅的病疑被須藤醫生所耽誤〉一文，是最早對魯迅死因的公開質疑；周海

嬰先生這次在《魯迅與我七十年》一書中又披露了周建人 1949 年 7 月 14 日致許廣平的信，是對公開質疑的進一步印證。周海嬰作為魯迅之子這次所提對須藤的種種質疑，可說魯迅家人對魯迅死因懷疑已長達半個世紀之久。僅憑這一點就已說明，魯迅死因絕不是「十分明瞭」、「沒有什麼爭議」的問題。

秋文說「歷史的真實是誰也不能捏造或篡改的。」說得對。現在就讓我們來看看「歷史」吧。

史實之一：1984 年 2 月 22 日上海「魯迅先生胸部 X 光片讀片會」，由上海魯迅紀念館邀請滬地 9 家醫院 23 位國內第一流放射科與肺科專家、對魯迅死因作出極具權威性的科學診斷：「魯迅先生不是直接死於肺結核，而是氣胸。」該次讀片會的有關資料及結論見於 1984 年 2 月 23 日《解放日報》第 1 版許菊芬記者的報導，同時還見於上海魯迅紀念館 1984 年 12 月發行的《紀念與研究》第 6 輯〈魯迅先生胸部 X 線讀片會和臨床討論會的意見〉。在《解放日報》的報導題為〈魯迅先生不是直接死於肺結核病〉，上下副標題為「上海著名醫學專家、教授作出新結論」、「根據遺物胸部 X 光片和逝世前二十六時的病情紀錄，專家們認為魯迅先生死於自發性氣胸」，明確判斷魯迅肺結核病情「屬中等程度」。上海魯迅胸片讀片會的結論，向為研究者重視，也是研討魯迅死因不可迴避的基本事實。而秋文稱「肺結核晚期」說，不知由哪位醫學權威出具的，希望能出示一下，好讓國人見識見識。

史實之二：1984 年 5 月 5 日南京《週末報》發表〈揭開魯迅死因之謎〉一文，作者紀維周先生在請教醫生後，得知自發性氣胸在 30 年代的上海並非不治之症，並把矛頭指向日本醫生須藤。

史實之三：1984 年 7 月 21 日北京《團結報》發表〈魯迅先生並非死於肺病〉一文，作者蔡瓊先生亦根據上海讀片會結論，提及「魯迅先生『氣喘復發』，經須藤醫生注射治療，反而病情加重。」

史實之四：紀維周文章很快被日本《朝日新聞》翻譯成日文予以轉載，該報 6 月 4 日發表日本泉彪之助文章，6 月 16 日發表日本竹內

實文章，對紀文提批評，為須藤辯解。8 月 25 日北京《團結報》發表陳漱渝先生〈日本讀者對魯迅死因的看法〉，介紹並同意兩位日本讀者對紀文的批評，同時引用所謂周海嬰的委託，也對紀文提出批評。

史實之五：1984 年 9 月 23 日《解放日報》發表上海魯迅紀念館楊藍先生的〈關於魯迅胸部 X 線讀片會的始末〉一文，不顧事實為須藤辯解，再次不指名批評質疑須藤醫生的兩位中國作者紀維周和蔡瓊。

史實之六：在中國報紙刊登陳漱渝先生文章與楊藍先生文章的壓力下，《週末報》和《團結報》相繼被迫以編者按形式公開檢討。1984 年 8 月 26 日日本的《朝日新聞‧朝刊》發表〈魯迅兒子周氏否定魯迅之死與日本原軍醫有關的論點〉一文，9 月 12 日《朝日新聞‧夕刊》發表〈魯迅死因之謎的論爭可以終止了──中國報紙刊登了自我批評〉一文，對陳文和楊文一致叫好，並對中國報紙的公開檢討表示滿意。(9 月 12 日《朝日新聞‧夕刊》文章的日期出自陳漱渝先生《魯迅史實求真錄》第 289 頁，與楊藍文發表於 9 月 23 日似有抵牾，存疑待考。筆者按)

史實之七：1987 年武漢《青年論壇》第 1 期發表拙作〈魯迅死於醫生的誤診誤治〉一文，對來自國內外兩股壓力不予理睬，從醫學角度對日本醫生須藤的誤診誤治提出批評。

史實之八：1987 年 9 月陳漱渝先生出版《魯迅史實求真錄》一書，將 1984 年兩位中國作者質疑須藤的兩篇文章與日本《朝日新聞》兩篇文章，作為陳氏〈日本讀者對於魯迅死因的看法〉一文的附錄一併收入書中。並警告說：「作為今後研究工作的『前車之鑒』。」

史實之九：2001 年第 4 期《新聞廣場》發表張震麟先生的〈是誰言不由衷──十七年前南京《週末報》的一場風波〉一文，對 1984 年陳、楊兩位批評者與兩位日本讀者泉彪之助、竹內實為須藤辯解進行了批評，並不理會陳氏發出的警告。該刊同時重載紀維周〈揭開魯迅死因之謎〉一文。

　　史實之十：筆者於 2002 年廣東《魯迅世界》第 1 期發表拙作 3 萬餘字的長文〈魯迅先生死於須藤誤診真相〉。2002 年 3 月 17 日南京《現代快報》第 8 版記者曹鋒先生以〈南京學者周正章發表 3 萬字論文──魯迅死於誤診〉為題，給予報導，並報導甘競存、包忠文、姜建三位魯研專家對拙作的評價。相繼報導拙作的還有：3 月 19 日《江蘇工人報》第 4 版張震麟先生的〈魯迅死因再次引起國人關注〉；3 月 28 日上海《文學報》第 1 版記者陸梅女士的〈魯迅死於誤診〉；4 月 16 日《合肥晚報》陳彥慧先生的〈南京學者大膽發言──魯迅死於庸醫誤診〉；2002 年《新聞廣場》第 3 期張震麟先生的〈關於《週末報》魯迅死因之爭有定論──魯迅死於日本醫生的誤診誤治〉；2002 年《南京作家》第 2 期張震麟先生的〈周正章的文章引起魯迅研究界關注〉；2002 年《魯迅世界》第 3 期任真先生的〈周正章披露「魯迅死因」引起廣泛關注〉等等。涉及拙作的文章還有：2002 年《魯迅世界》第 3 期莊嚴先生的〈兩個視野中的「魯迅之死」〉，9 月 13 日《雜文報》第 2 版施京吾先生的〈從對魯迅死因的研究說起〉等。此外，江蘇省魯迅研究會於 5 月 11 日召開「魯迅死因研討會」，邀請了省內外魯迅研究專家、學者赴會，對拙作給予積極評價，會議情況見於 5 月 12 日《現代快報》第 8 版、《魯迅世界》第 3 期、《紹興魯迅研究》總第 24 期。對於拙作提出反對意見的，據魯研專家閔抗生先生相告，他聽說網上已有，可惜本人未及搜索。

　　史實之十一：據我所知，近來對魯迅死因發表各自看法的魯迅研究專家、學者，尚有陳漱渝先生、陳福康先生、王錫榮先生、朱正先生，還有何滿子先生、王元化先生、鄭心伶先生、甘競存先生、包忠文先生、姜建先生、洪橋先生、張震麟先生、紀維周先生等等，均見於公開的報章雜誌。除其中陳漱渝春天的「認同誤診」說，秋天又「反對誤診」說之外，其餘均不同程度的質疑了須藤的責任問題。恕不一一列出。

我之所以不厭其煩，把對魯迅死因 50 多年來長期而尖銳的爭議情況簡要介紹一下，其目的就是要用史實來向讀者揭露秋文的瞞和騙，魯迅死因不是沒有爭議，而是個長期以來爭議十分尖銳乃至多次反覆的跨世紀的話題。掩飾、捏造或篡改歷史真實的，不是別人，正是秋石自己。這樣的作為者，是有悖於為人的基本道德的。

（二）關於須藤難以推卸誤診責任的確定性因素

秋文在摘引魯迅的〈死〉的有關文字後，結論道：「縱觀魯迅親述，一是替無辜的須藤先生摘（原文如此。筆者按）除了在他死後 65 年由海嬰先生冠以『謀害』或『延誤』的冤獄；二是經當時最具權威的肺病專家鄧恩診斷，魯迅不僅病危，而且『早在五年前就已經死掉』，其後的 X 光片證實了鄧恩醫生所言魯迅病情的危言。」僅憑鄧醫生的一句「無根之言」，就「十分明瞭」了，而須藤醫生的有關魯迅死因的真情，也因這句「無根之言」化為烏有。

這裏還得借用秋文中的話：「歷史的真實是誰也不能捏造或篡改的。」

史實之一：1936 年 10 月 19 日魯迅逝世。逝世前兩天即 10 月 17 日《魯迅日記》這一天記載很完整：「晴。上午得崔真吾信。得季市信。得靖華信，午後複。須藤先生來診。下午同谷非訪鹿地亘。往內山書店。費君來並交《壞孩子》十本。夜三弟來。」——這難道就是秋文所稱一個肺結核晚期患者臨終前，所能有的體能狀態嗎？從早忙到晚，毫無倦怠的樣子，更絕無睡臥病榻的記載。魯迅不僅收閱三封來信，還回覆其中一封信；不僅外出訪友（魯迅臥室在二樓，鹿地亘亦住二樓，二次登樓均無人攙扶，更無體力不支之記載。筆者按）、往書店，還正常接待四位客人。其中一位是來診病的須藤，看來他也並未交待魯迅要臥床休息。魯迅是個嚴格遵守醫囑之人，如果須藤有要他臥床的醫囑，他決不會活動如常人的。谷非即胡風，來陪同魯迅訪鹿

地亘的。費君即費慎祥，因業務關係前來送書。三弟即周建人，魯迅堅決急迫地委託他快找住房，要即刻搬家，說「電燈沒有也不要緊，我可以點洋燈。搬進去後再辦接火等手續。」並且親自寫了「周裕齋印」四個字，請周建人代刻印章，以備租房訂約用。（見周建人《略講關於魯迅的事情》第 51 頁）談得很晚，周建人告辭時一切均很正常，但幾個小時後魯迅的氣喘發作了……

　　史實之二：魯迅 17 日「下午同谷非訪鹿地亘。」同訪者胡風，在《魯迅先生》長篇回憶錄（見《新文學史料》1993 年第 1 期，並見北京出版社 1999 年 1 月第 1 版《魯迅回憶錄》）、被訪者鹿地亘在〈魯迅和我〉（見《魯迅先生紀念集》第二輯第 43 頁，並見北京出版社《魯迅回憶錄》）、池田幸子（鹿地亘夫人）在〈最後一天的魯迅〉（見《魯迅先生紀念集》第二輯第 53 頁，並見北京出版社《魯迅回憶錄》）三篇文章中都記載了魯迅在訪晤過程中愉快的心情，輕鬆的談吐，趣味橫生的幽默。尤其是鹿地亘、池田幸子分別記敘來訪進門時的神情彌足珍貴：「魯迅稀罕地戴了帽子，微笑著走上樓來。」，「魯迅微笑著走進房裏來了。」池田幸子隨魯迅下樓送客人告別時：「『再會！好好休養！』已經開步走的魯迅不再回顧。」「狂風要把他的深紫色的長衫的衣裾吹去；而他卻毅然頭也不回地跨步而去。沉靜的步調沒有紛亂。」──這難道就是秋文所稱一個肺結核晚期患者臨終前所能具有的體能與心態嗎？

　　史實之三：魯迅 17 日「得靖華信，午後復。」這封致曹靖華的信用毛筆書寫，足足寫了七八百字，在寫到病況時：「我病醫療多日，打針與服藥並行，10 日前均停止，以觀結果，而不料竟又發熱，蓋有在肺尖之結核一處，尚在活動也。日內當又開手治療之。此病雖糾纏，但在我之年齡，已不危險，終當有痊可之一日，請勿念為要。」──這也絕不是一個肺結核晚期患者所能為也。魯迅說過「一任著日本的須藤的診治的」話，他也確實是個嚴格遵守醫囑的患者。這封信寫的關於病況的話，大體來自醫生之口；而須藤來診或往須藤醫院診的記

載，日記中幾乎不間斷。「在我之年齡，已不危險，終當有痊可之一日」，墨蹟未乾，人則嗚呼哀哉！這難道就是秋文所稱：「應該說，有關魯迅死因是十分明瞭」嗎？「一分」都談不上，何「十分」之有?!

史實之四：魯迅 17 日「往內山書店」該是傍晚時分，魯迅將跨進書店時給日本塑像家奧田杏花遇上，奧田在〈我們最後的談話〉（見《魯迅先生紀念集》第二輯第 40 頁，並見北京出版社《魯迅回憶錄》）一文中描繪了魯迅瞬間的神態有一段「世界哲學者」的談話：「我站在傍晚的北四川路的電車的終點，眺望著火光消失了似的戒嚴令下的街頭。突然，一個五六十歲的孱弱的中國人，在尖利的北風中走來（當是魯迅從鹿地亘、池田幸子家中告辭後，向內山書店走來。筆者按），塵風翻起他的長袍的大襟，飄飄然像風也似地進了內山書店。呀，這不是魯迅先生嗎！」奧田杏花尾隨魯迅進入書店，「我從魯迅先生的後面以手輕叩他的肩頭，他回過頭來：『呵！久違了，』他的目光閃耀著，這聲音較平時的魯迅精神一倍，他的健康著實使我安心了。」魯迅回答了奧田對中日時局的發問：「『我認為中日親善和調和，要在中國軍備達到日本軍備的水準時，才會有結果，但這不能擔保要經過幾年才成。譬如：一個懦弱的孩子和一個強橫的孩子二人在一起，一定會吵起來，然而要是懦弱的孩子也長大強壯起來，而反能很友好地玩著。』魯迅先生說到這裏，撬起八字式鬍鬚成一字式而笑了。」──我們可從上述三篇文章的不同角度，看到三位日本目擊者筆下魯迅敏捷的身姿和飛揚的神采，這些都在在表明魯迅的實際病狀，並非秋文所稱肺結核晚期即肺結核終末期患者所解釋得了的。我之所以照錄魯迅這段極富哲理的比喻，就是深感到我們的某些為須藤辯解的論客，彷彿就是那個沒有長大的「懦弱的孩子」似的，不敢正視歷史的真相。

史實之五：魯迅 17 日上午寫了一篇沒完稿的〈因太炎先生而想起的二三事〉，已達二千六百字。魯迅想起這一年一月份，吳稚暉發表回憶文章，攻擊章太炎。魯迅以清末剪辮話題，回憶了日本留學時的往事，重新肯定當年章對吳的批判。並指出，章在手定《章氏叢書》時

未收當年攻戰文章,「其實是吃虧,上當的,正使物能遁形,貽患千古。」
──我們且不說文字內容所體現的活躍而幽遠的文思,雄視未來的目
光。不妨去端詳一下,人人都可從《魯迅全集》插圖看到的這篇文章
的毛筆書寫的手稿,那蒼勁的筆力,生動的氣韻,那的確不是一個肺
結核晚期患者,臥床不起時所能為的。

　　史實之六:魯迅 1936 年 10 月 18 日凌晨 3 時 30 分氣喘發作,掙
扎著給內山完造寫了封字跡歪歪斜斜的書信:「老闆:出乎意料之外,
從半夜起,哮喘又發作起來了。因此,已不能踐十點鐘的約,很對不
起。拜託你,請你打個電話請須藤先生來。希望快點給我辦!草草頓
首 L 拜十月十八日。」許廣平於 18 日凌晨 6 時多,將此絕筆送到內
山完造手中。這就是魯迅 17 日幾乎與正常人一樣度過正常的一天之
後,18 日未起床突然出現「生命危機」的狀態。這回氣喘是當年三月
以來的第三次,也不覺得比前二次屬害。其實所發氣喘並非「哮喘」,
這是須藤從 3 月份起直至 10 月份仍誤診為「支氣管哮喘」的烙印,下
面須藤留下的文字中還有,此處不枝蔓。前二回氣喘也是自發性氣胸,
不過是可以自愈的、不致命的、較輕的自發性氣胸中的閉合性氣胸,
而這回的氣胸則由閉合性氣胸的發展變化,向致命的自發性氣胸中最
嚴重的高壓性氣胸轉變。關於自發性氣胸的比較詳細的病理機制及其
分型,拙作〈魯迅先生死於須藤誤診真相〉已有介紹,這裏不必嚕嗦
了。假若,此刻魯迅發作的氣胸不向高壓性氣胸轉變如前兩回一樣,
或者即使向高壓性氣胸轉變,懂得氣胸病理與治療方法的須藤,能像
給魯迅胸膜腔內抽取積水一樣,即時給魯迅胸膜腔內抽取高壓氣體,
那麼,魯迅生命的「劫難」是可以跨過去的。須藤的引流穿刺已三次
進入魯迅胸膜腔內抽取積水,為什麼須藤的引流穿刺一次都沒有進入
魯迅胸膜腔內抽取高壓氣體呢?但是,須藤醫生當時確確實實沒有這
樣做,他總是把氣胸誤為哮喘,進一步又誤為心源性哮喘,而急症狀
態下的 26 小時的時間讓他白白浪費了。

史實之七：須藤醫生的〈魯迅先生病狀經過〉即〈魯迅病歷〉（見1936 年 11 月 15 日上海《作家》月刊第 2 卷第 2 期，並見《魯迅先生紀念集》與北京出版社《魯迅回憶錄》）中關於魯迅死因的「分析」也寫得很清楚：「10 月 18 日。午前 3 時喘息又突然發作，午前 6 時半往診。」「右肺喘鳴盡去，左肺亦然，診察左胸下半部覺有高而緊張之鼓音，肋間亦覺陷落少許，心臟越過右界，橫徑約半指許。決定為心臟下方右傾，肺動與脈搏二音如稍亢進，諒已引起所謂『氣胸（Pheu motnorax）』。」「追加疾病名稱：胃擴張，腸弛緩，肺結核，右胸濕性肋膜炎，支氣管性哮喘，心臟性喘息及氣胸。」──這個關於魯迅病況記錄中的「左胸下半部覺有高而緊張之鼓音」，與下句「肋間亦覺陷落少許」是相抵牾的，因為在壓力增高的狀態下既然出現「高而緊張之鼓音」，「肋間陷落少許」是不可能的，應飽滿才是道理。指出這一句就行了，足證須藤瞭解氣胸病理，但不甚了然，追加補寫病歷時留下了破綻。指出以下兩點是必要的：（1）須藤追加疾病名稱中的「支氣管喘息，心臟性喘息」，即今稱「支氣管哮喘」與「心源性哮喘」，上海魯迅胸片讀片會已予否認。拙作〈魯迅先生死於須藤誤診真相〉中已詳加論證係須藤誤診之原由，此處不再囉嗦。（2）秋文所稱「肺結核晚期」之論斷，在它為之辯解的須藤寫了那麼多追加病名中也找不到任何蹤影。

史實之八：須藤在〈醫學者所見魯迅先生〉中解釋魯迅之死的「突然」，也沒有提到肺結核晚期，而說的還是氣胸：「先生的死，為什麼這樣快地就來了呢？說起來，是從 10 月 18 日午前 3 點鐘起，舊病支氣管喘息發作，因呼吸困難，肺臟組織的抵抗減少部，由於呼吸困難促迫；因為胸內壓亢進，容易引起肺組織的脆弱部自開或穿孔，增加胸腔內氣壓壓迫心臟，引起心臟性喘息，愈加增呼吸困難自行異常及障礙。因此在比較短的時間，症狀遞增，而惹起心臟麻痺，終成不歸之客了。」──說的基本上還是氣胸。但其中有向莫須有的心源性哮喘方面胡扯的跡象，不深加討論了。

史實之九：周建人〈魯迅的病疑被須藤醫生所耽誤〉一文所載須藤關於魯迅之死的解釋，說的也還是氣胸：「魯迅的病漸漸沉重起來。但過了一個時期，又好像好起來了。可是忽然急劇的氣喘發作，很快的就死去了。據須藤說：因肺結核穿孔，空氣外漏，心臟受壓迫，所以氣喘。」──此說當源於須藤也，秋文怎可舍氣胸一說而另起爐灶呢？看來連須藤都不會同意的。須藤比起他的辯護士要聰明得多，面對魯迅一切如常的生活、工作、身體及病況，他注意到了「突然」的急症狀態，是不會貿然說出死於肺結核晚期即肺結核終末期這樣愚蠢的話的。

史實之十：許廣平有篇寫於魯迅逝世後兩星期又四天的〈最後的一天〉，是篇極易尋覓的、幾乎重要的魯迅回憶錄都要收錄的、對魯迅臨終 26 小時的病狀及須藤如何處理如何急救等過程有詳細而精確記敘的文字。秋文對此涉及魯迅死因不可迴避的重要文章竟然隻字不提，而去大段抄錄許廣平主要談魯迅六月間「病重」而不是「病危」的〈關於魯迅先生的病中日記和宋慶齡先生的來信〉一文，這不是故意向讀者瞞騙死因真情是什麼？

史實之十一：內山完造的〈憶魯迅先生〉（原載 1936 年 11 月 15 日《作家》月刊第 2 卷第 2 期）一文，也不是篇「秘文」，而是篇幾乎必為重要魯迅回憶錄都要收錄的、有一節專門詳盡記載魯迅「病危」即 10 月 18 日從早到晚病況惡化及須藤如何應對過程的文字；與上篇許廣平〈最後的一天〉的記敘完全吻合，同時還補充了許文未涉及的魯迅寓所病榻之外的須藤如何應對的內容。這篇涉及魯迅死因不可迴避的重要文章，秋文亦故意「秘而不宣」。

綜上所述，這些有關魯迅死因 10 月 17 日、18 日、19 日三天的最基本史實，是任何真正研究魯迅死因者都不可迴避的。離開這些最基本史實，把真事隱去，將時間倒推到四個月零十九天之前的 5 月 31 日，大做攻擊文章，讓須藤遁形，這不叫做「伎倆」叫什麼？這難道叫作「正義」嗎？但是，只要把這三天十來件最基本史實梳理一下，

魯迅死得「突然」就凸現出來了：須藤沒有正確處理魯迅的「急症」氣胸，把氣胸誤診為支氣管哮喘繼而誤為心源性哮喘的誤診責任就難以推卸了。

用一句法律慣用的術語，關於魯迅逝世前三天的最基本史實，才是研究魯迅死因的「確定性因素」。秋文企圖遠離「確定性因素」是徒勞的。

（三）用鄧恩醫生的「無根之言」是輕薄魯迅

秋文為了替須藤辯解，不僅無視長期以來在魯迅死因問題上的爭議及須藤誤診的確定性因素，而且還一口氣羅列五條理由把死因的責任推向魯迅本人：（1）魯迅不同意異地休養療病；（2）魯迅不同意打空氣針；（3）魯迅所患之病是肺結核晚期（其實當年 6 月份才被確診）；（4）魯迅習醫懂醫不可能不察覺誤診等意外；（5）鄧恩醫生稱魯迅「5 年前已經死掉」，多餘的 5 年存活是「外快」。為了替須藤辯解，不惜以輕薄的語言褻瀆魯迅，彷彿魯迅是自己找死，與他人無干。這樣惡劣的態度與做法，將責任轉嫁魯迅本人，還談什麼「愛護魯迅」！

秋文稱「魯迅因肺結核晚期又不同意外出休養療病，於 1936 年 10 月 19 日逝世。」又稱「事實上，正是魯迅先生拒絕鄧恩先生關於靜養一年及注射『空氣針』的診療方案。」秋文的意思很明白：倘若魯迅接受「外出休養療病」和「注射空氣針」是可以不死的，正是魯迅本人拒絕了在秋石看來是唯一活命的方法，所以魯迅之死怨不得別人，更不能怨須藤了。如果魯迅確實是死於肺結核晚期，則秋文之說不能說全無道理，但魯迅確確實實不是肺結核晚期慢性死亡，而是突然死亡，是死於自發性氣胸，那麼對魯迅的這個指責，就毫無道理可言了。除非推翻上海魯迅胸片讀片會的科學結論，否則，秋文的辯解與指責無論如何是不能成立的。

關於魯迅習醫懂醫一說，秋文甚至以此稱魯迅為須藤「同行」，來為須藤辯解，實屬無稽之談。魯迅早年習醫是事實，但魯迅習醫僅一年半即棄醫從文，凡讀過魯迅傳記的人無人不知。魯迅終其一生沒有行過醫做過醫生，更是讀魯迅傳記者人所共知的史實，何「同行」之有？這裏更不必去細說魯迅只讀了解剖學、組織學、生理學、微生物學，還來不及讀病理學、檢驗學、診斷學、藥理學、內科學、外科學、婦科學、兒科學等及臨床見習了。秋文這樣歪曲史實，不擇手段哄抬魯迅，讓魯迅多擔責任，給須藤開脫，真可謂用心良苦了！

美國鄧恩醫生稱魯迅「五年前已經死掉」的無根之言，被論客們爭相引用，負面影響較大。秋文也作為時髦貨用來替須藤辯解，這裏重點批駁如下：

堅持為須藤辯解的陳漱渝先生，早在 2002 年 9 月初，就到廣州拋出鄧恩醫生的「無根之言」說：魯迅「活到 56 歲已是奇跡，因此被日本須藤誤診致死一說實屬無稽之談。」（見 9 月 5 日《揚子晚報》A11 版，以下陳文未注出處者，均見於此。──筆者按）至於魯迅究竟怎樣「突然」死於須藤誤診的真相，陳某是無需一顧的。陳先生是魯迅死因爭議中的重要角色，他對上述指陳的史實當了然於胸，上海魯迅胸片讀片會的結論出現於他文章與著作中，但他為魯迅死因下斷語時，卻視而不見。

尾隨而後的秋文，在 9 月中旬，也把鄧恩醫生那句「無根之言」拋了出來，但秋文卻有三點不同：（1）把魯迅賺到多活五年的「外快」，通過摘引姚克的〈最初和最後的一面〉直接明示出來。（秋文稱姚克與魯迅的最後一面是「在魯迅逝世前數日」，其實應是「27 天」。看來秋文在指責海嬰沒有讀好魯迅日記時，其實秋某本人也並沒有讀好魯迅日記。──筆者按）（2）把鄧恩醫生的「無根之言」冒充成魯迅的原話，攻擊海嬰，胡說：魯迅「替無辜的須藤先生摘除了」「由海嬰先生冠以『謀害』或『延誤』的冤獄」。（3）把鄧恩醫生的「無根之言」冒

充成魯迅的原話後,並哄抬魯迅「摘除了在他死後 65 年」的海嬰所為,彷彿魯迅閃耀先知的光芒,其實是搞唯心論。

為替須藤辯護,陳稱鄧恩醫生為「當時醫療條件最好的美國醫生」,秋稱鄧恩醫生為「最具權威的」「全面診察」。其實,那天鄧恩醫生不過「打診聽診」而已,魯迅筆下寫得那麼分明。當年鄧恩醫生,連那張 X 光片也沒有看過,沒有查痰、查血、查胸膜積液、查熱型等等,這樣的診斷有何「權威」可言?

這裏直率地說一句,鄧恩醫生空言五年前如何如何的廢話,而不向患者正確預後,肺結核有可能死於大咯血和自發性氣胸,他連個高明的或稱職的肺科醫生都談不上,何來這個「最」那個「最」呢?當時大家包括魯迅在內都稱鄧恩醫生為肺科專家,不過是說說而已。因為,據日本泉彪之助調查,鄧恩醫生「是一位熱帶病專家」(見陳漱渝《扶桑日記》),他對魯迅病情的診斷僅憑叩診聽診,絕不是秋文所誇張的那樣,是什麼所謂的「全面診察」。但憑聽診叩診已能得知肺結核病況,應該說實屬不易。可是,「早死五年」的證據在哪裡?

魯迅對鄧恩的診斷其實是並不認同的。緊接那句「無根之言」之後,魯迅說:

(1)「我也沒有請他(即鄧恩。──筆者按)開方,因為我想,他的醫學從歐洲學來,一定是沒有學過給死了五年的病人開方的法子。」──畢竟是魯迅,世間過去、現在、未來會有「給死了五年的病人開方」的醫生嗎?一定是沒有的。誰在五年前已經病死的「診斷學」是不存在的,除非是算命打卦的江湖術士。

(2)「我並不怎麼介意於他的宣告。」(即鄧醫生的「無根之言」。──筆者按)──終究是魯迅,終究是思維明晰的魯迅,他倘若真的「介意」這「無根之言」,魯迅就不成其為魯迅了!那魯迅豈不成了疑神信鬼的江湖術士了!

(3)此外,魯迅 1936 年 6 月 25 日致曹白信說:「再活一二十年也可以的。」──這不是明白無疑地表示魯迅對「五年前已經死掉」

的「無根之言」的不信任嗎？秋文則把這「無根之言」冒充為魯迅的原話，招搖過市，真不知人間還有羞恥兩字。

《魯迅全集》中還有不少與「五年前已經死掉」完全相反的、病況日見好轉的、類似「再活一二十年也可以的」文字，看來亦不得不公佈出來。否則，讓那句「無根之言」從南飛到北，從北飛到南，不知要騙過多少讀者。現將鄧恩醫生診病之後，至魯迅 1936 年 10 月 19 日逝世之前，即秋文考證出的四個月零十九天中，魯迅筆下介紹病情的有關文字，以時間順序抄錄如下，並略加說明。

（1）6 月 25 日致曹白：「現在看他的病的是須藤醫師，是他的老朋友，就年齡與資格而論，也是他的先輩，每天來寓給他注射，意思是在將正在活動的病灶包圍，使其不能發展。據說這目的不久就可達到，那時候，熱就全退了。據醫師說，這回修繕以後，倘小心衛生，一不要傷風；二不要腹瀉，那就可以像先前一樣拖下去，如果拖得巧妙，再活一二十年也可以的。」──這封信是魯迅口授許廣平筆錄，已收入《魯迅全集》。我們是相信那過去式的「無根之言」呢？還是相信這未來式的「再活一二十年也可以的」可能性很大的話呢？而魯迅怎麼就沒有「像先前一樣拖下去」呢？我認為，如果注意到自發性氣胸的突發並不至於誤診誤治，並排除發生大咯血之可能，這兩條實質性注意事項，「再活一二十年也可以的」這句話並非是句空言，確乎是完全可能的。遠的例子不必去尋找，即以魯迅身邊的三弟周建人為例，就可以說明這一點。周建人（1888-1984）當年亦患有肺結核病，每天還堅持往商務印書館上班，與魯迅天天在家工作不同；經濟狀況遠不及魯迅，時時接受大哥魯迅的接濟；醫療條件也達不到魯迅可以天天請醫生上門診治。但周建人活到 96 歲高齡才逝世，這便是無數同時代人，從肺結核病魔的摧殘中掙脫過來的一個例證，何況是遺傳基因相近而為同胞兄長的魯迅呢！

（2）7月6日致曹靖華：「不過這回總算又好起來了，可釋遠念。此後只要注意不傷風，不過勞，就不至於復發。肺結核對青年是險症，但對於老年人卻是並不致命的。」

（3）8月2日致沈雁冰：「注射已在一星期前已告一段落，肺病的進行，似已被阻止；但偶仍發熱，則由於肋膜，不足為意也。」

（4）8月13日致沈雁冰：「肺部大約告一段落了，而肋膜炎餘孽，還在作怪，要再注射一星期看。」

（5）8月16日致沈雁冰：「肋膜炎大約不足慮；肺則於十三四兩日中，使我吐血數十口。肺病而有吐血，本是分內事，……血已於昨日完全制止，據醫生言，似並非病灶活動。」

（6）8月27日致曹靖華：「我的病也時好時壞。十天前吐血數十口，次日即用注射制止，醫診斷為於肺無害，實際上也確不覺什麼。」「至於吐血，不過斷一小血管，所以並非肺病加重之兆，因重症而不吐血者，亦常有也。」

（7）8月31日致沈雁冰：「我肺部已無大患，而肋膜還扯麻煩，未能停藥。」——這裏需略加說明者有以下幾點：（1）信中關於病況的種種說法，大抵出自須藤醫生之口，魯迅僅重點筆錄而已。這完全符合魯迅「一任著日本的須藤醫師的診治的」意思，魯迅是個嚴格遵守醫囑之患者；（2）須藤著眼於魯迅病狀要點在肋膜炎，而肋膜炎不足慮，尚不足致人於死命；（3）一連串的「肺結核對青年是險症，但對於老年人卻是不致命的」，「肺病的進行，似已被阻止」，「肺部大約告一段落了」，「據醫生言，似並非病灶活動」，「並非肺病加重之兆」，「醫診斷為於肺無害」，「我肺部已無大患」等，這些都證明魯迅肺結核病況並不十分嚴重；（4）「因重症而不吐血者，亦常有也」一句，似明確說明魯迅的吐血「並非肺病加重之兆」，並非肺結核「重症」，何來肺結核晚期之說？（5）此點與上海 X 光胸片讀片會專家教授們認為，魯迅肺結核病情屬「中等程度」是十分吻合的；（6）那麼須藤醫生是不是也會像鄧恩醫生那樣亂發空言呢？不是的，須藤關於肺結核

病況進展情況的診斷是可信的。因為肺結核病灶活動與否，只要運用極簡便的查痰呈陰性與否即可得出結論，而須藤在〈魯迅病歷〉中確有查痰記載，所以他反覆向魯迅解釋肺結核病灶活動情況是有根據的。須藤的重要失誤，應考慮按醫生的常規做法，6月15日攝全胸片已快到三個月，在9月間再攝一全胸片以對照就好了，但是他沒有這樣做。而兩位論客的「肺結核晚期」說，連從他們為之辯解的須藤這裏也找不到根據。

（8）9月3日致母親：「肺病是不會斷根的病，全愈是不能的，但四十以上人，卻無性命危險，況且一發即醫，不要緊的。」

（9）9月7日致曹靖華：「至於病狀，則幾乎全無，但還不能停藥，因此也離不開醫生。」

（10）9月21日致唐訶：「我還時時發熱，但這年紀的肺病，是不會致命的，可是也不會好」。

（11）9月22日致母親：「男近日情形，比先前又好一點，臉上的樣子，已經恢復了病前的狀態了，但有時還要發低熱，所以仍在注射。」

（12）10月15日致臺靜農：「夏間本擬避暑，而病不脫體，未能離開醫生，遂也不能離開上海，荏苒已至晚秋，倘一止藥，仍忽發熱，蓋胃強則肺已愈，今胃亦弱，故致糾纏，然糾纏而已，於性命當無傷也。」

（13）10月17日致曹靖華：「我病醫療多日，打針與服藥並行，10日前均停止，以觀結果，而不料竟又發熱，蓋有在肺尖之結核一處，尚在活動也。日內又開手治療之。此病雖糾纏，但在我之年齡，已不危險，終當有痊可之一日，請勿念為要。」——這一系列與「五年前已經死掉」的「無根之言」完全相反的、病體逐漸見愈的、其中不少屬於魯迅自己對將戰勝疾病充滿堅定信心的文字，絕不是一條「無根之言」的孤證所能比擬的。魯迅10月1日體重較8月1日增加1公斤。這一句句鏗鏘有力的聲音，這一拍拍生命節律的跳動：「四十以上人，

卻無性命危險」,「至於病狀,則幾乎全無」,「這年紀的肺病,是不會致命的」,「比先前又好一點,臉上的樣子,已經恢復了病前的狀態了」,「於性命當無傷也」,「在我之年齡,已不危險,終當有痊可之一日」。這難道就是某些論客所謂「肺結核晚期」之患者於 10 月 19 日即撒手人寰之前的徵兆嗎?魯迅 9 月 3 日致母親信中所言「一發即醫,不要緊的」,對於慢性病肺結核而言,是人所皆知的常識,也是這裏的一個關鍵詞。因為魯迅 10 月 17 日剛說了「在我之年齡,已不危險,終當有痊可之一日」之後,餘音繚繞,10 月 18 日氣喘即氣胸發作雖也「一發即醫」,但 10 月 19 日竟窒息而亡。這難道就是兩位論客異口同聲地所稱「肺結核晚期」患者之死嗎?能不對魯迅突發之病、醫生所治之法,打上一個若「天問」般的問號嗎?!

(四)須藤與魯迅旅日計畫究竟有無關係?

秋文對海嬰書中的「記得須藤醫生曾代表日本方面邀請魯迅到日本去治療,遭到魯迅斷然拒絕」,作出反詰道:「以區區一退休醫生而言,他能代表『日本方面』向魯迅發出日本治療的邀請?」然後又說:「翻遍魯迅所有書信日記、許廣平先生及其它親近者的追憶、回憶,我們都找不到這一說法的依據和由來。」──秋文化費那麼大的力氣「翻遍」那麼多資料「都找不到這一說法的依據和由來」,而且還不止一個人,是「我們」,說不定檢索工具還很先進。照此看來,魯迅旅日計畫與須藤無關該是確實無疑了?

魯迅是個嚴格遵守醫囑的患者,他既然拒絕了鄧醫生,繼續請用須藤醫生,就「一任著日本的 S 醫師的診治」。魯迅的旅日計畫的「由來」正是出自須藤的動議,是有「依據」的。秋石們並沒有「翻遍」魯迅的書信、日記及親近者的追憶回憶文字,只要打開《魯迅書信集》1936 年下半年部分,就知道秋石們的「翻遍」不過是欺世之謊言:

（1）6月25日致曹白：「至於轉地療養，就是須藤先生主張的，但在國內，還是國外，卻尚未談到，因為這還不是目前的事。」

（2）7月6日致曹靖華：「本月二十左右，想離開上海三個月，九月再來。去的地方大概是日本，但未定實。」

（3）7月11日致王冶秋：「醫生說要轉地療養。……現在在想到日本去，但能否上陸，也未可必，故總而言之：還沒有定。」

（4）8月2日致沈雁冰：「醫師已許我隨意離開上海。但所往之處，則尚未定。先曾決赴日本，昨忽想及，獨往大家不放心，如攜家族同去，則一履彼國，我即化為翻譯，比在上海還要繁忙，如何休養？因此赴日之意，又復動搖，惟另覓一能日語者同往，我始可超然事外，故究竟如何，尚在考慮中也。」

（5）8月2日致曹白：「我的病已告一段落，醫生已說可以隨便離開上海，在一星期內，但所向之處，卻尚未定。」

（6）8月7日致趙家璧：「我的病又好一點，醫師囑我夏間最好離開上海，所以我不久要走也說不定。」

（7）8月27日致曹靖華：「不能離開醫生，去轉地療養，換換空氣，卻亦令人悶悶，日內擬再與醫生一商，看如何辦理。」

（8）9月18日致許傑：「我並沒有預備到日本去休養；但日本報上，忽然說我要去了，不知何意。中國報上如亦登載，那一定從日本報上抄來的。」──這封信的落款有些特別，與眾不同，為「魯迅九一八」。因為這天正是侵華日軍製造「九一八」事件五周年紀念日。

這所錄八封信中有六次直接提到魯迅的轉地療養與須藤主張有關，三次提到旅日意向。這裏雖沒有明說「代表日本方面邀請」之意，在沒有發現新資料之前，既不能肯定，也不能否定，只能存疑待考。但是魯迅旅日計畫自始至終與須藤有關，則是難以排除的。

不過還有兩點應說明如下。

首先，魯迅在8月底9月初的另外幾封信裏，屢屢提及放棄轉地療養包括旅日計畫，但在這當兒日本報紙卻出現，魯迅將旅日的報導，

而且中國報紙亦登載。這不能不引起魯迅深深的懷疑與警覺，因此他乘複許傑書信之機斷然否認預備旅日之事。這一天恰好是「九一八」紀念日，當不排除政治上的考慮。

其二，我仍堅持拙作〈魯迅先生死於須藤誤診真相〉的觀點。我認為須藤動議魯迅轉地療養本出於醫學上的理由，他把魯迅的氣喘誤診為支氣管哮喘，而這個過敏性疾病是存在過敏源問題的。因而轉地以避開過敏源是個順理成章的辦法，但魯迅的氣喘其實是氣胸造成的，並非屬過敏性疾病的支氣管哮喘。當然，轉地療養，多呼吸新鮮空氣，對肺結核患者有益無害。須藤是否有「政治圖謀」目前尚查無實據，海嬰作為魯迅後人提出疑問，應無可非議。何況他是以「至於真相究竟如何，我也無從下結論，只能留待研究者辨析了」（見該書第59頁）的態度呢？但秋石則不然，大加討伐，又拿不出否定的「鐵證」，問題還是問題，這不是無理取鬧嗎？

二、歪曲史實實施攻擊的敗露

對於海嬰先生的《魯迅與我七十年》這部回憶錄，不是不可以批評；對其差錯再指出一些也並非難事。但是，秋文以輕率的、武斷的態度與歪曲史實的方法，實施攻擊，結果卻使自己連連遭到敗露的命運。

（一）關於對海嬰質疑須藤的攻擊

海嬰先生的《魯迅與我七十年》有段對須藤有力的質疑，備遭秋文攻擊，現抄錄如下：

　　綜合以上事實，作為一個負有全責的、人命關天的搶救醫生，須藤醫生在這兩天裏採取了多少積極措施呢？這在母親的回憶錄裏敘述得很清楚，不再重複。我還有進一步的疑問：父親是肋間積水，去世前發生氣胸，肺葉上縮壓迫心臟，最終是心力衰竭而停止了呼吸。我當時站在父親床前，看到日本護士，兩手左右搖晃父親的胸部，力圖晃動胸中的心臟使它恢復跳動。這僅是「盡人事」而已，毫無效果的。使我懷疑的一點是：須藤似乎是故意在對父親的病採取拖延行為，因為在那個時代，即使並不太重的病症，只要有需要，經濟上又許可，即可送入醫院治療。須藤為什麼沒有提出這樣的建議，而只讓父親捱在家裏消極等死呢？

　　海嬰這段質疑文字寫得明明白白，是針對「須藤醫生在這兩天裏採取了多少積極措施」的質疑，即對魯迅逝世前的 10 月 18 日、19 日「這兩天」須藤醫生行為的質疑。海嬰明明指「母親的回憶錄」係許廣平的〈最後的一天〉。但是把海嬰這部回憶錄讀了十一遍的秋石，卻採用歪曲的手法，將以上針對性十分明確的質疑，別有用心地搬到四個月零十九天（借用秋文的考證成果。筆者按）之前的 5 月 31 日，然後再胡亂引用針對魯迅 5 月 31 日前後病重的有關文字，魯迅的〈死〉、蕭紅的《回憶魯迅先生》、許廣平的〈關於魯迅先生的病中日記和宋慶齡先生的來信〉、宋慶齡 6 月 5 日致魯迅信，對海嬰實施攻擊與討伐。

　　海嬰先生質疑須藤醫生的「拖延」，明明是針對 10 月 19 日魯迅臨終前的「這兩天」，而秋文故意捏造、歪曲成是 5 月 31 日的事，莫須有地攻擊道：「就在鄧醫生診察的當日下午，須藤醫生也及時趕來給予了診治，可見也沒有海嬰所說『拖延』一說了。因為這一日日記中魯迅還有『須藤醫生來診』的字樣。」──這就是秋石「鍛煉人罪」的伎倆，這哪裡是在做什麼質疑文章呢？魯迅彌留之際，冷汗淋漓，呼吸困難，嚴重缺氧，手腳變紫，哪裡會有秋某想像中的「日記」呢？

為了給須藤辯解，竟移花接木要魯迅起來記日記，秋石是「愛護」魯迅，還是愛護須藤？

海嬰先生明明是指 10 月 18 日、19 日魯迅臨終前的「這兩天」，魯迅氣喘即氣胸發作，須藤如實在應付不了，應提出「送入醫院治療」的建議，千不該萬不該讓患者「挨在家裏消極等死」，而須藤醫生卻沒有這麼做。但秋文卻故意將這個事實歪曲成 6 月 5 日的事。這一天宋慶齡寫了封著名的〈促魯迅先生就醫信〉，提出「我懇求你立刻入醫院醫治！」秋文不僅引這封信，還引了許廣平的〈關於魯迅先生的病中日記和宋慶齡先生的來信〉中史沫特萊女士「最好趕緊入醫院」的建議，以及許廣平解釋魯迅 6 月初未接受朋友們建議的理由。這與海嬰質疑須藤在魯迅 10 月 18 日氣喘發作的急症狀態下，沒有動議急送醫院搶救，是完全風馬牛不相及的兩回事。可是秋文在胡亂引用上述文字後，攻擊道：「許廣平先生的這個親筆詮釋，從根本上否定了海嬰先生在該書中一再指責『須藤似乎是故意在對父親的病採取拖延行為』，不將魯迅『送入醫院治療』，『而只讓父親挨在家裏消極等死』的說法。」——如果說上面秋文是「移花接木」，這裏簡直就是「瞞天過海」了。引文抄錄五、六百字之多，竟統統是張冠李戴！秋文故意置與海嬰質疑完全吻合的、題義十分明確的回憶錄，許廣平〈最後的一天〉於不顧，把許廣平另一篇回憶錄提及的五、六月間的事用來做攻擊的材料，責難海嬰與許廣平「當時記述，有著如此之大如此之多的差異」。此等文字於「道義」兩字，早蕩然無存，有的只是詭辯。

（二）關於對海嬰「不見蹤影」說的攻擊

這裏應該指明，秋文攻擊海嬰的馮雪峰「不見蹤影」說（其實「不見蹤影」說與「恰好半年」說，都是出自周建人之口，海嬰只是實話實錄而已。筆者按），提出 1932 年「一・二八」期間「馮雪峰也一直與魯迅保持著聯繫」的立論，並未提供確鑿的史料，是不能成立的。

　　首先，秋文羅列 1932 年「一・二八」事件發生之後，馮雪峰與魯迅一起簽過兩次名，共同參加過一個協會：即 2 月 3 日馮雪峰與魯迅等 43 位文化名人聯名簽署的《上海文化界告世界書》（秋文在「世界」前誤加了一個「全」字，似不是植排錯誤，因秋文三次提到《世界書》時均誤加「全」字。筆者按），2 月 7 日馮雪峰與魯迅等 129 位作家聯名發表《為抗議日軍進攻上海屠殺民眾宣言》，2 月 8 日馮雪峰與魯迅等一道發起組織「中國著作界抗日協會」並當選為執行委會和編輯委員會委員。秋文通過這三次活動馮與魯都參加，來證明馮魯「一直保持著聯繫」。但這個證明的錯誤是顯而易見的，因為，聯名簽署宣言之類或共同參加協會之類的活動，是不會把 43 位或 129 位文化人都集合在一起的，像開會似的在一個場合順序簽名或填表的。彼此不照面不相識的情況普遍得很。這三次活動馮魯都在一起，只是秋石想當然的推斷。「一・二八」事變時炮火連天，任何一個頭腦健全的組織者，都不會在這種戰爭狀態下為了滿足秋的馮魯「一直保持著聯繫」猜想，把人員集中在一起的。

　　其次，這三次活動即我發現秋文誤加了一個「全」字的《上海文化界告世界書》是確鑿的，我在幾種《魯迅年譜》（北京版、安徽版、天津版、廣西版）、《魯迅生平史料彙編》及倪墨炎先生的《魯迅署名宣言與函電輯考》這專門書都查到。但是，以上這些資料工具書中，獨獨不見秋文提及的《為抗議日軍進攻上海屠殺民眾宣言》與「中國著作界抗日協會」的片言隻語，這裏只得存疑，有待秋某提供證據了。

　　第三，即使退一步說，馮魯在秋文提出的 2 月 3 日、2 月 7 日、2 月 8 日這三天很有可能「見面」「聯繫」等，但是用「一・二八」事件發生之後的事，來質疑「一・二八」發生之前的事，這不是亂放空炮嗎？秋文明明抄錄了海嬰書中的原文，卻故意哄騙讀者。請看秋文的無端攻擊：「海嬰先生又怎麼能夠毫無根據地說『形勢剛剛開始有點緊張，他就不見蹤影』及『魯迅很不滿』呢？」這著重號所加十個字的含義，十分明確，「一・二八」的戰事的炮火還沒有打響，「剛剛開始

有點緊張」。秋文以 2 月 3 日之後，攻擊 1 月 28 日之前，看來與上文所揭露的同出一轍，是其一貫伎倆。

第四，就是魯迅家人對馮雪峰在「一・二八」之前形勢緊張「不見蹤影」的埋怨，「魯迅很不滿」，也只是從魯迅一家老小突然處戰火之下，並邀周建人一家來住，以免彼此分散，一時不知如何是好而發的。當天已有一顆子彈正從魯迅書桌旁邊洞穿而入。用魯迅的話說是「突陷火線中，白刃塞途，飛丸入室，真有命在旦夕之慨」，1 月 30 日下午才「全寓中人俱遷避內山書店」。在這個時刻，一時找不到望也望不到完全信得過的年輕力壯的馮雪峰，感到埋怨、不滿，甚至發點牢騷，是人之常情，也是可以理解的；不值得大驚小怪。魯迅與馮雪峰是師生之誼，先生責怪學生沒有什麼了不得。秋文在開首之處就給馮安上一個頭銜：「時任中共中央特派員、黨中央與魯迅先生之間的唯一聯繫人馮雪峰」。幸好是「特派員」與「聯繫人」，那這裏回敬秋石一句也未嘗不可，「偉大的的共產主義者」對「特派員」與「聯繫人」，「偉大的左聯盟主」對「盟員」有所責怪有何不可？其實，馮在 1932 年時還沒有這個頭銜。秋文何苦在這裏「戲弄權威」（魯迅〈答徐懋庸並關於抗日統一戰線問題〉中用語）呢？完全犯不著搞這一套，誤會之後馮魯還是友好如初。

第五，馮雪峰「不見蹤影」說，從魯迅家人的視角來說。是確實的，並非如秋文所言是「毫無根據」的；從馮雪峰的視角來說也是確實的。但秋文的第三隻眼睛，只能是瞎說一氣。

查《魯迅日記》從 1 月 30 日至 3 月 14 日，魯迅全家轉移外居避難戰火達一個半月之久，這麼長時間，不僅談不上秋文無中生有的「馮魯一直保持著聯繫」，就是馮雪峰想找魯迅也未必能在魯迅寓所找著，他們還是在魯迅沒有返回寓所的 3 月 7 日下午於北新書局碰上的。《魯迅日記》這天記載：「下午往北新書局，遇息方，遂之店茗談。」這「息方」就是馮雪峰。包子衍先生生前為了考證這次「茗談」是否開會，特寫信請教馮雪峰。馮雪峰致信答覆包子衍如下：

「這是兩人隨便談談，並非開會。這時他避戰住在內山分店，上海戰爭起後我第一次去北新找到他。」（見 1979 年《新文學史料》第 4 期與《魯迅年譜》（北京版）第 3 卷第 311 頁）當然，魯馮的誤會也隨之而釋然；當然，區區茗費也由魯迅隨手而付了。

秋文在捏造與篡改過莫須有的馮魯交往史之後，還煞有介事地寫道：「在這裏，我只是希望，希望海嬰先生將來再度著書立說，特別是在涉及一些重大歷史事件、重要人物時，稍稍花點工夫查閱一下歷史資料以及父親的書信日記，這樣，失誤和偏差就會大大減少，莫須有也就自然不存在了。」秋石把海嬰的書讀了十一遍，歷史資料以及魯迅書信日記大概已讀過數十遍，是花過大功夫的。但因為頭腦中只記得如何教訓人，忘乎所以，結果自己的失誤、偏差和莫須有卻「大大增加」，真令人匪夷所思！

通過以上五點分析，秋某的這一攻擊不是又敗露了嗎？

（三）關於對海嬰所謂「羅稷南孤證」的攻擊

海嬰先生在該書，還披露了1996 年應邀參加巴人研討會時，有人相告於他，羅稷南先生（1898-1971）在 1957 年反右開始後，利用一次見到毛澤東的機會，向毛提了個「要是今天魯迅還活著，他可能會怎樣？」的問題，毛沉思片刻回答說：「以我的估計，（魯迅）要麼是關在牢裏還是要寫，要麼他識大體不做聲。」

秋文還是運用時間移動法，置海嬰的「此時正值『反右』」這個時段十分明確的指認於不顧，引用毛在反右沒有開始前的 1957 年春天，鼓勵鳴放時設問自答過「魯迅現在活著會怎樣？」這個問題的答覆，來實施攻擊；並又把時間向上推到 1937 年 10 月 19 日毛的〈論魯迅〉講話，再繞開「反右開始後」這個時段，提及毛逝世前一、二年仍在閱讀《魯迅全集》云云，得出「毛澤東一直是倍加敬崇魯迅的」結論，以推倒海嬰的所謂「羅稷南孤證」說。當然，秋文還引用了謝泳先生

與陳晉先生的考辨成果，最終得出「自然也不存在假設的『老鄉』羅稷南向毛澤東提出這個『具有潛在的威脅性』話題的可能了」的結論。質言之，秋文推上去，繞過來，扯出去，再拉回來，只得出不可能的結論。這裏甚至還可以補充一個不可能，還有人說，毛澤東會像列寧對待高爾基那樣，再尖銳的政見不合也不可能「翻臉不認人」的。這些「不可能」的推理，都有可能。但，我認為，毛對羅說過這句話的可能性更大。

　　1957 年 3 月 10 日毛澤東在提倡「放」而不是「收」的全國宣傳工作會議（3 月 6 日至 12 日）期間說：「有人問，魯迅現在活著會怎樣？我看魯迅活著，他敢寫也不敢寫。在不正常的空氣下，他也會不寫的，但是，更多的可能是會寫。俗語說得好：『捨得一身剮，敢把皇帝拉下馬。』魯迅是真正的馬克思主義者，是徹底的唯物論者。真正的馬克思主義者，徹底的唯物論者，是無所畏懼的，所以他會寫。」「魯迅的時代，挨整就是坐監獄和殺頭，但是魯迅不怕。」3 月 12 日毛還說：「魯迅的雜文是對敵人的，魯迅對付敵人的鋒芒可不可用來對付我們自己內部呢？據我看也可以，假使魯迅還在，他就要轉過來對付我們的缺點、錯誤。」3 月 8 日毛還提到：「我看魯迅在世還會寫雜文，小說恐怕寫不動了，大概是文聯主席」。（以上引文轉引自 2002 年 9 月 27 日《文匯讀書週報》第 15 版陳晉先生〈魯迅活著會怎樣？〉一文與秋文。筆者按）——毛澤東在 1957 年春天談到有兩種可能，與海嬰披露反右之後也有兩種可能，其基本精神是一致的：不寫則無事，寫則要挨整。不過，春天的挨整說，強調了假若的積極性；而夏季的挨整說，則不迴避現實的嚴酷性。兩者的側重點，隨著形勢的變化而側重不同。具體言之，春天的形勢是鼓勵鳴放，當然強調了「更多的可能是會寫」的積極因素，鼓勵大家要做「徹底的唯物論者」並要「無所畏懼」，意即要大家不怕挨整，即使挨整那也是「徹底的唯物論者」，何況現在是在黨發出號召的「正常的空氣下」呢？這與毛後來發動「文革」之初大力提倡「五不怕」精神也是一致的。惟獨魯迅式的雜文「對

付敵人的鋒芒可以用來對付我們自己內部的缺點、錯誤」說，與毛在延安《講話》否定「雜文的時代」，以及反右後雜文聲名狼藉是相抵牾的。當屬政治家的權宜之計。這就給響應學習魯迅鋒芒者，留下合理合法的生存空間，因為這是馬克思主義者、唯物論者，無所畏懼「對付我們的缺點、錯誤」，幫助中共開門整風是不可能挨整的。

1957年夏天，全國範圍內的大鳴大放發動起來之後，形勢急轉直下，開展聲勢浩大的反擊資產階級右派向黨猖狂進攻的運動，55萬知識份子內大大小小「魯迅」，包括秋文稱「中共中央特派員、黨中央與魯迅先生之間唯一聯繫人馮雪峰」，無一倖免挨整，坐監獄者不計其數。彼一時已屬過去，此一時已經來臨，其中沒有一個被認為是「徹底的唯物論者」，也沒有一篇雜文被認為是「對付我們的缺點、錯誤」的，「無所畏懼」者的結果，終於浮出水面。即使後來「右派」平反，也無一人追認其為「唯物論者」云云。

因此，在1957年反右後，毛回答一句魯「要麼是關在牢裏還是要寫，要麼他識大體不做聲」的可能性是很大的，是與他春天的講話有兩種可能性的邏輯是完全符合的，不過挨整的側重點由春天的假設的積極性，轉化為夏季的現實的嚴酷性罷了。在毛的心目中魯也只是「文聯主席」，比這職位高得多的人都坐監獄，何況魯迅呢？還可補充一句可能，魯的什麼「三個偉大，五個最」等等也不可能有；因為通觀毛對活人的評價絕無類此高度評價的，除了對史達林是個例外。又，魯迅如果活著，比後來挨整的彭德懷、張聞天、賀龍、劉少奇等又如何？「文聯主席」不是小菜一碟嗎？毛說過那句話的可能性，似乎是不容置疑的。

正當我寫完上述文字後個把星期，接讀陳焜先生的〈我的伯父羅稷南〉一文（見2002年10月18日〈文匯讀書週報〉第9版），得知所謂「孤證」根本不是「孤證」。1996年向周海嬰提及毛、羅談話內容的，是賀聖謨先生。賀先生在2001年12月向上海《新民週刊》證實了是由他向海嬰說過這次毛、羅之間設問求答的對話的，並澄清了

海嬰回憶中的某些失誤。羅稷南原名陳小航，又叫陳子英，雲南鳳慶人。故其侄名為「陳焜」，稱羅稷南為伯父。其關係比賀聖謨與羅稷南關係當更進一層。陳焜在 2001 年冬天，曾寫信給海嬰，說明賀聖謨提供的情況不是「孤證」，因為他曾親自聽見伯父對他講過這次毛、羅之間設問求答的情況。這裏將陳焜文章有關內容摘錄如下：

> 1957 年 7 月，我在北京讀到過報紙以頭版頭條報導毛主席在上海接見一些人的消息，看見羅稷南也列在被接見的人士之中。（參見陳晉先生考證，具體時間應為「7 月 7 日晚上」。筆者按）1960 年，我從北大回上海，在伯父家養病住了幾個月，聽伯父講過那次接見的情況。他說，毛主席進來坐定以後，有人遞了一張在座人士的名單給他。毛主席看了名單，就挑了伯父第一個和他談話。他們先談了一段他們 1933 年在瑞金相見的事，毛主席又謝謝伯父翻譯了《馬克思傳》，說他為中國人民做了一件好事。後來毛主席問伯父有沒有問題，伯父想了一下就問，**如果魯迅現在還活著會怎麼樣？毛主席沒有馬上回答。他也想了一下以後才說，如果魯迅現在還活著，他大概不是關在牢裏，就是不說話了。**

陳焜先生在文章中還進一步解釋羅稷南所以會發問這個問題的理由：

> 如果魯迅現在還活著會怎麼樣，這是很多年以來在不同的時機都有人提過的老問題。但是，有了 1957 年夏天發生的事情，問題重提的含義就完全不同了。就伯父說來，他提的問題並不是偶然隨便做得出來的普通事，這是他一生有了準備的結果。以伯父一生的經歷見識和他立即直指實質問題的洞察力量，在有了機會當面問毛主席一個問題的時候，他自然會問

出這樣一個能夠集中地揭開毛主席的思路和解釋當時全部局勢的大問題。

陳先生還提及毛、羅之間兩次至今考證者尚未從故紙堆中尋訪的新史料：（1）1933 年羅任福建人民革命政府秘書，「曾經代表蔡廷鍇訪問瑞金，和毛主席見面談過話，和紅軍將領張雲逸簽訂了條約，向被封鎖的蘇區供應了當時迫切需要的布匹、食鹽、醫療設備和藥品。這個條約的簽字文本至少在 1950 年代末還在北京革命歷史博物館陳列著。」（似為「在北京的中國革命歷史博物館」，落「中國」兩字。筆者按）（2）「1950 年，毛主席曾給他寫過信，要他回雲南做西南軍政委員會委員。擔心思路不習慣，伯父沒有辭也沒有去，還是繼續留在上海做當時稱為自由職業的翻譯家。」──這兩條背景新史料，足證羅先生確有資格也具備這個氣質，能「**在一個重要的時刻向一個重要的人物提了一個非常重要的大問題。**」（陳焜語）

賀先生與陳先生兩位的證詞，是比海嬰更直接的證詞，可證海嬰所言並非「孤證」。陳先生的〈我的伯父羅稷南〉原載《老照片》第24 輯，山東畫報出版社出版，載有羅稷南 1957 年攝於書房中的照片。具體發表時間，是否在秋文之前不得而知，但賀先生的文章發表於 2001年 12 月的上海《新民週刊》，遠在秋文之前八、九個月時間，為什麼口口聲聲這也翻遍那也翻遍的秋先生在向「孤證」發起攻擊時，又沒有去翻一翻呢？

家喻戶曉的著名演員、作家黃宗英女士於 2002 年 12 月 5、6 日同步在《南方週末》、《文匯讀書週報》、《炎黃春秋》發表〈我親聆毛澤東與羅稷南對話〉一文，是眾多報刊討論毛、羅對話以來，迄今最重要的文章。該文作者以現場直接見證人的身份，不僅證實了海嬰所言不是「孤證」，而且也證實了羅稠南所言確非「孤言」，這恐怕是秋石等始料不及的，恐怕也是陳漱渝「很難設想」的（見 2002 年第 4 期《魯迅世界》第 10 頁）。

三、改革開放形勢下的不諧的噪音

改革開放是當前的基本國情，也是今後發展的大勢。當今時代對國人的基本要求，就是弘揚現代民主理念、增強現代法治觀念、培育現代公民道德意識。秋文對海嬰的指責、訓斥，令人想起「文革」中的大批判，是近年來罕有的不諧噪音。

（一）對海嬰寫作的無理干涉說明了什麼？

上文說過，對海嬰這本書不是不可以批評，但要把它放在回憶錄範圍來批評，它有什麼錯誤硬傷任何人都有權批評，但不能抓住一點不及其餘。真實是回憶錄的生命，對回憶錄的要求，是越嚴密越嚴謹越好。不過要求回憶錄完美無缺，在任何一個細節上都準確無誤，沒有人能做到的。個人視角的局限、歲月對記憶的磨損，以訛傳訛，以及外界刺激源對記憶刺激造成的增減、誤植、錯接、轉換乃至流失，是會經常發生，甚至是不可避免的。比如秋文中提及的魯迅與陳賡的會面，究竟是一次還是二次？當事人陳賡與陪同者馮雪峰只記得有過一次，而樓適夷卻記得還有第二次，並認定陳賡繪製的鄂豫皖形勢圖他是目擊者。這就是三人記憶力差異在同一件事情的記憶上的不同。古今中外，這種回憶錄出現類似失誤失實失記的例子，是屢見不鮮的，從不見有誰大驚小怪的。有錯就糾，有誤就正好了。魯迅研究界有好幾本「正誤」的專著，頗受好評；其著者，是當然的專家學者，如林辰、孫用、朱正、蒙樹宏等等，他們嚴謹質樸的考證學風是很值得稱道與發揚的。

秋文則不屬此列。訂正別人幾處差錯，自己的差錯竟然一大把；一篇文章之中硬傷之多，已到了俯拾皆是的地步，實不多見；抓住幾

個差錯，甚至並非差錯，而是自己弄錯，則咋咋呼呼，教訓、斥責、威脅隨之而來，文風之惡劣，為「文革」以來所罕見。

海嬰為了回敬李初梨在「四人幫」粉碎後，一次會議上對魯迅、許廣平的污蔑：「魯迅算什麼！郭沫若提出革命文學的時候，他在喊虛無主義呢！」「許廣平不是什麼因魯迅書信被拿走氣死的，而是因為她與王關戚關係密切，王關戚一揪出來，就嚇死了。」將 1966 年 5 月 27 日，在江青淫威下寫的〈左聯時期有關 30 年代後回憶資料〉作為史料完整收入書中，以澄清事實真相，是完全必要的。李初梨 1928 年的〈怎樣地建設革命文學〉發難魯迅的文章，竟與他近 40 年後繼續攻擊魯迅，一脈相承！江山易改，本性難移，確非空言。

面對李初梨的誣陷，秋文的「道義」竟然站在挾怨誣陷者李初梨一邊，指責為母辯誣的海嬰：「受江青密命而寫的這份材料原封不動地收錄了進去，但在收錄時仍不作任何考證。」如果材料時間有誤，那就把「1933－1934 年某日」訂正為「1932 年的夏秋之間」好了；「詳談長征的反圍剿鬥爭和事蹟，……談到延安種種故事」有誤，那就把其時長征沒有開始之誤、未達延安之誤指正並訂正過來好了。這些錯誤與「江青密命」何干！這不就是站在誣陷者的立場深文周納，羅織罪名嗎？難道海嬰母子是「江青同夥」？否則，「密命」是什麼含意！難道這份材料屬「反動性質」？否則，為什麼不能「原封不動」！

秋文指出海嬰書中提及馮玉祥遇難日為 1948 年 8 月 22 日，是 9 月 1 日之誤，就攻擊道：「一些與海嬰先生家庭無關的重大問題，海嬰先生也輕率地發表獨家看法。」——即使這個日期有誤，秋某難道因此就有權剝奪海嬰寫家庭之外的所見所聞的自由？秋文中涉及的人與事也不少，難道都與秋先生家庭有關？難道秋文不是「獨家」看法，竟然是「大家」的看法？至於秋文對該書中有句引用轉述的「蔣介石的手沒有那麼長」的話，攻擊海嬰「武斷地下了替國民黨卻干係的結論」，更為荒唐。因為在秋文所引馮玉祥之女馮理達的文章中，稱當年他們全家乘搭的蘇聯客輪「勝利號」抵達埃及亞歷山大港時，「發現

這裏停泊著一艘國民黨的軍艦」。秋文對馮文批評道：「試想，在1948年8月，蔣介石正熱衷於同共產黨打內戰，且節節敗退。在這種情況下，他還能派出一艘軍艦遠赴數千里外的埃及，而且恰好停泊在馮玉祥將軍乘坐的輪船途經之地。」秋某言詞鑿鑿地否認馮理達的說法，簡直像是蔣介石侍衛室裏一名機要人員似的。那麼，「替國民黨脫卻干係」者，不正是秋石其人嗎？

秋文還莫名其妙地胡說：「這本書，與其說是《魯迅與我七十年》，倒莫不如取名為《我這七十年》更要貼近得多。這是因為讀者所要從中汲取的精神營養實在可憐得很。」──橫暴到竟要給別人的著作改名，聞所未聞。文章取〈魯迅與我〉或〈我與魯迅〉為篇目者，俯拾皆是，多得很：梁實秋的〈魯迅與我〉、朱自清的〈我與魯迅〉、曹聚仁的〈我與魯迅〉、〈魯迅與我〉、力群的〈魯迅先生和我〉、鹿地亘的〈魯迅和我〉、鎌田壽的〈魯迅和我〉等等，為什麼這麼多既非家庭成員又無親戚關係者，都能寫得，獨獨魯迅之子周海嬰反而寫不得呢?!難道這些文章的「精神營養豐富得很」？天下有這種胡攪蠻纏的人嗎？

秋文干涉海嬰不該寫與家庭無關的事，那麼是不是海嬰家庭之內的事，就可以寫了呢？它把書目上「魯迅」兩字劃去，這豈不是把魯迅也從家庭成員中排除了嗎？它對書中寫了周令飛也大加指責，因為這一節「究竟跟魯迅的遺產，或者魯迅生前所要提倡的有什麼關係。」也不該寫，似乎周令飛也排除了家庭成員的資格。只允許海嬰寫「我這七十年」。那麼，海嬰這七十年所見所聞之事，是不是就可以寫了呢？還是不能隨便寫，不該寫許廣平和蕭紅同服治療痛經的白鳳丸，書中刊載一張白鳳丸包裝照片更不該！這個橫暴的秋先生指責了這麼多的「不該」，那麼指令海嬰「該」寫的又是什麼呢？「大綱」終於「下達」了，該寫一個當年還是幼稚園裏的乳臭未乾的孩子，不曾記憶的、事實上也不可能記憶的、只是成人私下才敢議論的革命故事：「談談蕭紅蕭軍這一對熱血夫妻冒著生命危險攜帶世界上最早兩部反法西斯小說原稿來到魯迅身邊的故事；談談博大仁愛的魯迅先生嘔心瀝血扶持兩

位東北青年登上左翼文壇一舉成名的故事；談談你當著二蕭面在飯桌上喊『馮先生』以及馮雪峰述說紅軍二萬五千里長征的可歌可泣的眾多細節；談談在魯迅逝世前數日你當著蕭軍、黃源和父親的面認出手中的木雕像是『高爾基』的可愛鏡頭；談談你父親魯迅為祖國為民族壯壯烈烈戰鬥到生命最後一息的動人情節……」──秋文這一段的侃侃面談，如數家珍，那你秋某就揮起筆來去盡情地寫二蕭好了；或者你徑直去蕭紅、蕭軍、馮雪峰、黃源等當事人的書裏去找好了，他們都是革命作家，肯定會滿足你愛聽革命故事的渴望的。但是令人遺憾的是，馮雪峰兩次安排陳賡去見魯迅談蘇區的革命故事，他竟然只記得有一次，把第二次他派樓適夷陪陳賡去見魯迅談鄂豫皖革命故事都忘得乾乾淨淨；不無遺憾的是，講述革命故事的陳賡將軍本人也把有過的第二次忘記；陳將軍甚至很直率地對前來採訪的作者張佳鄰先生表示，「可惜時間相隔太久，很多細節和談話的具體內容已無從追憶了」；這篇文章，秋文已經提及，足證秋先生剛剛讀過不久，但很快就失去「記憶」；連陳將軍 1956 年回憶 1932 年與魯迅會見的「很多細節和談話的具體內容已無從追憶」，你怎麼竟然要求一個幼稚園的孩子強行「記憶」呢？這是海嬰在寫回憶錄還是你秋石替海嬰在「創作」?!秋先生頭腦之昏，已昏到把白色恐怖下的嚴肅話題，當做幼稚園的兒歌這麼輕鬆地提出來，說的比唱得好聽。現在，實話實說的海嬰沒有寫，這位秋先生竟先驗地「可歌可泣可愛」得「動人」起來，那海嬰何必寫呢？因為，如果要寫，寫得秋石不滿意，不可歌可泣不可愛不動人，那罪過豈不是更大了嗎？因為除了該寫什麼問題解決了，緊隨而來的便是「怎樣寫」的問題，秋文還沒有交待明白，海嬰如何落筆？如何是好？

秋文對海嬰寫作的無理干涉說明了什麼？

說明 20 多年前的教條主義，不，應該追溯到李初梨們上個世紀20 年代末期已被清算過的文藝教條主義，並沒有真正肅清；說明在有些人頭腦中完全沒有寫作自由的概念。「寫什麼，不寫什麼，怎樣寫，

都應由作家自己來決定」的命題，經過無數次較量與反覆，甚至付出血的代價，也只是求得個基本解決；文藝教條主義的影響與流毒還存在，還有待引起人們的警覺，還有待進一步肅清。

（二）對周令飛婚事的說三道四說明了什麼？

秋文一面虛偽地說：「周令飛的婚事是周家的私事，由不著哪個外人來說三道四。」一面筆鋒一轉，還是把那陳年穀子大把地抖落一番。抖落時，竟然把自己「外人」的身份忘個淨光；用自己的「說三道四」掌了自己的耳光。秋文，也不得不承認，周令飛之事的是是非非早已塵埃落定。他寫道：「周令飛偕妻女在兩岸自由往來及經商做事，海嬰本人偕老伴赴臺灣出席學術研討會和探親，其親家公親家母來大陸探視及在京逗留」等早已趨於正常狀態。但是，秋文還是向周令飛發此怪問：「是否應當想一想：我為繼承祖父的精神，為祖國、為民族做了些什麼？」——你秋石有何權利在報紙上對個人的私事說三道四，你不覺得這是對周令飛人權的侵犯嗎？中國的人權狀況的好轉與進步，有口皆碑。你不怕世界上還有少數別有用心者，把它用來做中國人權問題文章的材料嗎？你這裏公然向一個現在已被作為台商對待的境外人士發此攻擊，不怕影響境外投資者對中國投資軟環境的不佳印象嗎？你不怕對改革開放之大業造成你意想不到的不良影響嗎？你現代法制觀念怎麼竟然等於零？現代民主觀念亦等於零。

至於，周令飛繼承魯迅精神遺產，為祖國、為民族做了些什麼？從改革開放的觀點來回答，是顯而易見的。臺灣是中國不可分割的一部分，周令飛現在作為台商來大陸開公司做生意，不是很務實地繼承祖父魯迅的愛國主義精神嗎？這錯在哪裡？誤在何方？以我約莫估計，周令飛為祖國為民族做的、他經營的公司向國家繳納的稅收，肯定不比只會唱唱高調者落伍。周令飛這樣做，不是既在做利國利民的事情，又走在繼承魯迅愛國主義精神遺產的正道上嗎？

　　周令飛的婚事風波發生於 1982 年，已過去整整二十年了，這是一代人的時間。當年此事之所以沸沸揚揚，就在於周令飛婚事是兩岸長期隔絕狀態下第一對情人的「闖關」者，還在於魯迅之孫這個特殊身份；所以它竟比第一起涉外婚事還要轟動。當時，男女雙方及其雙方家庭都承受了巨大的壓力，是祖國未完成統一大業之際，兩岸關係即將有所鬆動還尚未鬆動之際，預演的一齣愛情悲喜劇。自此之後，兩岸婚事也罷，涉外婚事也好，均漸漸有法可依，成雙結對的有情人終成眷屬者不計其數。再深究一步，還是順應歷史潮流的改革開放放得好，未順應歷史潮流的閉關鎖國鎖得不好。在這「不好」與「好」之間，人情人性人愛人本以及人的價值，像是在煉獄的苦難中，終於掙扎、解脫、昇華了出來。「生命誠寶貴，愛情價更高；若為自由故，二者皆可拋！」時至今日，人文環境隨著時代的前進而獲得長足進步的今天，還以過時的觀點追究在特定年代與特定環境中的個人愛情追求，難道是合適的嗎？以一個現代公民意識來看，面對古今中外無數為愛情而殉情者的冤魂，那些高調論者的良知與理性到哪裡去了？

　　據裘士雄先生介紹，周令飛之妹周寧女士，也是涉外婚姻無數闖關的後繼者之一，但她比其兄長要幸運得多。她在日本期間，與日本田中正道先生結婚，已有田中華蓮、田中悠樹這對雙胞胎女兒。「1998年 11 月，江澤民主席訪問日本仙鄉時，曾親切接見周寧、田中正道夫婦和他們的孩子。」（見 2002 年第 1 期《紹興魯迅研究》總第 24 期第 192 頁，裘士雄先生〈魯迅之子周海嬰〉一文）這體現了國家領導人的現代意識與寬闊胸襟，也是展示目前改革開放大勢的感人一幕。

　　說起周令飛如何繼承魯迅精神遺產，那他確實還是魯迅愛情精神遺產的繼承者。對周令飛的婚事，海嬰說得很有分量：「他有權追求自己的所愛（就像他的祖父母）」！

　　秋文對周令飛婚事的說三道四說明了什麼？

　　說明五四以來以魯迅為代表的帶有現代氣息的新型倫理觀是個大進步，但是還沒有把中世紀的窒息人性的舊倫理觀徹底衝垮；說明以

漠視人的關愛精神為核心的陳舊倫理觀已經越來越不得人心，不得不在時隔一代人的時間之後，又江河日下地出來表演一番；說明涉外婚事與兩岸婚事的相繼突破，現代倫理終於走出了一個廣闊的天地；說明「以人為本」的價值觀點的覺察、覺醒、覺悟的歷史潮流，畢竟是勢不可擋的。

秋文對海嬰寫作自由的干涉、對周令飛經商與婚事的攻擊，其實就是對現代民主、法制，現代公民意識的拒絕，與改革開放的意識格格不入。

中國歷史上未曾經歷過的、在現代化進程中不斷向前的時代潮流是勢不可擋的。

這個潮流，是人的血氣的蒸騰！

2002 年 11 月 10 日初稿於南京曉莊
2002 年 12 月 5 日改定於南京寓所

（原載《魯迅世界》2003 年第 1.2 期合刊，收入《魯迅的五大未解之謎》）

宋慶齡捐贈魯迅的喪儀？

──三駁秋石：究竟是誰不講真話

　　我曾在一篇文章中說過：「真實是回憶錄的生命，對回憶錄的要求，是越嚴密越嚴謹越好。不過要求回憶錄完美無缺，在任何一個細節上都準確無誤，是沒有人能做到的。個人視角的局限、歲月對記憶的磨損、以訛傳訛，以及外界刺激源對記憶刺激造成的增減、誤植、錯接、轉換乃至流失，是會經常發生，甚至是不可避免的。」（見拙作〈駁秋石「愛護魯迅」的「道義」〉，上文）現在秋石先生的〈海嬰先生，請您講真話〉（見 2003 年 5 月 22 日《社會科學報》）一文，引用回憶錄來論證宋慶齡捐贈魯迅喪儀，出現錯差就屬這種情況。因為，我們如果實在找不到更直接的第一手資料，只好退而求其次引用回憶錄；如果能尋覓到第一手資料，則回憶錄可棄而不用；至於第三手轉述資料，多不採用。這是研究者運用資料的一般常識性問題，似乎亦成約定俗成的常規。

　　秋石請海嬰先生講真話一文，首先自己就不講真話。所謂奔波考證、各地尋訪、歷時兩月云云，純屬浮誇之談，不容置疑。因為秋文中所摘抄的胡風、黃源、愛潑斯坦、宋宏、馮雪峰、宋慶齡、周海嬰七份資料，均是足不出戶，或者足不出市，在圖書館即可查閱的資料，沒有一份是奔波諮詢後的資料。現在，將這七份資料篇目的出處，按時間順序排列如下，便可了然。

（1）馮雪峰、胡愈之的〈談有關魯迅的一些事情〉（刊 1976 年 10 月文物出版社版《魯迅研究資料》第 1 輯第 86 頁）中，馮稱「棺材是宋慶齡送的，價三千元。」

（2）宋慶齡的〈追憶魯迅先生〉（刊 1978 年 1 月上海文藝出版社版《魯迅回憶錄》第 1 集第 2 頁）；

（3）胡風的〈關於魯迅喪事情況〉（刊 1981 年第 4 期《上海社會科學》）；

（4）黃源的〈宋慶齡與魯迅〉（刊 1981 年 6 月 3 日《人民日報》）；

（5）周海嬰的〈沉痛悼念宋媽媽〉（刊 1981 年 6 月 4 日《人民日報》）；

（6）愛潑斯坦的〈宋慶齡──二十世紀的偉大女性〉（刊 1992 年 11 月人民出版社版第 344 頁）；

（7）宋宏的〈共同為中國的新生吶喊──宋慶齡與魯迅〉（刊 1999 年 9 月上海人民出版社第 321 頁）。

這七份資料之來源，顯然不必奔波於紹興魯迅紀念館、上海魯迅紀念館及宋慶齡故居紀念館，還有各地有關專家、學者、知情人後才可獲取的，全是公開出版物。嚴格說來，只有馮雪峰、宋慶齡、胡風、黃源四位魯迅喪儀活動的當事人的文字才是具有一定史料價值的回憶錄。而其他三位包括當時年僅 6、7 歲的周海嬰在內的文字都屬轉述性資料，這類資料摘抄再多也無證實馮說的價值，因為從時間上看，都是從馮雪峰那份最早的源頭資料訛傳而來。周海嬰說宋「拿出數千重金」，愛潑斯坦說宋「償付費用」，宋宏說宋「拿出自己的數千重金」。這類轉述資料再尋找七八份，亦屬易事，但無濟於證明馮說。比如筆者在 20 年前發表的〈試論宋慶齡在魯迅喪儀活動中的貢獻〉（見 1982 年第 7 期《魯迅研究動態》第 7 頁，該刊由北京魯博編輯發行）中也曾說過宋「以三千元購買一口西式檀木棺材，盛殮魯迅遺體」，也屬轉述性質。均可姑置不論。如根據第一手資料說話，則又當別論。

值得詳加考證的是馮雪峰、宋慶齡、胡風、黃源四位當事人的回憶錄有關內容是否可以互證捐贈事宜，能證明馮說則立，不能證明馮說則不立。宋慶齡說「我立即到沈（鈞儒）的律師辦事處，要求他幫助在虹橋公墓買一塊墓地。沈一口答應，並馬上去辦理。」不能作為對馮「三千元」說的證明，隻字未提捐贈兩字。黃源說「魯迅的靈柩是（係宋慶齡）親自去選辦的，萬國公墓的葬地是她去選定的。」與宋慶齡本人所說一致，隻字未提捐贈兩字，也不能作為對馮說「三千元」的證明。胡風說「喪事兩三天後，我去看許廣平，看到茶几上放著包著一厚疊紙幣的信封，上面寫著孫中山式的粗筆劃『周同志』三個字，下面當有『喪禮』之類的字吧。」因為胡風只是看了而並未問許廣平，當屬推斷無疑，也不能作為對馮所說「三千元」的確證。倘若是筆現鈔，也不可能「喪事兩三天後」，仍放在「茶几上」的。

證明馮說「三千元」不能成立的則有：胡愈之 1984 年 7 月 10 日致周海嬰信說：「因（為）宋（慶齡）也沒有很多錢。」（見 2003 年 4 月 10 日上海《社會科學報》海嬰文，以下引海嬰文均見此文，不再另注。筆者按），其實胡愈之的說法是對馮雪峰所說捐贈之事的明確否認。就連詳細分解上海魯迅紀念館收藏的〈魯迅喪儀收支清單〉的王錫榮先生，在最後結語中亦對馮說表示懷疑：「這『三千元』的數額顯然不對了」（見《魯迅生平疑案》第 276 頁），因為王先生在書中出示的萬國殯儀館出具的「魯迅喪儀費用清單」屬原始憑證，總計 1530 元，其中「靈柩及服務費」930 元。並無「三千元」款項之說，此其一。其二，再從上海、北平兩地計 26 人加一個印刷所，總共捐贈收入為 558.39 元，捐贈人中未見宋慶齡姓名，更無一筆三千元收入的款項。王錫榮的《魯迅生平疑案》第 272 頁稱〈魯迅喪儀收支清單〉，為「許廣平手跡」，「許廣平親筆記下的喪事費用結賬單」。這個判斷是完全錯誤的。現在，我從北京魯迅博物館查閱到原件，發現字跡與許廣平字跡根本不同，而是十分面熟的胡風筆跡。為慎重起見，又請胡風夫人梅志先生辨認，梅志於 2003 年 6 月 13 日辨認後明白無疑地寫道：「此

2 頁賬目的字跡確係胡風親筆。」這是胡風向治喪委員會報告的喪事費用結賬單，收入 3580 元，支出 3428.08 元，又支出青年會茶店費 20 元，存餘 131.92 元。王的書中第 273 頁「收支清單」「餘存 3428.08 元」顯然是錯的，是「支出」之誤。這實際上，也解除了王對許廣平自己掏錢寫進收入項目的賬理上的疑竇。既是胡風向治喪委員會的報告，帳單的客觀性、真實性、準確性當不容置疑，內部報告決無任何「保密」的必要或可能，如有一筆「宋慶齡捐贈三千元」的收入，決無不在帳單上顯示的道理。

現在〈魯迅喪儀收支清單〉已經公開，關於是否有巨額捐贈，已水落石出。周海嬰與王錫榮的分歧，只是賬理上的差異而已。總收入 3580 元，總支出 3567.08 元，兩者相抵基本持平，結存 12.92 元。問題出在收入一項的理解上，3580 減 558.39（有收奠儀細目）減 500（據馮說中共捐贈）等於 2521.61 元，目前在找不出另有捐贈者證據的情況下，無疑均為許廣平所支出。但在做賬時這筆支出必然要列入收入項目，因為已列支出項目，這筆支出是不得再列入賬簿的支出項目的，否則既不合符賬理，賬也無法平了。王錫榮說：「如果是許廣平自己從銀行取出來的錢，是不應該寫到『收入』裏去的」，不寫到「收入」裏去，難道應寫到「支出」裏去嗎？這個賬理只要請教會計師是不難明白的。馮雪峰把整個喪事費用 3567 元訛錯成棺木費用，並說宋捐贈，顯然是回憶「錯接」的結果。最大支出是這兩項：墳地 1280 元，殯儀館（含棺木 930 元）1430 元，合計 2710 元。占 3567 元的 76%。

馮雪峰明明說了如上所引「棺材是宋慶齡送的，價三千元。」僅十二個字，可是這十二個字到了秋石的筆下竟篡改成：「作為當事人的馮雪峰於 1972 年在北京魯迅博物館的一次座談會上證實了由他經手交許廣平的宋慶齡資助喪葬費 3000 元（刊《魯迅研究資料》第一輯，1976 年 10 月出版）。」說得真是有鼻子有眼睛，但純屬編造的假話。難道秋石手中掌握的 1976 年 10 月出版的《魯迅研究資料》第一輯，與我據實抄錄「十二個字」的 1976 年 10 月文物出版社出版的《魯迅

研究資料》第一輯，是兩個不同的版本？王錫榮稱「確實有人資助了魯迅喪儀，而這『有人』，除了前面羅列的魯迅友人之外，就很可能是宋慶齡和救國會。」秋石稱這「絕非什麼『推論』」，不是「推論」，要加上「很可能」幹什麼？證據何在？不過，王在書中尋找收入項目中「又500元」未見著落，而我據馮說中共捐贈500元（見《魯迅研究資料》第一輯，第86頁）將其扣除，因為此款係馮經手似不容置疑。秋石稱3000元由馮「經手」完全是胡扯！查遍整個賬目不管收入還是支出均無一筆3000元的記載。

綜上所說，秋石要論證馮雪峰稱「宋捐贈三千元」說，還得再下些功夫，現在他所提供的資料不僅難以證明，而且查閱魯迅喪儀的原始帳單也難以證明，不過請勿再用轉述資料或編造的資料來東扯西拉，否則，馮的「三千元」說，目前恐怕還只是個「孤證」呢。

馮雪峰的「三千元」說，發表於1976年，宋慶齡生前有可能看到或知道。但是，宋慶齡寫於1977年8月2日發表於1978年1月《魯迅回憶錄》第一集的〈追憶魯迅先生〉一文，卻只提幫助買墓地，而隻字未提幫助買棺材之事，更無捐贈之說。這絕不是「從不刻意張揚」的緣故，因為她早就為此事發表過慎重其事的聲明，而這份珍貴的資料卻幾為歲月所湮沒。

魯迅逝世於1936年10月19日，相距一星期，宋即通過《北平晨報》發表聲明，否認「外傳擔任魯迅治喪費說」，可結合目前披露的帳單而視為「鐵證」。1936年10月月26日《北平晨報》的〈上海特訊：魯迅喪中孫夫人一露祥容〉中，有段對於這裏探討的所謂捐贈之說極其珍貴的資料，特抄錄如下：

> 夫人對外傳魯迅治喪費由其擔任一節，已予否認，曾致函各報云：「昨貴報載慶齡以老友資格，擔任魯迅先生治喪費新聞一則，閱後殊以為異！查魯迅先生遺囑有『不得因為喪事收受任何人的一文錢』一條，慶齡既為魯迅先生老友，何以乃竟

不遵魯迅先生之遺囑，是則傳聞之不實可知，以後如各方捐款，係作辦理紀念魯迅先生事宜之用，並非捐作治喪費，特此聲明，希而更正為荷，即頌撰安！孫「宋慶齡。」

足見所謂宋捐贈說，當時已流布甚廣，且即予以更正。

這也和王錫榮曾有過的懷疑吻合了。王說：「說實話，筆者一向也很懷疑關於魯迅喪葬費由救國會及宋慶齡出資的說法。因為魯迅明明關照了：『不得因為喪事，收受任何人的一文錢』，『我不相信那麼多崇敬魯迅的人們會有那樣違背魯迅意願的舉動。』」（《魯迅生平疑案》第271頁）說得很有道理，與宋慶齡聲明的初衷不謀而合。如上所分析，王只因賬理緣故而生歧義。

但是，魯迅寫給親屬的這兩條遺囑，則早為人們所忽視：「趕快收斂，埋掉，拉倒」，「忘記我，管自己生活。──倘不，那就真是糊塗蟲。」這主要還是從家庭經濟實際情況出發，著眼於上海、北平還有紹興親屬的生計而言的。而魯迅死得太突然，從未向家人解釋過其內在含意。結果當許廣平面對這個突發事件──魯迅喪事時，主觀上要對得起辛勞一生的魯迅，客觀上社會各界要求莊嚴隆重的情勢，致使她難以自製，完全失控，盡其所有，把魯迅留下的幾乎全部積蓄都用到喪事上去了，而把「管自己生活」的遺訓完全置之腦後。倘若，有三千元捐贈，許廣平是不會留下生活十分拮据的兩張字據的。據海嬰文提供，許廣平一封給周作人信與一封給許壽裳信可以互證。我感到海嬰先生說的是真話，他有什麼必要去為六七十年前家庭經濟窘況哭窮呢？只是為了出於耿直的秉性說明真相罷了。我以為，如果從魯迅巨大深遠影響而言，許廣平毅然決然這樣做，是完全值得的；其犧牲值得尊敬！

會說假話的，大有人在！不過，不是海嬰先生！

魯迅死於「肺氣腫」還是「氣胸」？

——答王錫榮

　　讀了王錫榮先生的〈魯迅死因之謎〉一文（見 2002 年第 4 期《魯迅世界》第 48 頁至第 50 頁，並見王撰《魯迅生平疑案》第 357 頁至第 364 頁。以下略稱「王文」，筆者按），對其稱拙作〈魯迅先生死於須藤誤診真相〉（見 2002 年第 1 期《魯迅世界》）「應該說，無論是否懂醫學，從邏輯上、事理上判斷，周正章的這些論斷是具有邏輯力量的，我是相信的，也正與我的結論相一致。」敝人不勝惶恐，對王先生的「正與我的結論相一致」則不敢高攀。其實深究一下，王文的商榷之點敝人並不贊成，而對王文所涉幾個醫學問題更不敢苟同。特答覆如下。

一、為什麼「倒填病歷」不是「偽造病歷」？

　　王文說：「『倒填病歷』已是不爭的事實。正因為是倒填的，所以，與魯迅的記載、與實際情況不合，可說是必然的。」又說：「須藤究竟有沒有掩蓋自己失誤的意圖呢？我以為是有的，至少，在被要求寫出病歷的顯然包含了不信任意味的目光注視下，他的潛意識中，是難免有把這補寫的病歷寫得合乎醫理和規範，能夠自圓其說，以免受到指責的心理的。所以把 5 月間的熱型調查誤為 3 月間也就不奇怪了。」

還說：「我並沒有說須藤『偽造』病歷，我只是同意『倒填病歷』的說法，但這並不等於偽造，我認為只有故意作假才叫偽造。」這三句話的自相抵牾是顯然的：(1)「倒填病歷」是「不爭的事實」;(2)「倒填病歷」的結果，「與實際情況不合，可說是必然的」;(3)「倒填病歷」的「意圖」是為了「掩蓋自己失誤」;(4)但「倒填病歷」不等於「偽造病歷」;(5)因為「只有故意作假才叫偽造。」既然王文認為「倒填病歷」「與實際情況不合」即與真實不合，那麼「倒填病歷」其本身必然是「偽」的;既然王文承認「倒填」的主觀意圖很明確，是為了「掩蓋自己的失誤」，那麼其「倒填」行為必然是故意行為;既然王文承認須藤把3月份壓根兒不存在的調查熱型的事實，用5月間調查熱型事實「誤」過去，以掩飾自己3月份沒有診斷出魯迅患有肺結核病的誤診，這不叫「偽造病歷」叫什麼？這不是很符合王氏「只有故意作假才叫偽造」的定律嗎？？王文還稱「不奇怪」，是的，「偽造病歷」往往在日期上做手腳，從這點上說「不奇怪」是對的。如果說病歷日期的改動變動「不奇怪」那是大錯特錯的。病歷是嚴肅的，一個字都動彈不得，哪怕是「半點隨意性」都絕對不允許，何況是更改幾個月的日期呢？

二、有上門給魯迅抽取胸液的可能性嗎？

拙作〈真相〉考證的1936年3月19日、25日、28日、29日這四天魯迅無病無災，須藤的〈魯迅病歷〉憑空添加了這四天有關肺結核診治的病歷記錄係編造無疑。敝人這個結論不僅僅是簡單對照《魯迅日記》就斷然論斷的，而是在詳加考證1936年6月15日之前魯迅所患肺結核併發肋膜炎沒有得到明確診斷的事實與1936年5月23日之前須藤沒有給魯迅發熱作結核病特有的消耗性熱型調查的事實，這兩個堅實的基礎上論定的。這是須藤當時給魯迅診治客觀上所留下的「歷史痕跡」，也是他「偽造病歷」難以逾越的屏障。既然須藤的診斷

思維到 5、6 月間還沒有把魯迅的病與結核病相聯繫，那麼 3 月間怎麼可能會「出現」針對結核病診治的「病歷記錄」呢?!王文不理會拙作中這些考證的確鑿事實，也提不出任何證據予以否認，竟抓住拙作指出 3 月 28 日這一天「日程排得滿滿的」，「哪有時間抽取 300 公分胸液呢？」這一句話就給須藤在這一天找時間了，這真滑稽得很。這豈不是在拿須藤開國際玩笑嗎？他到 5 月 23 日「連什麼病也還未斷定」，怎麼可能在 3 月 28 日就拿起針來向魯迅胸壁刺去？因此，王文稱「在魯迅家裏做的可能性不能排除。至於說魯迅日記沒有記載，則魯迅漏記當然也是完全可能的」，確屬無稽之談。因為時至今日，醫療服務雖日臻進步，從沒有上門抽取胸液的。這除了需要時間，還要條件，需要絕對無菌的空間，魯迅家裡安裝了紫外線燈了嗎？一套醫療器械怎樣在搬運過程中保證絕對無菌的消毒狀態？王先生似乎既少醫學知識，也缺衛生常識，更不知無菌概念為何物，突發奇思異想，提出須藤上門給魯迅抽取 300 公分胸液的可能性，這實在太離譜了！況且，魯迅活動如常，這天能上電影院為什麼不能往須藤的診所呢？在胸壁上留下的「小窟窿」不是小針眼，要力避公眾場合，嚴防感染。麻醉藥止痛效果消失後，疼痛則會陣陣加劇，患者一定要減少活動。而魯迅這天晚上則邀請了包括海嬰在內的七人去看電影，恰恰反證這一天決無穿刺胸壁抽取胸液的一絲一毫可能。這麼一個在家裏搞的「大動作」，王文輕言「魯迅（日記）漏記當然也是完全可能的」，這真叫人啼笑皆非。用這種信口開河的方法，去研究「疑案」那豈不是越搞越糊塗嗎？

三、魯迅是死於「自發性氣胸」還是「肺氣腫」？

　　王文既然承認魯迅死於氣胸，那麼行文時就稱「氣胸」好了。這是上海魯迅紀念館的一個重要貢獻。但它則不然：「如此看來，魯迅先生死得真冤。他的肺結核只是中度，在他這個年齡已經不致命了，卻

不知道肺氣腫半路殺將出來，要了他的命！」（王在《疑案》第 148 頁稱「當時魯迅已 55 歲，且病入膏肓」的斷語，與這裏所稱「在他這個年齡已經不致命了」是完全抵牾的。筆者按）王文這個魯迅的「肺結核只是中度，在他這個年齡已經不致命」的觀點，我是欣賞的，是接近魯迅的實際病況的，當然比某些論客稱魯迅患肺結核晚期要高明得多。但王文稱肺氣腫「要了他的命」，即魯迅死於肺氣腫則並無根據。前一個階段，從報紙上看到王稱魯迅死於肺氣腫的報導，我滿以為是「手民」之誤。可現在看來不是，原來正是王本人之誤。王大概從「肺氣腫」上有個「氣」字，「氣胸」上也有個「氣」字，所以就將兩者混為一個病名一回事了。魯迅是個重度肺氣腫患者，這可以從胸片看出魯迅「桶狀胸」即可得出這個結論，胸廓肋間距離增大，扁平的前後徑明顯加大，這不是一朝一夕形成的，更不是「半路殺將出來」的，而是慢性氣管炎多年長期反覆發作的必然結果。患有肺氣腫的老年人群是很普遍的，只要留意我們周圍，可隨時尋訪到。最終導致慢性肺源性心臟病而死亡，是肺氣腫患者的必然歸宿。王文輕言魯迅死於肺氣腫，則又與他信守的死於自發性氣胸拉開了距離，這是錯誤的。王先生可能未必收藏醫學書籍，如有收藏當然更好。敝人建議王先生就便辦公室裏的 1999 年版《辭海》打開就可以了，想必是案頭必備。翻到第 4141 頁的「氣胸」條，第 4268 頁的「肺氣腫」條，第 4270 頁的「肺心病」條仔細看一看就會完全明白了。當然，王先生如果興趣濃，為了研究魯迅死因，把涉及這方面的醫學名詞都翻來看一看並弄懂更好。什麼叫胸膜腔？什麼叫心源性喘息症？什麼叫慢性支氣管炎？什麼叫支氣管哮喘？等等。

四、魯迅有無支氣管哮喘反覆發作史？

魯迅有無支氣管哮喘反覆發作史，這一點十分重要，因為這是判斷須藤誤診魯迅患有莫須有的支氣管哮喘的一條重要根據。雖然，拙

作〈真相〉中已有論證，但我在引用魯迅 1936 年 3 月 20 日致母親信中的一句話：「至於氣喘之病，一向未有，此是第一次，將來是否不至於復發，現在尚不可知也」，為了怕做「文抄公」又用了一句「若查遍《魯迅日記》、《魯迅書信集》，似也（從）無氣喘之記載」，一帶而過。這次王文做了件大好事，下的功夫比我深，在〈魯迅病史溯源〉這節中，從《魯迅日記》的 1912 年做起，逐年依序詳細記載了 24 年間魯迅的全部病情，確實未見魯迅 1936 年 3 月 2 日之前有過氣喘的記載。這個「全掃描」式的記載事實，不僅完全證實了魯迅所言 1936 年 3 月 2 日之前「一向未有，此是第一次」氣喘這句話的實實在在，也證實了我「一帶而過」的懶散之筆，確非空言。因為這多方論證完全排除魯迅 1936 年 3 月 2 日之前有氣喘反覆發作史，就可以論定須藤把無反覆發作史的氣喘診斷為支氣管哮喘，是個完全錯誤的診斷。10 月 18 日氣喘又發作，其實是氣胸發作又誤為哮喘，這是誤上加誤！什麼叫「支氣管哮喘」？這是個以反覆發作氣喘為特徵，常伴有咳嗽，肺部可聞哮鳴音的過敏性疾病。但王文不顧及這些，也不顧及上海魯迅胸片讀片會排除哮喘病的結論，輕言魯迅「還患有支氣管哮喘。（也許他有些過敏體質，他的兒子周海嬰也是過敏體質，也患有嚴重的支氣管哮喘。）」王文既然由海嬰倒推到魯迅是過敏性體質，該是有反覆發作氣喘的病史，那麼王先生為什麼不在「病史溯源」中把魯迅 24 年間的氣喘反覆發作史抄出來呢？我注意到讀片會的魯迅病歷摘抄的「支氣管哮喘史」，那是從須藤的魯迅病歷摘抄的，但在結論中則是予以排除了。況且，專家們讀片時，上海魯迅紀念館並沒有提供這份完整的「病史溯源」。

五、氣胸在臨床上難以及時發現嗎？

王文說：「氣胸直到今天，還是很兇險的，還有很多人死於氣胸。不是在醫學上治不了，而是在臨床上難以及時發現，它發作之初常常

與支氣管哮喘相似。」準確地說，直到今天還很兇險的是高壓性氣胸，而另外兩型氣胸則並不兇險，閉合型氣胸甚至可自愈，開放性氣胸不會即刻死人，不能把話說得那麼籠統，更不必談氣胸色變。「還有很多人死於氣胸」，別這麼危言聳聽，從人群的百分比來分析，死於氣胸者還是很少的，而不是「很多人」。我們經常會發現周圍人群中死於癌症者、心腦疾病者，可是誰會經常聽到死於氣胸者？王先生經常聽說過嗎？實事求是地說，「氣胸」這個病名至今很不普及，很陌生，就因為它不是常見病、多發病，就連關心魯迅死因的我所接觸的許多魯研專家學者都沒從別處聽說過，由此可見一斑。有時我以臨床所見和他們談談氣胸的病理，他們都感到頗為「新鮮」。目前，肺結核患者的人群百分比已經降到很低水平，何況其併發症氣胸呢？連「還有很多人」死於肺結核者當下都不曾聽說，何況氣胸呢？說「臨床上難以及時發觀」，更是外行話了。僅憑聽診即可診斷，一側有呼吸音，一側呼吸音無；無呼吸音一側者，即為氣胸發作之病側。如魯迅當時左側呼吸音完全消失，是為較厚的高壓氣層所阻斷。X 光一透視更可明確診斷，何難之有？至於「與支氣管哮喘相似」則更是外行話了。這是很容易鑑別診斷的：一個氣喘無反覆發作史，如魯迅：一個有氣喘反覆發作史，如海嬰。除非像須藤那樣的醫生，在所謂的「相似」面前會有意或無意弄得那麼暈頭轉向！而王文竟然不明醫理地稱：「從這點上說，又似乎有些怪不得他（須藤）。」這「怪不得」作為醫生的須藤，應該怪誰呢?!王文的涵養與器量確實讓人吃驚。這可能該怪魯迅了，要是魯迅當初把醫學完，歷史可能就不會上演這幕催人落淚的悲劇了！

　　王文指責批評拙作〈真相〉是「帶著情緒的論證」，本不想回答。因為我確實沒有王的「涵養與器量」。那麼，王把「偽造病歷」曲解成「倒填病歷」，奇思異想般地讓須藤上門給魯迅胸壁穿刺抽取胸液300CC 而解釋魯迅日記漏記「完全可能」，把死於自發性氣胸的科學結論屢屢說成死於肺氣腫，把極易明確診斷的氣胸說成「臨床上難以

及時發現」，等等。這又是什麼「帶著情緒的論證」呢？這些不要說一般事理談不上，更何談一般醫理呢?!

2002 年 12 月 12 日初稿

2003 年 5 月 10 日定稿

（原載《魯迅世界》2003 年第 3 期，收入《魯迅的五大未解之謎》）

關於魯迅死因問題中的「假傳聖旨」

——答陳漱渝

陳漱渝先生發表於 2003 年第 3 期《魯迅世界》的〈關於須藤醫生及其它──致《魯迅世界》主編的公開信〉，稱發表於 2003 年第 1、2 期合刊《魯迅世界》的拙作〈駁秋石「愛護魯迅」的「道義」〉，把他作了「秋先生的陪綁」，「損害了我的名譽」。這真令人目瞪口呆。這封公開信，實在是篇不可不讀而又不可不答的「奇文」。這裏，願和讀者一道來賞析之，是可以長知識增見識的。

一、共賞陳氏篡改歪曲的「技巧」

陳先生說：「比如魯迅是否死於須藤醫生的誤診問題，海嬰先生的結論是：『我以為否定不容易，肯定也難尋佐證。』(《魯迅與我七十年》，第 64 頁) 既然如此，這場辯論除了可以給媒體提供一些佐料，同時為周正章這樣的飽學之士提供一展才華的平臺之外，其餘的實際意義究竟有多大實在是難說的很。」──關於魯迅死因的論爭究竟有多大實際意義，見仁見智，這裏可以不必多說。我是以上海魯迅胸片讀片會上的醫學權威的結論為依據來做我的結論的，而讀片會首席權威榮獨山先生（1901-1988）係中國放射學奠基人之一，其讀片的科學性當不容置疑。鄭心伶先生認為，偉人之死是世界性話題；當然，也有人不

這樣認為。這都無所謂，各家自有言說的自由。這裏值得欣賞的是，陳先生把周海嬰先生原文原意沒有的內容，篡改歪曲成海嬰的意思的「技巧」。海嬰在《魯迅與我的七十年》書中，對「魯迅是否死於須藤醫生的誤診問題」，下過「我以為否定不容易，肯定也難佐證」的「結論」嗎？──沒有。這是陳氏作坊「加工偽造」的贗品。

其實，海嬰先生的書對須藤提出八點質疑的立場與態度，是十分鮮明的，應該說是人所皆知的。海嬰說：「如今我也垂垂老矣，因此覺得有責任重提這椿公案，將自己之所知公諸於眾。至於真相究竟如何，我也無從下結論，只能留待研究者的辨析了。」（該書第 59 頁）這里海嬰明明說「我也無從下結論」，怎麼到了陳氏作坊，一變海嬰又「結論」起來了呢？這是怎麼回事呢？其實辨別真偽，欣賞陳先生篡改歪曲的「技巧」也毫不繁難，只要將海嬰的原文抄錄如下並加以對照，即可一目了然。

海嬰先生書關於〈父親的死〉一節，先交代了「我也無從下結論，只能留待研究者辨析了」的話之後，從第 59 頁到第 63 頁是對須藤的八點質疑。質疑結束後，海嬰寫道：

> 如今父親去世已經一個甲子了，這件隱藏在上輩人心中的疑慮，總是在我心頭閃閃爍爍不時顯現。是親人的多疑還是出於莫須有的不信任？我以為否定不容易，肯定也難佐證。但我想還是拋棄顧慮，將之如實寫下來為好。

這段文字即使是粗通文墨者，也不難看出海嬰是寫他家兩代人對披露魯迅死因種種質疑的「疑慮」到「拋棄顧慮」的心理過程，這哪裡有陳氏所云「結論」一絲一毫的痕跡呢？更不必說陳氏所云針對「魯迅是否死於須藤醫生的誤診問題，海嬰先生的結論」了！你陳某要發表什麼高見與結論，盡可直接說出來，何必煞費苦心「篡改歪曲」海嬰的意思而將自己的意思強加於海嬰呢？因為陳氏有一個絕招，借海

嬰之名兜售私貨，以狐假虎威，必要時來個「個人並未作任何表態」的金蟬脫殼，而將海嬰的替身「捆綁」在那裏。誰能不欣賞陳先生「技巧」的高明呢！而且還有陳的「學術的力量和道德的力量」（見王錫榮先生撰《魯迅先生生平疑案・陳漱渝序》），這是什麼「學術」和「道德」?!

二、再析無聊的倒打一耙

陳先生說：「意見相左可以討論，但是最好不要盛氣凌人，而且必須言之有據。遺憾的是，就涉及我的部分而言，周正章的文章在上述兩方面都有很大的缺陷：不僅態度蠻橫粗暴，而且引以為論據的一些事情又純屬子虛烏有。」

拙作〈駁秋石「愛護魯迅」的「道義」〉全文近三萬字，順帶陳漱渝部分不足兩百字，不足全文的百分之一。應該說倘若確有「態度蠻橫粗暴」的「缺陷」，而且還「很大」的話，陳是極易檢索出來作為例證的。而事實上，陳竟然一句例證也沒有羅列出。這是什麼原因呢？因為拙作涉及陳漱渝部分，事實上根本不存在所謂「蠻橫粗暴」，也無所謂「損害名譽」之類。這是陳漱渝對拙作玩弄「純屬子虛烏有」的戰術。

關於陳稱拙作的所謂「純屬子虛烏有」，其實是陳漱渝面對拙作中白紙黑字的「言之有據」的公然賴帳而已。我稱陳氏的春天「認同誤診」說，見於 2002 年 3 月 28 日上海《文學報》第 1 版〈魯迅死於誤診〉，記者是陸梅小姐。我因聯繫別的事，順便與她電話核實過。這究竟是陳的健忘還是耍賴呢？至於陳先生這年 9 月的廣州演講「不認同誤診」說見於 9 月 5 日《揚子晚報》A11 版，後又見於這年第 4 期《魯迅世界》。我簡約為「陳漱渝春天的『認同誤診』說，秋天又『反對誤診』說」，怎麼能說成沒有「弄清對方的準確論點」和沒有「言之有據」

呢？3月是春天，9月是秋天，也很準確啊！你陳某人看法的「一貫」也好，「出爾反爾」也罷，與本人無涉。我只是客觀介紹而已，這是再正常不過的小事一樁。可是陳對敝人的「言之有據」卻攻擊道：「往空中擊拳雖然所向披靡，英武瀟灑，但在知情者看來難免感到行為滑稽，非正常人所能為。」陳氏對敝人明擺著的「言之有據」，搞「有中生無」，公開耍賴；對自己的無憑無據，搞「無中生有」，肆意捏造。這「行為滑稽，非正常人所能為」者，不正是陳漱渝其人其為嗎？「損害別人名譽」者，恰恰是陳漱渝本人！

至於陳先生稱讚鄧恩醫生為「當時醫療條件最好的美國醫生」一句出自 2002 年 9 月 5 日《揚子晚報》A11 版，現查核無誤。這雖然是句「文理不通」話，但其基本精神，與陳漱渝根據鄧恩醫生的「無根之言」，「不知天高地厚」的結論：「可見，以當時的醫學水平和醫療條件，無論換什麼醫生，魯迅能否再活十年仍是一件沒有十足把握的事情」（見 2003 年第 4 期《魯迅世界》），是不相抵牾的。

對此，陳漱渝卻說：「使我感到滿頭霧水，不知所云」。這是什麼原因呢？陳解釋道：「我的公開表態，都（好個「都」字！）有錄音、錄像和白紙黑字作證。文責自負，不容任何人加以歪曲篡改。周先生不是外星人，當然不會不知道當下媒體的經常失真。所以，我不能對未經我親自審核認定的報導失真負任何責任。」──敝人自然不是外星來客，20 年來咱們不僅有多面之雅，曾有書信往來；見面時不僅點頭、握手，還互帶微笑。怎麼扯上外星人不外星人呢！時下媒體報導時有失真我是知道的，就是依陳所說是「經常失真」也不是「一律失真」之意。引用者只要所引無誤是不負任何責任的。至於見之於媒體的有關陳漱渝的報導是否經其本人「親自審核認定」，是否「失真」，這是陳氏與媒體之間的事，與引用者敝人無涉。陳究竟「親自審核認定」過哪家媒體，未「親自審核認定」過哪家媒體，外人無從知曉。倘若，有誰知曉的話，那倒是成了外星人了。敝人「言之有據」地引用了而且無誤，何罪之有？然而，陳現在混淆事實真相，毫無道理可

言地以鄙人不知媒體報導失真的罪名大加討伐，這不是倒打一耙嗎？而且無聊得很。

至於陳把「革命大批判」作為污水，向反對「革命大批判」的拙作〈駁秋石〉潑過去，那也是徒勞的。因為，陳這裏的筆鋒一轉，搖身一變，是決不能成為「革命大批判」的批判者的，是決不會立地成佛的。因為只要有機會，他就會展示其「革命大批判」的「戰績」的。究竟是誰還在「開展革命大批判」？清者自明，這裏無須贅言。不過，這個倒打一耙，未見得是其轉變或進步，乃至告別「革命大批判」，是可以肯定的。

三、令人作嘔的自我欣賞

陳先生說：「周正章在文章開頭回顧了『關於魯迅死因長期而尖銳的爭議』，判定我是這場爭論中的『重要角色』，使我受寵若驚。」——這種玩弄自我欣賞的筆調，只能令人作嘔。陳漱渝是不是魯迅死因爭論中的「重要角色」是歷史事實，如果說「受寵若驚」的話，他早在 1984 年就「受寵若驚」過了。1984 年 8 月 26 日日本《朝日新聞‧朝刊》就對 8 月 25 日北京《團結報》上發表的陳漱渝的〈日本讀者對於魯迅死因的看法〉一文及其編者按的重要作用作過這樣的「積極評價」：《團結報》在此（即指陳的力作〈看法〉，筆者按）之前曾刊登和紀氏觀點相同內容的讀者意見，然而現在一轉，在編者按中說，認為日本原軍醫在魯迅之死上有什麼責任是沒有根據的。」9 月 12 日《朝日新聞‧夕刊》發表〈魯迅死因之謎的論爭可以終止了——中國報紙刊登了自我批評〉。陳是不是「重要角色」不是敵人封的。陳的文章一出，日本報紙就指出「然而現在一轉」和「中國報紙的自我批評」來，這能不是「重要角色」嗎？可是現在陳卻「謙虛」道：「周正章把南京《週末》報和北京《團結報》以編者按形式公開檢討說成是屈服於我

的壓力，這實在是對我的高抬，愧不敢當。我當時剛過不惑之年，並無官位，至多是個副研究員；而我的文章又屬綜述性質，篇幅短小，且刊登於一家發行量極為有限的非官方報紙，能否具有如此強大的威力，頭腦清楚的讀者是不難辯明的。」陳對於日本報紙的如上文所述的「高抬」早就作為「學術業績」，照單全收進自己《求真錄》的集子裏去了，毫無「愧不敢當」之意，還自稱這篇文章「涉及的問題曾在國際上惹出一場小風波」，並發出「作為今後研究工作的『前車之鑒』」的警告。有了友邦「高抬」的底本，陳氏就在這裏有滋有味地玩起了「自抬」。而今何苦搞這「遲到的謙虛」呢？早知今日，何必當初？「頭腦清楚的讀者」面對陳氏這些躊躇滿志的文字，是不難辯明事物的因果關係的。具有「革命大批判」餘波末流的文章的「傷害性」是並不在於文章的「篇幅短小」、「發行有限」、作者「有無官位」的，而在於文章的倚勢仗權而為。日本報紙也是根據陳文產生的因果關係，來辯明陳文的重要作用的。

1984 年批紀之後，在東北召開全國魯研會議期間，從瀋陽到大連的大客車上，陳漱渝對甘競存教授解釋過，批紀文章是上面叫我寫的。這個以上壓下而不是以是糾非的解釋，陳還對不少人說過，給人印象頗深。這難道是陳的「敢做敢當」？這能成為陳為己開脫的理由？這種以長官意志而為的奉命整人的文章，才具有「革命大批判」的本質特徵呢。因而，在當時才會產生「如此強大的威力」。現在陳裝糊塗，知情者是不會糊塗的，讀者也不會糊塗的。

陳對 20 年前來自日本報紙的「高抬」和自己的「自抬」，以及壓力下「中國報紙刊登了自我批評」即一份又一份檢討書的「戰績」，是不是還在一直陶醉著，自我欣賞著，「受寵若驚」著，「愧不敢當」著？到頭來，現在跟我玩弄這些令人肉麻的文字遊戲，算是找錯了門牌號碼了！

四、別了罷，小人之心！

陳先生說：「周正章眼下乘機對我進行清算，不見得單純是為紀先生抱打不平。以小人之心推君子之腹，可能跟我未能對他洋洋灑灑的長文『予以積極評價』不無關聯。」又說：「我相信我跟周正章的分歧，絲毫無損於我跟江蘇魯研會的友誼。」

此言差矣！

敝人於 2003 年 5 月 16 日的一篇文字中，涉敝人與陳先生的關係時，是這樣表明心跡的：「陳先生還給我寄過國外有關魯迅死因的資料。至今未忘。嗣後，我確實不放鬆對魯迅死因方面的關注，包括陳先生的，並以陳先生『求真錄』的精神來審視之。然而，一旦在學術上求真求是，就難免得罪人；不過，像陳這樣沙場老兵是自當理解其個中苦衷，只學術之爭而已。」

這裏，似乎早就回答了陳漱渝先生現在所提的「小人之心推君子之腹」的問題。陳也許一時衝動，竟寫出這樣有失水準的話。這與我接觸過的大度的陳先生，簡直判若兩人。如果不是陳氏囑《魯迅世界》主編「一字不易」刊出的公開信，真令人難以置信。因為這已跌破人格低線了啊！倘若，陳先生確實認為敝人與之相左的意見，與他未對拙作『予以積極評價』不無關聯，那確有「小人之心」之嫌。胡適說的好：「待人要在有疑處不疑。」敝人從來就沒有對待陳先生文字之外的「有疑處」產生過「疑」，這也是我的對待學人的原則。我與陳之爭絕屬學術之爭。我怎麼可能根據陳有無「積極評價」來落筆學術研討呢？其實，早在〈駁秋石〉文發表之前，2002 年 5 月由陳先生主編的《誰挑戰魯迅》論爭集一書收入拙作〈是乎非乎，豈容顛倒？——評唐紀如同志的「敵乎友乎，豈不公論」〉論述「兩個口號」的長文，其中不乏對長文「予以積極評價」。我通過與我聯繫的該書副主編劉玉

凱先生向陳先生轉致了謝意。友情歸友情，學術歸學術，這是兩碼事，是不好「關聯」的。友情誠寶貴，學術價更高；若論書生氣，尤其不可拋。現在陳先生看到我與他「相左」的文字，是不是會後悔當初該書收進敝人的這篇文章並「予以積極評價」呢？我想是不會的，因為這是不好「關聯」的。而今我與陳，都是花甲之年的人，若各自回想既往處理過的許許多多這樣那樣的人和事，我們難道會庸俗地把不相關聯的兩碼事攪和到一起，去泄私怨，圖報復嗎？我想，這是絕不會的。至於說陳先生的「相信我跟周正章的分歧，絲毫無損於我跟江蘇魯研會的友誼」，實在是把不相干的兩碼事又攪和到一起而多慮了。陳稱「跟周正章的分歧」說的過於籠統，準確地說應該是「學術分歧」。除此之外，難道還有什麼其他分歧嗎？倘若日本軍國主義者，或右翼分子，又通過參拜靖國神社，去搞什麼傷害國人感情的名堂，還有妄圖推翻「南京大屠殺」的鐵的叫囂，陳與我還不是毫無分歧地一致同表憤慨嗎？當然這也無損於中日兩國人民的友好。倘不準確為「學術分歧」，便毫無道理地擴大了不該擴大的分歧。不知陳先生以為然否。

至於陳先生的多慮，我想還是盡可能的振臂一扔，扔到爪哇國裏去吧。讓我們同聲一調：別了罷，小人之心！

五、確實有人假傳「聖旨」

陳先生說：「周正章在文章中說我『引用所謂周海嬰的委託，也對該文提出批評』。明眼人一看便知，周先生使用『所謂』兩字是居心不良。我這個人水平雖低，但從來沒有假傳聖旨的愛好和需要。況且，從 1984 年至今，周海嬰先生本人也從未否認過我援引的那段話，說明他敢做敢當，要比那種替他幫倒忙的人光明磊落。」——這封公開信

的要害之一集中在這裏，且將究竟是誰「居心不良」地「光明磊落」地假傳「聖旨」作一次曝光。

陳說「周先生使用『所謂』二字是居心不良」。不對，我早就對陳屢屢引用的這段文字，以陳的「求真錄」精神對其懷疑了。還是胡適說得好：「做學問要在不疑處有疑。」陳認為「不疑處」我則認為「有疑」。談不上「居心不良」。真正要探討學問，誰都有這個「疑」的權力。這段「聖旨」已被秋石，添油加醋、肆意曲解得不成樣子了。這裏不去枝蔓，有興趣者可見拙作〈再駁秋石關於魯迅死因的「實事求是」〉（見葛濤編《魯迅的五大未解之謎》，2003 年 10 月東方出版社出版）。

先將陳先生刊於 1984 年 8 月 25 日《團結報》的〈日本讀者對於魯迅死因的看法〉一文中總被其津津樂道的所謂周海嬰的「委託」抄錄如下：

> 鑒於以上情況，筆者於 8 月 2 日就魯迅死因問題詢問了魯迅先生的公子周海嬰，周海嬰委託筆者說明：紀維周的文章，對魯迅的死因進行推測，但未提供任何新的確鑿的史料，不能代表中國魯研界的看法，也不代表他本人的看法。

這個所謂的委託，「詢問」是個關鍵字，表明當時是陳「口頭」「詢問」周，周「口頭」回覆了陳的問題。如此而已。實際情況，並不存在某些人所期待的那樣，當時不可能會有周海嬰簽字蓋章的具有法律意義的授權委託文本。如有，史料專家的陳屢屢提及這個著名的「委託」時，早就會披露出來了。這次陳雖然說了不少海嬰「敢做敢當」，「時至今日，海嬰先生當年的表態也沒有絲毫錯誤」的企圖封海嬰之口的空話，也沒有出示海嬰的授權委託文本。當陳對「毛羅對話」質疑時曾指出：「又無羅老先生簽字認可的回憶文章，嚴格的說是連孤證也談不上。」（見 2002 年第 4 期《魯迅世界》第 9 頁）那麼陳先生是

否也該考慮一下，出示海嬰簽字認可授權委託文本呢？──這是敝人在「不疑處有疑」之「疑」。

為了慎重起見，筆者早於 2003 年 5 月 5 日下午 4 時，就當時「詢問」的情況電話採訪了周海嬰先生。海嬰先生回答說：

> 我是魯博魯迅研究室的顧問，對於研究人員提出的問題，是經常與之探討的。有一天陳漱渝給我電話，問到紀維周文章事。我說不知道，沒有看過。陳向我介紹紀的看法並問我能代表我的看法嗎？我說紀維周的文章寫之前沒有和我聯繫過，怎麼代表我的看法呢？電話中陳漱渝沒有把問題說得嚴重，也沒有說做什麼用，他的文章發表之前，也沒有給我看過。

正被筆者不幸言中。這段電話採訪文字已經海嬰先生審核認可，我與他各執一份。陳先生究竟有「沒有假傳『聖旨』」（聖旨的引號係筆者添加，因為海嬰畢竟不是皇上）的愛好和需要」，而且還「從來」，這只能由陳本人和讀者諸君一道來結論了。這裏有海嬰稱紀文「對魯迅死因進行推測，但未提供任何新的確鑿的史料」的話嗎？──沒有。有海嬰稱紀文不代表中國魯研界的說法嗎？──沒有。有海嬰委託陳的根據嗎？──沒有。海嬰稱紀文不代表他本人只限於紀文與其無關，表明他根本不需要別人來代表，正如他已在《魯迅與我七十年》一書中所表達的對須藤的質疑，或許還有尚未表達的。陳漱渝手中有海嬰哪怕簽字認可的書面材料嗎？那就請向公眾出示好了。可是，陳竟稱「時至今日，海嬰先生當年的表態也沒有絲毫的錯誤。」這是陳的欲蓋彌彰！陳是在掩飾當年假傳「聖旨」的錯誤，並以再次肯定假傳「聖旨」的方式來全盤否定海嬰在《魯迅與我七十年》中對須藤的八點質疑，而將海嬰置於十分尷尬的地步，偽造海嬰出爾反爾的假像。陳彷彿告訴讀者，海嬰書中所說是錯的，假傳的「聖旨」是對的。這是什麼居心？其實不過是騙騙不知底裏的三歲小孩罷了，「頭腦清楚的

讀者」是不會上當受騙的。陳對海嬰書中的白紙黑字沒有「結論」的文字，都膽敢在光天化日眾目睽睽之下偽造出莫須有的「結論」來，如本文第一節所述，何況是未經海嬰親自認可的問答呢？陳某自稱，「我這個人水平雖低」。其實水平不低，篡改歪曲的水平很高，假傳「聖旨」的水平也很高，現在妄圖封海嬰之口的水平更高。這當然絕不是敝人的「高抬」，而是明擺在這裏的事實。

2003 年 8 月 30 日旅遊歸來於南京寓所
2003 年 12 月 13 日修定於八一醫院

（原載《魯迅世界》2004 年第 1 期，又全文載《山西文學》2005 年第 1 期，
編者改題為〈陳漱渝：別玩弄這種技巧了〉）

一個捉襟見肘的假設

——就魯迅死因商榷於北岡正子

　　讀了北岡正子先生的〈有關《上海日報》記載須藤五百三的「醫者所見之魯迅先生」〉（見《魯迅研究月刊》2003 年第 11 期第 24 頁至第 32 頁，邱香凝譯；並見《上海魯迅研究》第 14 輯第 207 至 223 頁，靳叢林、宋揚譯。原載日本中國文藝研究會《野草》第 71 號，2003 年 2 月 1 日；該刊第 72 號，2003 年 8 月 1 日，曾予訂正）一文受益匪淺。就國內目前關注魯迅死因之研討，須藤資料罕見而言，這是份彌足珍貴的參考資料。

　　北岡文（以下均此略稱。筆者按）考證了我們所熟知的《魯迅先生紀念集》悼文第二輯所載須藤五百三的〈醫學者所見的魯迅先生〉一文，與該紀念集《載於日本各雜誌報章的悼文細目》所記 1936 年 10 月 23 日《上海日報》（日文版）發表須藤五百三〈醫者より觀たる魯迅先生〉一文，不是同一篇文章，而是兩篇文章。並指出「10 月 23 日」日期有誤，《上海日報》夕刊（晚報版）是「10 月 20 日、21 日、22 日」分上、中、下三回刊載的。這是首次發現。同時，將《上海日報》所載這篇〈醫者所見之魯迅先生〉與〈醫學者所見的魯迅先生〉作了比較研究與分析等。

　　尤其值得一提的是，北岡正子在肯定〈醫者所見之魯迅先生〉一文的同時，也指出其不足之處：「因為這些事大多是聽來的故事，因此記憶不正確的例子也多少散見。例如，日俄戰爭與日清戰爭的爭議、

歸國之後《新生》的發刊與童年時代家屋轉讓他人等等。」當然,由於須藤的局限性,文中不止是記憶有誤,還有其他一些錯誤。不過,這應是另一篇文章的內容了,這裏恕不枝蔓。

還有值得贊許之處,北岡並不避諱地寫道:「須藤五百三在〈魯迅先生病狀經過〉(即〈魯迅病歷〉,以下均此略稱。筆者按)中記錄魯迅的死因是『氣胸(Pneumothorax)』。」這是科學的態度。不像中國國內的一二論者為了給須藤辯解,連面對這個基本事實的勇氣都沒有,竟採用掩耳盜鈴的方法。遺憾的是,北岡文倘能就氣胸這個突發性急診的病因、病理、治療及預後,以及須藤醫生當時的實際處置是否與氣胸的正確處理相吻合,作深入的研究和分析就好了。這裏姑置不論。

但是,北岡正子這篇文章的最大不足,是大膽假設了〈魯迅病歷〉裏的「三月」是「五月」的誤寫,又沒有提供任何新的確鑿的證據。這大概可以用得上一句「大膽假設有餘,小心求證不足」罷。為此,特商榷如下,以就教於北岡正子、讀者與方家。

一、捉襟:新觀點的提出

北岡文敏銳地指出〈醫學者所見的魯迅先生〉附錄〈魯迅病歷〉「與《魯迅日記》對照來看的話,病狀與日常生活的樣子都有些許出入。」這個指出是完全正確的,也是非常必要的。文章雖然沒有明說,但看上去好像是對中國魯迅研究界這兩年頻頻深究這個「出入」的回應。因為拙作〈魯迅先生死於須藤誤診真相〉(見《魯迅的五大未解之謎》,2003 年 10 月東方出版社第 1 版,原載 2002 年第 1 期《魯迅世界》。以下略稱〈真相〉。筆者按)對此所謂「出入」反覆論證的結論是「偽造病歷」。嗣後,還有朱正先生(見 2002 年 4 月 12 日《文匯讀書週報》)、王錫榮先生(見 2002 年第 4 期《魯迅世界》,並見王撰《魯

迅生平疑案》2002 年 12 月上海辭書出版社第 1 版）、嚴家炎先生（見
2003 年 4 月 23 日《中華讀書週報》，並見 2003 年 4 月出版《中國文
化》第 19、20 期合刊。此文發表時間後於北岡文，亦可忽略不計。筆
者按）都對此「出入」予以深究與質疑，並得出各自的結論。北岡文
為了使「出入」變成「有所出入的部分就能得到理解」，認為「至少如
果將三月想成五月」。倘若這個假設能夠成立的話，便可輕而易舉推倒
以上諸家的深究與相應的結論。然而，北岡文提出這新觀點是根本站
不住腳的，此一「捉襟」，必然「見肘」。為了便於討論，並避免岐義，
現將北岡文這段文字抄錄如下：

關於只在〈醫學者所見的魯迅先生〉當中才見得到的描
寫，有一件事非提不可。那就是文末附錄的「魯迅先生病狀經
過」（即〈魯迅病歷〉。筆者按）。身為魯迅主治醫而留下的魯
迅生前最後的病狀記錄，在傳記研究上可說是絕無僅有的貴重
資料。但在上面卻也存有些許疑問。正如早已被指出的，將這
篇附錄與《魯迅日記》對照來看的話，病狀與日常生活的樣子
都有些許出入。

「三」和「五」這兩個數字在寫的時候稍微不注意的話，
是有混淆的可能。因為這是一篇被譯成中文的文章，所以應當
別有日文原稿的存在，其原稿應該是清楚立見的。（當然，也
會存在其他可能。筆者按）但是也有可能在翻譯的過程中，誤
將「五」月寫成了「三」月。若是將所有記錄成「三」月發生
的全部四項的記錄日期換成發生在「五」月，分別也就是，「五」
十九日、「五」月二十五日、「五」月二十八日、「五」月二十
九日，將這幾個日期和《日記》對照來看的話，剛好正是病情
不樂觀，有發熱的現象，接受了須藤醫生診療的時期。也是他
病情開始惡化的時期。當然到能下肯定的結論為止還有討論的

必要，但至少如果將三月想成五月的話，有所出入的部分就能
得到理解也是事實。

〈醫學者所見的魯迅先生〉與附錄之「魯迅先生病狀經
過」，如上所述，在當初須藤五百三應《作家》雜誌的要求（根
據周建人說法，〈魯迅先生病狀經過〉即〈魯迅病歷〉是應治
喪委員會要求而寫的。筆者按）寫下的原文應該是以日文寫成
的。而刊登在雜誌上的文稿則是被譯成中文的文章。假定三月
與五月的訛誤是因排錯字而來，那究竟是因為須藤五百三的筆
跡辨識不易，或者譯者的解讀錯誤，還是校對的時候出的錯，
就沒有辦法判明了。只是，我們現在所讀的並非日文的原稿而
是中文的譯本，這一點有必要先取得瞭解。如果只有中譯的「魯
迅先生病狀經過」，當初須藤五百三是不是就是寫三月，這一
點是無法做判斷的。(《魯迅研究月刊》2003 年第 11 期第 28 頁)

我為什麼稱北岡文如此強拉硬扯的對號入座而提出新觀點的做
法，是「捉襟」呢？因為根據現有的魯迅資料和須藤資料，以及這兩
方面的互證，這個假設導致其他「出入」的情況將會更多更大，露出
的胳膊肘將會更多更長。好在，北岡正子這個假說提出的新觀點的態度
雖然頑強，但仍有「到能下肯定的結論為止還有討論的必要」的願望。
那麼，我就把「見」那些「肘」提供在這裏，供進一步探討之參考罷。

二、見肘之一：魯迅資料

北岡文大膽假設：「至少如果將三月想成五月」。「至多」呢？文中
未說。理由主要是：魯迅這時「剛好正是病情不樂觀，有發熱的現象」。
其實魯迅三月份一度病篤，四月份好轉，其病篤程度是不亞於五月的。
北岡文為了強拉硬扯的需要，把「三月」一筆抹去，強硬的史料是不

會作出讓步的。現在，我們一道來看魯迅留下的文字是怎樣敍述三月病篤的情況的。當然不限於《魯迅日記》，還應包括《魯迅書信集》。為了讓讀者一目了然病情病程，這裏不按魯迅日記、書信分類，以時間順序，悉數整理排列如下：

（一）三月

3月2日：下午驟患氣喘，即請須藤先生來診，注射一針。……夜得內山君信並藥。

3月3日：下午須藤先生來診。

3月4日：須藤先生來診。

3月6日：須藤先生來診。

3月7日：致沈雁冰：禮拜一日，因為到一個冷房子裏去找書，不小心，中寒而氣喘，幾乎卒倒，由注射治癒，至今還不能下樓梯。

S（即史沫特萊。筆者按）那裏現在不能去，因為不能走動。倘非談不可，那麼，她到寓所來，怎樣？

3月8日：須藤先生來診，云已漸愈。

3月11日致楊晉豪：病還沒有好。我不很生病，但一生病是不大容易好的；不過這回大約也不至於死。

3月17日致唐弢：半月以前，因為對天氣的激變不留心，生了一場病，至今還沒有恢復。……而且已和先前不同，體力也不容許我談天。

3月18日致歐陽山、草明：這回因天氣驟冷，而自己不小心，受了烈寒，以至氣管痙攣，突然劇烈的氣喘，幸而醫生恰在身邊，立即注射，平復下去了，大約躺了三天，以後逐漸恢復，現在好了不少，每天可以寫幾百字了，藥也已經停止。

……我又年紀漸老，體力不濟起來，卻是一件憾事。這以前，我是不會受大寒大熱的影響的。不料現在不行了，以後會不會復發，也

是一個疑問。然而氣喘並非死症，發也不妨，只要送給它半個月的時間就夠了。

……氣喘一下，其實也不要緊。（因為魯迅聽從了須藤醫生誤診這次氣喘是所謂的「支氣管哮喘」，再加上習見兒子周海嬰經常發作支氣管哮喘，所以有「氣管痙攣」、「氣喘並非死症，發也無妨」、「也不要緊」之說。其實是錯的，這次氣喘不是支氣管哮喘。拙作〈魯迅先生死於須藤誤診真相〉和〈答王錫榮並關於魯迅死因問題〉中已詳加辨析，分別見《魯迅的五大未解之謎》。亦見本書，如前。筆者按）但是，現在是想每天的勞作，有一個限制，不過能否實行，還是說不定，因為作文不比手藝，可以隨時開手，隨時放下的。

今天譯了二千字，這信是夜裏寫的，你看，不是已經恢復了嗎？請放心罷。

3 月 20 日致母親：上月底男因出外受寒，突患氣喘，至於不能支持，幸醫生已到，急注射一針，始漸平復，後臥床三日，始能起身，現已可稱復元，但稍無力，可請勿念。至於氣喘之病，一向未有，此是第一次，將來是否不至於復發，現在尚不可知也，大約小心寒暖，則可以無慮耳。（魯迅生平至 56 歲才第一次發作這樣的氣喘，按須藤〈魯迅病歷〉記載「10 月 18 日。午前三時喘息又突然發作」，〈醫學者所見的魯迅先生〉一文還記載「從 10 月 18 日午前三點鐘起，舊病支氣管性喘息發作」，其實似自發性閉合型氣胸之誤診。（詳見拙作〈魯迅先生死於須藤誤診真相〉，《魯迅的五大未解之謎》。亦見本書，如前。）否則，倘若是支氣管哮喘的兩次怎麼可能就一命嗚呼呢？須藤所謂的這個支氣管哮喘，實屬天下絕難尋訪之一例！筆者按）

3 月 24 日致曹靖華：月初的確生了一場急病，是突然劇烈的氣喘，幸而自己早有一點不好的感覺，請了醫生，所以這時恰好已到，即便注射，平靜下去了。躺了三天，漸能起坐，現在總算已經復元，但還不能多走路。

3月26日致曹白：我的生活其實決不算苦。臉色不好，是因為二十歲時生了胃病，那時沒有錢醫治，拖成慢性，後來就無法可想了。

3月28日致增田涉：本月初，因未注意疲勞和寒冷，致患急症，臥床多日，頃已大致痊癒，仍舊譯作。

（二）四月

4月1日致母親：男總算已經復原，至於能否不再復發，此刻卻難豫料。現已做了絲棉袍一件，且每日喝一種茶，是廣東出品，云可醫咳，似頗有效，近來咳嗽確是很少了。

4月1日致曹靖華：弟現已可算是復原了，請勿念。

4月5日致許壽裳：我在上月初驟病，氣喘幾不能支，注射而止，臥床數日始起，近雖已似復原，但因譯著事煩，終頗困頓，倘能優遊半載，當稍健，然安可得哉。

4月5日致王冶秋：到三月初，為了疲乏和受寒，驟然氣喘，我以為要死了，倒也坦然，但終經醫生注射，逐漸安靜，臥床多日，漸漸起來，而一面又得漸漸的譯作；現在可說已經大略痊癒，但做一點事，就覺得困乏，此病能否不再發，也說不定的。

4月23日致曹靖華：我們都好，我已復原了，但仍然忙。

（三）五月

5月3日致曹靖華：我已復原，女人和孩子也都好的，可請釋念。

5月4日夜致王冶秋：病總算是好了，但總是沒氣力，或者氣力不夠應付雜事；記性也壞起來。……你所說的藥方，是醫氣管炎的，我的氣喘原因並不是炎，而是神經性痙攣。要復發否，現在不可知。大約能休息和換地方，就可以好得多，不過想來想去，沒有地方可去。

5月7日致母親：男早已復原，不過仍是忙。

5 月 7 日致段幹青：但我近來力衰事煩，對於各種作品，實無法閱讀作序，有拂來諭，尚希鑒原為幸。

5 月 7 日致臺靜農：我病已好，但依然事煩，因此疲勞而近於病，實亦不能謂之病也。

5 月 14 日致曹靖華：近來時常想歇歇。

5 月 15 日：往須藤醫院診。

5 月 15 日致曹靖華：日前無力，今日看醫生，云是胃病，大約服藥七八天，就要好起來了。

魯迅「筆談」三月病篤情況的文字，悉數羅列如上。從時間跨度上看，自 3 月 2 日至 5 月 15 日，足足談論了兩個半月之久，中心議題就是 3 月 2 日那場突乎其然的氣喘。凡 27 條，日記 7 條，書信 20 條，約兩千字。北岡文「將三月想成五月」，從而把魯迅三月病篤情況一筆抹去，實在是難乎其難的，根本辦不到的。或者說須藤〈魯迅病歷〉中的「三月」倘不復存在，那麼魯迅筆下這如許病情資料又該如何交待？那須藤醫生豈不是又要蒙隱瞞魯迅病情之冤？決不可能按北岡之意只留存一條的。

值得一提的是，從「3 月 15 日：須藤先生來診」之後，迄「5 月 15 日：往須藤醫院診」，這兩個月的時間段內，《魯迅日記》未載一次須藤診治之事，是符合實際情況的，不存在任何漏記的可能。因為 3 月 2 日的氣喘及注射一針，魯迅到了 3 月底 4 月初還在頻頻提起：

> 3 月 20 日致母親：上月底男因外出受寒，突患氣喘，至於不能支持，幸醫生已到，急注射一針，……
>
> 3 月 24 日致曹靖華：月初的確生了一場急病是突然劇烈的氣喘，幸而自己早有一點不好的感覺，請了醫生，所以這時恰好已到，便即注射，平靜下去了。……
>
> 3 月 28 日致增田涉：本月初，因未注意疲勞和寒冷，致患急症，臥床多日……

　　4月5日致許壽裳：我在上月初驟病，氣喘幾不能支，注射而止，臥床數日始起，……

　　4月5日致王冶秋：到三月初，為了疲乏和受寒，驟然氣喘，我以為要死了，倒也坦然，但終經醫生注射，逐漸安靜，……

　　這明白無疑的證明，從3月2日之後，《魯迅日記》載3月3日、4日、6日、8日、15日「須藤先生來診」，8日「云已漸愈」，是確實的。所以在這之後的3月間，沒有發生其他新的診治，也是確實的。假設發生除此而後的新的診治，魯迅是決不可能對關心他的親友避而不談新情況，而去重複訴說三月初的老情況的。唯一正確而合理的解釋，須藤在〈魯迅病歷〉中添加3月19日、25日、28日、29日關於針對肺結核一系列診治措施：所謂「係『消耗性熱型』」、「作突刺試驗，得微黃色透明液，檢查有結核陰性（原文如此。應為「陽性」之誤，否則，「有」字無法解釋，與醫學常識亦相左。筆者按）」、「第一次行穿刺術採取胸液，約得300公分」、「熱度仍為『消耗性』，漸次升降，而於三十七度六分乃至三十六度四分為多」等等，根本就沒有發生，純屬偽造無疑。對此拙作〈真相〉與〈答王錫榮〉已有論證，不予重複。這裏換個視覺，順勢另補充四點質疑如下：

　　（1）《魯迅日記》載3月2日：「下午驟患氣喘，即請須藤先生來診，注射一針。」這與上述「大動作」比較而言，是較平常的一針肌肉注射，魯迅在書信中竟重複敘述6次之多：1、「由注射治癒」（3月7日）、2、「立刻注射」（3日18日）、3、「急注射一針」（3月20日）、4、「便即注射」（3月24日）、5、「注射而止」（4月5日）、6、「終經醫生注射」（4月5日）。一針尚且如此，須藤在〈魯迅病歷〉添加3月19日至29日對肺結核診治具有實質性意義的「大動作」，能不在魯迅日記與書信中留下應有的記載嗎？事實上，點滴全無。這能不讓人對須藤的「添加」打上一個偌大的問號嗎？

（2）同時，關於 3 月間魯迅發低熱的記載，無論是《魯迅日記》，還是《魯迅書信集》，亦點滴全無。有的只是 5 月下半月才出現。而須藤則於 3 月 29 日稱：「熱度仍為『消耗性』，漸次升降」，怎麼「漸次升降」起來呢？

（3）還有，到 5 月 15 日據魯迅記載：「日前無力，今日看醫生，雲是胃病」（致曹靖華），須藤還陷在把肺結核當胃病誤診的迷霧之中，而須藤竟然在〈魯迅病歷〉三月下旬大談肺結核云云，這不是莫須有，又是什麼呢？

（4）再者，據魯迅書信記載，到 5 月 23 日：「今日始調查熱型，那麼可見連什麼病也還未能斷定。」（致趙家璧）「這回又躺了近十天了，發熱，醫生還沒有查出發熱的原因，但我看總不是重病。」（致曹靖華）而須藤竟然在〈魯迅病歷〉3 月 19 日稱：「發熱較高，係『消耗性熱型』」，3 月 29 日稱：「熱度仍為『消耗性』」，只能是無稽之談了。

北岡正子先生注意到了須藤〈魯迅病歷〉和《魯迅日記》，其實還應包括和《魯迅書信集》在內的諸多「出入」。假設按北岡之意「將三月想成五月」，其實一一對照也是吻合不起來的。下文還將討論，這裏姑且暫放一下。

根據魯迅筆下下意識記述的病情，其浸潤性肺結核的復發是在 4 月間。不過，這裏要特別強調一句：魯迅明確自己患有肺結核的發覺日期為 1936 年 5 月 31 日，是由美國鄧恩醫生診斷的，並由 6 月 15 日拍攝胸片確診；在此之前，魯迅曾發過幾次肺結核，都是由於這次的發現而倒推過去。因為 4 月初關於肺結核復發的患者一條重要「主訴」，難以擺脫的疲勞、困頓，在魯迅的書信裏頻頻出現：

> 終頗困頓（4 月 5 日致許壽裳）、做一點事，就覺得困乏（4 月 5 日致王冶秋）、總是沒有氣力，或者氣力不夠應付雜事（5

月 4 日致王冶秋）、我近來力衰事煩（5 月 7 日致段幹青）、依
然事煩，因此疲勞而近於病，實亦不能謂之病也（5 月 7 日致
臺靜農）、近來時常想歇歇（5 月 14 日致曹靖華）。

這個持續一個半月之久、且感覺越來越頻仍的倦怠，是魯迅肺臟
從未診斷出的潛伏病灶中的結核桿菌，由於自身免疫力的下降，隨著
和暖的春天氣溫，重新使固有病灶呈炎症浸潤的結果。而魯迅因從未
知曉患有肺結核，當然無此意識明確的體驗，渾然不自覺倦怠的病因，
是可以理解的。倘若，他在 20 年代北京時期已經確知此病，不會不意
識到老毛病的復發，也不會任由醫生誤診的。這裏有一個連帶問題值
得一提，有一些魯迅死因研討的參與者，連魯迅學過兩年醫學基礎理
論並未行醫的事實都未弄清楚，竟大談作為醫生的魯迅如何如何，這
真令人啼笑皆非。可能還是魯迅談論自己有關學醫情況的話，對於糾
正這類常來打岔的言談頗為有益：

> 習西醫大須記憶，基礎科學等，至少四年，然尚不過一毛
> 坯，此後非多練習不可。我學理論兩年後，持聽診器試聽人們
> 之胸，健者病者，其聲如一，大不如書上所記了然。今幸放棄，
> 免於殺人，而不幸又成文氓，或不免被殺。（1934 年 4 月 30 日
> 致曹聚仁）

這裏我們還是回過頭來繼續研討 1936 年 5 月間的魯迅的病情與須
藤是如何診治的。

5 月 15 日，魯迅實在難以支撐，終於拖著疲憊的身子跨進了須藤
醫院。可是這位須藤院長，如何診治呢？《魯迅日記》這天記載：「往
須藤醫院診，云是胃病。」同日，致曹靖華信又重複敘述：「日前無力，
今日看醫生，云是胃病，大約服藥七八天，就要好起來了。」須藤把
魯迅肺結核的復發誤診為「胃病」應屬無疑，即使魯迅有宿疾胃病就

以此來敷衍患者那也是太離譜了。這自然無濟於事。《魯迅日記》5月18日記載:「夜發熱三十八度二分。」於是次日,魯迅不得不再度以酸軟無力的步子邁進須藤醫院。《魯迅日記》5月19日載:「下午往須藤醫院診。」再次向須藤醫生陳說病情,等不得「七八天就要好起來」的承諾;而須藤到這一天為止,還未診斷出究竟是什麼病。

據《魯迅日記》統計出門活動情況,5月份上旬魯迅出門6次:2日2次、5日2次、8日1次、10日1次。10日之後除15日、19日這兩天往須藤醫院求醫2次,未見其他出門記載。20日之後全無出門活動記載,均由須藤登門診治,足見魯迅病情及其困頓、倦怠日甚一日。

其實,魯迅肺結核病變正處於進展狀態,浸潤性病灶的炎症活動是不言而喻的。人體肺臟有一個與其他內臟顯著的不同特點,沒有痛覺神經,即使如魯迅左上肺已形成薄壁空洞,也和常人一樣從無「肺痛」之說法,原因如此。這也是肺結核症狀的一個特徵。但是,臨床賴以診斷的肺結核症狀,魯迅是很典型的:發病時的倦怠、潮熱、消瘦、咳嗽一應俱全。如果再考慮到春天是肺結核易發季節,任何一位有經驗的內科醫生都不難得出應得的結論的。倘若進一步確診,查痰、胸透或拍攝 X 光胸片當更妥貼。

那麼,須藤醫生診治肺結核的臨床經驗究竟如何呢?這次北岡正子為關心須藤這方面情況的讀者和研討者,提供了一份不可多得的新資料:

關於須藤五百三治療結核的經歷,這篇論文(指日本泉彪之助醫師的〈須藤五百三──魯迅最後的主治醫生〉,載 1985年《福井縣立短期大學研究紀要》第 10 號。筆者按)當中,關於須藤五百三結核治療經歷的敘述,非常值得一讀。一敘述如下:「當時在日本青年層當中結核病發的情況明顯的多。因此徵召來的兵士當中罹患結核的病人也不少。一般來說青年女

子多是被結核菌入侵，併發了肺結核，而年輕兵士則多以胸膜
炎病發的症狀較多。因此，曾任軍醫的須藤想必擁有豐富的胸
膜炎治療經驗。並且，為魯迅治療的時候，須藤已經是開業十
五年的開業醫了，這期間的臨床經驗對治療而言也是可貴的。」
（見《魯迅研究月刊》2003 年第 11 期第 30 頁）

　　很好！確實「非常值得一讀」。可是須藤醫生「擁有豐富的經驗」，
從 1934 年 7 月（北岡文誤為「1934 年 4 月」，筆者按）開始給患有肺
結核的魯迅，診治了近兩年卻沒有用上。即在 1936 年 5 月 15 日、19
日給魯迅診治時，竟然還是沒有用上。把一個症狀「典型」的肺結核，
在一個「典型」的季節性的復發，誤診為胃病，並信誓旦旦說「大約
服藥七八天，就要好起來了。」這真令人匪夷所思。恰恰相反，5 月
15 日之後，魯迅的病只能越來越重。不過，這時另有一個醫生正在向
大陸新村 9 號一步步走來。這就是美國醫生鄧恩醫生，在史沫特萊女
士引薦下，於 5 月 31 日踏進了魯迅臥室；這才由鄧恩醫生第一次準確
告訴魯迅，所患之病乃肺結核！半個月後，6 月 15 日拍 X 光全胸片，
確診魯迅患有兩肺慢性活動性肺結核，病情屬中等程度。遺憾的是，
鄧恩醫生因未見胸片，僅憑聽診、叩診與問診予以診斷，言詞有些過
分，魯迅固然稱讚其醫術，但也產生一定的反感。而對於一位高年資
的所謂「擁有豐富的經驗」的開業醫生、又一直在給魯迅看病的須藤
來說，其尷尬當可想而知。作為讀者，看到這裏則不得不感到內心深
處有一股無可名狀的鬱悶罷。

三、見肘之二：須藤資料

　　從須藤方面來看，留存的資料，也對北岡文把「三月」抹去十分
不利。須藤資料雖然沒有魯迅資料豐富，關於三月份部分彌足珍貴。

但其真實性，除 3 月 19 日、25 日、28 日、29 日外，對北岡文提出的新觀點毫無退讓之意。在這一點上，在須藤從三月開始不是從五月開始給魯迅診治這一點上，須藤資料與魯迅資料是吻合的，在客觀上是可互證的。現將須藤涉及三月間診治屬時間概念的文字抄錄如下。

須藤五百三醫師說：

> ⋯⋯就是在治療期間──八個月裏面，不論何種治療，從來沒有說過一句嫌惡異議的話。（見〈醫學者所見的魯迅先生〉，《魯迅先生紀念集》悼文第 2 輯第 21 頁）
>
> 本年三月二日，魯迅先生突罹支氣管喘息症，承招往診，⋯⋯（見〈魯迅先生病狀經過〉即〈魯迅病歷〉，《魯迅先生紀念集》悼文第 2 輯第 21 頁）
>
> ⋯⋯特別是今年三月二日，先生罹患氣喘之後，我擔任主治醫生的緣故，每隔兩三天便需診斷他的病情，和他說說話，或聽聽他說話，（見〈醫者所見之魯迅先生〉，《魯迅研究月刊》2003 年第 11 期第 25 頁。該文由北岡正子提供，由日文譯成中文）

這三條須藤資料與須藤的〈魯迅病歷〉中的 3 月 19 日、3 月 25 日、3 月 28 日、3 月 29 日四條資料的最大不同，不是孤證，是可以證明的。而後四條資料純屬孤證不立。

上述所列第一條資料，記載了須藤給魯迅診治的時期是「八個月」，即 3 月 2 日至 10 月 19 日魯迅逝世的時間，是七個半月又兩天，說「八個月」是大致不差的。退一步說，倘按北岡文的假設，把「三月」改換成「五月」，那豈不是須藤這裏所寫「八個月」又是「六個月」之誤寫了？如果把「八個月」改成「六個月」，那麼「八」和「六」字體寫法相近的理由能夠成立嗎？更不必說魯迅筆下已經有了那麼多關於「三月病篤」的記載了。

　　第二條須藤資料，三月二日開始給魯迅診治，與《魯迅日記》所載：「三月二日：下午驟然氣喘，即請須藤先生來診，注射一針。」沒有「出入」，完全吻合。而且與《魯迅書信集》多次記敘三月初須藤診治情況，亦完全吻合。倘若須藤的「三月二日」要換成「五月二日」，那麼《魯迅日記》以及《魯迅書信集》中以上所羅列十九封書信中關涉三月二日氣喘由須藤診治的事實，是不是也要跟著改動呢？這恐怕連神仙都做不到。

　　第三條須藤資料，是由日文翻譯成中文的新資料。對於只見譯成中文而不見日文原稿，表示諸多懷疑的北岡正子先生來說，這裏的「三月二日」是不是也要改動呢？如果說，這條資料因為有了日文原稿可以不改，那麼北岡文要把「三月想成五月」的想當然，豈不是又「想」不成了？退一步說，如果按照北岡文的意思，「三月二日」這條可以留存，三月就剩這光槓一條，要改的是三月十九日、三月二十五日、三月二十八日、三月二十九日中的「三」為「五」字。那麼豈不是又要與須藤所言「今年三月二日，先生罹患氣喘之後，我擔任主治醫生的緣故，每隔兩三天便需診斷他的病情，和他說說話，或聽聽他說話」中的「每隔兩三天」吻合不起來了嗎？難道就只「和他說說話」、「或聽聽他說話」，不「診病」不成?!

　　如此捉襟見肘的假設，只考慮某一點的吻合，而露出更多的不吻合，恐怕是北岡正子始料不及的。

四、捉襟見肘之後：怎麼辦？

　　時間這個東西，實在強硬得很，往往牽一根頭髮確實要扯動全身。

　　據中國中央電視臺不久前播報，中國夏商周斷代工程，由於數以百計考古學專家、學者經年累月的協同研究，從各個不同角度，運用各種不同方法，即從各類先秦典籍、文物器皿、甲骨文到古天文、氣

象、地理乃至大型電子計算器等現代高科技方法的運用，從假設——肯定——否定——再假設——再肯定——再否定——再再假設乃至再再肯定的無數次反覆，終於將周武王討伐商紂王這一天發生的著名戰爭確定在：西元前 1046 年 1 月 20 日。由此，向上推算向下推算，夏商周斷代的歷史之謎終於揭開神秘的面紗，於是中國歷史紀年又從現行西元前 841 年的起點向前延伸。

這是多麼令人神往的科學精神呵！

這裏，我們還是回過頭來研究一下北岡正子先生的大膽假設罷，這當然不可能像上古斷代工程那樣繁難的。現在我們試圖把須藤五百三的〈魯迅病歷〉中的「三月」改換成「五月」，那麼這整體位移發生之後，「震盪」將即刻出現，「排斥」將不可避免。

第一條、須藤：「本年五月二日，魯迅先生突罹支氣管性喘息，承招往診」。而《魯迅日記》五月二日項下無任何診治記載，自然也無「承招往診」了。——結論：不吻合。

第二條、須藤：「五月十九日。發熱較高，係『消耗性熱型』，病者聲稱右胸下部較痛，於是作突刺試驗，得微黃色透明液，檢查咳痰有結核菌陰性，彈力纖維甚多。」而《魯迅日記》五月十九日項下：「午後往須藤醫院診。……夜熱三十八度。」無「消耗性熱型」、無「右胸下部較痛」、無「突刺試驗，得微黃色透明液」、無「檢查咯痰有結核菌」等。——結論：不吻合。

第三條、須藤：「五月二十五日。咳嗽，咯痰甚多。」而《魯迅日記》五月二十五日項下：「下午須藤先生來注射。夜熱三十七度八分。」但須藤則無「注射」、「發熱」的記載，至於魯迅的咳嗽、咯痰，因患有慢性氣管炎並兼嗜煙者，每日必不可少，隨意記錄於哪一天都無可無不可。——結論：不吻合。

第四條、須藤：「五月二十八日。第一次行穿刺術採取胸液，約得三〇〇公分。」而《魯迅日記》五月二十八日項下：「下午須藤先生來診並注射。……九時熱三十七度二分。」抽取三〇〇公分胸液的大動

作，況且又是第一次，魯迅在記述病情診治時，怎麼可能會發生漏記或不記載呢？況且是須藤來魯迅寓所，而不是魯迅往須藤醫院，在家中根本不具備抽取胸液的客觀條件。——結論：不吻合。

第五條、須藤：「五月二十九日。咳嗽頻發，而喀痰甚少，熱度仍為『消耗性』，漸次升降，而於三十七度六分乃至三十六度四分左右為多，一時進以滋養食物後，保守安靜，經過良好，遂停止用藥。」而《魯迅日記》五月二十九日項下：「下午須藤先生來注射，並用強心針一針。夜九時熱三十七度二分。」「強心針」不僅是上個世紀三十年代的稀罕物，即使是七十年後的世紀初的今天，也不是尋常物。須藤緣何不予記載？不管怎麼說，使用強心針總是生命處於危機狀態。但須藤對如此重要診治不僅未予記載，竟反而輕鬆愉快地記載「經過良好，遂停止用藥」；《魯迅日記》從五月十八日起至五月二十九日這十二天，每天都有發熱記載，熱度為三十八度二分乃至三十七度二分，漸次升降，但無一天平溫。可是須藤則已有了「三十六度四分左右為多」平溫的記載。——結論：不吻合。

經過這麼逐條對照，結論是一連串的不吻合。因此，我們在進行假設，考慮時間因素時，不能也不應只停留在「時間」概念下有「診治」和「發熱」的表面現象而沾沾自喜，甚至匆匆著文言說未經求證的假設，而應進一步認真審視「診治」和「發熱」的實質內容，與此時以及前後所發生的事實是否吻合，是否經得起檢驗，這才是應有的科學態度。僅大膽假設而不小心求證，在科學研究的道路上是行不通的。如此看來，經過以上反覆考證，北岡先生的假設不能成立，須藤〈魯迅病歷〉中的「三月」還應該照舊復原為「三月」，好歹還能保守住業經證明的「三月二日」這一條，它不是孤證。而須藤偽造的後四條孤證，雖然應了「孤證不立」鐵律，還是存放在「三月」原處保留原貌為好。除非北岡先生又找到了新的確鑿的史料，或者發現日文原稿，那時再議。而目前還是收回為好。

這就是敝人對「捉襟見肘之後：怎麼辦？」的意見，不知北岡先生意下如何？以為然否？

最後，本人雖然經過考證，指出北岡先生顧此失彼，難以應付的不足。但平心而論，還得借此機會向北岡先生表示謝意。理由如下：

首先，雖然北岡先生提出這個不能成立的新觀點，卻使我意外地獲得了一次從新的視覺來研討魯迅死因的機會，並更堅定了拙作〈魯迅先生死於須藤誤診真相〉等文章中所表達的觀點；其次，北岡文中關於須藤醫生治療肺結核具有長時期臨床經驗的新資料，補充了我及許多讀者對須藤的認識，加重了我譴責須藤在魯迅這起醫療事故中嚴重失職的砝碼；再次，北岡文中提供了須藤所記載的魯迅曾向他介紹「因其消化器官機能的衰退造成營養不良，其結果就是筋肉薄弱，當他自己察覺到時，體重已不到四十公斤」（見《魯迅研究月刊》2003年第 11 期第 25 頁）的新資料，這個我尋訪已久而未得的正常情況下魯迅體重的新資料，增強了我在〈真相〉一文中，對魯迅臨終之前「身體、精神、生活與工作狀況，幾如常人」（見《魯迅的五大未解之謎》第 242 頁）論斷的證據。因為 1936 年 10 月 1 日魯迅體重已達 39.7 公斤，比 8 月 1 日增加 1 公斤，經過炎熱的夏季體重不減反增，已與正常狀態下「不到四十公斤」持平。魯迅患有肺結核，病情屬中等程度，並非是個精力消耗殆盡的肺結核終末期患者。肺結核終末期患者的體重不可能增加，更不可能恢復平常狀態的體重。這是常識。這個事實再次證明魯迅不是死於肺結核，而是直接死於自發性氣胸。這個科學結論，是以榮獨山先生為首的上海魯迅胸片讀片會做出的極具權威性的結論。魯迅只是遭遇了一次自發性氣胸的急症危機，沒有跨過這次生命的劫難而已。

為了回應北岡先生向我們介紹了一位研討魯迅死因的日本醫生泉彪之泉先生，這裏我們也順勢介紹一位上面提及的對研討魯迅死因作出重要貢獻的榮獨山先生，作為交流：

　　榮獨山（1901-1988）中國臨床放射學家。中國放射學奠基
人之一。江蘇無錫人。1929年畢業於北京協和醫學院，獲醫學
博士學位。1933-1934、1946-1947年先後在美國進修X線診斷
和放射治療學。1936年任南京中央醫院放射科主任。建國後，
任國立上海醫學院教授、放射學教研室主任，中山醫院放射科
主任。曾任衛生部醫學科學委員會委員、中華醫學會理事、中
華醫學會理事、中華醫學會放射學副主任委員及上海分會主任
委員。《中華放射學雜誌》創辦人之一，並任副總編輯。被聘
為美國放射學院榮譽會員。畢生從事放射學的醫療、教學和研
究工作，為中國放射醫學作出了重大貢獻。主要著作有《X線
診斷學》、《X線診斷學進展》、《中國百科全書·X線診斷學》
等。1982年他和夫人林飛卿教授捐資上海醫科大學設立「榮林
獎學金。」（1999年版《辭海》第4262頁）

　　但是，以榮獨山為代表的一代醫學新銳在三十代已經崛起，魯迅
卻與這群同胞肺科新秀失之交臂。不過崇尚德日派醫學的魯迅，看不
上英美派醫學也未可知。英美派醫學大行其道，還是二戰之後的事。
　　這是魯迅的悲劇，也是魯迅的宿命！今天無論誰出於什麼原因，
對魯迅死因曾經做出過怎樣的誤會、錯解乃至曲解，都不值得大驚小
怪；只要我們敢於直面史實的勇氣與良知還在，現在我們這一代就去
糾正還來得及，甚至還可以對魯迅生命悲劇的緣由得出正確的結論。
歷史可以忘卻、流失、湮沒，但誰都不應對已有的認知採取蔑視、歪
曲、塗改的做法，因為在科學面前，這些終究是徒勞的。

2003年11月15日凌晨3時於南京寓所
2004年1月7日據邱香凝譯本第三次修定

魯迅話說：「假如活著會如何？」

由於周海嬰先生在《魯迅與我七十年》一書中，披露了 1957 年 7 月 7 日反右運動開始後，羅稷南（1891-1971）利用一次「圍桌談話」見到毛澤東的機會，向毛澤東提了個「要是魯迅還活著，他可能會怎樣？」的問題，毛沉思片刻回答說「以我的估計，魯迅要麼是關在牢裏還要寫，要麼他識大體不做聲。」此說一出，一時間全國眾多媒體競相報導了這個著名的「毛羅對話」。其實這個假設性話題，中國知識份子因從 1949 年之後，整人運動的實際聯繫到自己的命運，在不同的歷史時期都會思考過；而魯迅本人對自己在不同歷史時期的命運，曾做過怎樣的估計與假設，似鮮為人知。

一、魯迅的骨頭確實是最硬的

是魯迅對魏晉文人的狂放不羈情有獨鍾，還是對西方叔本華的漠視生命感受甚深？在中國現代文人之中，不惜以自己的生命為代價，以傲骨與強權相抗爭，在人們的印象之中，魯迅怕是最傑出的一位。年輕時代那句震聾發聵的「我以我血薦軒轅」的殷紅的「血」字，好似伴隨著他那並不安定的風雨人生的全部歷程；包括對倘若倖存的身後的預設。

魯迅逝世於 1936 年 10 月 19 日，抗日戰爭勝利後的 1946 年 10 月，是魯迅逝世十周年，許多作家就思考過這個假設性話題。當時，

范泉主編的《文藝春秋》雜誌特闢「要是魯迅先生還活著」的專欄，茅盾、田漢、蕭乾、臧克家、施蟄存、周而復、王西彥、魏金枝、熊佛西、劉西渭、林煥平、安娥等十多位作家著文對此形成共識：李公僕、聞一多既然已慘遭暗殺，那麼憑魯迅反對獨裁的堅定立場與不倔性格，倘若活著是難免會被暗殺的。

　　這個假設性的歷史邏輯對不對呢？這個假設自然是很有道理的。魯迅生前在給日本友人山本初枝的書信中多次表達過，自己對不免於暗殺的預測與估計，確實留下不少關於這個話題的文字，今天讀來也還不得不敬佩其骨頭實在是最硬的：

　　　　近來中國式的法西斯開始流行了。朋友中已有一人失蹤，一人遭暗殺。此外，可能還有很多人要被暗殺，但不管怎麼說，我還活著。只要我還活著，就要拿起筆，去回敬他們的手槍。（1933 年 6 月 25 日致山本初枝）──筆者按：這絕非戲文，也非誇張。魯迅友人楊杏佛（1893-1933）於一星期前的 6 月 18 日，在上海遭國民黨特務暗殺，當時盛傳魯已上黑名單，但 6 月 20 日魯執意「送楊杏佛殮」。

　　　　中國恐怕難以安定。上海的白色恐怖日益猖獗，青年常失蹤。我仍在家裏，不知是因為沒有線索呢，還是嫌我老了，不要我，總之我是平安無事。只要平安無事，就姑且活下去罷。（1934 年 1 月 11 日致山本初枝）

　　　　我自己覺得，好像確有什麼事即將臨頭，因為在上海，以他人的生命來做買賣的人頗多，他們時時在製造危險的計畫。但我也很警惕，想來是不要緊的。（1934 年 4 月 25 日致山本初枝）

　　　　倘若用暗殺就可以把人嚇倒，暗殺者就會更跋扈起來。他們造謠，說我已逃到青島，我更非住在上海不可，並且寫文章罵他們，還要出版，試看最後到底是誰滅亡。然而我在提防著，

內山書店也難得去。暗殺者大概不會到家裏來的，請勿念。
（1934 年 7 月 11 日致山本初枝）

二、關於「毛羅對話」的論爭

　　這裏是說魯迅對國民黨白色恐怖的抗爭，並預告它的滅亡。然而，魯迅假如活到 1949 年之後又當如何？人們鑒於魯迅不妥協的品格和整肅知識份子運動的事實，私下比較普遍的看法，被打成「右派」是難免的。甚至有人認為，1955 年不會是「胡風反革命集團」，而是「魯迅反革命集團」了。當然，在那個可怖的年代，這只是一、二知己竊竊私語而已，誰都不敢見諸文字的，大多是深埋在心裏對誰都不敢說。因為當時誰不怕偶語棄市呢？

　　即使時至 2001 年 9 月南海出版公司出版《魯迅與我七十年》一書，魯迅之子周海嬰先生在書中披露了「毛羅對話」，竟觸發一場近年來罕見的全國範圍的論爭。對海嬰披露「毛羅對話」表示質疑的、反對的、討伐的大塊文章接踵而至，然而對海嬰表示肯定的、贊同的、聲援的更多長短文章則隨後與之旗鼓對壘，當然免不了短兵相接與唇槍舌戰，成了世記初一道亮麗的學術風景線。論辯雙方的歷史波瀾、思想交鋒、言辭犀利，波及的報刊計有：《文史精華》、《博覽群書》、《百年潮》、《炎黃春秋》、《中華文化》、《魯迅世界》、《文藝爭鳴》、《文藝報》、《中華讀書報》、《文匯讀書週報》、《粵海風》、《新民週刊》、《老照片》、《北京觀察》、《同舟共進》、《南方週末》、《文學自由談》、《文學報》、《團結報》、《寧波晚報》、《寧波教育報》等二十多家。繼 2003 年 8 月上海的文匯出版社剛出版陳明遠編《假如魯迅活著》論爭集，2003 年 10 月北京的東方出版社又出版葛濤編《魯迅的五大未解之謎——世紀之初的魯迅論爭》，其中列有「魯迅活著會如何」一輯。參加論爭者既有耄耋之年的老共產黨員，也有初見魯研論壇的中青年學者。

「毛羅對話」論爭的核心之一，是謝泳、陳晉、秋石、陳漱渝等質疑周海嬰所說是「孤證」，欲以「孤證不立」與毛著中不能直接找到此說為由予以推翻。但他們的缺陷是沒有提供任何新的確鑿的史料，並不能「證偽」而只是臆斷，因此並不能構成對周說的顛覆。羅稷南侄兒陳焜、學生賀聖謨站出來證明周說不是「孤證」，他們倆分別聽羅老先生確實說過此話。可他倆畢竟不是「毛羅對話」的現場見證人，還不足以達到反顛覆的目的。在一陣陣熱烈的爭辯聲中，2002 年 12 月 5、6 日，家喻戶曉的電影名星黃宗英女士以 1957 年 7 月 7 日晚與羅稷南一道親臨現場的直接見證人的身份，於《南方週末》、《文匯讀書週報》、《炎黃春秋》，同步發表〈我親聆毛澤東與羅稷南對話〉一文，並刊發當年毛會見的歷史照片，不僅證實了海嬰所言不是「孤證」，而且也證實羅稷南所言確非「孤證」。於是，這場在思想界、文化界引起強烈反響的大論爭才漸趨平息，而轉於深層思考。

三、魯迅的宿命

這裏我們所特別關心的一個問題，是魯迅生前對舊政權崩潰新政權建立後，倘若自己還活著，以及文人的命運，有過怎樣的估計呢？答案應該說是現成的，不會有好的命運。不過這類資料鮮見問津罷了。現在這裏予以羅列，想必是讀者頗為關注的，對於我們理解剛發生的「毛羅對話」論爭，也是很有價值的，甚至視為一把破解這個謎團的鑰匙也未嘗不可。

1927 年，魯迅在〈革命文學〉一文中寫道：，

> 俄國十月革命時，確曾有許多文人願為革命盡力。但事實的狂風，終於轉得他們手足無措。顯明的例是詩人葉遂寧

（1895-1925。筆者按）的自殺，還有小說家梭波里（1888-1926。筆者按），他最後的話是：「活不下去了！」

1927 年魯迅在〈文藝與政治的岐途〉一文中，道明了文藝與政治的分野。他說：

> 「文藝既然是政治家的眼中釘，那就不免被擠出去。外國許多文學家，在本國站不住腳，相率亡命到別個國度去；這個方法，就是『逃』。要是逃不掉，那就被殺掉，割掉他的頭；割掉頭那是最好的方法，既不會開口，又不會想了。俄國許多文學家，受到這個結果，還有許多充軍到冰雪的西伯利亞去。」「政治家既永遠怪文藝家破壞他們的統一，偏見如此，所以我從來不肯和政治家去說。」「從前文藝家的話，革命政治家原是贊同過；直到革命成功，政治家把從前所反對那些人用過的老法子重新採用起來，在文藝家仍不免不滿意，又非被排軋出去不可，或者割掉他的頭。」「在革命的時候，文學家都在做一個夢，以為革命成功將有怎樣一個世界；革命以後，他看看現實全不是那麼一回事，於是他又要吃苦了。照他們這樣叫，啼，哭都不成功；向前不成功，向後也不成功，理想和現實不一致，這是註定的運命」。「蘇俄革命以前，葉遂寧和梭波里，他們都謳歌過革命，直到後來，他們還是碰死在自己所謳歌希望的現實碑上，那時，蘇維埃是成立了！」

1928 年魯迅在〈「醉眼」中的朦朧〉一文中，還從「先進國的史實」裏清醒的認識到：

> 「倘使那時不說『不革命便是反革命』，革命的遲滯是『語絲派』之所為，給人家掃地也還可以得到半塊麵包吃，我便將

> 於八時間之暇,坐在黑房裏,續鈔我的《小說舊聞鈔》,有幾
> 國的文藝還是要談的,因為我喜歡。」──設想過「革命」到
> 自己身上,還會搞無限上綱,「連我也會升到貴族或皇帝階級
> 裏,至少也總得充軍到北極圈內去了。」

1930 年魯迅在〈對於左翼作家聯盟的意見〉中,又再次面對青年
戰友們說出,自己對蘇俄十月革命後葉遂寧、畢力涅夫、愛倫堡等作
家的命運的思考,並向「對於革命抱著浪漫諦克的幻想的人」發出善
良的警告,上帝不會請詩人吃糖果的。

魯迅屢屢從呵護文學家的角度發出的這些衷告,當時及很長時期
竟被不少青年戰友不認同,甚至經歷了「十年浩劫」之後,還有人,
比如李初梨就當著周海嬰的面,攻擊魯迅是搞虛無主義,這真可謂不
可理喻了。

1934 年後,魯迅聽到史達林在蘇俄大清洗的事實,就曾極度憂慮
地發出過「他們這樣幹行嗎?」的疑問。(見《魯迅研究月刊》)

及至 1936 年魯迅對李霽野說過一件事,陳瓊芝是這樣記述的:

> 我曾經聽李霽野同志談過這樣一件事:一九三六年他從英
> 國回來,到上海看望魯迅。魯迅和他談及馮雪峰,說他聽馮雪
> 峰介紹革命形勢後,和他開了一個玩笑:『你們來了,還不先
> 殺我!』馮連連擺手,認真地說:『那不會,那決不會的!』
> 魯迅原意是告訴李霽野,馮雪峰這個人是如何老實。(1981 年
> 湖南人民出版社出版《魯迅研究百題》第 562 頁)

陳瓊芝這裏所說,是否如某些論者喜歡津津樂道的是所謂「孤
證」呢?

其實,李霽野早在魯迅說這話的當年,1936 年的當年,魯迅逝世
不久發表的〈憶魯迅先生〉一文中就這樣記敘過:

> 諷刺著當時的『革命文學家』對於自己的攻擊，先生（魯
> 迅。筆者按）故作莊重的向 F（即馮雪峰。筆者按）說，你們
> 來到時，我要逃亡，因為首先要殺的恐怕是我。F 君連忙搖頭
> 擺手的說：那弗會，那弗會！笑聲在耳，先生卻已長逝！

考察魯迅對這個話頭的一貫性，李霽野的記載較陳瓊芝的更帖近魯迅的原話，更準確。所謂「笑聲在耳」云，因為這次把晤就在當年四月的春天。為了回答有考據癖的人們，這次滬上聚首，魯迅筆下是否有記載呢？答案是肯定的。

《魯迅日記》1936 年 4 月有三條記載：

> 四月二十一日：得李霽野信。
> 四月二十二日：李霽野自英倫來，贈複印歐洲古木刻三
> 帖，假以泉百五十。
> 四月二十四日：晚孔若君、李霽野同來。（孔若君，即我
> 近來在〈緣何一篇散文塵封半個世紀之久〉等文中提到的孔另
> 境。孔在悼念魯迅的〈我的記憶〉中寫道：「霽野從英國回來……
> 我們去找他，他很高興，談了整個半天，一直到晚上八點半鐘，
> 我們才辭別出來，這是霽野看見先生的最末一次。……一九三
> 六年十月二十夜」。）

再考李氏上述這段文字的寫作日期與刊佈情況如下：寫於「一九三六年十一月十一日，天津。」離魯迅逝世 28 天。先刊《文季月刊》，後收入據 1937 年初版複印的《魯迅先生紀念集》，見其悼文第 1 輯第 68 頁。

幾方面互證，李氏之說可為確證也。

那麼，魯迅對新政權之後自己的命運，是否還有親筆留下的假設呢？如果說，魯迅在 1927 年至 1930 年間所議論的，還大多出於對「先

進國的史實」的理性思考，那麼在與被魯視為「奴隸總管」的周揚等左聯領導人的實際接觸中，則有了更多的經驗；不過大多不是公開發表的文章，而多在私人的信函中。請看：

> 倘當（舊政權。筆者按）崩潰之際，（我。筆者按）竟尚倖存，當乞紅背心掃上海馬路耳。（1934 年 4 月 30 日魯迅致曹聚仁）
>
> 新英雄們正要用偉大的旗子，殺我祭旗，然而沒有辦妥，愈令我看穿了許多人的本相。（1936 年 7 月 17 日魯迅致尹兄「楊之華」，此信為新近發現，見《人民日報》；暫未為《魯迅全集》、《魯迅書信集》所收。筆者按）
>
> 而且什麼是「實際解決」？是充軍，還是殺頭呢？在「統一戰線」這大題目之下，是就可以這樣鍛煉人罪，戲弄威權的？（1936 年 8 月 3-6 日魯迅作《答徐懋庸並關於抗日統一戰線問題》，這是魯迅面對徐懋庸「首先打上門來」實在沒有辦法的公開信。見《魯迅全集》第 6 卷第 441 頁）

若以魯迅親筆文字，印證魯迅與馮雪峰所開的玩笑並非空穴來風，其實質內容是吻合的，其思維邏輯是一致的。因為在魯迅看來，不管政權的舊與新，他都不抱有幻想，中國實在是個太久遠的古國；只要奉行專制獨裁的強權政治，獨立特行的文學家及人文知識份子，橫豎都不會有好果子吃的。所不同的是：白色恐怖有一塊假民主的遮羞布，故多用暗殺的方式，或秘密的搜捕，總之不在陽光下；而紅色恐怖則有在「偉大的旗子」、「大題目之下」的「實際解決」、「鍛煉人罪」和「戲弄威權」，多大張旗鼓地以「偉大的旗子」、「革命」的名義、莊嚴的題目、運動的形式進行整肅，讓斯文掃地。

這就是魯迅的宿命！用魯迅的話概括，「這是註定的運命」！

　　——這便是魯迅晚年尚存未滅的懷疑主義，「獨立之人格、自由之精神」所凝聚的思想之果，具有歷史穿透力的非同尋常之處；這也是在中國其他作家那裏很難尋找到的思想亮點。

四、現實的觀照

　　現在已是新世紀了，可被魯迅道破的老譜還被襲用，不過這次祭起的是「魯迅的旗子」。

　　2002 年 11 月 8 日至 14 日中共十六大召開前夕，9 月 17 日北京《文藝報》以秋石稿到編輯部八天的「第一時間」的高速度，刊發秋石那篇火藥味很濃的、很有幾分政治投機意味的〈愛護魯迅是我們的共同道義——質疑《魯迅與我七十年》〉一文，十分觸目，與有的正常質疑文章迥然不同。該文拾謝泳與陳晉之牙慧，否認海嬰的「毛羅對話」，而這恰恰與魯迅生前話說過的假設相同相類似，如上所引。作者原題為〈海嬰先生告訴了我們些什麼？〉，當然不及該報編者祭起的旗號「政治色彩鮮亮」，頗有點前所未聞的「殺嬰祭魯」的味道。因而引來不少報刊轉載，還播揚到境外，彷彿有什麼新動向似的。據秋石透露：該報將「此文轉請有關學者、專家就文中涉及的大量史料予以核證」，「並沒有去尋求什麼權威部門的庇護」，「連中宣傳部、新聞出版總署等主管部門的官員，也是在《文藝報》刊出後才見到或『聽說』，中國作家協會的負責人也如此。」（見 2003 年 10 月北京東方出版出版，《魯迅的五大未解之謎》第 126 至 127 頁）但對於許多作者來說，並不瞭解、也無須瞭解、更不可解瞭解這些內幕情況時，從南到北就發表了不少批評秋文的文章。如敝人的〈駁秋石「愛護魯迅」的「道義」——關於魯迅死因、毛羅對話等問題〉（刊（廣東《魯迅世界》2003 年第 1、2 期合刊，3 月出版），嚴家炎的〈評價《魯迅與我七十年》的幾個問題〉（刊《中國文化》2003 年第 19、20 期合刊，4 月出版；又刊《中

華讀書報》2003 年 3 月 19 日，題為〈魯迅的死與須藤無關嗎？〉），
李潔非的〈稠厚的舊世紀的味道〉（刊北京《中華工商時書報》2002
年 11 月 1 日），景迅的〈請尊重周海嬰先生的人格〉（刊北京《中華讀
書報》2002 年 11 月 13 日），李衛平的〈對歷史真相的推斷要講究邏
輯性〉（刊 2003 年 7 月 16 日《中華讀書報》）等。秋文終因為了趕任
務，顧不上論點、論據與邏輯，不僅錯誤百出，而且硬傷累累，連引
用毛澤東的文字都錯得一塌糊塗；雖然背後有不出面的高手把關，奈
何時間急促。這種緊鑼密鼓的發稿方式，如今實屬罕見，大概是舊世
紀搞政治運動操作的遺風，但卻失去了當初的原創力，且又找錯了寫
手。《文藝報》雖然在「爭鳴版」刊出秋文，竟拒絕發表不同意見的爭
鳴文章，還是名為爭鳴實乃一言堂的老把式。但畢竟時代不同了，畢
竟是多元眾聲的時代了，這篇顛倒黑白、混淆是非、以魯祭旗的秋文，
很快遭到理所當然的質疑和駁斥，並未收到該報與作者的預期，周海
嬰先生對之不予理睬，在家中也安之若素。否則，再讓其成山雨欲來
風滿樓之勢，中國豈不又要倒退二、三十年？北京魯迅博物館研究人
員葛濤先生編《魯迅的五大未解之謎──世紀之初的魯迅論爭》一書，
悉數收入上述各篇文章（除李衛平文）。葛先生在一年後的該書的〈序
言〉中認為：三萬言的拙作「〈駁秋石『愛護魯迅』的『道義』〉一文，
逐一駁斥了秋石文中的錯誤觀點」（見該書第 22 頁）。

我們如果把魯迅對曹聚仁、馮雪峰、李霽野、楊之華（瞿秋白夫
人），還有致徐懋庸信中說過的「假如活著會如何」一次又一次的預感、
估計與假設，與 1957 年 7 月 7 日晚在上海發生的「毛羅對話」的假設
對照起來，平心靜氣地說是不值得大驚小怪的。那麼這場論爭是不是
可以避免呢？恐怕很難，因為「祭旗殺人」乃至「祭憲殺人」的人還
在。這是魯迅的宿命，也是中國人文知識份子的宿命；不過，因為時
代不同不再靈驗罷了。論爭所折射的，其實就是這個世紀初的眾生相，
及其於現實的一個投影；也是對每一個參與者的觀照，包括我自己。

　　無容置疑，毛說也好，魯說也罷，同一個話題的意思是大致相同的；只是縱橫捭闔的大政治家與敏銳深邃的大文學家各自角度不同罷了。毛說：「我跟魯迅的心是相通的。」看來他倆雖然角度不同，並不膈膜，心有靈犀，確實有從兩個不同的角度的趨同或相通；就如同魯迅那篇〈膈膜〉所顯示的意蘊那樣，他們都扮演著各自的、治人與治於人的角色。

2003 年 10 月 25 日於合肥旅次

2004 年 10 月 30 日修改於斗室

（原載《南京作家》2004 年第 4 期，又載 2005 年 4 月《溫故》之四）

筆者附記：

　　胡愈之 1972 年 12 月 25 日，應邀在北京魯迅博物館，談到他於 1936 年陰曆年初，奉命向魯迅轉達蘇聯邀請他訪蘇的經過。這篇談話記錄稿，經整理後發表於 1976 年 10 月的《魯迅研究資料》第 1 輯，又收入北京出版社的《魯迅回憶錄》（散篇中冊）。但迫於當時的形勢與編者的謹慎，初發時將其中一段「表現魯迅的眼力和為人的好材料」（朱正語）的、對蘇聯的看法刪掉了。現將這段被刪掉的文字抄錄如下，或許對關心本文題旨的讀者，有參考價值（前接胡愈之談話中的「魯迅又說：『國民黨，帝國主義都不可怕，最可憎惡的是自己營壘裏的蛀蟲。』魯迅講話時雖沒點名道姓，顯然是指當時黨內出了一些叛徒，以及機會主義者，暗中在攻擊魯迅。」）：

　　　　再後他（指魯迅。筆者按）又說：「蘇聯國內情況怎麼樣，我也有些擔心，是不是自己人發生問題？」魯迅是指當時史達林擴大肅反，西方報刊大事宣傳，他有些不放心。這也是他不想去蘇聯的一個原因。（見嚴家炎著《論魯迅的複調小說》第

252 頁，上海教育出版社 2002 年版；轉自朱正〈關於 1936 年的那次訪蘇邀請〉，2006 年第 4 期《魯迅研究月刊》第 80 頁）

魯迅這裏所表達的對史達林搞肅反擴大化的「有些擔心」、「有些不放心」，與上文中魯迅對史達林在蘇聯搞大清洗而發出的「他們這樣幹行嗎？」的疑問，其精神是吻合的。倘若再深究一步，魯迅對在這個時間段，親自經手由蕭三秉承王明、康生指令而寫給上海「左聯」的、指示「左聯」解散的「莫斯科來信」（一九三五年十二月），持不以為然的態度，也是相通的。

不過，令人遺憾的是，魯迅對蘇聯有所警覺的意見、不接受蘇聯邀請的重要原因，竟被有意或無意的掩飾與迴避了這麼多年，從 1936 年到 1972 年，從 1972 年又到 2002 年，真是太長太久了。

而胡愈之（1896-1986）一直以民主人士的身份活躍於上世紀的中國文化界。他在 1933 年加入中共為秘密黨員的身份，1949 年後仍沒有公開，到七十年末公開，才為人們所熟知。所以，胡愈之談論當年蘇聯邀請魯迅經過的親歷親聞，其準確性、可靠性、權威性，當自不待言。

2006 年 6 月 12 日

扶魯迅棺柩者十二人是誰？

——讀孔海珠著《痛別魯迅》感言

剛聽友人說，中國將要進入讀圖時代，還尚未完全搞明白。這不，一本由孔海珠女士從上海寄贈的，剛剛出爐並親筆題簽的「讀圖本」《痛別魯迅》已經放在案頭。孔海珠這本全面記錄魯迅先生葬儀的第一本專題書，大開本 200 頁，刊載照片 200 張，其中首次刊佈的新照片達 100 張之多，而文字僅 8 萬言；圖文並茂地再現了當年痛別魯迅悲愴而宏大的歷史場景。我撫摩這裝幀上乘的新書，一口氣「讀圖」完畢，新圖迭出，美不勝收，目不暇接，一股「輕舟已過萬重山」之感油然而生。「讀圖時代」真的要來了嗎？

魯迅研究，歷來被稱為中國的顯學，關於魯迅研究資料早趨飽和狀態，新的挖掘與發現，已屬難乎其難之事；現在《痛別魯迅》一次就集中刊佈 100 多張新照片，確實是一次出色的「井噴」。難怪 7 月初版一萬冊，剛過 8 月頭，即已告罄。據魯迅目錄學專家紀維周先生相告，僅 2000 年至 2003 年魯迅書目出版已達 198 種。據《中華讀書報》報導，預計明年工程浩大的第四種《魯迅全集》18 卷本將與讀者見面。據我所知，這幾年關於魯迅論爭集就出版了五本：《世紀末的魯迅論爭》（2001 年）、《誰挑戰魯迅》（2002 年）、《假如魯迅活著》（2003 年）、《魯迅的五大未解之謎》（2003 年）、《胡適還是魯迅》（2003 年）。而這本剛出的《痛別魯迅》竟如此緊銷，甚至出現盜版。（我已收藏盜版一本。正版出版頁與封底均為「定價：29.80 元」處，而盜版則是「定

價：39.8 元（軟精裝）」。盜版實際零售 15 元）這與某些論者聲稱「魯迅在離我們遠去，書店有關他的書寥若晨星」大相徑庭。其實仍然是「說不完的魯迅」！

據孔海珠女士介紹，這 100 張新照片來自四方面：主要以其父孔另境先生生前私家珍藏的「魯迅葬儀相冊」為重要基石；其次是周海嬰先生無償提供一部分；再次是從當年舊報刊補充一部分；最後還接受不少當時參加魯迅喪儀被攝者家屬的提供。由此可見，收羅完善，力盡全功。於是，「中國文學史上空前的一座紀念碑」——《痛別魯迅》即由孔海珠擔綱告成，而不是由某個魯迅研究機構來完成。魯迅研究從上世紀八十年代起，逐步由官方轉向民間的色彩越來越濃，而民間的研究潛力是巨大的。

官方研究機構往往以宣傳與指令為其要務，而對歷史人物照片的處理尤為敏感。那張魯迅在宋慶齡寓所歡迎蕭伯納並與中國民權保障同盟同仁合影的著名照片，「文革」期間將林語堂從中挖掉就是例證。孔海珠家藏海內孤本「魯迅葬儀相冊」，「文革」期間居然作為「四舊」從家中抄走，輾轉移交上海魯迅紀念館收藏以防擴散，從「左」視眼看去，蓋源於參加魯迅喪儀各色人等，實在是太複雜了。如胡風、蕭軍、章乃器、王造時、姚克、黎烈文等等莫不被視為「黑人」，誰敢披露。即使後來政治環境日趨寬鬆，有了很大改變，可是機構無指令也並無宣傳除魯迅、宋慶齡之外許多著名人士的任務，於是這些歷史照片只能永無止境地塵封著。如果不是孔海珠這次為了紀念其父孔另境百年誕辰，恐怕還不知何年何月面世呢。這種表達或說傳達民意的舉措，反倒增強了傳遞的方式和空間。當然，時下與完全的個人著述狀態還有距離。不過，孔海珠在這本書的出版過程中發揮的獨特作用是值得讚賞的。

一代宗師蔡元培先生（1868-1940）在魯迅葬儀活動中的四幅照片（見 118、121、140、149 頁）和一幅親筆輓聯（見 84 頁），該書均予突出版面，給人一種強烈的視覺衝擊最為難得。一個又一個總是靜寂、

深思、蕭穆、沈鬱呈現為濃厚黑色身影的蔡公，在追思什麼呢？是的，倘無蔡公 1912 年將家鄉紹興師範學校任校長的周樹人招入教育部任部員，先南京後北京，則中國無此魯迅也！而今先歸道山，豈不哀哉。其實，1917 年胡適留美歸來，倘無蔡公邀往北京大學任教授，胡適坦言他很可能在某處書局或報館做名編輯而默默度過一生，則中國無彼胡適也！無蔡當無魯，無蔡亦無胡，倘無此文化承傳，二十世紀中國文化將何其難堪！誰都不難從《痛別魯迅》中看出蔡元培是整個魯迅喪儀中的魂魄！

　　章乃器（1897-1977）這位社會活動家在魯迅喪儀中的幾幅照片（見120、133、138、140、153 頁），在書中也很突出。他的勇毅與從容也給讀者留有深刻印象，拓寬了魯迅逝世限於文學界的社會影響。這當然也包括沈均儒、鄒韜奮、李公樸、史良等在內。

　　宋慶齡在魯迅喪儀中的特殊作用，所述備矣。我在 1982 年第 7 期《魯迅研究動態》上發表過一篇〈試論宋慶齡在魯迅喪儀活動中的貢獻〉一文，茲不予贅述。

　　我認為《痛別魯迅》，是繼周海嬰《魯迅與我七十年》之後，孔海珠對中國魯迅研究界做出的又一重要奉獻。她不僅通過照片的不同角度，還多方採訪查證，對眾說紛紜的魯迅棺柩的抬棺人作出了令人信服的釐清。這是該書的一個重要成果，解決了魯迅研究中的一個懸案。這十二個抬棺人左右兩排站立，前後依次為：

巴　金	鹿地亙
胡　風	曹　白
黃　源	張天翼
靳　以	姚　克
吳朗西	周　文
蕭　軍	黎烈文

我還認為，孔海珠的《痛別魯迅》是繼章詒和《往事並不如煙》、張曉風《我的父親胡風》之後，又一位出生於上個世紀四○年前後，那個國破山河在歲月的中國女性作家，以記實作品向當今中國讀書界的頹唐之風，發起的一次漂亮的衝擊。章、張、孔三位都是歷經滄桑磨難的、家學淵源的學者，她們筆下都洗盡了浮躁、誇飾、虛華，而秉承著父輩的正直、果毅與堅守，這裏就無須多費筆墨了；讀者是可一望而知的。

2004 年 8 月 10 日於南京寓所

（原載 2004 年第 12 期《魯迅研究月刊》，又載《南京作家》2005 年第 1 期）

　　魯迅在《吶喊・自序》中說:「我在年青時候也曾經做過許多夢,後來大半忘卻了」,當年在日本東京,魯迅與周作人、許壽裳、蘇曼殊、袁文藪和胡仁源等籌備《新生》雜誌以提倡文藝運動,應是其中不可或缺的一「夢」。這設想的文藝運動雖然隨著刊物的夭折而夭折了,但魯迅其時所撰〈摩羅詩力說〉,還有〈人之歷史〉、〈科學史教篇〉、〈文化偏至論〉、〈破惡聲論〉、〈斐彖飛詩論〉(後兩篇為未完稿),卻由《河南》等雜誌付梓而存留於世,這便是不幸中之大幸了。

　　魯迅提倡文藝運動以改變國人愚弱的精神,一馬領先地開始了以引進新思潮為主要內容的文化批判,出現第一個創作高峰時,正處於1898 年「康梁變法」至 1919 年「五四運動」兩峰之谷底。由於客觀上情勢不備,缺乏火候;主觀上又「不名一錢」,沒有可憑依的報刊為平臺,1908 年底《河南》又停刊,魯迅短暫的「井噴」也隨之歸於沉寂。用魯迅自己的話說,他沒有成為「一個振臂一呼應者雲集的英雄」,而這個歷史的機遇,只能留待長長的未來了。然而,這幾篇重要著述,不僅是文化巨匠魯迅未來思想發展可以尋覓的源頭,也給中國近代思想史留下了一組具有世界眼光(論及國家達五十之多)的重要文獻。

　　自 1913 年以惲鐵樵點評文言小說〈懷舊〉開篇以來,對魯迅之研究與評論,眾說紛紜,連綿不斷,經久不衰;其論述之豐,汗牛充棟,浩如煙海。中國社會科學院文學研究所魯迅研究室已編有《1919-1983魯迅研究學術論著資料彙編》五大冊(計 6342 頁 960 萬字)行世,「魯學」研究規模之恢宏,於此可見一斑。歷年成就固可稱斐然,然以意識形態強勢導入,魯學成了前沿陣地,傷痕累累,則亦不容置疑;當然這也為社會迂迴反覆的歷程留下了歷史的投影。其中最令人遺憾者,莫過於肢解法之研究了。由於作為知識份子思想改造的樣板需要,將魯迅一生腰斬為二,即所謂前期與後期之分,且將前期作為後期的鋪墊而獨尊後期,並隨之「輿論一律」,於是乎這已成熟的早期思想卻被視如草芥,幾乎無人問津,恐怕由來已久。近年來才有了顯著改觀。其實,從這「源頭活水」做起,廓清種種迷霧,確有許多工作可做,

如「人的魯迅」等等。總體而言，現在是到了進一步去偽存真，還原「這一個」有血有肉、形神俱備而鮮活的魯迅的時候了。

王元化先生認為五四運動是「自由之思想，獨立之精神」的啟蒙運動，這個觀點是深中肯綮之論。我認為魯迅先生早在五四運動之前十二年的〈摩羅詩力說〉裏，通過介紹評論拜倫為代表的摩羅詩人，所張揚的最富價值的摩羅精神，則是「自由之思想，獨立之精神」的濫觴。在第五節裏，魯迅說「地球上至強之人，至獨立者也！其處世之道如是。」魯迅在敘述拜倫短暫、坎坷而轟轟烈烈的一生後總結道：「所遇常抗，所向必動，貴力而尚強，尊己而好戰，其戰復不如野獸，為獨立自由人道也」，魯迅還進一步說：「且此亦不獨摩羅為然，凡為偉人，大率如是。」反觀魯迅的一生，雖錯綜複雜，然一言以蔽之，亦「大率如是」。1907 年，魯迅即明確提出並一身躬行，實為首創「自由之思想，獨立之精神」第一人也。

「自由之思想，獨立之精神」的實質，就是青年魯迅為了振作萎靡而困頓的國人，像普羅米修士式的竊來了反抗的、叛逆的、戰鬥的思想火種。這摩羅火種，拜倫、雪萊、密茨凱維支、裴多菲、普希金、萊蒙托夫個個帶著巨光、巨熱與巨響，宛如沉睡中國的電閃雷鳴，振聾發聵。作者的這個壯烈情懷，即使百年後的今天，仍然給熱盼中國不後於全球一體化的人們以強烈的刺激、衝擊與震撼。

如果將以下這段譯自〈摩羅詩力說〉第二節的白話文，不做任何說明，誰會相信這些話是出自百年前的魯迅之口而產生隔世之感呢？那豈不是當今新犬儒主義盛行的真實寫照嗎？

這樣看來，沒有雄壯嘹亮的戰鬥歌聲來震動我們的耳膜，由來已久，也並不是今天才開始的了。大抵詩人們所謳歌的，群眾並不愛聽。試看自有文字記載以來直到今日，那些詩宗詞客能用美妙的語言傳達其心聲，以陶冶我們的性情、提高我們思想的，到底能有多少人呢？從古到今，到處去找，幾乎找不

到一個。但是這也不能一味責怪他們，因為人們心中本來都刻著「實利」兩個大字。當實利還未到手，大家都忙忙碌碌，奔走不停；一旦抓到手裏，便都抱頭睡大覺去了。縱然有激昂的呼聲，又怎能打動這些人的心弦？而心靈不被感動，倘不是一具僵屍，那便是一塊死肉罷了。更何況那實利的念頭，像火一樣在胸中燃燒，而其追求的實利，其實非常卑劣且微不足道。這樣，以物質利誘來馴化，就漸漸使人變得卑怯、吝嗇和退讓、逃避而膽小怕事，他們沒有原始人那種純樸、粗獷，卻有末代人的輕薄、勢利，那是必然的了，而這也是那些古代思想家們所料想不到的吧。

就〈摩羅詩力說〉的詩歌理論而言，它向國人所展現的嶄新面貌，卻是前所未有的。它不僅首次將西方浪漫主義詩歌流派及其理論，系統地向中國引進，並以此為座標，對《詩經》以來兩千多年的詩歌傳統及其理論，提出了嚴峻的挑戰。我們倘若以這篇詩論，將詩歌流派及其興衰流變史，當作衡量一個國家民族精神消長更替的標準，來鳥瞰當代詩壇乃至文壇可謂無詩無文，那真是逃避嚴峻現實、遠離人民疾苦的當今文壇啊。現在上上下下都在抨擊文藝乃至文化的低俗化，好像低俗化已成了過街老鼠。低俗化其實就是媚俗化、利欲化、偽善化。但是除了飲食男女、紙醉金迷、歪曲歷史、粉飾現實的作品可唯利是圖之外，還有什麼值得當今文人如魯翁於此所言「以美善吾人之性情，崇大吾人之思理者」，抑或那古老的「興觀群怨」呢？物質利誘之火在熊熊燃燒，文化腐敗在不斷蔓延，好像又回到了魯迅的青年時代。

「今索諸中國，為精神界之戰士者安在？」為「文起八代之衰」者安在？

因此，今天展卷研讀〈摩羅詩力說〉，不失為一帖令人猛醒的苦口良藥。

頃聞，德國漢學家顧彬針砭當今中國文學的低俗化、作家心態的輕浮化與作家語言的平庸化，可謂針針見血，令人矚目。然而，我們的某些學者卻故意將其矮化，好像他們倒是從海外歸來，早就不食中土的人間煙火似的。這也難怪顧彬引魯迅為知己，甚至說出魯迅是德國而非中國的過頭話，因為他有魯迅式的眼力，而我們的同胞對魯迅式的眼力倒完全陌生化了。

這組沉鬱而雄奇的文字，發表於上世紀初文字載體將要發生「由文而白」的變革的前夜，由於作者缺乏其敏感而採用古奧文體，在一定程度上限止了它的社會影響。魯迅在《墳・題記》中承認：〈摩羅詩力說〉為文「喜歡做怪句子和寫古字，這是受了當時的《民報》的影響」。這裏不禁要問為什麼受了《民報》而不受其時梁啟超式淺白文言《新民叢報》的影響呢？而魯迅正是在第一次「井噴」後，仍覺文字尚欠火候，1908 年才拜主編《民報》的章太炎先生為師，從古文字學入手修練文字功夫的。關於這點，可從白話文已取得正宗地位，1932 年魯迅在〈關於翻譯的通信〉裏，對向他提出「絕對的白話」要求的瞿秋白，表示拒絕一事中，探出點滴消息。魯迅的語言觀是：「什麼人全都懂得的書，現在是不會有的。」不追求文字的低俗化，從古典、外國與生活中的語言裏學習語言，而刻意於語言文字的典雅、虯勁、雋永而深邃，才是一以貫之的魯迅的語言風格。

「首在審己，亦必知人；比較既周，爰生自覺」是魯迅在〈摩羅詩力說〉中寫下的名言，則與逝世前兩周發表的〈「立此存照」（三）〉中告誡國人的「我們應該有『自知』之明，也該有知人之明」一脈相通。那精闢評判始終不「自覺」而奴性十足的阿 Q 們的警句「哀其不幸，怒其不爭」，則出於〈摩羅詩力說〉第五節的「衷悲所以哀其不幸，疾視所以怒其不爭」。第二節「然烈火在下，出為地函，一旦償興，萬物同壞。」則又在《野草・題辭》中化裁為「地火在地下運行，奔突；熔岩一旦噴出，將燒盡一切野草，以及喬木，於是並且無可腐朽」的

名言。凡此前後貫通的語言，均出自一人前後之筆下，雖有時間前後數十年之隔，然思想則並未割斷者，不勝枚舉。

魯迅思想不能肢解，除了上述文字及其思想均可循其蹤跡外，青年時代的強調鬥爭，憤世嫉俗，急於求成，與晚年扛起激進主義大旗，誤入黨派文化之紛爭亦一脈相承。進化論鬥，階級論更鬥，角度的不同與方法的殊異而始終不離鬥爭之宗，結果有意無意地越出文化批判、思想啟蒙乃冰凍三尺而非一日之寒的藩籬，陷入了一曝十寒而欲速不達的沼澤地。晚年雖有所警覺，但被誤診致死而未能如願。

南京師範大學教授洪橋先生研究〈摩羅詩力說〉今譯多年，並於上世紀七十年代率先將其譯為白話文。但是，當這第一個譯本內部發行時，譯者卻因「胡風分子」的冤屈未獲平反而不允署名，故只限於圈內人士所知曉。

洪氏譯文的特徵是準確、傳神、通暢，能忠實保留原文的氣勢，尤為可貴。當時出版 5000 冊，迅即一售而空；並受到姚北樺、王士菁、趙瑞蕻、孫望、吳調公、丁景唐諸先生的讚許，傳為美談。王士菁先生還欣然致函出版者表示驚喜。這個具有破冰意義的譯本，自然給後來者提供了參考價值。後來出版了王士菁、趙瑞蕻先生兩家譯本，趙對外文資料部分有不少充實。洪先生覺得王趙兩譯本仍未臻圓滿，還有進一步完善的餘地；而對自己當年未能公開出版的譯本眷戀不已，割捨不下。近以耄耋之年，再次拾起原譯本，重振旗鼓，反覆推敲，幾度寒暑，斟字酌句，數易其稿，嘔心瀝血，希冀給青年讀者留下一個神韻豐盈的譯本。

近年來由於魯迅早年思想重獲尊崇，前此老譯本聲銷已久，這個新譯本適逢其時，客觀上成了一本及時的讀物；這也算是對〈摩羅詩力說〉的百年紀念。

上世紀八十年代初與洪教授結識以來，先生一直以「忘年交」待我，亦師亦友。此次以〈摩羅詩力說〉新譯本示我，囑予校閱。鄙人學淺，不敢應命；只得以「先試試看，究竟能否勝任再說」作答。不

料，先生大喜過望，於是就這樣做了下來。余之初衷，先生畢竟年事已高，且一目已盲，聊助一臂之力以樂其成也。承蒙先生信任，又囑序言由我出力，於是，我乘便寫下了讀〈摩羅詩力說〉的一愚之見，倘若為讀者尋覓一條走向「鮮活魯迅」的小徑，提供些許聊供參考的資訊，那便是撰寫這篇文字最大的快慰。

2007 年 4 月 30 日　定稿於南京寓所

（原載 2007 年第 8 期《魯迅研究月刊》）

《魯迅日記》中的胡風

　　胡風同志原名張光人，遠在 1926 年他就和魯迅先生通過一封信。據這年 1 月 17 日《魯迅日記》載：「上午得張光人信。」這是胡風向魯迅先生求教之始。當時，魯迅在北京大學任教，胡風是北大預科的學生。直到 1933 年 7 月，胡風由日本到上海，和魯迅同為上海左翼作家聯盟的成員，兩人才建立友誼。

　　1933 年春，胡風因在東京中國留學生中組織左翼抗日文化團體和參加日本反戰同盟，被日本當局以反日的赤化分子罪名逮捕，7 月初與幾十個留學生一同被逐，回到上海。他們的愛國英雄行動，受到上海各界的熱烈歡迎，成為轟動一時的新聞[註 1]。胡風回國後，即任上海左翼作家聯盟宣傳部長。

　　數月後，繼茅盾同志擔任「左聯」書記[註 2]。在宋慶齡同志主持召開的國際反帝反戰大會前夕，1933 年 8 月 16 日《大美晚報》發表〈中國著作家歡迎巴比塞代表團啟事〉，魯迅和胡風都簽了名。〈啟事〉對衝破中外反動派阻撓、紛紛來滬參加反帝反戰大會的法國巴比塞代表團及各國代表團，表示熱烈歡迎[註 3]。所有這些社會活動，以及胡風在《文學》月刊（魯迅是編者之一）上發表的譯著（日本秋田雨雀的〈我底五十年〉及〈秋田雨雀印象記〉等），魯迅都是瞭解的。

　　1934 年初，《日記》一開始就有關於胡風的記載。從這年 1 月 18 日起，到 1936 年 10 月 19 日魯迅逝世前兩天為止的三年時間裏，胡風和魯迅的交往異常密切。胡風同志說：「三十年代，我曾幸運的工作在先生身旁，親聆過先生的教誨，感受過先生的堅深博大的胸懷。」[註 4]

馮雪峰同志即使在艱難的 1972 年，仍作了如下的實錄：「在當時，胡風同魯迅來往很密切，魯迅也確實是信任胡風的。」[註5]引魯迅先生的話說：和胡風「由於文學工作上的關係，雖然還不能稱為至交，但已可以說是朋友。」（《且介亭雜文末編‧答徐懋庸並關於抗日統一戰線問題》）從這一年起，胡風被委託為黨中央特科的「機要交通員」[註6]和魯迅長期接觸，直到 1936 年春，馮雪峰由陝北抵滬後才告結束。

在當時白色恐怖下，魯迅對與之交往的革命者和左翼作家，常常變換著種種名字在《日記》中予以記載。《日記》中記錄胡風的名字計八種：胡風、光人、光仁、古斐、古飛、谷非、張因、谷風。三年中，《日記》載魯迅與胡風交往共有 121 次。現分類整理如下：

胡風致魯迅書信	52 封
魯迅致胡風書信	23 封（《魯迅書信集》現存 6 封）
胡風訪魯迅	39 次（其中全家訪 3 次）
魯迅訪胡風	2 次（其中全家訪 1 次）
聚會	3 次（其中胡風夫婦因故未得赴宴 1 次）
胡風陪魯迅同訪	1 次
魯迅邀胡風觀電影	1 次

從《日記》記載的情況看，1935 年 9 月彷彿是個標誌，這之前倆人交往以書信為主，這以後至魯迅逝世為止，以胡風頻繁出入魯迅門下直接交往為主。由此可見，兩人交往，其趨勢日益密切。

胡風和魯迅的第一次見面，據《日記》所載，是 1934 年 2 月 13 日，「下午同亞丹、方璧、古斐往 ABC 吃茶店飲紅茶。」（按：亞丹即曹靖華、方璧即茅盾、古斐即胡風）這次 ABC 茶店聚會，並非只是一般的聚飲，而是左聯的一次秘密會議。與會四人均是左聯盟員：魯迅和茅盾為上海左聯盟員，曹靖華為北平左聯盟員，胡風為東京分盟轉入上海左聯的盟員。這次會晤也是魯迅為曹靖華返回北平舉行的

一次餞行會。不久前，1933 年秋曹靖華從蘇聯回到北平任教，此行專程利用寒假來上海探望魯迅先生，住魯迅家一星期，暢談蘇聯之行，並商討左聯工作。會晤次日，曹靖華即乘海輪經天津返回北平[註7]。在這樣親切、融洽的氣氛中，魯迅會晤胡風，可能不是最初的一次[註8]，他們這樣親近，顯然已不是泛泛之交。

　　1934 年左聯改選，魯迅和胡風同被推選為十人組成的執委成員及四人組成的常務委員成員，而魯迅任書記[註9]。由於職務的接近和頻繁的交往，使魯迅對胡風的瞭解加深了，友誼增進了。這年 10 月蕭軍和蕭紅由東北來到上海，和魯迅相識。12 月 19 日晚，魯迅在梁園豫菜館舉行宴會，向二蕭介紹上海文藝界可以結交的朋友。魯迅對這兩位文學新人的栽培，是中國新文學史上的佳話。《日記》對這次宴請的情況有頗詳細的記述：

　　　　12 月 17 日。下午寄谷非夫婦、紺弩夫婦、蕭軍夫婦及阿芷信。
　　　　12 月 18 日。往梁園豫菜館定菜。
　　　　12 月 19 日。晚在梁園邀客飯，谷非夫婦未至，到者蕭軍夫婦、耳耶夫婦、阿紫、仲方及廣平、海嬰。

　　出席宴會的有茅盾（即仲方）、聶紺弩（即耳耶）夫婦、葉紫（即阿芷、阿紫）、蕭軍、蕭紅、許廣平、海嬰。胡風夫婦雖然未能赴會，但屬宴會的應邀者，並且被列為首位，《日記》中記得很分明。蕭軍的回憶也印證了這一點：「我們身邊的那兩個座位始終是空留著，直到這時還沒人走進來，魯迅先生似乎在解釋著：『今來（按疑為「天」字之誤）本來是為 H 先生（按即胡風）的兒子做滿月的……大概他們沒接到信，上海這地方……真麻煩……，』他指了指那空座位。」[註10]後來胡風解釋道：「我因為由梅志家轉信，她的妹妹沒有及時送來，所以沒有赴會。」[註11]用魯迅自己的話說，這次宴請的幾個朋友「都可以隨便談天的」[註12]通過 1934 年這一年的交往，到年終已經達到相互間「可

以隨便談天」的程度，魯迅竟然給胡風第一個男孩做滿月，在當時極其困難的處境下實屬僅見。

1935 年，胡風與魯迅的過從更密切了，《日記》中有互贈書籍的記載：

> 4 月 10 日曇。上午得谷非信並《文學新輯》兩本。
>
> 8 月 13 日大雨。以《支那小說史》贈谷非。
>
> 11 月 7 日曇。下午張因來，贈以メレジコフスキィ（按即梅墨什珂夫斯基）《文藝論》一本。

在 1936 年的《日記》中亦有互贈書籍的記載：

> 5 月 18 日小雨。午後胡風來並贈《山靈》，一本。
>
> 5 月 28 日晴。胡風來，贈以《改造》一本。
>
> 9 月 11 日曇。谷非贈《崖邊》三本。

兩年間，胡風贈書給魯迅三次，魯迅回贈胡風三次。又，1934 年 10 月 25 日，「以鏡贈谷非夫人」一次。所有的贈饋，僅此而已，真可謂「如水」之交。（按魯迅訪胡風時給孩子贈送三件禮物，《日記》未載）註13 從 1936 年兩次互贈書刊的事蹟來看，魯迅和胡風當年密切合作，向日本讀者介紹中國左翼青年作家的一段史實可披露出來。1936 年 2 月，日本《改造》雜誌社社長小本實彥前來我國訪問，和魯迅商定，在介紹日本作家作品給中國讀者的同時，在日本《改造》上闢《中國傑作小說》專欄，介紹十位中國左翼青年作家及其作品給日本讀者。魯迅寫了〈《中國傑作小說》小引〉，負責編選了第一篇蕭軍的〈羊〉，校訂了〈羊〉的日譯，並寫了〈蕭軍簡介〉，發表在 6 月號的《改造》上。魯迅後來因病委託胡風繼續選編這個專欄，胡風接受魯迅的委託，從第二篇起先後選編五篇小說，繼續登載在這個專欄裏，體例照舊。

作品附有的作家簡介,繼由胡風編寫。《日記》中所記〈崖邊〉,實際上是刊載〈崖邊〉的《改造》雜誌 7 月號。〈崖邊〉等五篇,是由胡風逐句口譯,鹿地亙記錄、整理定稿,陸續發表在《改造》上的。除彭柏山的〈崖邊〉(7 月號)外,還有周文的〈父子之間〉(9 月號),歐陽山的〈明鏡〉(10 月號),艾蕪的〈山峽中〉(11 月號),沙汀的〈老人〉(1937 年 1 月號)。遺憾的是,除這篇〈崖邊〉外,魯迅都未能看到。魯迅這項未了的工作,全由胡風在魯迅逝世後繼續主持著進行。

1935 年秋天,《日記》中有了胡風與魯迅互訪的記載:「9 月 24 日晴。得胡風信。晚同廣平攜海嬰訪胡風,飯後歸。」9 月 25 日是魯迅五十五歲生日。魯迅一般不輕易應邀赴宴,這次在生日前夕到胡風家赴宴,自非尋常。胡風夫人梅志同志的〈在「皇宮」裏招待魯迅先生〉一文,對這次家宴有極真實的描寫。最近胡風之女張曉風同志致函作者:「那次『宮』中招待魯迅先生,母親不知道是否和魯迅先生的過生日有關。日期是魯迅先生自己定的。很可能他是有這個意思的,因為他那天情緒特別好」。半月後,魯迅邀請胡風全家來寓作客,以示答謝:「10 月 11 日。晚邀胡風以及其夫人並孩子夜飯。」足見兩人間的情誼之篤,一直處於秘密狀態中的魯迅住所,向胡風敞開了大門。這以前,胡風會見魯迅很可能多在內山書店,故《日記》中未載。此後,《日記》中記載胡風隨時登門候訪魯迅,親聆教誨,或上午,或下午,或晚,或夜,短短的一年時間計達 39 次之多。「胡風來」,「張因來」,「谷非來」,「谷風來」,這些記載在最後一年的《日記》中頻頻出現。魯迅和胡風暢談著文學和工作,交流著思想和觀點,有時在沉靜的深夜裏兩人做著傾心的長談。

1936 年 4 月 13 日《日記》記載:「晚張因來。蕭軍、悄吟(按即蕭紅)來。飯後邀三客並同廣平往上海大戲院觀《Chapayev》(按即蘇聯影片《夏伯陽》)。」對蘇聯影片《夏伯陽》和根據普希金小說改編的《杜勃洛夫斯基》,魯迅非常有好感。《夏伯陽》此次已是第二次觀看。觀後,魯迅逢人便要稱讚一番,歡喜之情溢於言表。一天,胡風

對魯迅說：「《杜勃洛夫斯基》和《卻派也夫》（按即《夏伯陽》）所說的人生雖然不同，但在影片製作手法上有一點卻很像，在結尾處，《卻派也夫》用的是復仇的幾炮，《杜勃洛夫斯基》用的是復仇的一槍⋯⋯」魯迅先生馬上接了下去：「是呀，我當初不曉得為什麼那樣地覺得滿意，後來想了一想，發現了那最後的一槍大有關係。如果沒有那一槍，恐怕要不舒服的，可見惡有惡報的辦法有時候也非用不可⋯⋯」胡風繼續描寫道，「於是先生笑了，笑得那麼天真，只有在他底笑顏上面才能夠感到的，抖卻了所有的顧慮，昇華著全部的智慧，好象是在蒼勁的古松上綻開了明豔的花朵。」^{註14}

1936 年 5 月 10 日《日記》載：「夜胡風來」。夫人許廣平也在場，值得慶幸的是，她當時對這次會晤，作了如實的記錄：

> 晚間和 C 先生（按即胡風）談話，說起「中國將來如要往好的方面走，必須老的燒掉，從灰爐裏產生新的萌芽出來。」更加重說：「老的非燒掉不可。」他是對於舊的渣滓毫不愛惜地割棄的，這是他執著不放鬆的確信。他太愛新生的進步產物，同時更太討厭舊的汙穢。
>
> 他又說：「中國人所謂沒有出路，不是替大多數人著想，他是為自己沒有出路而嚷嚷。譬如楊邨人等之找出路就是這樣。」
>
> 談到中國的黨員和日本黨員之不同處，他說：「日本因政府壓力過大，做文學的人許多都變了。他們雖則表面似變，但在思想信仰上如故，不過文章上表示緘默而已。中國則不然，他們多要做反叛的文字，亂罵一通。」
>
> 同 C 先生談起中國人的極端性。他說：「中國人對於某人的觀察，因其偶有錯誤，缺點，就把他的一切言語行動全盤推翻，譬如有人找出高爾基一點壞處，就連高氏全部著作都不看。又如吳稚暉不坐人力車，走路，於是崇拜他，反而把他

的另外行為，比損害一個人的體力更不止的一切，都可抹殺。又如孫傳芳晚年吃素，人們就把他的殺人兇暴，都給以原諒了。」^{註 15}

令人遺憾的是，我們不可能知道他們更多的談話內容，因為許廣平只記錄了三天，胡風的回憶也不多見。但是，在魯迅先生生命的最後日子裏，這一次次廣泛、深刻、精闢、雋永的談話，是多麼珍貴呵！同時，在魯迅思想昇華到極高處、藝術造詣達到爐火純青、人生經驗至為純熟的晚年，胡風工作在先生身旁，又是多麼幸福！

1936 年 10 月 17 日《日記》載：「下午同谷非訪鹿地君。」在魯迅生命以小時計算的最後時刻，胡風陪同魯迅訪問了旅居上海的日本作家鹿地亘和夫人池田幸子。鹿地亘在〈魯迅和我〉一文裏寫道：

> H 君（按即胡風）來了，幫助我進行魯迅雜感選集的翻譯：後來有了疑問的地方，他說『我出去一下子』，就到魯迅那裏去了。不到一小時以後，我聽到 H 君在窗下喊，立刻就望下面看看。我很驚異；魯迅和他同來。我連跑下去，打開了後門。魯迅稀罕地戴了帽子，微笑著走上樓梯來。
>
> 「身體可好嗎？」
>
> 「好的。」
>
> 他親自把帽子放在我的書箱上，他說與其坐我請他坐的柔軟的帆布椅子，『還是坐穩固的椅子好，』就拿了一把方形的木椅子坐下了。我非常忐忑不安。……^{註 16}

鹿地夫人池田幸子在〈最後一天的魯迅〉裏也記述了這次難忘的會見。

　　這天他們談到魯迅的〈女吊〉，〈死〉，以及形形色色的鬼，笑聲此起彼伏。魯迅依然以他昂奮的神態，出現在日本友人的而前，侃侃而談；胡風陪坐在側，若弟子然。

　　寫到這裏，我不由地感悟到吳奚如同志所說，抗戰初期周恩來同志在武漢接見日共派駐國民政府軍事委員會的兩位代表和日本反戰作家鹿地亘與池田幸子，為什麼約定在武漢胡風的家裏見面，並由胡風作翻譯的緣由了。無疑，胡風是個合適的人選。吳奚如作為周恩來的隨員，參與了這次會談，會後還寫了會談紀要，經周恩來審定後上報黨中央。

　　這是否應當載入史冊的一頁，不過已在《魯迅日記》之外了。

1981 年 5 月 18 日初稿
1981 年 12 月 10 日修改

注釋：

1.3.7.10. 吳奚如：〈我所認識的胡風〉1980 年第 12 期。

2.3. 胡風：〈我的小傳〉，《新文學史料》1981 年第 1 期。

3. 上海魯迅紀念館：《紀念與研究》第 3 期。

4. 胡風：〈向朋友們、讀者們致意〉，《文匯月刊》1981 年第 1 期。

5. 馮雪峰：〈有關一九三六年周揚等人的行動以及魯迅提出「民族革命戰爭的大眾文學」口號的經過〉，《新文學史料》1979 年第 2 期。

6. 胡風：「吳奚如說，一九三六年，我是中央特科和魯迅之間的交通員。但據我的記憶，當時吳是在中央軍委工作的（也許特科是屬中央軍委的），我是必要時才向魯迅傳達黨的要求的，沒有明確具體的工作任務，如交通員。」（胡風：〈答陳漱渝〉，《魯迅研究動態》1981 年第 4 期）——存此備考。

7. 曹靖華：〈別夢依依懷雁冰〉，《光明日報》1981 年 4 月 1 日。

8. 梅志：「一九三三年七月胡風回國後不久，就見到了魯迅先生，那是去談左聯的工作的。但《魯迅日記》未記載。（段國超：〈魯迅與胡風〉注 1，《魯迅研究動態》1981 年第 6 期）——存此備考。

9. 上海師範學院圖書館資料組《中國左翼作家聯盟組織機構資料彙錄》，《中國現代文藝資料叢刊》第五輯（1980 年 4 月）。

10. 蕭軍：《魯迅給蕭軍蕭紅信簡注釋錄》，黑龍江人民出版社 1981 年 6 月第 1 版。

11. 胡風：〈魯迅書信注釋〉，《新文學史料》1981 年第 3 期。

12. 魯迅：〈致蕭軍、蕭紅〉（1934 年 12 月 17 日），《魯迅書信集》第 634 頁。

13. 梅志：〈在「皇宮」裏招待魯迅先生〉.《魯迅誕辰百年紀念集》湖南人民出版社 l98l 年 7 月第 1 版。

14. 胡風：〈悲痛的告別〉，《魯迅先生紀念集》悼文第 4 輯 1937 年初版。

15. 許廣平：〈片斷的回憶〉，《魯迅先生紀念集》悼文第 4 輯，1937 年初版。

16. 鹿地亘：〈魯迅和我〉，《魯迅先生紀念集》悼文第 2 輯，1937 年初版。

（原載 1982 年第 2 期《文教資料簡報》）

魯迅、胡風和茅盾的一段交往

——關於英譯本《子夜》的介紹

茅盾《子夜》，1933 年 1 月由上海開明書店出版後，很快震動了當時的文壇。不久，史沫特萊將《子夜》翻譯成英文，準備在美國出版。史沫特萊的英文《子夜》的稿本，茅盾本人親見過（〈茅盾同志的三封信‧一九七七年二月九日致葉子銘信〉，刊《雨花》1981 年第 7 期）。當時，史沫特萊請茅盾本人提供《子夜》出版後各方面反應的材料，和寫一篇前言或序的文字，附於英文版《子夜》之首，以助西方讀者對《子夜》及其作者的瞭解。

茅盾感到自己無法應之，或者出於其他方面的考慮，就轉請魯迅。可是當時魯迅竟沒有滿足茅盾的請求。現在仍無法斷定魯迅究竟出於何種原因，是因為「中國作家的作品，我不大看，因為我不弄批評」（1934 年 11 月 12 日致蕭軍蕭紅信）？是因為忙於亡友瞿秋白的《海上述林》的編印？是因為在病中，體力不支無從兼顧？還是「近年來，茅盾對我也疏遠起來」的緣故呢（馮雪峰〈有關一九三六年周揚等人的行動以及魯迅提出「民族革命戰爭的大眾文學」口號的經過〉，刊《新文學史料》1979 年第 2 輯）？——總之，魯迅把這項工作轉託給了別人，他認為可以信任而又能勝任的文藝批評家胡風去做了。

我們把《魯迅日記》和《魯迅書信集》及目前可以見到的有關魯迅書信相互參閱，當年胡風在魯迅指導下，為向西方讀者介紹茅盾和

《子夜》，給史沫特萊的英譯本《子夜》曾經做過文字工作的陳跡，可以披露出來。

《魯迅日記》載：1936 年 1 月 4 日，「明甫（筆者按即茅盾）來。」這一天，茅盾拜訪魯迅，究竟談些什麼，我們不得而知，日後，即使有高明的考據家出現，也不會窮盡這一天倆大文豪商談的全部內容了。但是斷定談話內容之一點，在這一天，茅盾請託魯迅為英文版《子夜》寫背景材料和序，魯迅婉言推託，茅盾再三懇請，魯迅轉而向茅盾推薦胡風，茅盾接受了魯迅「找人搶替」的辦法，──這或許不致失實罷。因為，我基於這樣的事實：在茅盾來訪的第二天，1936 年 1 月 5 日，魯迅在致胡風的書信裏，專門提及了此事：

> 有一件很麻煩的事情拜託你。即關於茅的下列諸事，給以答案：
> 一、其地位，
> 二、其作風，作風（Style）和形式（Form）與別的作家之區別。
> 三、影響──對於青年作家之影響，布爾喬亞作家對於他們的態度。
> 這裏只要材料的論述，不必做成論文，也不必修飾文字；這大約是做英譯本《子夜》的序文用的，他們要我寫，我一向不留心此道，如何能成，又不好推託，所以只好轉託你寫，務乞撥冗一做；自然最好是長一點，而且快一點。
> 如須買集材料，望暫一墊，以後賠償損失。

胡風在三十年代左翼文壇專攻文藝批評，這是人們熟知的，看來魯迅先生對於胡風諳於「此道」也是認可的。這可以從魯迅的「我一向不留心此道」的謙虛語中推定。據《魯迅日記》，胡風接到先生的信後，在 1 月 7 日和 1 月 11 日兩次登門，和魯迅商談。我們雖然也無法

得知詳情，但著重商討了關於《子夜》材料的收集及其寫作，當不可排除。

據《魯迅日記》：1月16日，茅盾寫信給魯迅，大概是催促此事，並探其進展情況。茅盾心情的急迫是可以理解的。魯迅在1月17日覆茅盾信中說：「關於材料，已與谷（筆者按即胡風）談妥，本月底可以寫起。」（1936年1月17日致沈雁冰）雖說根據安排，一月底可寫起，但是胡風鑒於魯迅的請託，以及工作的順手，還有對茅盾的及其《子夜》的熱情，未敢怠慢，當月底就完成了。2月2日，「下午張因（筆者按即胡風）來」（《魯迅日記》），胡風給魯迅送來了關於《子夜》的材料文稿。當時魯迅對胡風送來的文稿，是很滿意的，一刻也沒有耽擱。2月2日當夜，魯迅便把胡稿寄給了茅盾：「找人搶替的材料，已經取得，今寄上；但給S女士時，似應聲明一下，這並不是我寫的。」S女士，即史沫特萊女士。次日，2月3日下午，魯迅在覆茅盾的另一信中，又鄭重叮嚀：「午後方寄一信，內係材料，掛號託黎（按即黎烈文）先生轉交。」材料即胡稿，惟恐丟失，魯迅特掛號郵之。

魯迅和胡風合作向西方讀者介紹《子夜》的工作，至此告一段落，但並沒有結束。魯迅在信中多次提及胡風在一月份搞的有關《子夜》的文字，均稱「材料」；但在二月份，「材料」完稿後，魯迅再提託請胡風寫的文字則為「稿件」和「文章」了。這點細微的區別，向我們提示，胡風先後搞了兩篇文字，緊接著「材料」還給英譯本《子夜》作了篇序或前言。

二月中旬，胡風三次候訪魯迅（《魯迅日記》）。他們除了商談其他事情外，至少還討論了英譯本《子夜》序或前言的寫作。2月16日下午胡風訪魯迅後，魯迅在2月18日給茅盾的信中寫道，「稿件已分別託出，但胡風問：這文章是寫給什麼人看的？——中國人呢，外國人？我想，這一點於做法有關係，但因為沒有確知在那裏發表，所以未曾確答他，」茅盾在1977年這封信發表時，注釋「文章」時說：「指胡風搜集的關於《子夜》的材料，或者是一篇序。」（同上）談得很含糊。

如上所述，「材料」已於 2 月 2 日寄上，這裏所指的「文章」當為序或前言無疑，不會是「搜集的關於《子夜》的材料」了。茅盾在 2 月 21 日致魯迅的信中解答了這個問題，魯迅即在 2 月 20 日致蕭軍的信中轉告胡風：「見胡風時，望轉告：那一篇文章，是寫給外國人看的，只記事，不發議論，二、三千字就夠，但要快。」前稿要「長一點」，後稿「二、三千字就夠」，再次證明是兩稿。我們雖然可以論定這兩篇文稿都是由胡風寫就的，但無疑也融進了魯迅的思想。在文稿寫作的過程中，灌注了魯迅的心血，對此茅盾是十分銘感的。事隔四十年後，茅盾提及此事有時竟只提魯迅，卻將胡風給忘了，致使茅盾研究專家葉子銘受其影響，在一九七八年四月十五日《光明日報》上發表的〈三十年代初期中國社會的畫卷〉一文裏，曾誤認為魯迅準備為史沫特萊的英譯本《子夜》作序」（葉子銘：〈寫在沈老三封信的後面〉，刊《雨花》1981 年第 7 期）──此是後話。

後來，由於戰爭爆發，史沫特萊的英譯本《子夜》沒有在美國發表，這是很遺憾的。在魯迅指導下，胡風為這個英譯本搞的「材料」和「序」也下落不明。同時，德國的 F・柯恩博士翻譯的德文本《子夜》，於 1938 年在德國德累斯登出版（《雨花》1981 年第 7 期），這位博士是否和史沫特萊有聯繫？估計可能性很大，那麼德譯本裏是否借用了史沫特萊掌握的這兩份文稿呢？我們不得而知，因為這個德譯本，似乎國內還沒有人見到過。──

這兩份附於英譯本《子夜》的文稿，將來是否會像《草鞋腳》的有關材料在美國被發現一樣，重見天日呢？這就難以預測了。但是有一點，不管這兩份文稿的命運如何，魯迅、胡風和茅盾的這一段交誼史跡，通過我們這一番清理，想來不致再被淹沒了吧。是胡風，不是魯迅給茅盾的《子夜》英譯本寫材料和序，或許不再為人誤會了吧。當然，魯迅自始至終給於這項工作以指導，也是事實，或許正因為這一點，易遭誤端的吧。

此事——英譯本《子夜》的有關材料和序言產生的始末——大約可以這樣確定下來了。但是，有一個與此相關的問題似乎很值得提出一議。

1936 年 4 月 25 日左右，即英譯本《子夜》的兩篇文稿寫就後的兩個月時間，馮雪峰同志從陝北來到上海魯迅身邊，魯迅曾對馮雪峰說：「近年來，茅盾對我也疏遠起來了。他沒有搬家前，我們同住一里弄，有的事當面一談就可以解決，可就不當面商量。」（《新文學史料》第二輯第 250 頁）茅盾看到馮回憶的這段文字，表示詫異，說：「我不知道我在什麼問題上對魯迅態度不好。」「馮雪峰這個注解仍然使我莫明其妙。」這其中的原委，當時「左聯」內部的糾紛，是異常錯綜複雜的，筆者說不出個所以然來，也無意作這方面的探索。但是，茅盾對「疏遠」的根源不同於馮雪峰的解釋和本文聯繫起來，卻向我們提出了一個這樣的問題。

茅盾在〈需要澄清一些事實〉一文裏是這樣「澄清」的：

> 我直到看見馮雪峰六六年所寫材料中說，『魯迅幾次提到、近年來，茅盾對我也疏遠起來了』，這才想起『疏遠』的根源是在一九三五年下半年我也對魯迅說過胡風形蹤可疑，與國民黨有關係，而且告訴魯迅，這消息是從陳望道、鄭振鐸方面來的，他們又是從他們在南京的熟人方面聽來的。但是魯迅當時聽了我的話，臉色一變，就顧左右而言它。從此以後，我就無法與魯迅深談了，即魯迅所謂對他『疏遠』了。我真不理解，胡風何以有這樣的魅力，竟使魯迅聽不進一句講胡風可疑的話。（《新文學史料》第二輯）

這些文字，出自茅盾 1978 年 6 月至 8 月尾的手筆。茅盾在文末更進一步寫道：「即使事情牽涉到魯迅的知人之明，我們也應當實事求是，這並不有損於魯迅之為三十年代左翼文藝運動的旗手。」茅盾在

上文前一年，1977 年 10 月 19 日，發表於《人民日報》的〈魯迅研究淺見〉中曾說：「魯迅當時沒有看透胡風真面目是不足為奇的。」可是時隔一年，「不足為奇」變成了無「知人之明」，為何會有如此之變化呢？待考。

當年茅盾為了維護旗手及其革命事業的利益，曾做過可貴的努力，溢於言表。這種嚴肅負責的精神，是值得贊許的。但是僅僅以「形蹤可疑」和「南京來的」傳聞，就對革命隊伍內部一個同志的政治身份，如此這般的說一通，則未免太輕率了。魯迅的態度是，「證據薄弱之極，我不相信！」（〈答徐懋庸並關於抗日統一戰線問題〉）對於茅盾沒有拿出真憑實據的「傳聞」，魯迅的態度也是這樣。自己相信某種傳聞，未嘗不可，可是一定要別人也來相信，這就有點不近情理了，魯迅因缺乏知人之明，忠言逆耳，仍和「形蹤可疑，與國民黨有關係」的胡風來往密切，這是盡了努力之後的茅盾奈何不得的。但是我們不能不坦率地指出，茅盾本人為什麼會坦然接受無「知人之明」的魯迅的推薦，同意「形蹤可疑，與國民黨有關係」的胡風來給英譯本《子夜》寫材料和序言呢？別人因為缺「知人之明」，為胡風所利用；那麼自己接受正懷疑著的胡風為自己作品寫文稿，並且還要播揚到國外去，又該怎麼說呢？倘若此事發生於別人，我們說因為三十年代，情況複雜，不足為奇，未嘗不可。可是，對於清明如鏡的茅盾來說，則無論如何說不通了。須知，事情前後相隔僅有幾個月的時間啊。假若，當初之所以接受魯迅的推薦，是因為在魯迅態度堅定的影響下，茅盾對胡風的懷疑發生了動搖；那麼，事隔四十年後的今天，卻倒過來提出「魯迅的知人之明」問題，則太令人驚詫了。俗語說得好，「早知今日，何必當初」呢！

我這裏據實把事情原原本本提出來，也還是本著實事求是的精神，當然這也毫不有損於茅盾在中國現代文學史上的應有地位。

至於，魯迅對胡風是否缺乏「知人之明」問題，這裏我們姑置不論。然而，魯迅明知茅盾對胡風懷疑，甚至因而使倆人的關係一度蒙

上陰影，可是他卻偏偏把胡風推薦給茅盾，讓胡風作為自己的「搶替」人給茅盾及其傑作《子夜》寫評介文章。魯迅對這件事情的處理，是很耐人尋味的。除了寬宏大度之外，是不是還有些什麼別的含意？這，筆者就不敢揣想臆斷了。

（原載 1982 年第 1 期《魯迅研究動態》）

附　錄
胡風：若干更正和說明

　　《魯迅研究動態》今年第一期上有兩篇和我有關的論述。其中一篇是〈魯迅、胡風和茅盾的一段交往〉。

　　這是考證魯迅給胡風的第五信中託胡風為英譯《子夜》序文提供材料即意見這一歷史事實的文章。作者周正章同志的態度是誠懇的，他的判斷基本上沒有違背實際。為什麼是「基本上」呢？因為，譯書並沒有出版，胡風在材料或序文中是怎樣寫的不可見，只能根據魯迅的信和四十多年後的今天茅盾本人以及有關者如馮雪峰的所說來判斷，而他們今天的所說既違反實際又是自相矛盾的。

　　我在《魯迅書信注釋》（《新文學史料》1981 年第三期）中有簡單說明。太簡單了。現再說明幾點：

　　一、魯迅為什麼轉託胡風呢？用魯迅自己的話說，「他們要我寫，我一向不留心此道，如何能成……」「此道」是什麼？即，對一個作家茅盾的一部小說《子夜》說出他自己的看法來。魯迅沒有留心茅盾和《子夜》麼？魯迅是無時不在關注文壇的情況，無時不在注意鬥爭動向的。或者說，魯迅沒有能力對作家和作品提出具體看法麼？他的文學道路一開始就是以評介外國具體作家、具體作品為重大任務，而且他的看法又是無一不鞭辟入裏，無一不超出同時代其他作者的。那麼，為什麼他不寫呢？他在給胡風的第四信中提到左翼內部的宗派糾紛時說：「……真常常令我手足無措，我不敢對別人說關於我們的話，對於外國人，我避而不談，不得已時，就撒謊。你看這是怎樣的苦境呢？」現在卻正是外國人逼著他談關於被看作大作家茅盾的、被看作大作品《子夜》的意見。

　　我上次注釋說：

外國讀者是有一定的批判能力的，評價不符合實際，是要發生反效果的。魯迅說他「一向不留心此道」，是不得已的託詞。評價不符合實際，他不願寫，也不應該寫。這是他的無法克服的困難，他不能真地向外國人撒謊。於是把這個任務交給了胡風。要我寫，評價錯了，也不會引起太大的影響，不過是宣傳失實的問題。

這裏，我寫得不對。好像魯迅以為胡風不妨為宣傳而撒謊似的。不，他是希望我站在左翼作家的立場上用自我批判的態度向外國讀者介紹茅盾的。因為，我是寫文藝批評的，有這個責任，茅盾也應該有這個容忍批評的態度，否則，我的話和茅盾的小說是不能被外國讀者接受的。如果茅盾發生了反感呢？那也只好如此。所以，他在信的開頭說，「有一件很麻煩的事拜託你。」

二、我上次注釋說，「我寫了，但也沒有過於誇大」。沒有具體記憶，這是現在的判斷。因為，就《子夜》的主題思想或藝術的真實性說，是絕不能向外國讀者誇大的。譯本根本沒有出版，就是明證。說因為抗日戰爭發生了才沒有能夠出版，是出於好意的看法。因為，戰爭是在中國發生的，英文讀者應該是更關注中國的情況，更想讀不是「撒謊」的作品的。

三、舉例說。譯者提的第一個問題是「其地位」。我記不起是怎樣回答的。但可用其他的記憶幫助說明。那以前，我在左聯任職時曾向國際革命作家同盟寫過報告，其中這樣說：中國革命文學，社會主義現實主義的傳統是由魯迅開創的，他的影響是超過一切作家的。郭沫若、茅盾在對歷史實際的認識上，在和勞苦人民命運的聯繫上，是遠遠不能和魯迅相比的。這個思想內容是魯迅自己也不能迴避的。所以只好「避而不談」了。魯迅還要我為英文雜誌《今日中國》（China today）寫過中國文學現狀的介紹。我也寫過同樣的意思。茅盾曾向魯迅發過

牢騷，說這是把他看成了投機分子。在為《子夜》寫的材料中我也不會不這樣看他的地位的。

譯者還提出了茅盾的作風（Style）問題。從《子夜》（以及他的其他作品）的主題內容和作者的思想立場、感情態度看，特別是從他對革命者、對女性的態度看，他是沒有超出自然主義的風格的。我是不會不這樣回答問題的。

那麼，他「對於青年作家之影響」，我不會以為是積極的，至少也不會以為是完全積極的。不僅是外國讀者，對中國讀者評介《子夜》時也不能不採取批判的態度。舉這幾點也就可以說明魯迅為什麼說這是「一件很麻煩的事情」了。

四、果然，「很麻煩」的事情產生了「不很麻煩」的後果。這就是四十多年後由茅盾筆下「澄清」出來的「事實」，「胡風形蹤可疑，與國民黨有關係」。（見 1979 年《新文學史料》第二輯茅盾作〈需要澄清一些事實〉，文末所注日期是 1978 年 9 月）茅盾現在說，這是四十多年前他從陳望道、鄭振鐸聽來的，而陳、鄭兩位是從南京的熟人聽來的。不過這是在陳、鄭兩位早已死了多年後才由茅盾為人「澄清」事實而提出的控告。即使陳、鄭兩位的話可以作為鐵證，但我們到哪裡去訪問他們證實一下呢？不用說，我們更無從去拜望他們「在南京的熟人」，一定是一個不容置疑的權威者的南京「熟人」了。

而且，現在茅盾說，他當時直接告訴了魯迅，但魯迅「臉色一變，就顧左右而言它」，不信。為什麼？茅盾先則曰「魯迅沒有看透胡風真面目是不足為奇的」，但一年後卻成了魯迅無「知人之明」，那就是「足」為奇了。現在茅盾問：「胡風何以有這樣的魅力，竟使魯迅聽不進一句講胡風可疑的話？」他不回答，我們當然無從甚至不敢請問他了。在茅盾的筆下，「胡風可疑」這個「小」問題就這樣「實事求是」，「不很麻煩」地解決了。

五、剩下了一個問題：「看清了胡風真面目」。有「知人之明」的茅盾本人為什麼毫無異議地接受了無「知人之明」的魯迅約請胡風為

《子夜》寫的材料或序文呢？關於這個關鍵性問題，本文作者有懇切的分析和質問，用不著再加什麼了。

六、但我還得不怕麻煩地加上一點余文。茅盾是有「知人之明」，看清了胡風的真面目了。那以前和胡風同在左聯工作的經歷不必說了，至少，從向魯迅揭發時起，應該對胡風毫不信任了。但直到解放後 1955 年胡風「闖禍」的時候止，情形完全相反。只舉幾件有文字作證的事實，以示一斑。

1、當時的《文學》，是茅盾直接掌握的。我在 1933 年回上海後寫的文章主要是在它上面發表的。魯迅逝世後，它出了新詩專號兩期。茅盾直接出面向我約稿，並且希望對當時的主要詩人寫一總評。這是一個榮譽工作，如果對詩人們作一番言之有理的推薦，那對詩人們和編者，都是皆大歡喜的。這只能是出於茅盾特別拉攏我的相當重的「好意」。但我沒有這樣做，卻只介紹了當時剛剛出面的詩人艾青，我以為他的詩集《大堰河》是能夠在新詩上起一種突破作用的。這是會使某些詩人不滿意的態度。我的文章題為〈吹蘆笛的詩人〉，是用信的形式寫的。那開頭是「×兄」，×即「玄」字，「玄珠」是茅盾的一個筆名。我用給他寫信的形式，是為了向他表明，我感謝他的好意，但我寧願做一點切實些的開創工作。

2、魯迅逝世後，馮雪峰要我編輯一個《工作與學習叢書》，發表魯迅遺文，約魯迅晚年接近的重要作家寫稿，藉以擴大魯迅的影響，執行黨的任務。這是有高度信任的工作，而茅盾也是基本同人之一，特為它寫了稿。共出了四本：《二三事》、《原野》、《收穫》和《黎明》。前三本出版後，書店聲稱都被禁止了，第四本《黎明》排好了沒有印就拆版了。後來知道，並沒有遭禁，第四本也是出了的。書店之所以用這樣的說法把這個叢刊停止，是因為它把《文學》的讀者吸引過來了，為了《文學》才只好停掉它。

3、魯迅逝世後，茅盾進一步接近我，向我公開了他的住處。1937年抗戰發生後，文藝刊物都停了，他自己為《文學》第四個刊物編一個聯合小刊物《吶喊》，對抗戰表態，特地要去了我的詩。

4、1941年抗日戰爭中，為了抗議國民黨進攻新四軍的皖南事變，我們從重慶到了香港。茅盾在香港編了一個散文刊物《筆談》。不言而喻，它是負有政治任務的。他專誠約我寫稿，好像第一期第一篇就是我的雜文。他怕犯禁，最後還刪了幾行，用「□□□……」代替。《筆談》出了幾期呢？我只記得情不可卻才寫了那一篇。但今年上海友人抄給了我一個目錄。原來出了六期或七期，期期都有署名胡風（還有高荒）的文章。原來是我記錯了，真是每期都要我寫了文章，那除了說明茅盾對胡風絕不「可疑」外，是沒有其他的解釋的。如果像我記得的，我只寫過一篇，其餘的只能是茅盾在別人的以至他本人的文章上署上了胡風的名字，那就更奇怪了，除了說明茅盾認為胡風這個名字是有文壇和公眾信任的以外，還能夠有其他的解釋麼？

以上是幾件有文字材料作證的例子，它們說明了他把自己放在有「知人之明」的一邊完全是隨心所欲的，誣栽魯迅無「知人之明」也完全是隨心所欲的。

七、1949年開國後到1955年胡風「闖禍」止，茅盾是文化部長和文聯副主席、作協主席，而胡風是文聯委員和作協常務理事。三十年代就認清了胡風「真面目」的茅盾，是有責任也有權力把胡風驅逐出文藝界的。但茅盾卻和胡風相安無事，開會或見面時還握手言歡。這種情況又怎樣能夠和茅盾在1978年9月寫的〈需要澄清一些事實〉中所表現的不得不公開站出來「澄清」的事實互相說明呢？至於茅盾所提名的兩個證人之一的鄭振鐸，開國後是文化部的一個局長和副部長、文聯委員和作協理事，另一位陳望道開國後是華東文化部長，而胡風也是華東文教委員會委員。他們和胡風也相安無事，開會或見面時也是握手言歡的。我們知道，茅盾是用「實事求是」的說法表明了他對「事實」的態度的。

我以為，我的這些說明，也許對理解當時的實際情況不是無用的。

一九八二年六月二十六日

（原載 1982 年《魯迅研究動態》第 6 期，
收入《胡風晚年作品選》，又收入《胡風全集》第 7 卷）

筆者附言：

胡風這篇文章，稱拙作「是考證魯迅給胡風的第五信中託胡風為英譯《子夜》序文提供材料即意見這一歷史事實的文章」，並認為「作者周正章同志的態度是誠懇的，他的判斷基本上沒有違背實際」，同時對拙作所提「知人之明」的關鍵性問題，著重予以肯定與強調：「有『知人之明』的茅盾本人為什麼毫無異議地接受了無『知人之明』的魯迅約請胡風為《子夜》寫的材料或序文呢？關於這個關鍵性問題，本文作者有懇切的分析和質問，用不著再加什麼了。」

但是胡文與拙作，都有一個明顯的不足之處：沒有明確指出茅盾為什麼從 1977 年 10 月 19 日的「不足為奇」，轉而 1978 年 6 月至 8 月的缺乏「知人之明」來指責魯迅，前後態度改變的原因，是因為周揚官復原職後，1977 年 12 月 30 日，在《人民文學》編輯部召開的大型座談會上發表了題為〈駁斥「文藝黑線專政論」〉的長篇講話，為「國防文學」正名，而望風使舵的。我當時在拙作中僅以「待考」兩字，輕輕帶過。

這不僅是茅盾的悲哀，也是中國文人的悲哀，中國文人在宗派鬥爭的夾縫中討生活的悲哀。茅盾當年在「兩個口號」論爭中，作了「兩面人」，既在周揚派的「中國文藝家協會」裏簽了名，又在魯迅胡風派的「中國文藝工作者宣言」上簽了名，盡人皆知，這裏就不必細說了。從三十年代起到八十年代初，一以貫之的宗派鬥爭的惡劣影響，其反反覆覆致使許多文人們無所擇從；更使善於「保護自己」者，絞盡腦

汁，混淆是非，顛倒黑白，而在白紙黑字面前，丟光丟盡了臉面；不僅使自己盡顯其醜，斯文掃地，無以垂範世人，更敗壞了世道人心。歷次整肅運動，直至「文革」期間發端於此的許多「變色龍」文人，大顯其醜於眾多報章，據我所知，已有人在這方面下了功夫，撰寫了專著。這裏就也不必去橫生枝蔓了。

茅盾到七十年代末，離胡風事件發生時已經二十多年了，還在這裏再度給胡風下井落石，甚至不惜從 1977 年 10 月 19 日的「不足為奇」，轉而 1978 年 6 月至 8 月的缺乏「知人之明」，來指責魯迅，顯然與 1977 年 12 月 30 日周揚的公開亮相，以向復出的周揚獻媚有關；這不過只是一個突出的例子罷了。

然而，令茅盾想不到的是，此一時，而非彼一時；「兩個口號」的論爭，不可能再出現五十年代的大逆轉了。尤其令茅盾想不到的是，胡案終於平反，一切不實之詞通通被推倒；包括茅盾這裏剛剛給胡風的栽贓。

歷史真是個捉狹鬼。拙作探究胡風與茅盾的關係，畢竟是從魯迅書信這個仲介角度出發的；也就是說拙作所言胡風與茅盾的關係還是間接的。雖然，胡風在本文中介紹了不少與茅盾兩人之間的直接關係，反證了茅盾栽贓的不實之詞；但兩人之間是否有直接的書信往來呢？哪怕殘簡碎箋、片言隻語也好。而歷史老人真真神奇，茅盾在三十年代直接寫給胡風的、稱兄道弟的五封信，竟鬼使神差地而又完好無損地保留了下來，從而向人們再現了他們原屬一個戰壕裏的兩個戰友的真面目。使我感到慶幸的是，老資料的新發現，不僅證實我當年的考證，經受了時間的考驗，而且比拙作二十多年前所探究的茅盾善作「兩面人」的實質還更進了一層。

2006 年 6 月 15 日

胡風事件五十年祭

要開作一枝白色花──

因為我要這樣宣告,我們無罪,

然後我們凋謝。

　　　　　　　　　　──阿壠

一

　　1955 年 5 月發生的胡風事件迄今已整整五十年。在歷史塵埃早已落定的今天,這個事件的主要製造者、參與者和許多受難者大多已遠離我們而去,而遭殃及的健在者也都是耄耋老翁了。但是,這個事件留下哪些特別內涵值得我們長久的記憶呢?對這個悲劇本身災難性的規模、影響、意義與走向及其前因後果,我們能做出今天所能認識到的回答嗎?我以為,我們如果把胡風(1902-1985)事件,放到毛澤東(1893-1976)施政方略這個高度,去尋覓至今尚存的謎團,似乎才能夠破譯這個事件的密碼。

　　胡風事件所起的歷史作用,較之前所發生的電影《武訓傳》批判運動、知識份子思想改造運動、《紅樓夢研究》批判運動、胡適思想批判運動,乃至對「高饒反黨集團」的批判,從歷史鏈條的環節上看,都顯得更為重要。因為,在以後歷次實際政治較量的操作中,唯有胡風事件一直被作為開展政治鬥爭的「驚堂木」式的警示符號,而貫穿

於中國政治風暴的全過程，直至這場風暴完全平息為止。上世紀八十年代為胡風冤案的平反，竟歷經三次（1980、1986、1988）才最終徹底平反，這也是全國所有冤、假、錯案的平反中唯一的。綜觀全局，胡風事件的獨特意義，由此也得到了突出的顯現。

毛澤東晚年曾高度概括，自己的一生做了兩件事：一是推倒蔣介石，二是發動「文革」打倒自己身邊的第二把手劉少奇。（毛的原話，大意是：一生做了兩件事，一是把蔣介石攆到幾個海島上，一是發動了文化大革命。）在1950年3月，對於劉的不滿，毛意欲批判電影《清宮秘史》受劉的擱置時，就初露端倪了。雖然毛與劉這次政治較量聲色未露，其內心鬱積的憤懣，遲至1967年4月1日，才通過戚本禹〈愛國主義還是賣國主義？——評反動影片《清宮秘史》〉一文的發表，大白於天下，但事情的發生，則早於胡風事件五年之久。

1956年4月25日，胡風事件剛過，毛在中共中央政治局擴大會議上做〈論十大關係〉報告，談到「頂級反革命分子」時說：「什麼樣的人不殺呢？胡風、潘漢年、饒漱石這樣的人不殺，連被俘的戰犯宣統皇帝、康澤這樣的人也不殺。」（《毛澤東選集》第5卷282頁）毛這裏把無職無權的、當時連工作崗位都尚未確定的一介文人胡風，列於一連串曾經顯赫過的人物之首，絕非偶然。原因何在？在於毛潛意識的未來的棋盤上胡風事件還要派上更大的用處。胡風事件搞定後，無論對於開展意識形態鬥爭，還是開展所謂「對敵鬥爭」，其實際的功利主義價值，都不是這些顯赫者的效應可以比擬的。

二

從中共在全國範圍內建政後，中國實際上已成為擴大了的「蘇維埃」，不斷開展鬥爭，繼續革命鞏固政權，幾乎已成新政權一切工作的全部目的；而鬥爭鋒芒在掃除了正面之敵對勢力蔣介石及其殘餘勢力

之後，則越來越轉向內部「敵對勢力」的尋找與搜索。毛親自發動了：
先是對電影《武訓傳》的批判，繼而是對知識份子的思想改造運動；
再是對〈《紅樓夢》研究〉的批判，繼而又是以自由主義知識份子為主
要對象的對胡適思想的批判。在這兩個由「點」到「面」的回合中，
基本上止於思想鬥爭，沒有涉及到對具體當事人如編劇孫瑜、主演趙
丹、紅學家俞平伯等的人身鬥爭，更不必說對鞭長莫及、遠在美國的
胡適了。但這些都只是大規模「階級鬥爭」的前導，都還不具有強烈
的政治警示作用；而這一具備特殊政治指向的鬥爭工具，還有待於不
斷展開的運動的動向中去尋覓、挖掘或隨機捕捉。

1951 年 10 月 23 日，毛在全國政協一屆三次會議的開幕詞中，向
全國知識份子發出思想改造的號召：「思想改造，首先是各種知識份子
的思想改造，是我國在各方面徹底實現民主改革和逐步實行工業化的
重要條件之一。」於是，一雷天下響，各個領域知識份子的頭面人物，
在從中央到地方的報刊上，紛紛作出思想改造的示範，各基層單位的
芸芸小人物則一一仿效。這個在各個層面上展開的、大規模的以知識
份子自貶、自損、自賤、自謗為主要內容的思想改造運動，為了達到
讓斯文掃地，從思想到行動絕對服從中共及其最高領袖的目的，幾乎
到了要人人表態過關的地步。在國家已控制全部資源的情況下，這個
知識份子群體不得不紛紛繳械投降的、以對毛頂禮膜拜為核心的思想
改造運動，對中共及其領袖毛的威信與權威在全社會的大幅提升發揮
了重要作用。這方面被動的與主動的、真誠的與敷衍的、公開的與未
公開的書面檢討資料，真是堆積如山。

但是到了 1954 年，在這堆積如山的檢討書中，有一份期待已久的
合格檢討書始終未到。這位檢討者就是生性倔強，恃才傲物，自認為
早在上世紀「三十年代第一年起，就是以共產主義者的為人道德約束
自己」(〈胡風致熊子民〉，《胡風全集》第 9 卷第 599 頁)，自以為是黨
外布爾什維克，感覺沒有什麼好檢討、好改造並拒絕檢討的胡風。即
使 1952 年 9 月，特別安排過四次「胡風文藝思想討論會」，實質是要

胡低頭認錯做檢討的專題會議；1953年又繼而公開發表林默涵、何其芳批判胡風並向其施壓的文章，意欲徹底打掉胡的「氣焰」，以迫使其完全就範，按照口徑，全面檢討。但胡軟硬不買賬，執意堅持，拒絕檢討。這樣抵制「思想改造」的例子，當時實屬罕見。連當年對蔣介石都絕不買賬的馬寅初，都帶頭在北京大學率先開展「思想改造」了；更不必說許多從蔣政權之下走過來的硬漢子了。（見笑蜀的〈知識份子思想改造運動說微〉，2002年第8期《文史精華》）而胡風，在重慶時期確實有些抵牾《講話》的言論，並被他的「宿敵」、時任文藝界「奴隸總管」的周揚歷歷記錄在案，甚至連主人毛也芥蒂於心呢。

1945年8月28日，毛抵重慶，參加國共兩黨和平談判期間，胡風曾三次見到毛：一次9月4日，由馮雪峰陪同在曾家岩50號歡迎毛的舞會上，僅握手略略交談幾句走了過場；一次10月8日，是在張治中歡送毛的有500餘人參加的大型雞尾酒會上，似未直接接觸；一次10月11日，是在歡送毛回延安的九龍坡機場，「雖然被徐冰從背後往前推了一下，但仍然沒好意思走上前去握手。」（《胡風自傳》）

其實，早在1938年3月，胡風在武漢主編的《七月》第10期上發表過〈毛澤東論魯迅〉。這是毛於1937年10日19日，在延安陝北公學魯迅逝世周年紀念大會上的講演記錄稿的首次發表（同天，胡在武漢各界魯迅逝世周年紀念大會上，被推為大會主席）。這是兩人在兩地之間的唯一的一次文字之交，又是共同感興趣的話題，本可引為談資的；但在晤見時，經過抗戰八年的烽火，似乎都淡忘了，連一句關於魯迅的寒暄之類的客套話都沒有留下。這三次不冷不熱的見面相識：雖然從胡的方面說，顯示其在高層社交場合多少有點覥腆、矜持的書生本色；但從毛的方面，與其說是疏忽、不在意，不如說是有意的冷淡。因為這次會晤之前，毛對胡產生的芥蒂早已深藏心底了。

但，毛這次與胡的會面，對其印象無疑是深刻的。他終於把久聞其名的胡風，在「兩個口號」論爭中展露鋒芒的、在魯迅著名的〈答徐懋庸並關於抗日統一戰線問題〉中作為焦點人物出現的、與自己一

同列名於魯迅治喪委員會的、在延安與周揚以及徐懋庸等從上海來的文化人的交談時屢屢提及的、只是見於書面文字或耳聞的胡風,和眼前這位零距離接觸的、與自己身軀一般高大的、顯得矜持而書生氣十足的胡風聯繫在一起。在表面冷淡的背後,毛在內心對胡卻是「十分重視」的。

1945 年 10 月 11 日,毛與蔣簽訂《雙十協定》後從重慶抵達延安,即指派與他同機往返的政治秘書胡喬木,第二天再飛回重慶,專程調查重慶左翼文化界幾個重要問題,尤其是「胡風問題」;或者可以說,正是由於機場看見了胡,觸動了毛的政治「靈感」也未可知。這個安排,自非尋常。胡喬木飛回重慶後,約見胡風兩次,在文藝理論上硬是談不攏。後胡喬木又通過胡風約見舒蕪,就舒在年初由胡風主編的《希望》雜誌上發表的〈論主觀〉、〈論中庸〉兩文的哲學問題,在 11 月 8 日、9 日,激烈地辯論了兩個半天,胡風始終在場,未置一詞。胡喬木概括道:「毛澤東同志說過:唯物論就是客觀,辯證法就是全面。而你的〈論主觀〉、恰好是反對客觀;你的〈論中庸〉恰好又是反對全面。」(參見《百年潮》2004 年第 11 期第 41 頁)1945 年 4 月 23 日至 6 月 11 日,剛剛召開過的中共七大,在黨章中已經確立「毛澤東思想」為一切工作的指標,在延安所及的範圍內,包括重慶的左翼文化界,對此已是一片稱頌讚揚之聲,認識的統一,已到誰都不容也不敢說一個「不」字的地步了。而此刻的毛,通過自己的政治秘書胡喬木,直接瞭解到胡風的觀點與態度,如上所述,只能被認為是冥頑不化了。

胡在文藝理論上,與毛的文藝思想的分歧與衝突,在 1945 年後,越來越趨於明朗與尖銳。遠源於四十年代初,由於胡對自己文藝理論的堅守,並因逐步形成由自己為核心的「七月派」,及其同仁在理論與創作實踐上的積極呼應,胡愈發不屈不撓。用魯迅生前曾經批評胡「在理論上的有些拘泥的傾向」(〈答徐懋庸〉)的話說,是不是越來越「嚴重」了?

1940 年 10 月，胡風在重慶發表長達五萬餘言的論文〈論民族形式問題〉，對許多著名作家參加的「民族形式」的論爭，作了像別林斯基似的「鳥瞰」：對延安與重慶兩地的論爭參與者，如郭沫若、潘梓年、葛一虹、光未然（張光年）、葉以群、胡繩、羅蓀、巴人、周揚、何其芳、黃芝岡、田仲濟、陳伯達、艾思奇、張庚、向林冰等，一一點名批評。用周揚後來的話說，胡把左翼作家批評盡了，是反對民族形式的。（胡風同仁在四十年代辦的好幾個刊物，都承傳了胡這個毫無忌諱的、狠勁十足的文藝批評的作風，被得罪的作家不在少數，這裏不一一列舉。但這卻也為後來的胡風事件的一哄而起，上下互動，在客觀上預設了「乾燥的柴火」。）而這些作家大都是圍繞毛澤東提出的要建立「以新鮮活潑的、為中國老百姓所喜聞樂見的中國作風和中國氣派」的民族形式，並以此為中心議題展開的。胡的基本觀點，民族形式不是民間形式，而是以魯迅為代表的五四的新文藝形式為民族形式，因為它是適應新的社會現實並接受外來文藝形式而產生的，是不能也不該倒退到復古主義的民族即民間形式的老路上去。這個理論雖然可從列寧的每個民族有兩種文化的思想找到根據，但中共高層的觀點是「民族形式就是人民的形式，與革命內容不可分」（中共宣傳部致電董必武），當時的中共，要宣傳、組織以農民為主體的千百萬群眾投身革命與戰爭，亟待確立以民間形式為主的民族形式以教育之，這就不能不是個嚴肅的政治問題了。

四十年初毛關於整風運動的三篇文章：〈改造我們的學習〉、〈整頓黨的作風〉、〈反對黨八股〉，作為政治學習文件傳到重慶左翼文化界，其反對教條主義的實質是批倒在延安的王明的代名詞，而胡風與周恩來身邊「才子集團」的喬冠華、陳家康等則發表文章，反對「用教條主義反教條主義」，並發表對毛《在延安文藝座談會上的講話》在解放區與國統區的施行應區別對待的、頗有點「離經叛道」的觀點。胡風又著文引申為反對國統區左翼文學界的教條主義，與延安反對王明蘇聯模式的教條主義，成了南轅北轍的兩個概念。這自然引起了延安的

嚴重關切，1943 年 11 月 22 日，中共中宣部關於《新華日報》、《群眾》雜誌的工作問題〈致董必武電〉對此提出嚴厲批評：「現在《新華》、《群眾》未認真研究宣傳毛澤東同志思想，而發表許多自作聰明錯誤百出的東西，如××論民族形式，××論生命力，××論深刻等，是應該糾正的。」董必武當即按照組織原則從事，迅速作出糾正，喬、陳當然也只得接受黨內批評。喬、陳雖與胡交往不疏，或許礙於紀律似並未將內情告之，而胡仍渾然不覺；或許胡以黨外布爾什維克自居，繼續我行我素。1944 年 7 月黨員作家何其芳、劉白羽由延安抵達重慶宣傳毛《講話》，並與胡細談幾次，其實是打招呼，胡仍有抵觸情緒，「拘泥」地認為這只是理論問題、學術問題、文學問題，自以為其文藝思想本於馬列經典，真理在握，是沒有什麼錯誤可言的。

1945 年 1 月，如上所述，胡在《希望》雜誌第一期上，發表了遭到左翼文化界非議的舒蕪的〈論主觀〉，還有後來的舒蕪的〈論中庸〉，引起了毛對胡的嚴重關注，是順理成章的。

胡雖然三十年代初已投身左翼文學運動，並以此為安身立命之本，但卻只心甘情願地以馬克思主義為本體，還不適應時至四十年代該以毛澤東思想即中國的馬克思主義這個公式為本體的事實，並認為在政治上與中共為「同路人」，在文藝上自己可以有獨立見解，這也是胡風所服膺的魯迅的觀點；而在毛看來，一切問題都從屬於政治問題，並不存在什麼理論、學術、文學等可以遊離於政治之外的問題可以自由討論的，胡只是「自作聰明錯誤百出」的、尚不甘心服膺於自己理論的、時不時還要中共（通過周恩來）提供辦刊物經費或道義支援的一介文人而已。不屑還來不及，熱情更談不上了。

這次毛澤東與胡風見面後，毛很快從軍事上、政治上，繼續全身心地投入了與國民黨的最後決戰。處於日理萬機狀態的毛，不可能對胡的文學活動多所關注，但反映到中樞的幾件事，則很可能進入了毛的思維之中：

（1）1948 年中共在香港主辦的《大眾文藝叢刊》連續發表了黨員作家邵荃麟、喬冠華、胡繩、林默涵等人，點名批評胡風的文藝觀點，與毛澤東《講話》的對立。這顯然是一次中共組織的、清算國統區抗戰期間的文藝工作犯了右的錯誤，強調了民族團結，放棄了階級鬥爭，以宣傳毛澤東文藝思想的舉措，當然也是藉以進行政策調整的舉措之一。胡風則以長達十萬字的《論現實主義的路》提出反批評；

（2）1949 年 7 月在北京召開全國第一次文代會，胡風出席了大會。7 月 3 日，郭沫若的總報告〈為建設新中國的人民文藝而奮鬥〉中，有句「只准自己批評任何人，不准任何人批評自己的歪風是一種專制主義的表現，應該為我們有思想的文學藝術工作者所不取。」7 月 4 日，茅盾的〈在反動派壓迫下鬥爭和發展的革命文藝〉報告，其中有「關於文藝中的『主觀』問題，實際上就是關於作家的立場、觀點與態度的問題」這一部分，是對胡不點名的批評。胡是茅盾報告起草人之一，因有異議而未參加，這符合胡的性格。茅在報告後的〈附言〉中注明「胡風先生堅辭」，而不是通常使用的「因故」或「因事」之類的託詞，其不合作的態度顯得很觸目。7 月 6 日，毛「突然」親臨大會，發表簡短的「歡迎你們」的講話即退場而去。郭、茅的報告，在解放區和國統區兩支文藝隊伍，各路英雄好漢，團結會師的一片歡慶聲中，夾雜這「不諧」之音，恐非毛過目不可，而胡的「表現」毛當了然；

（3）據黃喬生說：「當時胡風也許已經知道了這樣一件事：解放初期，馮雪峰一次從北京回到上海，在與朋友們聊天時說起，大概是在全國解放前夕，毛澤東曾把他叫去，向他瞭解胡風在上海時情況，問了這樣一個問題：『聽說胡風身邊還有一幫人？』足見胡風崇拜的這位領導早就在注意他了。」（見《魯迅與胡風》第 350 頁）

（4）雖然 1951 年 1 月胡喬木約見胡、12 月周恩來約見胡，1952年 4 月周揚在時任華東軍政委員會文化部副部長彭柏山（胡三十年代左聯盟友，後被胡案株連）陪同下訪見胡，周恩來、胡喬木、周揚這

三位毛身邊的人都不同程度地對胡的不合作、「抽象地看黨」提出批評，而胡則沒有認錯檢討的表示；

（5）據藍棣之說：「中央檔案館裏面有這樣一篇文獻，解放初期，江青出席文藝界一個會議時說，新中國文藝的指導思想是毛澤東文藝思想。胡風當場表示，在文藝上的指導思想應當是魯迅的文藝思想。江青回家給毛澤東說了之後，毛澤東很不高興。」（見何夢覺編《魯迅檔案：人與神》第216頁）。

如果說胡在毛的心目中，1949年前還只是芥蒂，1949年後那就是桀驁不馴了。

1954年7月，胡的檢討書沒有等到，而胡咄咄逼人的《三十萬言書》則上達天庭，到了主人的手中。

三

1949年，第一次文代會對於胡而言，是不愉快的。但是接踵而至的不愉快，則使胡一步步陷入層層疊疊的痛苦鬱悶之中。但胡也是堅強的、豪邁的、歡快的，以詩人的氣質憧憬未來是美好的。在1949年開國大典後，他即天才地寫下了「時間開始了！」五個大字。這個絕妙好詞，無疑氣勢澎湃地呼喚著一個「新」的時代的開始，這首長詩在剛剛成為中共中央機關報的《人民日報》上發表，激動了那個時期的許多激進青年知識份子。胡風說：「發表後，驚住了一切人。」當然，不包括大量仍存在著的、處於中間狀態的自由主義知識份子。但實際上是什麼「時間開始了！」呢？歷史的實際走向，與胡缺乏深厚歷史感的預期是大相徑庭的。不是歷經無數苦難後的中國，走向科學、民主、繁榮、昌盛的「時間」開始了，而是十月革命後在蘇俄曾經經歷的、為了進一步鞏固政權的「繼續革命」將在中國展開的「時間」開始了。魯迅在〈革命文學〉、〈文藝與政治的歧途〉、〈「醉眼」中的朦

朧〉，乃至〈對於左翼作家聯盟的意見〉中，屢屢從呵護文學家的角度早已點明了這一點。（見拙作〈魯迅話說：「假如活著會如何？」〉，2003年第4期《南京作家》，《溫故》之四，亦見本書，如前。）但「世故老人」魯在1934年4月30日給曹聚仁信中說過：「倘當（舊政權）崩潰之際，竟尚倖存，當乞紅背心掃上海馬路耳。」魯還對馮雪峰說過：「你們來時，我要逃亡，因為首先要殺的恐怕是我。」馮雪峰則以「那弗會，那弗會！」答之。（見李霽野〈憶魯迅先生〉，魯對李轉述這話的時間是1936年4月22日或24日。筆者按）不過當時，魯可能沒有親口對激進情緒較曹、李要濃得多的胡風說過。或許魯對胡說過，而胡恐怕也會像馮雪峰一樣認為：「那弗會，那弗會！」

此刻的胡存在著好幾個誤區。

誤區之一：胡欲以創作扭轉被動局面，而非檢討認錯。1949年開國大典後，11月20日，詩人胡風在8月1日剛定為中共中央機關報的《人民日報》上發表政治抒情長詩〈時間開始了！——歡樂頌〉，對毛的禮讚應該說是真誠的，邵燕祥對此解釋「詩難作偽」。長詩近五百行，佔據整版整版的篇幅，毛不大可能看不到或不知道，但毛對此卻並不領情。因為有個顯著的事實，似為許多研究者所忽略。緊接著的長詩第二樂章《光榮讚》就不能繼續在《人民日報》上發表，而被擠到《天津日報》上去了。接下來合計長達四千五百行長詩的五個樂章《歡樂頌》、《光榮讚》、《青春曲》、《安魂曲》、《勝利頌》的出版就遇到了麻煩，只得先後由上海的海燕書店、天下圖書出版公司兩家私營出版社出版，幾乎都是胡自己操辦，「組織」並不沾邊；而批評長詩的文字竟接踵而至，搞得書店積壓賣不出去。照說歌頌中共及其領袖、革命及其歷史、人民及其英烈的作品，在這舉國歡騰之際，按照常理是沒有人敢從中作梗的，也不應該發生這樣的事，但畢竟還是發生了。解開這個誤區之謎，還是魯迅這句話說得透徹：「奴隸只能奉行，不許言議；評論固然不可，妄自頌揚也不可，這就是『思不出其位』。」（〈膈膜〉）而一介文人的胡，卻以為自己是政協委員，成了人民的代言人，

真的當家做主人了；其實，在主人看來還是身屬「奴隸」的「另冊」。言議固然是「違抗」，妄自頌揚也是「迕逆」。胡投入這麼巨大的創作熱情，碰壁多多而不屈不撓，就是要贏得讀者，獲得成功。從胡來說，似乎要以創作實踐來表明，自己並不存在第一次文代會上指出的「作家的立場、觀點與態度的問題」，就要拗這股勁，不是理論的理論。而在主人看來，任何沒有「思想改造」好的作家，都必定有一個「立場、觀點與態度的問題」，胡風，還有路翎後來的再好的創作都必須打下去，表現得再頑強，獲得讀者再多，主人的為政治服務的文學飯桌上也不缺這盤菜，也要拗這股勁，不是意識形態的意識形態。據 1949 年 12 月 14 日《胡風日記》：「和胡喬木通電話。他不贊成《光榮贊》裏面的『理論』見解，當然不能在《人民日報》上發表了。」誰是胳膊誰是大腿，較量的結果，當不言而喻。

　　誤區之二：認為所有這一切都是周揚的一手遮天。1953 年 1 月、2 月，《文藝報》連續發表代表主人觀點的黨員作家：林默涵的〈胡風的反馬克思主義的文藝思想〉和何其芳的〈現實主義的路，還是反現實主義的路？〉（前者由《人民日報》轉載）兩篇來勢兇猛的文章。面對迎面而來的還有背後殺出的舒蕪反戈（這個舒的反水，將在第四節具體論述，此處恕不枝蔓）的強大壓力，胡不僅沒有任何檢討，也毫無妥協之意。胡始終認為，是周為了三十年代文藝理論論爭與「兩個口號」論爭的恩恩怨怨，而對自己泄私憤圖報復，甚至相當主觀地認為，機械論統治中國文壇二十年的局面都是由周揚造成的，這未免過高估計其能量，忽視了對本質的思考，並未真正認識清楚毛與周的主僕關係。或者說有時清、有時欠清、有時不清，總的來說還是模糊的。作為主人的「文藝奴隸總管」周揚的惡劣的因素當然不能排除，必然發揮著舉足輕重的作用，但文章都搞到《人民日報》上了，其中有多少是主人的意圖更不可忽視；主人對待《講話》不容任何人置喙到了什麼程度，對胡而言也是個未知數。周在執行毛的文藝方針時，不可避免地挾帶「私貨」：一般不可能是公開的，而只能是隱秘的；一般不

可能是全面的、根本的，而只能是有限的、非本質的。尤其是毛處在上升時更是如此。胡雖然被譽為「中國的別林斯基」，對俄國與蘇聯文學頗有研究，但對蘇俄為了配合政治而貫徹其文藝政策，整肅詩人與文藝家的歷史似欠缺關注。雖然他也時時感慨「我們這個社會太老了」，但對中國歷代開國皇帝大興文字獄的歷史缺乏研究。魯迅有不保存書信的警覺，而胡風就沒有。胡曾說：「因為有一點經驗，聞一聞空氣就早曉得要下雨的」的口吻雖然酷似魯迅，但對魯迅關於古今中外歷史的深刻洞察與理性洞穿，則缺乏領悟。故，胡以書生意氣率性而為，挑戰高層當局，寧為玉碎，不為瓦全。勇氣固可嘉，精神固可佩，然以卵擊石，實可歎也！

　　誤區之三：1954 年 2 月，發生高饒事件真是無巧不成書。此刻萬般無奈而又鬱悶的胡風，讀了報紙上公佈的中共七屆四中全會（6 日至 10 日）〈關於增強黨的團結的決議〉，其實這是中共解決了「高饒集團」並未點名批判高饒的決議，其中有劉少奇在全會上不點名嚴厲指責高饒的內容：「誇大個人作用，強調個人的威信，自以為天下第一，只能聽人奉承讚揚，不能受人批評監督，對批評者實行壓制和報復，甚至把自己所領導的地區和部門看作個人的資本和獨立王國。」這裏所指「把自己所領導的地區和部門看作個人的資本和獨立王國」的措詞，原指高饒，當然對高級幹部也帶有一定的普遍性，而胡聯繫到自己總是受周揚擠壓的實際，把周揚拿來對號入座，越看周揚越像；以為是解決自己與周揚矛盾的最好時機來了。胡風遂於 1954 年 3 月 21 日至 7 月 7 日，並在北京與外地的十多位同仁的配合協助下，三個多月專心致志、全力以赴地寫成包括四部分內容的《關於解放以來文藝實踐狀況的報告》即著名的《三十萬言書》。7 月 22 日，通過習仲勳向中央政治局及毛澤東、劉少奇、周恩來呈遞。在這份《三十萬言書》中，以天下為己任的胡風，對林文、何文進行了酣暢淋漓的反駁，並把矛頭直指文藝界領導人周揚，還對文藝工作如何運作，躊躇滿志地發表了意見。當次年 1 月 14 日胡向周揚提出，不要公開發表《三十萬

言書》還要修改時，已經由不得他了。這正應了「一字入宮門，九牛拖不出」的古訓，何況三十萬言呢！文人通常容易犯的望文生義的、十足「書呆氣」的低級錯誤，得到的卻將是幾乎要被「殺頭」的罪名；而胡周圍那麼多高級知識份子參與其事，竟也無人識破或點破《決議》的真實內涵，無涉及文藝界領導人之意。連這樣大路貨的「機密」都無從知曉，足見其對情報工作的閉塞是顯而易見的，只是文人憑藉並不高明的政治直覺而錯誤判斷罷了，哪能扯得上什麼「美蔣特務」呢！可是〈關於胡風反革命集團的材料〉裏卻一再宣稱什麼「竊取黨內機密文件」云云，那只不過是為了「做一點文章進去」的「文章」罷了。

　　誤區之四：以為《三十萬言書》的意見被接納，主動放炮。1954年10月16日，毛就〈《紅樓夢》研究〉問題給中央政治局寫信，嚴厲批評「大人物」壓制「小人物」，發動了對俞平伯〈《紅樓夢》研究〉的批判。10月28日，《人民日報》發表由毛修改並定名的、以袁水拍署名的〈質問《文藝報》編者〉，批判《文藝報》壓制「新生力量」時，政治上幼稚而又主觀與過敏的胡風，以為是自己的《三十萬言書》中有對《文藝報》的批評發揮了作用；況且胡在此之前早就稱，阿壠、路翎是受《文藝報》壓制的「小人物」，其措詞與毛不謀而合，天下哪有這麼巧合的事呢。於是在10月31日至12月8日，全國文聯主席團和中國作家作家協會主席團聯合召開的擴大會議上，胡風三次發言（10月31日、11月7日、11月11日），把受《文藝報》壓制的路翎、阿壠和受《文藝報》壓制的李希凡、藍翎，都作為「小人物」的新生力量聯繫起來，向主人當時還認可的論敵、《文藝報》的上級主管人周揚猛烈開炮！12月10日《人民日報》發表由毛修改的、周揚在8日會上的總結發言《我們必須戰鬥》，其中第三節〈胡風先生的觀點和我們的觀點之間的分歧〉，把批判重點轉向胡風！！胡到這時才提起筆來寫〈我的自我批判〉，但已經遲了；主人已被激怒，也是可以理解的。1955年1月24日，由毛簽發的《關於組織唯物主義思想批判資產階級唯心主義思想的演講工作的通知》中已決定：對俞平伯《紅樓夢研究》的

錯誤思想的批判已告一段落，對胡風派思想的批判已經初步展開，對胡風及其一派的文藝思想的批判亦將展開。（萬同林著：《殉道者》第308頁）

誤區之五：對毛與周恩來的君臣關係不甚了然。胡三、四十年代在武漢與重慶先後辦《七月》與《希望》雜誌，周恩來在道義與經費上都曾給予支持，甚至通過郭沫若在第三廳為其安排工作，幫助解決生活待遇問題；即使1949年後，也還保持著與周的通話渠道。按理說，在民主程序健全的情況下，位居第三位的周在中樞是有相當發言權的。其實，據有關歷史資料，在延安整風後，確立了毛的絕對領袖地位，紅太陽已經升起，周經過批判其「經驗主義」好不容易才讓其過關，周對毛早已只有臣服的份兒，失去了共事的「同志」關係。胡對毛、周的實際關係的瞭解並不真切。周對胡保護、支持的空間是非常狹窄的，已與重慶獨當一面時不可同日而語。所以，周雖然對胡多次說過，有什麼意見，可以寫給中央參考的話，也只是一般反映情況之類的意思；而周同時也多次告誡胡：理論問題只有毛主席的教導才是正確的；這來自周親身體驗的話胡竟聽不進去。而胡可能覺得中樞內有所依仗，竟一出手拋出這麼尖銳的、要根本改變整個文藝界現狀的「三十萬言書」，這恐怕連周都會感到意外，很可能還未遇過呢。而主人的底牌，似未必透露給曾領導過胡的周公。一個明顯的例子，1955年5月13日《人民日報》上公佈〈關於胡風反黨集團的材料〉即第一批材料的同時，也發表了胡風的〈我的自我批判〉。當天，周接到胡風電話，胡說《人民日報》發表的〈我的自我批判〉，是第二稿而不是定稿的第三稿，「這裏面肯定有鬼！」胡的稿子原是交《文藝報》發表的。周馬上打了兩個電話，先給管《文藝報》的周揚、後給管《人民日報》的鄧拓，核實清楚後，指示《人民日報》既然搞錯了，要發篇檢討。鄧拓決定照周恩來的指示辦，並責成經手人袁水拍起草檢討稿。袁求救於周揚，周將袁水拍、林默涵、康濯邀至家中商討對策，感到棘手。結果，聰明的周揚決定繞過周恩來，直接去請示毛。周揚領了最高指

示回來後，即向在周家中等候消息的袁、林、康宣佈：「主席說，什麼二稿三稿，胡風都成反革命了，就以《人民日報》的稿樣為準，要《文藝報》按《人民日報》的重排。」周揚還向《文藝報》的康濯透露一個「秘密」：「主席講，胡風是要逮捕的。」（見康濯：〈《文藝報》與胡風冤案〉，1989 年 11 月 4 日、18 日《文藝報》）周揚輕而易舉地把周恩來的「指示」給予糾正，恐怕連給周恩來的招呼都可打可不打了。打招呼者，毛也。而周恩來對胡風三天後的 5 月 16 日深夜，即 17 日凌晨，將被逮捕的「機密」還不知情。否則，他去發那個要《人民日報》檢討的指示有什麼必要呢？這絕不是這位以幹練稱著的政治家所為。據《周恩來年譜》記載：1955 年 5 月 17 日，「凌晨，到毛澤東處開中共中央書記處擴大會議。會上談關於胡風問題。」此刻的胡風，已經在幾小時之前，進了監獄了。

誤區之六：沒有意識到「魯迅傳人」是個危險的桂冠。胡在重慶文壇上聲譽頗隆，已被稱為「中國的別林斯基」、「東方的盧卡契」和「魯迅絕頂忠實的傳人」（戴光中著《胡風傳》），這些桂冠對胡而言是榮耀的，也是胡在中國文壇從事文藝批評工作，積十多年辛勞與奮鬥的結果；然而，也是以胡的狠勁十足的文藝批評得罪許多作家為代價的。在民主健全的國度，這是不可能成為文藝範疇之外的任何問題的。但是，在中國則不然。尤其是「魯迅傳人」的稱號，負面效應可能更大，雖然胡一般並不以此自稱，但一旦較量起文藝論爭，他都難免表現出濃厚的「魯迅情結」。胡風的悲劇，就在於他只關注前臺的「奴隸總管」，誤認為並非是其背後主人的意圖，而對「總管」與主人的關係以及主人的意圖、意願、意志則缺乏清醒的認識與瞭解。甚至當胡認為「董事會」即中共政治局內對文藝問題不懂都是外行時，其實，他自己卻也並不懂「董事會」對文藝問題的運作與判斷，將是以《聯共（布）黨史簡明教程》的經驗，並根據鞏固政權的「利與害」的需要作出政治功利主義的決斷，是不可能著眼於文學理論的「是與非」與藝術問題的「美與醜」的。而主人對這個政治功利主義的意識形態的

絕對壟斷，是絕不容許任何人插嘴的，包括周揚；蘇俄搞了一個高爾基，中共搞了一個魯迅，這兩個黨外布爾什維克雖然被尊崇得好像「聖人」似的，難道他們從文學藝術規律出發的文藝思想真的為主人接受了嗎？其實，魯迅在〈文藝與政治的歧途〉中說得很分明：「政治家既永遠怪文藝家破壞他們的統一，偏見如此，所以我從來不肯和政治家去說」，「從前文藝家的話，革命政治家原是贊同過；直到革命成功，政治家把從前所反對那些人用過的老法子重新採用起來，在文藝家仍不免於不滿意」，這位「聖人」之言，好像沒有多少人真正領會過。我注意到第一次文代紀念文集的扉頁上，有個毛、魯側面頭像向左重疊的文代會的「會徽」，在胡及許多文化人看來，魯獨尊於文藝乃至文化界是毫無疑問的；但他們一般容易忽略，這個被獨尊的「魯」也將是按毛的為了鞏固政權、繼續革命、不容「破壞統一」的需要而被「改造」的「魯」。否則，怎麼可能會發生上述江青與胡風關於文藝指導思想之爭呢？因此，徹底剝奪作為「魯迅傳人」身份的胡風對魯迅的詮釋權，（還有另幾位「魯迅傳人」對魯迅的詮釋權也被剝奪：一位是蕭軍，已於 1948 年在東北被批判打倒；一位是馮雪峰，於 1954 年公開檢討又於 1957 年被打成右派。胡喬木在他的毛澤東回憶錄中說，當時延安文藝界的整風，主要是圍繞兩個人，頭一個是蕭軍，然後是丁玲。何況以文藝理論見長的胡風呢？胡與蕭都是著名的魯迅葬禮上棺柩抬棺人。實踐證明：他們關於魯迅的言論，無一不遭到嚴厲的批判）無疑是批判胡風的重要任務之一。因為毛早已把馬、恩、列、斯的詮釋權壟斷了，在一元化的意識形態範疇內無小事，在這裏是決不容忍任何人置喙的；毛為了在政治上、思想上、文化上完全駕馭對魯迅的詮釋權，決意摘掉胡這頂十分令人注目的「魯迅傳人」的桂冠，是遲早的事。

由此，衝突趨於白熾化，但事情猶如風之起於青萍之末。

此時，看到七屆四中全會決議公報的、處於興奮狀態中的胡風，完全忘記了自己還是個思想沒有被「改造」好並不被主人認可的人，

完全忘記了對這十多年來發生的這一系列「不愉快」的根由的深層思考，他也完全忘記了頗有行政經驗的彭柏山的忠告：「人家當家，要錯也錯下去，發現了以後再來改，不要別人插嘴的，所以有人說你杞人憂天。」他也完全忘記了對魯迅有獨到見解的賈植芳的提醒：「我們和魯迅不同，魯迅懂得中國歷史，我們卻不懂。」其實，當年胡風在魯迅身邊時，對魯迅 1934 年發表的的那篇〈隔膜〉確實沒有完全讀懂，或許沒有在意。魯迅說得很分明：「進言者方自以為在盡忠，而其實卻犯了罪，因為另有准其講這樣的話的人在，不是誰都可說的。一亂說，便是『越俎代謀』，當然『罪有應得』。倘自以為是『忠而獲咎』，那不過是自己的糊塗。」

胡風的「糊塗」，是一個性情中人的「糊塗」，也是耿介文人的「通病」。用魯迅的話說：「胡風鯁直，易於招怨」，「神經質，繁瑣，以及在理論上的有些拘泥的傾向」。這裏借用王元化的一句話，似乎可說得更清楚些：「近讀朱一新《無邪堂答問》，談到和與介問題。無邪堂認為，必須接人以和，持己以介，和與介是並行不悖的。又說『己有必以介責人，則觸處皆荊棘矣』」。（王元化：〈記任銘善先生〉，2005 年 2 月 4 日《文匯讀書週報》）這是個很高的道德規範，王先生是用來分析一生坎坷的他的老師任銘善的。其實，移用於胡風，我以為也未嘗不可。

四

毛之所以高度重視胡風一案，不在於胡的地位高低，當時胡只是擁有全國文聯委員、中國作家協會常務理事、全國人大代表等幾個虛銜，連具體的工作崗位都沒有確定，充其量是個作協駐會作家；而在於他討厭胡對馬克思主義辭彙的「班門弄斧」，且在文學界又有一定影響力。毛就要把胡認定為是披著馬克思主義外衣，反對馬克思主義的

敵人。有了這只大口袋，不愁今後還會有地位更高、影響更大、人數更多的所謂反馬克思主義的敵人，還有什麼「打著紅旗反紅旗」、「反革命兩面派」、「反革命修正主義」、「資產階級的黨內代理人」、「走資本主義道路的當權派」等等，都要陸陸續續裝進這個碩大無比的口袋裡的；因為，這個從內部挖掘政治上所謂「階級敵人」的資源，反過來說一批又一批給「敵對者」戴上反馬克思主義的帽子以置於死地的策略與經驗，將成為今後繼續革命的主要方略與基本走向。從這個角度理解，胡案之所以被毛捕捉，而親自揮毫動筆，並居於第一線位置直接部署、指揮戰鬥不是偶然的，但必然性往往寓於隨機性的歷史機遇之中。

「後院失火」是胡風事件發生了第一個轉折。舒蕪是胡風四十年代在重慶辦《希望》雜誌時重要撰稿人，曾因發表被延安認為是和整風運動反主觀主義相對抗的〈論主觀〉、〈論中庸〉，招致延安不滿，搞得滿城風雨。1949 年後，舒蕪不甘心於廣西南寧當中學校長的工作，這種不安於邊陲而想有所作為的願望，本無可厚非，只要門路正未嘗不可；他曾請託胡風幫助調動工作，胡經努力未果。舒蕪在 1952 年 5 月 25 日《長江日報》上發表〈從頭學習《在延安文藝座談會上的講話》〉，這篇順應思想改造潮流的文章，很快引起北京重視，即由《人民日報》於 6 月 8 日轉載並加編者按。舒蕪從胡喬木執筆的《人民日報》編者按指出的：存在著「以胡風為首的一個文藝上的小集團」的嚴厲措詞中，看出了自己可能上調北京的價值所在。不久果然調北京工作，如願以償；從另方面說，則是北京對久久不降服的胡派進行一次成功的分化。同年 8 月中旬，舒應邀往北京參加「胡風文藝思想討論會」，途經武漢時躊躇滿志地對曾卓說：「北京拿胡風沒辦法，要我去開刀。」同年 9 月 25 日，《文藝報》發表舒蕪的〈致路翎的公開信〉。《文藝報》在該文編者按中進一步指出：這個小集團「在基本路線上是和黨所領導的無產階級的文藝路線——毛澤東文藝方向背道而馳的」。其實，路翎這幾年創作了以抗美援朝戰爭為題材的小說《初雪》、

《窪地上的「戰役」》等，在讀者中口碑頗好，卻因是胡風同仁的關係亦時時受壓。但這封公開信把矛頭指向路翎，則是被用來對胡的「敲山震虎」。

1955年春天，舒蕪交出了一批胡風給他的信件，是胡風事件發生第二個轉折。對胡風來說，形勢急轉直下，已完全不可收拾。隨著《人民日報》公佈由毛親自撰寫按語的三批材料（5月13日、5月24日、6月10日），由對「胡風反馬克思主義文藝思想」而成「胡風反黨集團」，再由「胡風反黨集團」而成「胡風反革命集團」。（筆者按：「反黨集團」一詞，無論從蘇共黨史還是從中共黨史上看，都是指黨內高層反對派而言，從無例外，這是常識，也是約定俗成的一個淺顯概念。但這次主人親自動手，竟疏忽胡並非中共黨員，而以「反馬克思主義」滑到「反黨」的概念，忙中犯了一個低級錯誤。但主人是不可能有錯的，因此只得由他自己將錯就錯，而以「反革命集團」代替之，再順勢而為，加重籌碼罷了。當然，如果說，從這裏也可探出一點，──胡風事件是中共黨內矛盾與黨外矛盾的交叉的資訊，也未嘗不可）毛在批閱舒蕪上繳的胡風信件即第一批材料時，窺視到胡充其量只是冷淡、並不尊崇《講話》的「私房話」，其龍顏大怒是可想而知的。這就是胡的彌天大罪，遑論其他！在胡派私下無所顧忌的、富有感情化色彩的語言基礎上，毛在「按語」中表現的語言感情化則已到了燃燒的程度。1954年剛剛頒佈的第一部《憲法》有關私人信件受法律保護、不受任何侵犯的條款的莊嚴承諾，早已置之腦後。

關鍵性的第三個轉折是毛於6月8日決定：「我以為應當借此機會，做一點文章進去。」（〈致陸定一、周揚〉）6月10日，毛在第三批材料公佈的〈編者按〉中，「借此機會」的「文章」是這樣「做」的：「胡風的主子究竟是誰？」「胡風和胡風集團中的許多骨幹分子很早以來就是帝國主義和蔣介石國民黨的忠實走狗，他們和帝國主義國民黨特務機關有密切聯繫，長期地偽裝革命，潛藏在進步人民內部，幹著反革命勾當。」這就把第一、二批材料中「反黨」性質的胡風問題，

向政治性質推進：從而把此刻已被逮捕的胡風及其同仁們推進「反革命集團」的深淵以坐實，胡風一案則被「做」成了冤案；從而在這個冤案的基礎上，把「文章」向「清查出一切暗藏的反革命分子」的「肅反運動」順勢「做」過去。胡風事件成了不可替代的過渡和橋樑。這裏不需要任何行為事實，因為在毛的邏輯中「反動言論」就是行為事實；這也成了毛今後整肅政治對手的主要手段。只要憑藉收繳胡風及其友人的大量信件，對之斷章取義、深文周納、無限上綱、羅織罪名，就可以從文字所反映的所謂「行為」其實是思想來治罪了。毛對桀驁不馴的、在文藝上有一定能量的胡派的鬥爭，斷斷續續較量十多年，用毛在〈序言〉中的話說，「作為一個集團的代表人物，在解放以前和解放以後，他們和我們的爭論已有多次了」。在毛看來文藝理論沒有什麼好爭論的，《講話》已經指出，「文藝為政治服務，文藝為工農兵服務」就是經典，問題早已解決，不必與之再糾纏了。毛認為，胡反周揚反《講話》，實質就是反毛本人；反毛不是反革命又能是什麼呢？其實，胡並無從政治上直接反毛的言論。或許有鑒於此，感到僅此尚嫌分量不足，還要借重「帝國主義國民黨特務」的罪名，來堵天下人之口。雖然當時沒有以言治罪的條文，況且《憲法》剛剛頒佈，但只要胡案一旦做成，這個「御批」的不成文的「條文」也就成立了（後來文革中 1967 年 1 月 13 日發佈的「公安六條」，其中才有管治「反動言論反動思想」罪的條文）；這也為後來搞接二連三的政治運動，立下了一個可以援引的案例。至於法律意義上的「反」的證據，是指「行為證據」而非「思想言論」，普天之下誰問得了誰又敢問呢？！絕不能「以言治罪」而只能「以行治罪」的現代法律概念，老中國數千年的傳統歷來缺失，而在中國主要以農民為主體的、絕大多數缺乏現代民主與現代法律意識的平頭百姓對「以言治罪」早就習慣成自然了。筆墨官司沒完沒了，耗費的時間比打三大戰役還長，僅思想改造是不夠的，用專政手段來解決，收效當更大更快。

　　毛說：「胡風集團能給我們一些甚麼積極的東西，那就是藉著這一次驚心動魄（筆者按：既無槍炮子彈，又無飛機坦克，何必故作此驚人之筆呢！翻閱當年的那像煞有介事的幅幅漫畫，還有那鋪天蓋地的刀光劍影的文字，勝似當今的武俠大片，化筆為槍確有其刺激強烈的宣傳效果，蓋源於這「驚心動魄」四字也！）的鬥爭，大大地提高我們的政治覺悟和政治敏感，堅決地將一切反革命分子鎮壓下去」。「鎮壓」，「鎮」而「壓」之，「圍」而「殲」之，一項填補清王朝覆滅後空白的、以「文字獄」為手段的、圍殲「文人集團」的果實盡入囊中；普天之下一心想過太平日子的老百姓，一個個被這聞所未聞、見所未見的陣勢，嚇得目瞪口呆！作為以功利主義為宗旨的大政治家，要的就是這個效果；胡風不過是其唾手而得的政治道具罷了。毛這個以言治罪、以思想治罪的調整，是 1949 年後抓了六年意識形態裏幾場鬥爭才收穫的一個具有轉折意義的成果。它固然是五四運動的科學與民主宣傳了三十多年後，歷史的天平開始向「興文字獄」的祖宗之法的傾斜與回歸，但也從《聯共（布）黨史簡明教程》中汲取了政治資源而塗上了新的色澤。在毛煽情的鼓動文字面前，很多頗有頭腦的知識份子都感到有刺激性而眼花繚亂。用毛自己的話說，這就叫「馬克思加秦始皇」。

　　一時間，從中央到地方各種宣傳機器都開足了馬力，僅毛親自撰寫〈序言〉和〈按語〉的《關於胡風反革命集團的材料》（人民出版社，1955 年 6 月 15 日出版）的小冊子，全國就印刷了 700 多萬冊；那本以妖魔化為能事的漫畫小人書，估計不下千萬冊之數。我記得，這本連環漫畫小人書，當時的城市居民是挨家挨戶散發的。當時，迅速出版投入運動的書籍還有：

1. 《胡風這個反革命黑幫》（新知識出版社）；
2. 《胡風反革命集團是中國人民的死敵》（華崗〔另一資料為「鄧崗」〕編寫，新知識出版社）；
3. 《胡風反革命集團的罪惡活動》（北京大眾出版社）；

4. 《揭露胡風反革命集團的醜惡面貌》（湖北人民出版社）；

5. 《胡風反革命集團的醜惡嘴臉》（人民出版社）；

6. 《堅決徹底粉碎胡風反革命集團》（人民出版社）；

7. 《胡風黑幫的滅亡及其他》（王若望著，新文藝出版社）；

8. 《討論胡風文藝思想參考資料》第一至第五輯；

9. 《揭露胡風黑幫的罪行》及其《續編》（作協上海分會）；

10. 《胡風文藝思想批判論文彙集》第一至六集（作家出版社）；

11. 《堅決徹底粉碎胡風反革命集團‧報刊資料索引》（山東圖書館）；

12. 《胡風反革命集團在天津的罪惡活動》（天津通俗出版社）；

13. 《為堅決肅清胡風反革命集團而鬥爭》（熊復著，中國青年出版社）；

14. 《徹底粉碎胡風反革命集團》（北京通俗讀物出版社）；

15. 《胡風反革命集團的罪惡活動》（北京通俗讀物出版社）；

16. 《胡風反革命集團是中國人民的死敵》（北京通俗讀物出版社）；

17. 《照妖鏡下的胡風反革命集團》（黃敏唐著，北京通俗讀物出版社）；

18. 《從胡風反革命事件中吸取階級鬥爭的教訓》（北京通俗讀物出版社）。

這裏所以不煩其繁，盡錄書名，以存歷史底片，因為恐怕許多大圖書館、甚至出版社本身，現在都未必再予收藏而成了「稀世文物」與「古董」了；其內容與印數就不必去說它了。但當時的陣勢，則由此可見一斑。（除五種出版物由華崗〔或鄧崗〕、王若望、熊復、黃敏唐、馬鐵丁具名外，均為單位或出版社所編）

在這不完全統計的二十種近三十本的出版物中，和全國的報刊還有電臺上，爭先恐後的表態、劃清界線的洗刷、批判辭彙的競爭，鋪

天蓋地而來，其言詞兇狠嚴厲的極端性，真正到了無以復加的地步；後來的歷次政治運動直至十年浩劫，也很難再「創造」什麼了，大概只有複製或抄襲的份兒。無論是在傳媒上各界頭面人物的拋頭露面與聲嘶力竭者，還是在黨政軍機關、大專院校、中小學校、醫務機構、科研機構等基層單位的口誅筆伐者，甚至在中樞圍繞毛處理胡風事件的日夜奔波忙碌的頭頭腦腦，（據《周恩來年譜》，1955 年 5 月 23 日，「晚，到毛澤東處開會。會議討論有關胡風問題。參加者還有鄧小平、彭真、陳毅、羅瑞卿、陸定一、周揚、譚震林。」〔轉引萬著第 229 頁〕毛 6 月 8 日給陸定一、周揚批示：「對『第三批材料』的注文修改了一點，增加幾段，請你們倆位或再商幾位別的同志，如陳伯達、胡喬木、鄧拓、林默涵等，共同商量一下，看是否妥當。我以為應當借此機會，做一點文章進去。最好今天下午打出清樣，打出來後，除送你們要送的人以外，請送劉、周、小平、彭真、彭德懷、董必武、張聞天、康生各一份〔朱、林、陳雲同志不在家〕，並請他們提出意見，又及。」筆者按：估計胡在政界並無太多影響，只是位作家而已，高層在通過此事時，阻力不可能太大。）無論誰有多麼豐富的想像力，誰都無法會想像到兩年、四年或十年後，他們幫忙或幫辦了這種對胡以「無限上綱」的整肅方式的差事，卻也在為自己將被施以同樣的整肅方式作了準備，或早或遲等待他們的，將是與胡風及其友人同樣的命運與下場。就連在批胡運動中立下頭功的舒蕪，也難逃兩年後「右派分子」的命運。有人聯繫到自己從天而降的災難，憤恨地將舒蕪稱之：「胡風餘孽，人人得而殺之！」

毛這個得意之筆一旦「成功」，實際上已「大獲成功」，第二篇大文章的「章法」也就全有了，舉國上下無人可以阻擋其再揮毫成文的，這是中國的宿命；而胡風則成了這個向內部搜索「假想敵」的悲劇人物，革命將要一口口吞吃掉自己兒女的歷史性轉折的悲劇人物。

五

　　毛澤東要逮捕胡風的決定，究竟是怎樣做出的？這可能永遠是個謎。

　　毛在 1955 年 5 月 13 日《人民日報》發表的〈編者按語〉的結束語，明明寫著：「胡風應當做剝去假面的工作，而不是騙人的檢討。剝去假面，揭露真相，幫助政府徹底弄清胡風及其反黨集團的全部情況，從此做個真正的人，是胡風及胡風派每一個人的唯一出路。」這篇文字當寫於 5 月 13 日之前夕，不會很久，這裏還有「從此做個真正的人，是胡風及胡風派每一個人的唯一出路」這句話。這意思分明說胡風及其同仁是有「出路」的「人」，還不是「無出路」的「鬼」。而 13 日上午，即第一批材料發表的當天上午，周揚跑到毛澤東面前狀告周恩來插手胡風一案，如上第三節「誤區之五」所述，周恩來要《人民日報》就登錯胡風稿而做檢討一事，是不是毛聽了勃然大怒，對周恩來的庇護胡風感到惱火，遂要給他一點顏色看看——警告周恩來插手太多，遂執意讓胡風由「人」變成「鬼」呢？6 月 10 日公佈的「第三批材料」的第二二條，「1952 年 5 月 7 日蘆甸給胡風信（自天津）」有句：「希望你早點寫信給周，表示要來北京，要工作；他遲不回信，又寫信催；他再不回信，就來京找他。」「材料」注：「【周】指周恩來同志」。毛的「按」對這句話分析批判道：「他們有長期的階級鬥爭經驗，他們會做各種形式的鬥爭——合法的鬥爭和非法的鬥爭。我們革命黨人必須懂得他們這一套，必須研究他們的策略，以便戰勝他們。切不可書生氣十足，把複雜的階級鬥爭看得太簡單了。」這裏有沒有給周「上課」：要「懂得」他們這一套，「切不可書生氣十足」，「把複雜的階級鬥爭看得太簡單了」的意思？在向全國公開的文字裏，對其批評的筆調大概

只能點到如此委婉的地步了。是耶非耶？這就有待於檔案資料的進一
步證實了。

「有人還聽到胡喬木說：周總理看到『胡風反革命集團』第三批
材料後說過：『阿壠是我方的地下情報人員，給我方送軍事情報的，中
宣部和統戰部要注意這個問題。』」（黎辛：〈關於「胡風反革命集團」
案件〉，《新文學史料》2001 年第 2 期）作為總理的周的這個重要證詞，
也只是說說而已，其對詩人阿壠的被逮捕、判刑，乃至瘐死獄中卻毫
無解救作用；即使不到一年時間查清這個證詞，確鑿無疑，但因「欽
定」誰也奈何不得。（阿壠送軍事情報具體情況，見王增鋒發表於《新
文學史料》2001 年第 2 期的〈還阿壠以真實面目〉：其一，通過上海
胡風轉送軍事情報，由胡風、廖夢醒、張執一證明，並「從中央有關
部門歷史檔案查出：1947 年 6 月 24 日上海我黨一秘密電臺所發出的
一份《蔣進攻沂蒙山區計畫》的情報，與阿壠、胡風、廖夢醒、張執
一等人所談相符。」其二，是通過南京鄭瑛供給軍事情報，1948 年 11
月 12 日、13 日、18 日，12 月 12 日、29 日共五次。這份的時間留底
存天津市公安局。由鄭瑛、張棣華證明。其三，是通過杭行在胡風家
中給上海地下黨送了三批情報，由杭行、蔡熾甫證明。其四，是通過
方然為浙江游擊隊送軍事地圖，由方然、蔡熾甫證明。由於阿壠提供
的情報在質與量方面均屬上乘，故為周恩來所熟知。否則，周見第三
批材料時，不可能脫口而出：「阿壠是我方的地下情報人員，給我方送
軍事情報的」。）

毛一旦決定，就要付諸行動。不過，毛在 5 月 13 日上午還可嗅到，
印有要胡風「做個真正的人」的報紙油墨味尚未散盡；轉瞬之間，逮
捕胡風的主意又上心頭。不過，還得等一等才能辦到，此刻畢竟不在
山溝裏，也非窯洞時光了。因胡風是剛剛當選的全國人大代表，還要
人大常委會辦理一下批准的「手續」。

1955 年 5 月 13 日上午，毛親口對周揚說「胡風是要逮捕」之後
就作了佈置：「這幾天還要派人去看看胡風，穩定他一下。」周揚當即

又對康濯做了如何「穩定」胡的具體安排。這天《胡風日記》：上午「區政府及軍委工作組來量房子，要徵用」，下午「聽總理和陳毅副總理關於亞非會議的報告」，晚「康濯和嚴文井來」。胡對即將飛來的橫禍渾然不覺，依然天天早晨練拳不斷，對這一天一批又一批前來家中「看屋」、看望的「客人」仍以禮相待，下午報告照聽，蒙在鼓中，被「穩定」得很好。

5月16日晚飯時，中國作協黨組書記劉白羽帶領幾個陌生人，來胡風家搜查。至17日凌晨1時半，胡風在家中被逮捕。公安人員繼續搜查，大約天色將亮時分，胡風夫人梅志也被逮捕。

據上述《周恩來年譜》：1955年5月17日，「凌晨，到毛澤東處開中共中央書記處擴大會議。會上談關於胡風問題。」現在未見當時會議紀要的檔案資料，這次高層專題會議，對逮捕胡風以及胡風問題，究竟是如何決策的，無從知曉；但會議召開的時間，在胡風被逮捕之後幾個小時，是可以肯定的。而會議的大致情況，似乎從下列兩位知情人的文章中，可略知一二。

胡風事件見證人之一的黎之，在〈關於「胡風事件」〉一文中說：「當時是否逮捕胡風高級領導層有不同意見。有人（其中包括一直主張批判胡風思想的人）不同意逮捕胡風，理由是沒有可靠的證據，憲法剛剛頒佈。最後還是逮捕了。有人說胡風不是反革命作家。毛澤東說，不是反革命作家，至少不是革命作家。」不是革命作家就可逮捕了嗎？這是什麼荒唐的邏輯?!

時任毛澤東政治秘書兼中宣部副部長的、與胡風1949年之前之後有多次直接接觸與交往的胡喬木，在〈胡喬木回憶毛澤東〉中說：「抓胡風，我是不贊成的。毛主席寫的那些按語，有些是不符合事實的。胡風說，三年局面可以改變，毛主席認為是指蔣介石反攻大陸。實際上，胡風是說文藝界的局面。」胡喬木的這個說法是有佐證的：「陸定一說過，胡風案件要定『反革命』性質時，毛澤東找了他和周揚、胡喬木商談。毛澤東指出胡風是反革命，要把他抓起來。周揚和他都贊成，只有胡喬木不同意。最後還是按照毛澤東的意見辦，定了胡風為

『反革命』。」（陳清泉、宋廣渭著：《陸定一傳》第 399 頁，1999 年 12 月，中共黨史出版社）當年由中宣部派出參預審查「胡風案件」的、時任肅反小組辦公室副主任的王康也證實了胡喬木的說法：「胡喬木還說，他對毛主席的決定提出不同意見後，擔心自己的政治生命可能就要完了。」王康當時對胡風案稍有不同意見，立刻受到羅瑞卿的呵斥：「王康！你這個意見是個壞意見！」（王康：〈我參加審查胡風案的經歷〉，《百年潮》1999 年第 12 期）

5 月 18 日召開人大常委會第十六次會議，取消了胡的全國人大代表資格，批准逮捕胡風，是在胡逮捕後一天。對於這個程式顛倒的時間表，用胡風夫人梅志的話說：「在當時，這拘捕是否違反憲法，是完全無所謂的。」

這就是說當時建立的體制是，因個人崇拜而導致的領袖一人拍板的「民主集中制」。中共中央政治局擴大會議也罷，全國人大常委會也好，乃至憲法，在毛時代，形同虛設耳。

在隨後的 5 月至 6 月的黑色日子裏，一場席捲全國各地的搜捕大批知識份子的風暴開始了。被捕的還有：北京的路翎、綠原、徐放、謝韜、劉雪葦、牛漢、魯煤、杜谷、閻望、於行前、馮大海、李嘉陵……，上海的賈植芳、彭柏山、王元化、任敏、耿庸、王皓、王戎、張中曉、羅洛、何滿子、李正廉、顧征南、許史華、羅飛、張禹、梅林、滿濤……，天津的阿壟、魯藜、蘆甸、林希、李離……，南京的歐陽莊、化鐵、華田、洪橋……，浙江的冀汸、方然、孫鈿……，陝西的胡征……，湖北的曾卓、鄭思、伍禾……，湖南的彭燕郊……，廣東的朱谷懷……，遼寧的晉駝、侯唯動……，重慶的何劍薰、馮異……。能迅速提供這麼一份全國各地胡風分子的名單，當非周揚之輩莫屬也。這些文壇才華橫溢的詩人、作家、文藝理論家、批評家、編輯、出版家、翻譯家，還有高等學府及文化研究機構風華正茂的教授、專家、學者，都以他們的作品、著作及文化與教育上的業績，昭然地向世人表明他們作為文化人的身份，即在文學史上佔有一席之地者，也不乏其人；由本文

文末附錄當時被查禁的百部著作書目也可見一斑。可是在毛的筆下，這群文弱書生則成了：「過去說他們好像是一批明火執仗的革命黨，不對了。他們的人大都是有嚴重問題的。他們的基本隊伍，或是帝國主義國民黨的特務，或是託洛斯基分子，或是反動軍官，或是共產黨的叛徒，由這些人做骨幹組成了一個暗藏在革命陣營的反革命派別，一個地下的獨立王國。」其中，被正式判刑的只有三人：拖到 1965 年 11 月，胡風在北京被判有期徒刑 14 年，剝奪政治權利 6 年。（1969 年又改判無期徒刑，收監關押）1966 年 2 月，阿壠在天津被判有期徒刑 12 年。3 月，賈植芳在上海被判有期徒刑 12 年。

隨即在 1955 年 7 月 28 日，中央宣傳部查禁這些作家作品的〈通知〉下達全國。正如謝泳所言：從〈通知〉「開列的查封名單可以看出，這些作品絕大多數是歌頌新中國和抗美援朝的，譯作也都是馬列著作和革命文學，還有梅志的兒童文學。」〈通知〉全文，見文末「附錄」（轉自謝泳：〈一段不應該被忘記的歷史〉，2003 年第 1 期《黃河》）。「焚」了書又「坑」儒，所以毛直言不諱自比秦始皇；不過這裏只是為更大規模的「焚書坑儒」做成了一個二十世紀的樣板。

當時，胡風事件形成了一個聲勢浩大並震驚中外的「運動」，究竟株連、觸動了多少人呢？

據 1980 年 7 月 21 日《關於「胡風反革命集團」案件的複查報告》：「在全國清查『胡風反革命集團』的鬥爭中，共觸及了 2100 人，逮捕 92 人，隔離 62 人，停職反省 73 人。到 1956 年底，絕大部分作為受胡風思想影響予以解脫，正式定為『胡風反革命集團』分子的 78 人（內有黨員 32 人），其中劃為骨幹分子的 23 人。到 1958 年給予停職、勞教、下放勞動處理的 62 人。」許多胡風研究專家，如萬同林、戴光中等都認為，這是個很不完全的統計，並指出：胡風家鄉湖北蘄春縣中小學校的所有語文教師，就因交待胡風問題被停職審查了一年，而其中只有一個張恩是胡風的侄兒；事實，除此之外，沒有一位教師與胡風有任何關係。

其實，就在這年秋天，公安部經過調查，上述那些構陷已完全澄清，彙報到中央領導「肅反」的「十人小組」。經研究，小組成員公安部長羅端卿、中宣部長陸定一決定：將此事壓下，不上報毛澤東。倘若上報給一意孤行的毛，不僅難以改變既定之局，還怕有違毛的「戰略」部署，自找麻煩討苦吃。即使如此百般逢迎，他們兩位也還是在劫難逃，十年後步胡風後塵，也被關進了曾經關押過胡風的秦城監獄。

最近，2004 第 6 期《隨筆》上剛披露的，詩人賀敬之當年因胡風問題被隔離審查半年，「審查中對我到延安初期在《七月》雜誌發表兩首詩和解放初期胡風為我出版一本詩集，以及胡風到北京後我對他的幾次看望，進行了長時間的審問，並結合我的文章和創作在大會上進行了全面批判，最後給了我黨內嚴重警告（後改為黨內警告）的紀律處分。」在此之前，外界無人知曉。這是黨紀處分的例子，恐怕不屬《複查報告》所指的範圍之內。

據賈植芳指出：「關於我的問題，甚至『胡風反革命集團』案，在五七年也成為是『反右』的一項內容，不僅有一批聲張正義的教授們為此落馬，連一些平時與我接近的學生也沒有逃過。在五四（筆者按：『四』字應為『五』字之誤）年我出事以後，我教過的五四、五五兩個班學生也成了清查對象」。（賈植芳：《獄裏獄外》第 155 頁）

幸好，毛鑒於延安「搶救運動」的教訓，在 1955 年 6 月 3 日，由陸定一主持起草的《中央關於揭露胡風反革命集團的指示稿》中，特別交代了：「在中學生和小學生中不要去進行這種坦白的號召」。否則，其株連數目更難以想像。

與胡風事件幾乎同時發生的，還有一起「潘（漢年）揚（帆）反革命集團」冤案。潘漢年時任中共上海市委第三書記、上海市副市長，江蘇宜興人；往北京開會（中共全國代表會議於 3 月 21 日至 31 日，中共七屆五中全會於 4 月 4 日相繼召開）期間，於 1955 年 4 月 3 日夜晚在所下榻的北京飯店被秘密逮捕，連市長陳毅都不知情。與潘漢年有兄弟關係的南京大學校長潘菽、武漢新華社湖北分社社長潘梓年一

度遭株連。一時間，弟兄三個「反革命」竟在上海、南京、武漢三個長江重鎮「竊據」高位的傳聞，沸沸揚揚！

正如毛在 6 月 15 日的胡風材料的〈序言〉中所指出的那樣：通過胡風事件，「各種暗藏的反革命分子就會被我們一步一步地清查出來的。」1955 年 5 月，中共中央成立處理「胡風反革命案」的五人小組。7 月 1 日中共中央發出《關於展開鬥爭肅清暗藏的反革命分子的指示》後，處理「胡風反革命案」的五人小組，又發展擴大為中央「肅反」十人小組。於是，在全國範圍內，由胡風事件轉入了「肅反」運動，整肅在社會的各個層面上，主要以包括自由主義知識份子在內的各類知識份子作為對象而展開。因為《指示》作出肅反對象占 5% 的估計，至 1956 年底，「肅反」運動：在黨政軍民各機關、團體、廠礦、學校中，一共查出 8.1 萬多名「反革命分子」，有 130 多萬人交代了各種「政治問題」。（1957 年 7 月 18 日《人民日報》，轉引自萬著第 321 頁）在運動開展之初，即作出若干百分比的估計，為歷次運動直至「浩劫」所遵循；這種極端的主觀主義的按圖索驥，怎能不造成冤、假、錯案遍於國中的嚴重後果呢？

由此可見，胡風事件演變為政治事件後，具有前此任何一個政治運動所不可替代的的獨特性，對於此後的歷次政治運動，客觀上所起的負面的「推波助瀾」作用，是顯而易見的。

六

歷史怎能這樣任意塗寫？

其實，在胡風事件發生後，中國並不是個完全意義上的「無聲的中國」，在當時就有人發出了「胡風不是反革命」的聲音。敢說「不」字者，除高層有過那異見的聲音之外，中層和一般知識份子曾經表達過不同意見的聲音，意義重大。雖然微弱，但這不屈的聲音的存在，

在那個年代確是難能可貴的。這不屈的聲音之所以可貴，因為它是正義的，它是屬於人民的，它是屬於歷史的；任何悠長的歲月都改變不了人民和歷史的法則。

胡風長子張曉谷在〈沒有忘卻的記憶〉中曾提供一個情況：「父親還沒有平反時，大概是 1979 年初，我所在單位一個原來軍宣隊的同志告訴我，他的一個老戰友 1955 年在公安部工作，參與『胡風集團』案調查，沒過多久就得出結論：證據不足，不能定為反革命。報告送上去，最終的批示是：『是貨真價實的反革命』。此人也就調離了公安部門。」這裡所說的「送上去」，大概也止於中央十人小組，與上說恰好吻合。

1955 年 5 月 25 日，全國文聯和中國作協主席團召開有七百多人參加的鬥爭「胡風反革命集團」大會，翻譯家、美學家呂熒隻身一人登臺為胡風辯護：「胡風不是政治問題，是認識問題，不能說是反革命……」，話未容說完，就給扯下了台。此事，經毛在按語中點名，故很聞名；但絕非「六億一人」。

幾乎同時，即第二批材料公佈後，錢鍾書說：「胡風問題是宗派主義問題，他與周揚有矛盾，最後把胡風搞下去了。」（見《隨筆》2005 年第 1 期第 43 頁，原載高教部《北京大學典型調查材料・關於知識份子會議參考資料》〔第二輯〕第 52 頁）

當時一個名為何國芳的人在上海市委文藝工作委員會辦公室彙編了一個資料。該材料指出：「在普通知識份子中，還有少數人公開表示胡風的文藝思想是對的，認為對胡風的鬥爭太過份了。中國作家協會上海分會會員孔另境在討論會上說：『現在發表的批判文章千篇一律，沒有超過林默涵、何其芳的論點。』同時他又說：『林默涵、何其芳的文章早就被胡風駁倒了。』中國福利會兒童時代社田地說：『我過去對胡風派的詩很感興趣，現在也還看不出什麼問題來，如有人能寫出文章批倒胡風文藝理論，有創作出來的詩我就服了。』」「有些大學教授口頭上說胡風思想不值得批判，實際上有對立情緒。如復旦大學有

些教授、講師說：『這樣一來反而抬高了胡風。我們有資產階級思想，可是沒有資產階級學術思想』。該校外國語文系教授全增嘏（原文誤為「暇」字。筆者按）說：『胡風思想很混亂，沒有什麼道理，不值得批判。』外國語文系林同濟教授說：『胡風思想只能影響那些文化程度低的人，我們從封建社會來的有抗毒素』。」（見《內部參考》1955 年 102 期第 49 頁，新華社《參考消息》組編輯，北京。轉引自謝泳：〈一段不應該被遺忘的歷史——從一份被遺落的文檔看中國的政治文化〉，2003 年第 1 期《黃河》）

僅以上幾個事例可以證明，當時敢於在不同場合表示異見者，不認同胡風是「反革命分子」者，應該說還是大有人在的。不只是胡喬木、王康，至少還有這位公安幹部、呂熒、錢鍾書、孔另境、田地、全增嘏、林同濟等，「還有少數人」和「有些大學教授」持異議，否則，胡案的平反便失卻了廣泛的社會基礎了。

1955 年肅反和 1957 年鳴放期間，對於剛剛發生的胡風事件，在全國範圍內出現了強烈反彈的勢頭，絕不是偶然的。僅據中共中國人民大學委員會編輯的《高等學校右派言論選編》和復旦大學校刊編輯的《毒草集》和《明辨集》中，因「胡風問題」憤憤不平而被打成「右派分子」者有：

中國人民大學法律系學生林希翎，新聞系學生潘俊民、朱維民、韓洪棣，計畫系學生韓楓，財政系學生陳祖武，歷史系學生張藝文、蔣濟良、張可治、劉平、楊汝栩、朱福榮、羅旭暢，計畫系講師朱澄平，歷史系講師章起，馬列主義研究班研究生佟駿，新聞系譯員徐京安，檔案系助教馬馨，出版社編輯曹達夫，該校職員濮仲文等人。該書還收錄了清華大學 S.C，北京綱鐵學院章夢航、徐滌如、賈恩光、盧一安，四川大學龔薏、潘英懷、鄭尚可、馮元春，北京礦業學院洪念祖，山東大學楊學孝，同濟大學張雅微，北京大學崔德甫等人。（轉見萬同林著：《殉道者——胡風及其同仁們》，第 302 頁）

　　復旦大學王恒守教授在「肅反」時提出：「我過去以為胡風是黨員，共產黨分兩派，兩派爭權，胡風不得勢，後來探知胡風不是黨員，我想共產黨好比是和尚，胡風好比是居士，居士雖不出家，本領不一定比和尚差。」張孟聞教授：「賈植芳的問題不是政治問題，而是思想問題。」「雖然，我對賈植芳不認識，但可以肯定，他不是政治問題。盡管你們這樣說，我不這樣看的。」（轉引自賈植芳：《獄裏獄外》第154頁）

　　這自然是很零星的記載。據我所知：魯研專家閔抗生教授當年是南京師範學院中文系學生，時年 20 歲，也因胡風問題在一次鳴放會議上作了公正而客觀的講話，就被作為「右派分子」處理了。南京師範學院吳奔星教授因《茅盾小說講話》由泥土社出版，而軟禁兩星期，後被打成「右派分子」。由此可見，凡對胡風問題表示異議的大學生和在泥土社出版過書籍的作者均難倖免於禍從天降。

　　當時中國有 500 多萬知識份子，被打成「右派」的達 55 萬，達11%的比例。當然，包括這些未出校門而因胡風問題殃及的莘莘學子，還有許多這裏列名與沒有列名的、敢於仗義執言的大學教授們。

　　其中林希翎為胡風辯護的「右派言論」具有代表性。她說：「胡風如果是反革命，那為什麼他把自己的綱領提給黨中央呢？這不是自找苦吃嗎？不管他的綱領正確與否，是不能採取鎮壓的手段的。為什麼向黨中央提意見就是反革命呢？」「總之從三批材料看，不能說明胡風是反革命。」「說他們通信秘密，哪個人通信不是秘密的呢？說他們私人間的友誼是小集團。這就使得人相互不敢說真話，難怪有人說共產黨六親不認了！按照法律只有企圖推翻政權的才叫反革命分子，而胡風顯然不是這樣的。」這個認識，與 1980 年 7 月 21 日《公安部、最高人民檢察院、最高人民法院黨組〈關於「胡風反革命集團」案件的複查報告〉》的結論，完全一致：「沒有事實證明以胡風為首組織反革命集團。也沒有證據說明胡風有反對社會主義制度、顛覆無產階級政權為目的的反革命活動。因此，胡風不是反革命分子，也不存在一個

以胡風為首的反革命集團。胡風反革命集團一案應屬錯案錯判。」不
幸的是，這個林希翎的「反動言論」，比「複查結論」早了 23 年，犯
了時間的錯誤。1980 年 9 月 29 日，中共中央批轉這個報告的〈通知〉
說：「『胡風反革命集團』一案，是當時的歷史條件下，混淆了兩類不
同性質的矛盾，將有錯誤言論，宗派活動的一些同志定為反革命分子、
反革命集團的一件錯案。中央決定，予以平反。」

　　但是，好在歷史的結論，還得由人民來書寫；這不是任何違背人
民的意志所能決定得了的！

七

　　胡風事件的發生，本質上是（排除自由主義知識份子之外的）主
流社會的人們對社會認識的分歧而產生的衝突。毛認為：1949 年之後
的中國應是以瑞金－延安－北京為軸心的「蘇維埃」共和國的延伸，
其社會的政治、軍事、經濟、文化必須與之一以貫之。我們通常所說
的「計劃經濟」，其實就是「蘇維埃」式的經濟，其政治、軍事、文化，
也必須是「蘇維埃」式的。因此，這就使整個社會必須繼續處於「蘇
維埃」式的自我鎖國與對外封鎖的狀態，於是只能無奈地以自力更生
作為一條狹窄的出路。以劉少奇、周恩來為代表的一種觀點則認為：
1949 年之後的中國應告別蘇維埃共和國體制，應是向全新的人民共和
國邁進的開始，因施政對象已擴大到包括「蘇維埃」在內的全體人民，
其社會的政治、軍事、經濟、文化，應與「蘇維埃」有所不同。何況，
國家已經正名為「人民」共和國，畢竟已不是「蘇維埃」共和國了呢。
所以，必須努力打開閉關鎖國的狀態，以合世界潮流才是康莊之路。
因此，這「名實不符」與「名實相符」的矛盾與分歧，這兩種對中國
社會的認識的分歧的客觀情勢，就造成了在政治、軍事、經濟、文化
上兩種不同觀點的不可避免的碰撞、震盪與衝突。

　　如果說批倒劉少奇、彭德懷、孫冶方，分別是屬政治、軍事、經濟上的標誌性事件，那麼胡風冤案便是文化上的標誌性事件，而且為所有這些事件的前導。他們都是毛澤東要把整個中國從正常化、正規化、現代化的發展道路上，拉回到已無法回去的「蘇維埃」老路上的障礙物和犧牲品，這一點卻是一致的。中國畢竟是個泱泱大國，毛一心只手企圖反掉這個潮流，卻也十分了得。

　　《清宮秘史》，在今天看來是一部很平常的影片，當年為什麼被提升到「愛國主義還是賣國主義」這麼嚇人的政治高度呢？「文革」期間花費了那麼大力氣也沒有把如何「愛」如何「賣」說清楚，即使今天的人們，也說不清、道不明其真實內涵。但是，我以為，我們如果把它放在上述兩種分歧的治國理念上來理解，是不難尋找到應有的答案的。

　　這裏就文化而言，毛建築在固有的「蘇維埃」的治國理念的基礎上，對於文學乃至文化的思路，就必須堅持《講話》的原則決不動搖，因為它體現了「蘇維埃」的精神實質。而胡風原先認為在重慶與延安對待《講話》應有所不同，不能以教條主義對待之；後又認為 1949年後的北京，應與 1949 年之前的延安有所不同，《講話》已不能適應新情況，也不能以教條主義對待之。這是胡風在文學乃至文化上反對教條主義的重要貢獻。正如邵燕祥所指出的那樣：「說到『反對教條主義』，在王明倒臺之後，這個口號也就收了起來，時過境遷，竟成禁忌，歷史證明，在毛澤東時代教條主義大行其道，那教條卻已不是來自莫斯科的指示了。」(見邵燕祥：〈愧對馬克思〉，2004 年第 6 期《隨筆》)因此，這在文化上的反覆較量，幾乎充滿了整個毛的時代；這也是文藝界屢屢成為政治運動的重災區的緣由。較量的結果，終於在鄧小平時代，提出「文藝為人民服務，為社會主義服務」的口號。這也是包括胡風派在內，許許多多中共黨內與黨外文藝乃至文化工作者，以無數的犧牲和鮮血贏得的成果。

　　胡風事件，本質上是文學與政治的衝突，是置身中國主流社會的、直道而行的知識份子的代表人物，和繼續堅持「蘇維埃」的政治原則的政治家的衝突。這個運用專政方式處理文藝理論是非及其詩人與作家的舉措，是延安時期整肅王實味的繼續。對於縱橫捭闔的政治家來說，雖然有如快刀斬亂麻，可以收效於一時，然而，其手段無疑是卑劣而恐怖的，其代價無疑是巨大而慘烈的，其後果無疑是嚴重而久遠的，其影響無疑是廣泛而無法挽回的。而這些胡風事件的負面效應，正如賈誼在〈過秦論〉中所言：「然所以不敢盡忠拂過者，秦俗多忌諱之禁，忠言未卒於口，而身為戮沒矣。故使天下之士傾耳而聽，重足而立，鉗口而不言。」而這後果，卻只能由這個國家的人民，以一代人的時間來默默地、長遠地、痛苦地承受了。

　　1955 年 5 月，胡風事件發生過程中的、具有戲劇性的、像三級跳一樣的「急驟演變」，從以上接觸的資料看，並非中共高層充分醞釀、反覆討論、集體研究「按部就班」推進的；而帶有很顯著的隨機性。或者說，原先有個類似延安文藝座談會的「治病救人」的解決方案，像對待當年的蕭軍那樣；結果卻完全走了樣。從中國對內對外的政治走向上觀照，這個事件的發生，把 1954 年 9 月一屆人大制定國家《憲法》，1955 年 4 月中國參加有 29 個亞非國家與會的萬隆會議，中國有可能對內走上民主建國、對外和平外交的順利發展的現代化的進程阻斷了。從 1949 年起的中國，不斷有各種類型的知識份子逆離境出國潮從海外歸來，著名的如冰心、吳文藻、紅線女、馬師曾、老舍、吳祖光、蕭乾、鄧稼先、錢學森等等，投身祖國建設；在這期間，東南亞各國歸國學習、工作的華僑學生亦絡繹不絕。但在 1955 年發生震驚中外的胡風事件之後，這個方興未艾的、來往自由的、利國利民的、正常進步與發展的勢頭已不復存在了（筆者按：次年 2 月《中共中央對〈爭取留學生回國工作組關於爭取尚在資本主義國家留學學生回國問題的報告〉的批示》，中央已感到事態嚴重，認為急需補救，「目前具有重要的意義」，要求在大約三年時間內將尚在資本主義七千人留學生

尤其以美國為重點的留學生，可以回國的基本上爭取回國，今年要求爭取一千人，並發出號召與動員。其結果，正如人們所知道的那樣，自然是一廂情願，不了了之。）從此中國即毫不徘徊而徹底地向閉關鎖國的「蘇維埃」式的回頭路走去，與二戰後蓬蓬勃勃發展的世界南轅北轍，而且這個逆向勢頭不惡化到國家經濟瀕臨崩潰的邊緣，不撞到南牆上是不會回頭的。而此刻，包括海內外的炎黃子孫的「天下之士」，都只能「傾耳而聽，重足而立，鉗口而不言」（〈過秦論〉）也。因此，反覆較量的結果，終於在鄧小平時代，提出深得民心的「對內改革，對外開放」的大政方針，中國正常化、正規化，乃至現代化進程的「時間開始了！」才真的開始了！這歷史的答案，順應了人民的、也是世界的潮流。

胡風事件雖發端於文學，但它在被提升到政治事件之後具有的轉折意義，及其波動全局幾十年的教訓，無疑是極其深刻的，也是值得人們深思的；差之毫釐，失之何止萬里耶！

主要參考資料：

1. 《毛澤東選集》，人民出版社。

2. 《魯迅全集》，人民文學出版社。

3. 《關於胡風反革命集團的材料》，人民出版社，1955 年 6 月第 1 版。

4. 《胡風全集》，湖北人民出版社，1999 年 1 月第 1 版。

5. 《我與胡風》，主編：曉風，寧夏人民出版社，1993 年 1 月第 1 版。

6. 《殉道者》，作者：萬同林，山東畫報出版社，1998 年 5 月第 1 版。

7. 《文壇悲歌》，作者：李輝，花城出版社，1998 年 1 月第 1 版。

8. 《胡風傳》，作者：戴光中，寧夏人民出版社，1994 年 12 月第 1 版。

附錄

中央宣傳部關於胡風及胡風集團骨幹分子的著作
和翻譯書籍的處理辦法的通知

（1955 年 7 月 28 日）

上海局；各省（市）委，內蒙古、新疆自治區委、西藏工委宣傳部；文化部、高等教育部、教育部各黨組：

關於胡風及胡風集團骨幹分子的著作和翻譯的書籍，經請示中央暫作如下處理，望即執行：胡風和胡風集團骨幹分子的著作和翻譯的書籍，一律停止出售和再版；其中翻譯部份的書籍如需出版，必須另行組織重譯。

公共圖書館，機關、團體和學校的圖書館及文化館站中所存胡風及胡風集團骨幹分子的書籍，一律不得公開借閱，但可列入參考書目，具體辦法由文化部另行擬定。

由高等教育部及教育部負責清查在教科書及教學參考書中所採用過的胡風及胡風集團骨幹分子著作的情況，並根據上述原則迅速提出處理辦法。

附來應停售和停版的胡風及胡風集團骨幹分子的書籍目錄。這個目錄是不完全的，在執行中由文化部加以補充。

附件：應停售和停版的胡風及胡風集團骨幹分子的書籍目錄

1. 胡風：《論民族形式問題》、《密雲風習小記》、《光榮贊》（以上是海燕書店出版）、《歡樂頌》（海燕書店、天下圖書公司出版）、《為了朝鮮，為了人類》（人民文學出版社、天下圖書公司出版）、《人環二記》、《劍、文藝、人民》、《論現實主義的路》、《棉

花》（須井一郎著）、《文藝筆談》、《人與文學》（高爾基著）（以上是泥土社出版）、《安魂曲》（天下圖書公司出版）、《從源頭到洪流》、《和新人物在一起》（以上是新文藝出版社出版）、《山靈》（張赫宙等著）（文化生活出版社出版）、《在混亂裏面》、《為了明天》（以上是作家書屋出版）、《逆流的日子》（希望社出版）、《美國鬼子在蘇聯》（吉姆・朵爾著，泥土社出版）。

2. 劉雪葦：《論文一集》（另名《過去集》）、《兩間集》、《論文二集》（以上是新文藝出版社出版）、《魯迅散論》（華東人民出版社、新文藝出版社出版）、《論文學的工農兵方向》（新文藝出版社、海燕書店出版）。

3. 阿壠（亦門）：《作家的性格和人物創造》、《詩是什麼》（以上是新文藝出版社出版）、《詩與現實》（五十年代出版社出版）、《中朝友誼海樣深》（浙江人民出版社出版）。

4. 綠原：《集合》、《大虎和二虎》（以上是泥土社出版）、《又是一個起點》（海燕書店出版）、《從一九四九年算起》（新文藝出版社出版）、《黎明》（梵爾哈倫著、新文藝出版社、海燕書店出版）、《文學與人民》（喬瑞里等著，武漢通俗圖書出版社出版）、《蘇聯作家談創作》（薇拉・潘諾娃等著，中南人民文學藝術出版社出版）。

5. 魯藜：《李村溝的故事》、《時間的歌》、《星的歌》、《槍》（以上是新文藝出版社出版）、《鍛煉》（海燕書店出版）、《紅旗手》（作家出版社出版）、《未來的勇士》（通俗讀物出版社出版）。

6. 蘆甸：《我們是幸福的》（文化工作社出版）、《浪濤中的人們》（作家出版社出版）、《第二個春天》（新文藝出版社出版）。

7. 路翎：《朱桂花的故事》（作家出版社、知識書店出版）、《英雄母親》、《祖國在前進》（以上是泥土出版社出版）、《在鍛煉中》、《求愛》（以上是海燕書店出版）、《板門店前線散記》（人民文

學出版出版）、《平原》（作家書屋出版）、《迎著明天》、（天下
出版社出版）、《財主的兒女們》（希望社出版）。

8. 冀汸：《橋和牆》、《喜日》、《這裏沒有冬天》（以上是新文藝出
版社出版）、《有翅膀的》（泥土社出版）。

9. 梅志：《小紅帽脫險記》、《小面人求仙記》（以上是新文藝出版
社出版）、《小青蛙苦鬥記》（天下出版社出版）、《小紅帽》（梅
志原著，劉思平改編，文化供應出版社出版）。

10. 羅洛：《春天來了》、《技巧和詩的構思》（那蔡倫柯著）（以上
是新文藝出版社出版）、《人與生活》（泥土社出版）。

11. 方典：《向著真實》（新文藝出版社出版）。

12. 張禹：《我們的臺灣》（新知識出版出版）、《文學的任務及其它》
（泥土社出版）。

13. 耿庸：《從糖業看臺灣》、《論戰爭販子》、《〈阿Q正傳〉研究》
（以上是泥土社出版）、《他就是你的仇人》（文化工作社出版）。

14. 牛漢：《祖國》（五十年代出版社出版）、《彩色的生活》（泥土
社出版）、《在祖國的面前》（天下出版社出版）、《愛與歌》（作
家出版社出版）。

15. 化鐵：《暴風雨岸然轟轟而至》（泥土社出版）。

16. 賈植芳：《住宅問題》（恩格斯著）、《論報告文學》（基希著）、
《俄國文學研究》（謝爾賓娜等著）（以上是泥土社出版）、《契
訶夫戲劇藝術》（巴魯哈蒂著）、《契訶夫手記》（契訶夫著）（以
上是文化工作社出版）、《近代中國經濟社會》（棠棣出版社出
版）。

17. 滿濤：《櫻桃園》（契訶夫著）、《狄康卡近鄉夜話》（果戈里著）
（以上是人民文學出版社出版）、《契訶夫與藝術劇院》（史坦
尼斯拉夫斯基著）、《別林斯基選集》（第一卷、第二卷）（以上
是時代出版社出版）、《別林斯基美學中的典型問題》（安德莫

夫著）、《文學的戰鬥傳統》（果戈里著）（以上是新文藝出版社出版）。

18. 呂熒：《葉甫蓋尼・奧涅金》（普希金著，人民文學出版社出版）、《仲夏夜之夢》（莎士比亞著，作家出版社出版）、《列寧論作家》、《關於工人文藝》（以上是新文藝出版社出版）。

19. 徐放：《趕路集》（作家出版社出版）、《野狼灣》（五十年代出版出版）。

2005 年 2 月 25 日於南京寓所

2005 年 3 月 31 日第二次修改

2007 年 8 月 31 日第三次修定

（原載 2005 年第 3 期〈粵海風〉、2005 年第 2 期〈魯迅世界〉）

馬克思、倫勃朗與阿壠

——1949 年後關於文藝問題批判的「第一槍」

> 要開作一枝白色花——
>
> 因為我要這樣宣告，我們無罪，
>
> 然後我們凋謝。
>
> ——阿壠

一

前幾天，我從中央電視臺獲悉，今年是「倫勃朗年」，也是荷蘭大畫家倫勃朗誕辰 400 周年。於是，我從「倫勃朗」年，想起馬克思恩格斯所說的「倫勃朗化」；再由馬恩的「倫勃朗化」，想起當年因論及「倫勃朗化」而遭錯誤批判的阿壠。本文題目，就叫「馬克思、倫勃朗與阿壠」罷。

如果說 1951 年對影片《武訓傳》的錯誤批判，是 1949 年後的第一場大批判（所稱「大批判」恰如其分，因為相對而言還會有「中批判」、「小批判」之類），那麼比這第一場大批判還早一年的、1950 年對阿壠的錯誤批判，則是 1949 年後的嚴格意義上的「第一場」批判（這場「小批判」，即從 1948 年在香港的中共黨員作家通過《大眾文藝叢刊》批胡風的「中批判」而來）。

用胡風的話說，這是 1949 年後，機械論者急速射出的「第一槍」。其實也是幾年前對王實味（1906-1947）的批判，在 1949 年後的繼續，而胡風對這位北大老同學王實味的遭遇為其前導，當時可能還不這麼看吧。

這個聯想，則又由羅飛先生的〈為阿壠辯誣──讀馬克思恩格斯合寫的一篇書評〉（見《粵海風》2006 年第 2 期）引起。羅先生是阿壠當年的友人，批阿壠事件唯一僅存的當事人兼見證人；他以耄耋之年，撰數萬字長文為友辯誣，其高義令人感佩。這「第一槍」對阿壠的批判，雖然規模不大，但卻觸及了馬克思恩格斯關於文藝問題的一個重要論斷。馬恩在這篇書評中，提出了著名的要「倫勃朗化」而不要「拉斐爾式」的命題。阿壠尊崇馬恩的這個觀點，並於 1950 年 3 月 10 日在梅志、羅洛、羅飛編輯的，由上海出版的文學月刊《起點》上，發表〈略論正面人物與反面人物〉一文，向中國文藝界介紹、闡述了這個文學觀點。但是，阿壠旋即遭到由周揚指令的史篤（蔣天佐），於 1950 年 3 月 19 日《人民日報》發表〈反對歪曲和偽造馬列主義〉一文，以「歪曲」和「偽造」的政治大帽子的嚴厲批判。史文說：「我們一方面要進行最廣泛地傳播馬列主義學說的通俗化的工作；另一方面為了保持馬列主義學說的純潔性，就必須揭露一切馬列主義偽裝，使它們在群眾面前露出原形來。」（見《胡風文藝思想批判論文彙集·二集》第 101 頁）這真可以用得上，「巧言令色，鮮矣仁」了。

至於周揚、史篤栽贓阿壠「隱瞞」馬恩所評兩書作者秘密警察特務身份的問題，羅飛已有很好的辯駁，可見羅飛〈為阿壠辯誣──讀馬克思恩格斯合寫的一篇書評〉文，此處恕不枝蔓。

我以為，論爭的核心，是文藝作品對革命派領袖的描寫，要不要以「靈光圈」來神化的問題。

我在〈緣何一篇散文塵封了半個世紀之久？──讀孔另境「南國之春──記張秋人、蕭楚女和毛澤東一二瑣事」有感〉（載 2004 年《南京作家》第 1 期）〔筆者按：孔另境（1904-1972）於 1949 年 2 月在上

海創作的〈南國之春〉一文，因記述了毛的瑣事，1949年後一直無法發表，歷時53年，首發於2002年3期《新文學史料》〕一文中，評論了孔另境在作品中對毛澤東的描寫時，認為：孔氏「只能寫出二十三年前（即1926年於廣州），在記憶中存留於『南國之春』的毛，一個本來就沒有看見其頭頂上閃耀光環的毛。惟其如此，一個態度沈著、理智極強、獨來獨往而胸懷大志的毛，與生性好贏不服輸、餘暇賭賭小錢、偶爾耍賴敗露並不向部下蕭楚女，發雷霆之怒的毛，躍然紙上。」這評論算不得什麼，竟然與阿壠欣賞高爾基在〈憶列寧〉中，對列寧下棋的描寫不謀而合：「列寧和波格達諾夫下棋，可是輸了，他生起氣來，甚至懊喪得像個小孩」（轉自《我與胡風·增補本·下》第866頁）；而這又與馬克思、恩格斯關於文學作品，要「倫勃朗化」不要「拉斐爾式」有關，與馬恩反對以「靈光圈」來神化革命派領導人的論斷相吻合。同時覺得，倘把孔另境〈南國之春〉，放到1950年史篤「嚴厲批判」阿壠的語境裏，更可清晰判明這篇作品，之所以湮沒無聞的「時代背景」。

1950年3月21日阿壠不得不致函《人民日報》，3月26日《人民日報》將此函加工並加上按語，以〈阿壠先生的自我批評〉的題目公開發表。

倘若，僅從當年公開發表的上述三篇文字看，論爭似以史篤的「絕對正確」與阿壠的「絕對錯誤」，並公開檢討而在三月間即告結束。實際情況，並不是這麼回事。現從羅飛上文獲悉，阿壠當時就不服，1950年5月4日寫了近兩萬字長文為己辯解，遭到周揚的斷然拒絕而始終未獲發表。同時獲知，阿壠的反批評與周揚的退稿信，歷經劫難幸好被完好地保留了下來，也留下了那一頁難以磨滅的歷史。

退一萬步說，即使阿壠所引馬恩譯文有誤，闡述有錯，那也只是限於馬恩關於文藝方面幾個辭語及其理解上的差錯，與馬克思主義的三個組成部分：哲學、政治經濟學、科學社會主義並無關聯；更不必說列寧主義了。但是，史篤硬是將文藝問題無限上綱到「歪曲和偽造

馬列主義」的高度。其文風之霸道、態度之專橫、置論敵於死地的兇狠，不只是史篤個人的作派問題，而是 1949 年後的知識界、文化界，乃至全社會，將以批判為支點，通過文學的槓桿，開啟泛意識形態化、泛政治化的時代，而留下的一個最初的烙印。這個風氣，到八十年代中期方見衰微；但時不時，還有露頭的，今天怕是還未完全滅絕。

何況，經以下查對，譯文差錯及其詮釋，並不在阿壠而在史篤本人呢！

面對如此高壓的態勢，胡風於 1954 年《三十萬言書》〈關於陳亦門同志〉的一小節中，和年底文聯主席團、作協主席團聯席擴大會議上，以捨我其誰的氣魄，先後兩次為阿壠仗義執言。胡風說：「給他（阿壠。筆者按）戴上了這樣可怕的帽子，這就使得小人物不敢獨立自主地主動地去追求馬克思主義，只好背誦領導人已經說過的話了，美其名說是保護馬克思主義的純潔性，但卻用『偽造馬克思主義』的帽子去打擊對於馬克思主義的追求，實際上是把小人物拒絕在馬克思主義的門外，使馬克思主義成了專利品。」（《胡風全集》第 6 卷第 449 頁）而這次擴大會議，恰恰是次為了打擊胡風的「引蛇出洞」的大會。

而這又正好，為兩年後大規模的「反右運動」的「陽謀」，預演了一個可如法炮製的樣板。

辯解不僅毫無效果，竟成「反攻」的罪責，轉瞬之際，辯解人胡風，當事人阿壠，及其許許多多友人卻遭致「胡風反革命集團」之莫須有罪名，更嚴厲的批判、討伐乃至鎮壓，這就是史稱 1955 年的胡風事件。

而史篤的〈反對歪曲和偽造馬列主義〉一文，後又以「勝利者」的姿態，被收入 1955 年 5 月反胡風運動高潮中，由作家出版社出版的《胡風文藝思想批判論文彙集·二集》。

隨著 1955 年 5 月「胡案」的發生，胡風、阿壠，還有阿壠文章的發稿人梅志、羅洛、羅飛相繼入獄，這一公案歸於沉寂。雖然，當事

人阿壠 1980 年在政治上予以平反，此公案五十六年來，卻無人道及，直到此次由羅飛重新提出。

二

現將當時所爭論的焦點，馬克思恩格斯的一段論述抄錄如下：

> 如果用倫勃朗的強烈色彩把革命派的領導人——無論是革命前的秘密組織裏的或是報刊的，或是革命時期中的正式領導人——終於栩栩如生地描繪出來，那就太理想了。在現有的一切繪畫中，始終沒有把這些人物真實地描繪出來，而只是把他們畫成一種官場人物，腳穿厚底靴，頭上繞著靈光圈。在這些形象被誇張了的拉斐爾式的畫像中，一切繪畫的真實性都消失了。
>
> 固然，現在探討的這兩本著作已經去掉了二月革命「偉人」以往常常穿著的厚底靴和靈光圈，深入了這些偉人的私生活，讓我們看到了他們身穿便服的形象和他們周圍的形形式式的配角。但是，他們並沒有因此而稍微真實地描繪了人物和事件。（中共中央馬恩列斯著作編譯局編譯《馬克思恩格斯全集》第 7 卷，人民出版社出版 1963 年版 313-314 頁。亦見北京師範大學中文系文藝理論教研室編《文藝理論學習參考資料》上卷，春風文藝出版社 1981 年版第 713-714 頁）

這裏所錄的譯文，係出自中共中央馬恩列斯著作編譯局，應該是最標準、最典範、最權威的譯文了。我們只有以這個典範譯文為準繩，客觀比較阿壠和史篤所據的譯文，才能對這個公案作出公正的判斷。

1950 年阿壠所據譯文，是樓適夷於抗戰期間從日文轉譯過來的：

> 無論在革命前，在各種的結社和印刷品上面，或者是社會革命之後處於公開的地位上了，對於一切黨的運動底前驅者，以充滿全生命的堅實的象徵風的色彩加以描寫，是多麼使人渴望的事情。而從來的描寫，決不是在現實的姿態中寫出這種人物來，他們總是被寫得神乎其神，寫他們底公式的形態——腳穿短靴，頭帶神光。這種神化了的拉斐爾風的肖像畫，是失卻一切描寫底真實性的。
>
> 這裏有兩部作品，是完全拋棄了從來的二月革命的「偉人們」所帶著出現的短靴和神光的。它深入到這班人物底私生活中，使他穿上普通的服裝，而和形形式式的跟在周圍的人物一起，指示給我們看。但是，雖然如此，離開現實的人物和事件的忠實描寫，還遠得很。

史篤自詡所據「比較正確的」並用以批判阿壠的譯文，是從美國國際出版社 1947 年出版的《馬克思——恩格斯論文藝》的英文轉譯過來的：

> 最渴望不過的事是把大革命之前在秘密結社裏或報館裏的、或者革命之後身居官職的、那些站在革命政黨的首腦地位的人們終於用強烈的冷布蘭德式的色彩描繪出了他們的一切生動的品質。這些人們向來沒有被描繪成他們的真實的樣子；他們是被表現作**官場**人物，穿著短統靴，頭上發出暈光。在這種拉斐爾式的美的神化之中，失掉了全部的繪畫的真實性。
>
> 這裏所**批評**的兩本書是擺脫掉二月革命的「大人物們」向來帶著的短統靴和暈光了。它們走進了這些人的私生活，表現穿著**拖鞋**的他們，和他們的全體各種**侍從們**在一起。但這並不是說這兩本書絲毫較接近於對人物和事件的真實描寫。（黑體字為筆者所加。下同）

由於所據語種和譯者的不同，不僅後兩種譯文之間有差異；而且後兩種譯文，與第一種直接從德文翻譯過來的譯文相比較亦有差異，而究竟誰差異更大，可一目了然。有差異不足為怪，就怕處心積慮。

因為阿壟贊同並引用了馬恩的這段譯文，認為文學作品對革命領導人的神化，「並不是使他們高於一切人，而是使他們不食人間煙火，超越了現實即脫離了現實；而是剝奪了他們底原來就極充沛的全生命，喪失了他們底應該如實的血肉和性格。這樣，在這個公式之中，他們底人格被抽象了，他們底生活和活動不存在也不相干了，我們所看到的，不是『社會人』而是概念，不是真實的人物而是空洞的以至虛偽的影子，不是他們底偉大和親切，而是那種離奇以及庸俗。」

而史篤根據譯文並加引申，對阿壟大加討伐，「馬克思正是教導作家們掌握真正的、具有深廣的政治內容和思想的現實主義，而在反對非現實的神化的描寫的同時，反對了『深入私生活的』把革命領袖人物的尊嚴卑俗化的描寫。但是這位引用者（指阿壟。筆者按）恰恰割棄了深廣的政治內容和思想，拿出描寫私生活，**拖鞋和侍從**的、庸俗化了的、沒落階級的法寶對大家說：『這就是馬克思的現實主義！』」

這裏史篤所用「**拖鞋和侍從**」，是從他所據的譯文，「它們走進了這些人的私生活，表現穿著**拖鞋**的他們，和他們的全體各種**侍從**們在一起」而來，為阿壟所據譯文所無；亦為上述典範譯文所無。

阿壟所據這句話的譯文為，「它深入到這班人物底私生活中，使他穿上普通的便服，而和形形式式的跟在周圍的人物一起，指示給我們看。」

這兩種譯文，與上列第一種譯文：「深入了這些偉人的私生活，讓我們看到了他們身穿便服的形象和他們周圍的形形式式的配角」，進行比較，哪個更接近典範譯文呢，讀者當不難判斷。而史篤為了渲染所謂庸俗化的目的，竟然以論敵譯文中沒有的辭語「**拖鞋和侍從**」，向論敵潑了過去。更不必說史篤把馬恩這段譯文中沒有的內容硬塞給馬恩：「馬克思正是教導作家們掌握真正的、具有深廣的政治內容和思想

的現實主義」，然後再給論敵強加上「恰恰割棄了深廣的政治內容和思想」的大帽子了。至於馬恩明確地反對「靈光圈」的神化，並不反對「私生活」的描寫，這是要「倫勃朗化」而不要「拉斐爾式」的必然邏輯；可是史篤卻把「反對了『深入私生活的』把革命領袖人物的尊嚴卑俗化的描寫」，栽到馬恩的頭上。這豈不是明目張膽地把馬恩：要「倫勃朗化」而不要「拉斐爾式」，顛倒成要「拉斐爾式」而不要「倫勃朗化」了嗎？史篤之所以歪曲馬恩的原意，因為在他的心目中，「革命領袖人物的尊嚴」是至高無上的，否則，便是所謂「卑俗化的描寫」。這當然與史篤故意將馬恩的「現在探討的這兩本著作」，曲譯成「這裏所**批評**的兩本書」有關。「探討」變成了「**批評**」，中性詞變成否定詞，於是馬恩並「不反對『私生活』的描寫」，也就被史篤曲解成馬恩「同時」「反對『私生活』的描寫」了。其結果必然造成：馬恩在同一句話裏，既反對神化也不反對神化，或先反對神話後又不反對神話，而其邏輯自相矛盾的假相。

什麼是馬克思所說的「倫勃朗化」和「拉斐爾式」呢？

馬克思所說的「倫勃朗化」，是指倫勃朗（1606-1669）繪畫創作，將《聖經》故事與希臘神的題材，以色彩強烈的方法，加以世俗化處理的特點，他能夠使遠離塵埃的神聖、神明，和現實生活相通相近，從而使人物形象與社會生活得到了栩栩如生的反映。

馬克思所說的「拉斐爾式」，是指拉斐爾（1483-1520）繪畫創作，為了反映當時教會上層的意願，將宗教題材加以理想化、神聖化處理的特點，聖母頭頂加帶靈光圈，其結果喪失了繪畫的真實性。

簡而言之，阿壠根據馬恩對文學真實性的要求，認為文學創作應該遵循馬恩的教導，應該「去掉了二月革命『偉人』以往常常穿著的厚底靴和靈光圈，深入了這些偉人的私生活，讓我們看到了他們身穿便服的形象和他們周圍的形形式式的配角」的觀點，在周揚背後指使、史篤登臺表演、以《人民日報》為陣地的，嚴厲批判阿壠的聲浪中，迅雷不及掩耳地被打壓了下去而予以封殺。這場對於阿壠的批判的結

果，對於中國的文學藝術來說，必然「只是把他們畫成一種官場人物，腳穿厚底靴，頭上繞著靈光圈」，「形象被誇張了的拉斐爾式的畫像」，一步步地佔據了「畫廊」乃至全部文藝的中心。

在這種情勢下，包括孔氏的〈南國之春〉在內的，一切描繪「偉人的私生活，讓我們看到了他們身穿便服的形象和他們周圍的形形式式的配角」的、具有真實性的「瑣事」的作品，當然都沒有了露頭的希望與發表的可能了，乃至到諱莫如深的地步。因而，孔氏的〈南國之春〉能劫後猶存，實彌足珍貴。

馬克思在致斐‧拉薩爾（1859 年 4 月 19 日）信中寫道：

> 這樣，你就能夠在更高得多的程度上用最樸素的形式把最現代的思想表現出來，可是現在除宗教自由以外，實際上，國民的一致就是你的主要思想。這樣，你就得更加莎士比亞化，而我認為，你的最大缺點就是席勒式地把個人變成時代精神的單純的傳聲筒。（《馬克思恩格斯全集》第 29 卷，574 頁。亦見北京大學中文系文藝理論教研室編《馬克思、恩格斯、列寧、史達林論文藝》，人民文學出版社 1980 年 7 月北京第 1 版，第 90-91 頁）

什麼是馬克思所說的「莎士比亞化」和「席勒式」呢？
據北大版編者注釋，簡捷而明瞭：

> 馬克思所說的『莎士比亞化』，是指莎士比亞戲劇創作上的現實主義特點，即他能夠從現實生活而不是從抽象觀念出發，通過生動豐富的情節描繪，以及鮮明的性格刻劃等，對社會生活作出深刻的反映。
> 馬克思所說的『席勒式』，是指席勒作品中所表現出來的創作傾向，即在一定程度上忽視了藝術創作的特點，而使作品的主人公變成某種抽象的道德觀念的化身。（見該版書第 94-95 頁）

　　馬恩在上述書評中所指出的描繪「革命派的領導人」的文學真實性，質而言之，便是要求「倫勃朗化」，而不要求「拉斐爾式」；這個比喻，與馬克思對於戲劇創作要求「莎士比亞化」，而不要求「席勒式」的比喻，就其形象、鮮明並深中肯綮而言，是完全可以媲美的。我們倘若參照馬克思的要求「莎士比亞化」，而不要「最大缺點」的「席勒式」，便更有助於我們對馬恩要求「倫勃朗化」，而不要「拉斐爾式」的正確理解，也有助於我們正確判斷阿壠與史篤當年的理論是非。馬恩所指的「頭上繞著靈光圈」的「形象被誇張了的拉斐爾式的畫像」與「席勒式地把個人變成時代精神的單純的傳聲筒」，都是忽視了創作規律與特性的文藝作品，終於變成抽象概念的宣傳品的例子。

　　只要有史篤們在政治權力者支持下，提出「掌握真正的、具有深廣的政治內容和思想的現實主義」的強力訴求，並經過周揚們、姚文元們一波緊接一波的強力推進，閹割文藝的特性，將文學與政治之間劃上等號，圖解政治，為泛政治化時代推其波而助其瀾，就會有文學理論上的機械論、批評上的庸俗社會學、創作上的公式化概念化，大行其是。以致文藝，為造神運動，竭盡功高蓋世之勞。

　　其風盛行，愈演愈烈，「文革」期間甚囂塵上，致使八億人口的泱泱大國，只剩下「把個人變成時代精神的單純的傳聲筒」的席勒式的八個樣板戲；還有「形象被誇張了的拉斐爾式的畫像」的〈毛主席去安源〉，以及其時在全國大學校園裏，於派仗中蜂擁而起的領袖塑像。

　　其結果：食人間煙火的倫勃朗化與不食人間煙火的拉斐爾式，反差越來越大，相去越來越遠。

　　1950 年這第一場文藝論爭，轉變為不容探討、爭辯的第一場批判，教訓是深刻的。這麼多年來，並未得到認真的清算和認真的吸取。而緊隨其後幾十年間的文藝實踐，卻與馬恩的這個文學主張，反其道而行之：與馬恩所反對的「拉斐爾式」、「席勒式」越來越近，有過之而無不及；而與馬恩所倡導的「倫勃朗化」與「莎士比亞化」則越來越遠，惟避之而恐不及。致使中國的文藝，從此走上與馬恩這個論斷，

南轅北轍的漫漫不歸之路；以至浩劫中「從來就沒有什麼救世主」的樂曲，被「他是人民的大救星」的歌聲所漸漸淹沒。對於今天的文藝家們來說，馬恩的這個論斷，怕是早就陌生化了。

由於這第一槍的「得手」，以革命名義的「批判」與革命的「靈光圈」之間，便造成了一種互動，作用力與反作用的，惡性循環的互動：越是「批判」，「靈光圈」越是放大；「靈光圈」越是放大，「批判」越是猛烈；「批判」越是猛烈，「靈光圈」越是大放光芒，以至無窮無疆，……。最終，不得不頭撞南牆方知回，……

而阿壟，便是站立在這個「差之毫釐，相去萬里」的，最初岔道口上被「壓碎」的「第一人」。

三

阿壟何許人也？

對 1949 年後向國人介紹並闡述馬克思的要「倫勃朗化」而不要「拉斐爾式」的「第一人」的阿壟，從文學理論上最早有根有據地向文藝界提出不要神化革命領導人的阿壟，連同這個文學上「第一次」批判事件的本身，今天似乎亦陌生化了，所知者已微乎其微了。因此這裏，將半官方撰寫的阿壟生平，抄錄如下，以免讀者的舉手之勞，還是很有必要的。

> 阿壟（1907-1967）中國文藝理論家、詩人。原名陳守梅，又名陳亦門，浙江杭州人。早年就讀於上海工業專科大學，為國民黨中央軍校第十期畢業生。參加過淞滬抗戰，寫有《閘北打起來了》等報告文學。1939 年到延安，在抗日軍政大學學習。後在重慶國民黨陸軍大學學習，畢業後任技術教官。其間，做過不少有益於革命的工作。1946 年在成都主編《呼吸》。次年

遭國民黨當局通緝。建國後任天津市文協編輯部主任。1955 年因胡風案被捕，1980 年獲平反。著有長篇小說《南京》，詩集《無弦琴》，文藝論集《人和詩》、《詩與現實》、《作家的性格與人物的創造》等。（見上海辭書出版社 1999 版《辭海》第 1205 頁「阿壠」條目，封面題字「辭海」兩字：江澤民）

所記「做過不少有益於革命的工作」過於簡略。這裏稍做補充。

據黎辛的〈關於「胡風反革命集團」案件〉一文：「有人還聽到胡喬木說：周總理看到『胡風反革命集團』第三批材料後說過：『阿壠是我方的地下情報人員，給我方送軍事情報的，中宣部和統戰部要注意這個問題。』」（《新文學史料》2001 年第 2 期）作為國家總理的周的這個重要證詞，也只是說說而已，其對詩人阿壠的被逮捕、判刑，乃至瘐死獄中卻毫無解救作用；即使不到一年時間查清這個證詞，確鑿無疑，終因「欽定」誰也奈何不得；這哪裡是中宣部和統戰部管得了的呢！王增鋒發表〈還阿壠以真實面目〉（《新文學史料》2001 年第 2 期）一文，對阿壠向中共提供軍事情報的具體情況，作了介紹，撮要如下：

其一，通過上海胡風轉送軍事情報，由胡風、廖夢醒、張執一證明，並「從中央有關部門歷史檔案查出：1947 年 6 月 24 日上海我黨一秘密電臺所發出的一份《蔣進攻沂蒙山區計畫》的情報，與阿壠、胡風、廖夢醒、張執一等人所談相符。」

其二，是通過南京鄭瑛供給軍事情報，1948 年 11 月 12 日、13 日、18 日，12 月 12 日、29 日共五次。這份時間留底存天津市公安局。由鄭瑛、張棣華證明。

其三，是通過杭行（即羅飛，下同。筆者按）在胡風家中給上海地下黨送了三批情報，由杭行、蔡熾甫證明。

其四，是通過方然為浙江游擊隊送軍事地圖，由方然、蔡熾甫證明。

由於胡風親口向在國統區工作的周恩來，請示過阿壟的情報工作，且阿壟提供的情報在質與量方面均屬上乘，故為周所熟知。否則，周見第三批材料時，不可能脫口而出：「阿壟是我方的地下情報人員，給我方送軍事情報的」。

其實，胡風早在 1954 年的《三十萬言書》中正式向高層書面報告過，親自在阿壟與廖夢醒之間經手情報的情況。但所有這些，無人理會，因為戰爭的硝煙早已消散，沒有硝煙的筆戰即將拉開大幕。

這裏所稱長篇小說《南京》，已改名《南京血祭》，由人民文學出版社出版。這是反映 1937 年底國民政府首都南京淪陷，中國軍隊潰退和日本侵略軍滅絕人寰的南京大屠殺的長篇小說，第一部也是迄今唯一的一部。當年曾獲全國抗敵文協徵文評獎的第一名。但不知這本小說，現在的侵華日軍南京大屠殺紀念館，是否陳列，或作為該館紀念品出售部的圖書，向參觀者提供？

正因為對這種高壓的壓而不服，給阿壟留下的刺激太深刻了，所以他的這種情緒，在獄中留下的絕筆中，顯得極度強烈。這篇無題的文字，《新文學史料》編者首發時，題為〈可以被壓碎　決不被壓服〉，十分貼切。這篇不可多得的文字，浩然正氣，驚天動地，催人淚下，不可不讀。這篇文字，向世人昭示：阿壟的形體是被壓碎了，但他那高聳如山嶽般的精神，卻是任何力量都無法壓服的。

之所以有這篇文字，怕是阿壟 1955 年入獄已歷十載，被判有期徒刑十二年，到 1965 年也快刑滿釋放了。據胡案受難者洪橋教授提供的情況，當時上面是有解決此案的佈置，他也奉命寫了申訴材料，考慮摘除「胡風分子」的帽子。這是羅瑞卿的主張，但遭到謝富治的從中作梗，結果全國只摘除了牛漢一人「胡風分子」的帽子而剎車。當時的時局動盪也是原因，「文革」的大幕即將拉開，阿壟於獄中寫的這篇申訴材料，與其他所有申訴材料的結果一樣，都不了了之。二年後阿壟瘐死獄中。

阿壠絕筆，好在不長，這裏且學太史公文中存文的方法，全文照錄如下，以饗讀者。

審判員，並請轉達：

這份材料，是由於管理員的提示而寫的。其中的話，過去曾經多次重複過，不過採取的形式有些不同而已；事實還是事實，還是那樣，沒有產生新的東西。但管理員提示，可以反映上去，推動問題的解決。這當然好。

我還需要說明：一，這份材料，是份內部材料。二，為了揭露事物的本質，為了指出事物的真相，為了說話避免含糊，我不用避忌隱諱，單刀直入。這點請諒解。

首先，從根本上說，「胡風反革命集團」案件全然是**人為的、虛偽的、捏造的**！所發佈的「材料」，不僅實質上是不真實的，而且還恰好混淆、顛倒了是非黑白，真是駭人聽聞的。「材料」本身的選擇、組織和利用，材料發表的方式，編者所做的按語，以及製造出來的整個氣氛，等等，都說明了，足夠的說明了「案件」是人為的。現在，我坦率地指出：這樣的做法，是為了造成假像，造成錯覺；也就是說：一方面歪曲對方，**迫害對方，另一方面則欺騙和愚弄全黨群眾，和全國人民！！**

因此，我認為，這個「案件」，肯定是一個錯誤。

就像巴西政變當局一樣！就像「松川事件」一樣！但那是資產階級政權，那是資產階級政客。如果一個無產階級政黨也暗中偷幹類似的事，那它就喪失了無產階級的氣息，就一絲一毫的無產階級的氣息也保留不住了，那它就成了**假無產階級政黨了**！

何況被迫害的人，政治上是同志，並非敵人。即使是打擊敵人，也應該用敵人本身的罪過去打，不能捏造罪名，無中生有，更不能顛倒是非，混淆黑白。

在「材料」中，歪曲事實真相的地方並不是個別的。其中的一些，本身就含有明顯的矛盾點，如果有人細心觀察，這些本身已經暴露的矛盾是不難揭露的，因為，人是並不厲害的，事實才是真正厲害的。因為，事實有自己的客觀邏輯，事實本身就會向世界說話。因為，事實本身是歷史的客觀存在，它不以人們的意志為轉移——哪怕是一個一時巧於利用了它的人的意志，對它，到最後也是全然無力的，枉然的。歷史就是這樣告訴我們的，馬克思主義就是這樣告訴我們的。國會縱火案不是已經破產了嗎?!……

謊話的壽命是不長的。一個政黨，一向人民說謊，在道義上它就自己崩潰了。並且，欺騙這類錯誤，會發展起來，會積累起來，從數量的變化到質量的變化，從漸變到突變，通過辯證法，搬起石頭打自己的腳，自我否定。它自己將承擔自己所造成的歷史後果，再逃避這個命運是不可能的。正像想掩蓋事實真相也是不可能的一樣。

舉兩個具體例子。

第一個例子，我給胡風的一封信，內容是反映國民黨決心發動內戰，在「磨刀」了。

我反對的是國民黨、蔣介石，關心的是共產黨，左翼人士。就是說，為了革命利益，我才寫這封信。但「材料」卻利用這封信的灰色的形式，當作「反對」共產黨、「支持」國民黨的東西向人民宣告了！

這是可恥的做法，也是可悲的做法。

第二個例子，胡風回覆我的信，打聽陳焯這個人的一封信。

在這封信的摘錄後面，編者作了一個「按語」，說胡風和陳焯的政治關係，現在被揭露了云云。

　　這顯然是政治迫害，政治欺騙！別的解釋是不可能的。如果按照編者的邏輯胡風和陳焯顯然有什麼真正的政治關係，那胡風為什麼不直接給陳焯去信而這樣向我打聽呢？為什麼在前一封信中胡風還把「陳焯」這個名字搞錯為「陳卓然」呢?!為什麼你們所發現的「密信」不是陳焯等人的信，而是像現在這樣的東西呢?!矛盾！！矛盾！！

　　關於這些「材料」等等，現在沒有必要，也沒有心情來做全面詳盡的敘述和分析。只有作為例證，要點式的指出一兩點也就足夠了。正因為我肯定這是迫害和欺騙，五八年以前，我吵鬧過一個時期。而且，直到現在，我還仍然對黨懷有疑懼心理（所謂「德米特里」心情，見契訶夫小說《第六病室》）。我也多次表白：我可以被壓碎，但決不可能被壓服。

　　但由於時間過長，尤其是近一、兩年間，我對黨的信念，又往往陷於動搖。

　　從 1938 年以來，我追求黨，熱愛黨，內心潔淨而單純，做夢也想不到會發生如此不祥的「案件」。當然，我也從大處著眼，看光明處。但這件「案件」始終黑影似的存在。我還期望著，能夠像 1942 年延安魯迅藝術學院整風的結果那樣，**能夠像毛主席親自解決問題那樣**，最終見到真理，見到事實。只有那樣，個人吃了苦也不是毫無代價。

　　整個「案件」，就是這樣一個主要矛盾，基本矛盾。

　　我的心情，如同行星，圍繞著這個矛盾中心而旋轉。

　　這是一個錯誤。但相對於黨的整個事業和功勳而論，這個錯誤所占的地位是很小的，黨必須拋棄這個錯誤。

　　所以，最後，我唯一的熱望是，通過這次事件，能夠得到黨和同志們的諒解和信任，得到喜劇的收場。

陳亦門 1965 年 6 月 23 日

「三軍可奪帥也，匹夫不可奪志也」，確非空言；這裏又增添了一個例證。

整個胡風事件，恰如阿壟所「熱望」的那樣，「得到喜劇的收場」，而其本人則是以「悲劇收場」。這是很不幸的，阿壟沒有熬到 1980 年平反昭雪的那一天。悲夫！

在 1986 年 1 月舉行的胡風追悼會期間，我與阿壟的兒子見過一面，雖然從來沒有與他聯繫過，但他那年輕、英俊而靦腆的，身材高大而坦蕩的神情與身影，卻始終還留存我心底，難以泯滅。現在恐怕已是半百上下之人了罷，這裏順便向他道一聲好。

2006 年 7 月 30 日　初稿於南京寓所

2006 年 8 月 20 日　定於滁州旅次

（原載 2006 年第 6 期〈隨筆〉）

我觀阿壠的《南京血祭》

——寫在阿壠誕生百年、逝世四十年之際

> 歷史是一個真實。人不能夠改變歷史，也不能夠改變歷史，更不需要改變真實。……真實最美麗。
>
> ——阿壠

接到阿壠學術研討會的邀請函，我即從化鐵先生處借得阿壠（1907-1967）所著遐邇聞名的《南京血祭》（原名《南京》，2005 年人民文學出版社首版，改稱《南京血祭》；2005 年 8 月寧夏人民出版社第 2 版）來研讀，打算南京人去說《南京》，也許稱得上會議的一個「特色」。

作為一個生於茲長於茲的南京人，遲至今日才讀《南京血祭》，確有一種「相見恨晚」的感慨！香港司馬長風著《中國新文學史·戰時戰後小說作家作品錄》錄其書名而隻字未評，未見其書則聲名遠揚。[註1]阿壠筆下描繪的，從艱苦卓絕的南京保衛戰，到侵華日軍兇殘的屠城，其所展開的山川地貌、鄉鎮地名、城垣街道、橋樑國道、機場碼頭，沒有不熟悉不知道的，大都有意無意間造訪過；因而一股親切之感油然而生。

只是因時空相隔，略帶歷史的蒼黃罷了。

一、一部為南京之戰雪恥的奇書

南京之戰這件大事，因為教科書上不講，故很模糊。後接觸過一些零星資料，甚至請教過一些當時還留居城內的老人，也好像這仗根本沒打就陷落似的，任日軍肆意屠城。雖知道有一個以唐生智為司令的南京保衛戰，但對其基本印象，似乎都複蓋在中國軍隊望風而逃、一觸即潰的不抵抗主義的煙幕之中而莫名其妙。

阿壠的《南京血祭》，正如他在〈後記〉（本文所引阿壠的話，均見於此）裏所交待的，是一部「寫南京的一戰，得從每一個角落寫，得從每一個方面寫，爭取寫出一隻全豹來」的作品。因而，讀了不僅解「渴」，而且解了「惑」。隨及承宋德玲先生借閱其所藏《南京保衛戰──原國民黨將領抗日戰爭親歷記》（1987 年 8 月中國文史出版社出版。親歷者為唐生智、王耀武、杜聿明、宋希濂等計六十三人）以印證，深感作者在當年資料奇缺，離事件本身又太近的條件下，《南京血祭》竟寫得這麼真實、形象而飽滿，經受了時代的考驗，實屬難能可貴。現在看來，作品若以海陸空齊開火的「全豹」來衡量，尚嫌欠缺，這是可以理解的；何況，它畢竟是作者有待進一步加工未成，而留下的一部初稿呢？

那幅確實經歷了英勇抵抗，浴血奮戰，然後才是日軍屠城的圖景，讀後在我頭腦中才由模模糊糊而終於清晰了起來。對南京之戰，很久以來，血淚控訴淹沒了為國捐軀者的壯烈；或者說只有屈辱的「控訴」而沒有對抵抗者的「頌歌」。即以現況為例，南京城內有許多日軍屠殺遺址的勒碑憑弔，而與日軍殊死搏鬥的英雄陣地的緬懷瞻仰則無。現在出版社向讀者推薦《南京血祭》這本書，也只稱「祭」南京大屠殺死難同胞。其實不然，南京大屠殺的篇幅，該書只占十分之一。

我贊同綠原先生《南京血祭·序言》中的這個觀點:《南京血祭》「為這些堅決為維護民族尊嚴而戰的無名英雄們,留下了一幅幅可歌可泣、至今仍然令人悲憤填膺的血祭圖。」(本文所引綠原先生的話,均見其所撰《南京血祭·序言》)

沒有抵抗,而任人屠殺,竟至三十萬,這是恥辱。抵抗即使因當局指揮所犯應遭譴責的天大錯誤而失敗了,也不該將抵抗的真相隱沒,並再以恥辱誤導後人。歷史就是歷史。以我看來,《南京血祭》正是一部為南京之戰雪恥的奇書。它終於又在日本的出版物中以《南京慟哭》的譯本占上應有的位置。(日本關根謙譯,1994年11月日本五月書屋)這不僅洗了南京的恥辱,也雪了中國的恥辱,而這正是作者在〈後記〉中表示的夙願。雖然,問世很遲,但畢竟有了這雪恥,而不再是無言的空白了。

《南京血祭》有「控訴」,更有對捍衛國土而灑熱血的英雄的「頌歌」與「讚美」。作為文學而言,只要通過藝術的真實,抵達了歷史深處的真實,那就抓住了歷史事件難以磨滅的內核,就可以經受得住任何思潮的衝擊、滌蕩於不倒。而阿壟為歷史雪恥,以《南京血祭》作出了填補空白的獨特貢獻;準確地說,這正是一部為此奠定了堅實基礎而具開創意義的文學作品。

像這樣以藝術形式展現南京陷落的過程,究竟記述了哪些內容,想必許多讀者是願意有所瞭解的。那麼,這裏據《南京血祭》所提供的戰況圖景,撮要如下,以免讀者的舉手之勞:

9月5日99駕日軍轟炸機就對市區的五臺山、新街口、太平路一帶民用設施實施了空襲,而中國防空部隊的驅逐機從空中,高射炮從地面擊落了好幾架來犯的日機。(第一章)中國軍人在南京的東郊紫金山一帶,點火焚燒松樹林,並艱難動員遷走居民,以迎戰日軍。(第二章)作者以抒情的筆調描繪了南京方圓幾百里的大好河山,並分析了遠近幾條防線及戰略要衝,蔣介石主持戰前會議與唐生智受命城防司令官。(第三章)12月4日南京城郊湯水鎮一帶,設防一個師兵力迎

戰敵軍，作者濃筆重彩描寫了其中一個連抗擊敵軍 11 輛坦克與數倍之敵的戰鬥，不屈不撓，血肉橫飛，最後全連陣亡；突出塑造的重機槍排排長王煜英戰鬥至死的形象，令人難忘。（第四章）12 月 9 日，敵人迂迴青龍山，佔領上方鎮，王耀武部在淳化鎮戰鬥至深夜，為免陷圍困而突圍。（第五章）彈盡肉搏，前仆後繼，反覆爭奪，但終因缺乏迂徊的空間而致兵臨城下，敵軍向中山門、光華門、通濟門及紫金山發起攻擊。日軍炮火炸開了光華門，隨後一輛輛坦克從缺口攻入；為堵住缺口，兩勇士以身縛集束手榴彈與血肉之軀被碾於履帶下，與敵坦克同歸於盡。先期攻入光華門一帶的八百日軍，被守軍包圍全殲。（第六章）戰鬥在中華門金陵（晨光）兵工廠的守軍，在失去通訊聯絡，寡不敵眾的危急關頭，其新兵紛紛拉響身上手榴彈與敵同歸於盡。12 月 11 日，敵軍攻佔雨花臺，鉗制了中華門，由城外西側向下關進擊。（第七章）12 月 12 日，在日機轟炸下城中到處起火，指揮陷於癱瘓，終於造成不計其數的軍民混雜、相擁，爭先恐後向北奪路而逃，一起阻塞在通往挹江門、下關、江邊的中山北路上的混亂局面，而江邊並無船隻……。（第八章）12 月 13 日，日軍侵佔南京，不是流血的終止，卻是更大流血的開始。書中寫了日軍在飛機場對捕獲的人群，先以機槍掃射，隨即再對死傷遍地的血肉人堆，以煤油澆上乾柴放火，焚燒屠殺了四千人。這只是日軍南京大屠殺中其規模不算大的一處。（第九章）鄧龍光部奉命南撤未入城內，軍容整齊地沿京蕪線撤去，沿途不斷收容了許多士氣未減的散兵遊勇，並受到百姓的歡迎；將日軍包抄南京而侵佔的蕪湖，一舉失而復得。（尾聲）

中國軍人悲壯的愛國情懷是可歌可泣的，即使日軍施以滅絕人性的血腥大屠殺也是要失敗的，不屈的人民最終戰勝敵人的前途是光明的。這就是阿壠通過這部作品要告訴世人的。

全書十五萬多字，共十章。作品寫了上自蔣介石（僅一段蒼白的講話）、唐生智（僅嘲諷受命城防司令官時心態之一筆），到下層士官張涵、王煜英、楊全、張剛、趙仁壽、朱方、岳正、章復光、王宏鈞、

鞏克有、黃德美、關小陶、袁唐、嚴龍等眾多人物形象（濃筆重彩描繪了他們的英勇殺敵、赴湯蹈火、視死如歸的英雄壯舉），還有熱愛和平生活而被迫陷於戰爭狀態之形形色色市民的無奈、艱辛、絕望與掙扎，以及郊外與中華門、光華門、中山門激戰的戰場圖景。

由於作者阿壠是個「帶槍」的詩人，是軍校畢業並參加過淞滬戰役的排長。這樣既有軍事知識又有實戰經驗的得天獨厚的條件，使他成為直面重大歷史事件的一個「敢吃蟹者」。

而這部稱得上史詩的作品，是「南京陷落」兩年後 1939 年 8 月至 10 月，作者在不斷遭日機空襲的西安古城，由氣象站工作的幾位友人提供寫作條件的情況下（據化鐵先生提供），疾筆奮書、一氣呵成的。

二、阿壠所言「持久戰」源出何處？

這部千古一大奇書，是由於什麼寫成的呢？

阿壠說：「無論從軍事的因素說，或者從經濟的因素和政治的因素說，持久戰，這一理論，已經金字塔一樣建立了起來。它有歷史的不朽，它有的偉大。」阿壠這裏所提及的「持久戰」一說並未標明出於何處。

對此，綠原先生這樣解釋：由於作者「後來到了延安，讀了《論持久戰》，對南京一戰從軍事到政治上有了新的看法，於是著手寫這部小說」。

何滿子先生在《南京血祭‧代跋》中說，「阿壠於 1938 年到了延安，從此他對這場關係民族存亡的戰局（而且不止戰局）有了全新的認識，促使他更能清醒地反思抗戰初期敗退的歷程，特別是對早期戰局關係重大的南京失陷的悲劇，那幾十萬軍民慘遭屠殺的沉重的災難」，「於是，……寫下了這部《南京血祭》」。

阿壠創作《南京血祭》是出於「延安」與《論持久戰》嗎？

　　看來如果阿壠沒有「到了延安」與「讀了《論持久戰》」，還有「新的看法」與「全新的認識」，大概不會寫出這部《南京血祭》似的。阿壠確實在毛澤東發表《論持久戰》演講（1938 年 5～6 月）後幾個月，到過延安（1938 年 10 月～次年 4 月），並在西安創作《南京血祭》前幾個月。再者，針對 1949 年後的五十多年來，除了一部人所皆知的《論持久戰》外，於「持久戰」別無所知的情況而言，似乎也很順理成章。然而，這樣解讀的客觀效果，卻弱化了阿壠敢於「獨立自主地主動地去追求馬克思主義」（胡風語）的個性化特點，並與事實不符。

　　對於抗戰全過程親歷者來說，或許因年代久遠而遺忘了「持久戰」的來歷。余生也晚，此處不妨依相關資料，向我所尊敬的兩位老先生「班門弄斧」如下。

　　根據作者的經歷與《南京血祭・後記》的表述，我卻以為，「持久戰」這一理論，已經金字塔一樣建立了起來」之說，自另有其內涵及其源頭。

　　中國對持久戰理論作出重要貢獻的，是國民政府軍事委員會高等顧問、陸軍大學代理校長蔣百里（1882-1938），他在《國防論》等一系列抗戰前著述裏，最早系統地闡述了持久戰理論，並提出面對東邊海上強敵日本的侵略戰爭，中國必然要實施從東向西的戰略大轉移，以堅持長期抗戰，爭取最後勝利的方略。他這個高瞻遠矚的建言，被最高軍政當局吸納並逐步具體化為對日抗戰的國策。

　　持久戰思想，不是毛澤東在 1938 年 5 月《論持久戰》中所發明創造的，不能一提「持久戰」就說「讀了《論持久戰》」。歷史事實是，蔣介石於 1937 年 8 月 5～6 日即「8・13」淞滬戰役前夕，在南京召開的最高國防會議上提出並通過討論，「確定了持久抗戰的戰略方針，即以空間換取時間，逐次消耗敵人，以轉變形勢，爭取最後勝利。」又「會議制定的抗戰方針為：日軍之『最高戰略為速戰速決』，『我之最高戰略方針為持久消耗』，即『持久消耗戰略』。」又「20 日，國民政府以軍事委員會名義頒發了這一戰略方針。」中共代表與眾多高層軍

政長官出席了這次會議。蔣介石於 8 月 18 日發表〈敵人戰略政略的實況和我軍抗戰獲勝的要道〉一文，講述中國應敵的五條戰術，其第一條便是「日本要求速戰速決，中國就要持久戰、消耗戰。」[註2]

但在幅員遼闊的國土上，敵強我弱的現代戰爭狀態下，究竟如何實施此持久戰，卻並非一朝一爭夕之事。

作為參加過「8‧13」淞滬大戰的一名中國軍官，阿壠不可能不知道南京當局提出的這個「持久抗戰的戰略方針」，而要到延安去，才獲知被他稱之「金字塔一樣」的持久戰思想的。也就是說，如上所述，阿壠在去延安之前，已知曉了持久戰思想，應屬無疑；毛只是蔣公開提出對日「持久戰」國策後，時隔十來個月才《論持久戰》的。遺憾的是，阿壠在《論持久戰》演講後到延安，只待半年時間，難見其實踐的具體過程；而對正面戰場的戰況，他卻是了然的。

這決不是妄斷，而是以阿壠所言為憑。他在《南京血祭‧後記》回首南京戰場的價值與意義：「南京的一戰所產生的消極影響，一方面從南京的失陷開始，一方面又從南京的失陷完結了。而徐州的一戰，使中國在軍事上從潰敗和混亂的泥潭裏振作起來；武漢的一戰，使中國收穫了有利於持久戰的、寶貴的穩定；豫南、鄂北的一戰，和最近洞庭湖畔的爭奪，勝利的晨光已經熹微的、照著中國的軍旗了。」從這段話可以清楚看出，對於從國民黨中央軍校（南京黃浦）第十期畢業並具實戰經驗的阿壠來說，這原創持久戰理論，經過兩年時間，到 1939 年秋天他在西安創作《南京血祭》之際，才千難萬苦地顯其端倪，並作出上述概括。

中國有史以來第一次（自古以來，面對北方入侵之敵，無不由北向南轉移）由東向西的戰略大轉移，以發起以下會戰：如 1937 年 8 月 13 日～11 月 12 日淞滬大戰歷時三個月殲敵四萬（此戰迫使敵軍從華北抽調三十萬兵力從海上抵滬，以達到減少津浦線、平漢線北端敵軍壓力的戰略目的），1937 年 11 月 24 日～12 月 13 日南京保衛戰失敗（此戰未查見殲敵數），1938 年 3～5 月徐州會戰的台兒莊戰役殲敵二

萬後中方順利轉移（此戰阻擊了津浦線南北敵軍的迅速打通），1938年 6～10 月武漢會戰殲敵死傷十萬而撤退，1939 年 4～5 月「豫南、鄂北」的隨棗會戰殲敵三萬，1939 年 9～10 月「洞庭湖畔」的第一次長沙會戰殲敵三萬等而完成。這裏僅就阿壠提及的幾次戰役，歷時二年共殲敵二十二萬。[註3]

1938 年 10 月～1939 年 4 月的武漢會戰與隨棗會戰，標誌抗日戰爭進入相持階段，期間正值阿壠待在延安，對正面戰場發生的轉折，或許欠缺瞭解的時機；因此他對「最近」的「洞庭湖畔的爭奪」特別關注。

這些會戰有效打擊了，由華北經津浦線、平漢線南進，企圖從中部將中國的東部與西部分割之日軍，致使沿海各省相對發達地區的大批工廠、機關、大學、文化團體及其人員源源不斷地輾轉撤入大西南。1935 年開始建設四川作為抗日根據地業已就緒。1937 年 11 月開工修築的滇緬國際運輸線（全長 959 公里），已於 1938 年 12 月建成通車。

1937 年 11 月 19 日即南京之戰前夕，蔣介石在南京國防最高會議上作〈國府遷渝與抗戰前途〉的演講，指出「國民政府遷移重慶，為三年前預定計劃之設現」；又 20 日國民政府發表遷都重慶宣言，稱「國民政府茲為適應戰況，統籌全局，長期抗戰起見，本月移駐重慶。此後將以最廣大之規模，從事更持久之戰鬥」；26 日國民政府主席林森率部抵達重慶；12 月 1 日林森宣佈：國民政府在重慶正式開始辦公。川雲貴桂四省連為一體的大後方已經鞏固，實現了「以空間換取時間，逐次消耗敵人，以轉變形勢」的戰略目的。

這些，便是阿壠所言抗戰初期的「軍事的因素」、「經濟的因素」和「政治的因素」，「持久戰，這一理論，已經金字塔一樣建立了起來」的實際概況。

將阿壠所述「持久戰」簡要情況留有的若干「溝壑」，作上述的整理與填補，複與阿壠所述的戰況相對照，讀者對阿壠所言持久戰的思緒就會更清晰了。阿壠密切觀察並著眼的，是正面戰場的重大會戰；

毛在《論持久戰》中對正面戰場卻儘量迴避，而著眼於在江西蘇區已駕輕就熟的運動戰、游擊戰，並提出由運動戰向游擊戰的轉變，以期實現農村包圍城市，最後的革命勝利。

兩者所言的持久戰，是完全不同的兩個視野。

阿壠所說的「從潰敗和混亂的泥潭裏振作起來」句中的「振作起來」、「寶貴的穩定」及「勝利的晨光已經熹微的、照著中國的軍旗」，恐怕並不只是「反思抗戰初期敗退歷程」，甚至也不能附會為不得不為之的所謂「曲筆」。

我們完全沒有必要離開阿壠在《南京血祭·後記》中留下的清晰思路，對抗戰初期（1937～1939）歷次重大戰役認真思考的戰況實際，尤其是文本通過具體描寫所展顯的藝術形象的實際於不顧，而抓到「持久戰」與「延安」兩個關鍵詞，還有來自「延安」的「新的看法」與「全新的認識」，就似是而非地去給阿壠在「世界觀」上找根據了。

這是阿壠從 1937 年至 1939 年抗戰的態勢，重新審視南京失陷後戰局的認識。他在作品「後記」中突出提「持久戰」，從表面上看，公開稱讚「持久戰」，國共雙方都能接受而並不犯忌。但在實際上，當時雙方對這部反映「持久戰」的作品都顯示了「拒絕」：從國民黨方面來說，作品寫了「持久戰」並未彰顯的「走麥城」的「南京陷落」，而不是隨後出現轉機的任何會戰中的一個戰場；從共產黨方面來說，對任何反映正面戰場的作品都一律忌諱，「台兒莊」幾十年間視為禁區便是事實，八十年代《台兒莊大捷》的影片上映才獲開禁，令許多人大吃一驚可為例證；而作為創作嚴謹的作者來說，他只具備前者而不具備後者軍隊的作戰經驗，只能寫出像《南京血祭》這樣的作品，致使作品處於兩難的境地。

即使是很快獲得中華全國文藝界抗敵協會徵文獎的獲獎作品，也不能不陷入尷尬的狀態。這既是《南京血祭》的尷尬，也是歷史的尷尬，更是以歷史真實為「摹本」的文學的尷尬。

三、阿壠創作方法與世界觀的矛盾

　　是的，阿壠是接受五四新文學運動洗禮，並步入左翼作家行列之一員。但他畢竟又是長期工作於國民黨軍旅的一名軍人，從 1933 年考入國民黨中央陸軍軍官學校（即南京黃浦軍校）到 1948 年，歷任：國民黨軍隊的少尉排長（1936，南京）、上尉教練官（1938，湖南；半年後離職，11 月去延安抗大學習）、少校教官（1939，西安；4 月因治病從延安到此，並 10 月任此職；8～10 月於此完成《南京》）、少校科員、少校參謀（1941，重慶；《南京》於此獲「抗協」獎）、中校（1944，成都）、中校戰術教官（1946，成都；重慶～成都時，開始為中共地下黨送軍事情報，並因此遭軍方通緝；5 月出逃重慶，又東下南京）、中校研究員、上校教官（1948，南京，繼續為中共地下黨送軍事情報）。

　　然而，阿壠是有信仰、有追求的一個戰士，是追隨中共及其革命的一位作家，可謂「身在曹營心在漢」。1938 年 7 月他往武漢，與胡風初識並經介紹，通過周恩來秘書吳奚如提供的關係，10 月從湖南衡陽徒步西安，以聖潔的心朝拜了「夢想的王國」——延安；嗣後又以自己的忠誠，不容置疑地證明了這一點。

　　但是常識又告訴人們，世界觀不等於創作方法，創作方法與世界觀有時是矛盾的，越是現實主義的作家往往越是這樣。除非作家只要「拉斐爾式」與「席勒式」而置「倫勃朗化」與「莎士比亞化」於不顧，心甘情願地製作宣傳品而所非藝術品，任其隨標語口號成過眼浮雲；但阿壠恰恰相反，是位遵循後者而遺棄前者的創作藝術品的現實主義作家。那他就不能不忠於以「寫真實」為宗旨的現實主義創作方法，即使突破了階級論的世界觀也在所不計，而在作品中不得不展示了他並不看好、甚至失望的這支軍隊的真實風貌。這個真實，便是面對強敵，絕不膽寒的民族大義的歷史真實。也正如阿壠在後記中所強

調的那樣：「歷史是一個真實。人不能夠改變歷史，也不能夠改變歷史，更不需要改變真實。……真實最美麗」。因而這部描繪近乎歷史真實的作品，不得不戰勝階級論的偏見；而事實上也只有在階級論的偏頗，漸漸退隱到歷史的後臺，不再成為「動力」的今天，作品才能與讀者見面。評論者面對這樣的作品，也不必再去遮遮掩掩，而應力圖道出它矛盾的實質。阿壠的《南京血祭》正是這樣矛盾的產兒。

在這部寫出歷史真實的作品裏，致使讀者只能看到同一個戰壕的為國捐軀的骨肉同胞，而不見同一個陣線為階級利益的階級弟兄；雖然作者是個階級論者。

從這份軍旅履歷，不難看出阿壠的《南京血祭》，不可能不打上「到處有生活」的烙印，屬於作家特有的軍旅生活的烙印，而不是別的。即使後來幾度修改也不可避免（遺憾的是，修改稿未能留下而散失了）；充其量只能以現在放在讀者面前的這部《南京血祭》「初稿」的基礎，加以充實、豐富與擴展而已。

阿壠是胡風在《七月》雜誌上推出的左翼作家，而反映抗戰的《南京血祭》則很難用「民族革命戰爭的大眾文學」與「國防文學」來劃分；甚至也可說並不為「民族革命戰爭的大眾文學」的同仁所完全認同，因為作品難避「國殤」之嫌。這「兩個口號」的爭論，可謂響逼雲霄，但始終衝不出抽象概念的拚殺；因為雙方都推不出口號下所隸屬並為文學史一致公認的作品，而文學史上卻只剩下爭論不已的口號本身。這便是文學理論與創作實踐的矛盾；而理論是灰色的。

抗日之戰，既是民族之戰，也是國家之戰，戰爭一旦打了起來，血流如河，屍骨如山，慘不忍睹，無論哪種高超的概念都無法分辨，哪一滴血、哪一塊屍骨是民族的還是國家的。而《南京血祭》一筆插入了「國都之陷落」的「國之殤」，「民族革命戰爭的大眾文學」的作者出乎意料地寫出了不是「國防文學」的「國防文學」。這似乎是《南京血祭》一露頭就置入「冷藏」，屬文學方面的深層原因。

阿壠說：「勝利絕不是廉價的，也絕不是直線的。何況是一個帝國主義的工業國家和一個半殖民地、半封建的、停滯在農村經濟狀態的國家之間的戰爭，勝利是跋涉的長途，需要怎樣艱困地去爭取啊。中國和日本今日的戰爭正是這樣。」

阿壠對中日國力對比的看法，與魯迅在臨終前留下關於時局的「遺言」不謀而合。魯迅在回答奧田杏花對中日時局的發問時說：「我認為中日親善和調和，要在中國軍備達到日本軍備的水準時，才會有結果，但這不能擔保要經過幾年才成。譬如：一個懦弱的孩子和一個強橫的孩子二人在一起，一定會吵起來，然而要是懦弱的孩子也長大強壯起來，而反能很友好地玩著。」（見《魯迅先生紀念集》第二輯第 40 頁，並見北京出版社《魯迅回憶錄》）

對於當時中日國力如此懸殊的認識，其實也不必得之於魯迅與阿壠，甚至可說老孺皆知，連《南京血祭》裏的普通士兵都了然。可是，議論起抗戰初期必然會出現的惡劣的退守的形勢，就把這個歷史的基本常識拋到一邊，似乎誰都可以罵幾句國民黨當局的昏庸與無能。其實，歷史上的拿破崙與希特勒進攻莫斯科，不是都遭受和日軍進攻中國先勝後敗的同樣下場嗎？可是俄國並沒有由此受責難卻倍受贊許。何況，中日之比的懸殊，遠甚於俄法之比、蘇德之比呢？

阿壠認為南京陷落是「消極影響」的「開始」和「完結」，抗戰形勢已從南京之戰的谷底回升。尤其是 1939 年 4～10 月的「隨棗會戰」和「第一次長沙會戰」，詩人已看到了持久戰預期的「形勢轉變」，中國軍隊從日軍手中一次次奪回陣地的新勢頭，按捺不住心中的喜悅溢於言表；於是他不得不全身心投入了《南京血祭》的創作，並在〈結尾〉一章寫了鄧龍光部對蕪湖的失而復得，昭示了抗戰的光明前景。我們今天恐怕還能從他的字裏行間，感受到他的心跳、呼吸、體溫與激情。他是個從底層走出的「草根詩人」，他真實地體察了百姓的人心還齊，將士們的士氣還旺，並在筆底作了形象地描繪。他認為，中國只要從南京陷落的教訓中走出來，只要高層指揮糾正南京防線置於近

郊、「太平天國的打法」企圖固守城池及臨陣決策「遲疑和動搖」與無序撤退的三大錯誤,而像 1938 年後歷次會戰將防線設於更廣闊的空間展開,不計一城一地之得失而以殲滅有生敵軍為目的及組織指揮有計劃地退卻與迂徊,那麼堅持持久戰的抗戰是有光明的前途的。

正如他所歡呼的那樣:「而抗戰,它和神光一樣,是那樣神聖,那樣崇高,那樣光輝,那樣不朽啊!」

阿壠是死不瞑目的,他至死都要把《南京血祭》留在身邊;因為他確信「真實」終究是掩蓋不住的。我佩服阿壠的目光遠大。因為,他真實地描寫南京之戰的慘敗,也讚美中國軍人不屈不撓的英勇氣慨,同時暴露日軍滅絕人性的罪行的《南京血祭》,反映「人不能夠改變歷史,也不能夠改變歷史」的《南京血祭》,歷經千難萬險,終於與後人見面了。這是可以告慰阿壠的在天之靈的,他終於可以瞑目了!甚至可以預期,像《南京血祭》這樣去創作真實反映抗日戰爭的作品,終將隨著抗戰史料的不斷發掘,和階級論偏頗的不斷克服,而為文藝界的有識之士所矚目。

以我看來,像阿壠這樣具有民族大義的歷史眼光者,是大有人在的。

那麼,現在離全面而真實反映抗日戰爭規模性戰場的文學時代,還要走多長的里程,可能誰都說不清;更不別說 20 世紀自始至終發生過許許多多驚天動地的重大歷史事件了。因為,迴避真實的思維定勢還在。

但是,只要聆聽,歷史老人的足音,總會響起。

還是阿壠說得好:「真實最美麗」!補充一句:「真實也最永遠」!

《南京血祭》啟示人們,「真實」是「美麗」的生命力與永不衰竭的源泉。

「真實」猶如這裏的:舉世無雙的南京城牆、奔騰不息的萬里長江與仍舊鬱鬱蔥蔥的千古鍾山。

註釋:

1. 該《錄》「出版年月」項稱「1942」,恐不確;「出版書局」項填:「『文協』徵文獲獎作」,係評獎部門而非出版處所,存疑待考。

2. 據《中華民國實錄》第三卷第 2031,2041 頁,1997 年 12 月吉林人民出版社。凡資料據此者,不再標注。並參見 1999 年版《辭海》。

3. 參見《國民黨將領傳略》,中國革命博物館編,1989 年 2 月新華出版社。

　　　　　　　　2007 年 10 月 24 日　霜降日於南京寓所之深夜。

　　　　　　　　　　（原載 2008 年第 1 期〈粵海風〉)

緣何一篇散文塵封半個世紀之久？

　　孔另境先生（1904-1972）是位上世紀三十年代的左聯作家，編《現代作家書簡》因魯迅作序而名氣大增。1950年之後幾乎擱筆，有1987年版《我的記憶》散文集行世。

　　但孔另境創作於1949年2月的〈南國之春——記張秋人、蕭楚女和毛澤東一二瑣事〉，這篇頗具特色的散文，竟然塵封半個世紀之久才於《新文學史料》2002年第3期上，作為紀念孔另境逝世30周年的史料首次問世，我覺得應該把這篇別具一格的散文推薦給更多讀者。

　　讀了這篇平實、真切、感人的，有如白描的散文，我真是百感交集。尤其對這篇並不涉及任何機密的文學作品，緣何問世如此艱難的這個獨特的文學現象感到惆悵而惘然。這篇散文約七千字，共分五節。記述了作者孔另境作為一名年方二十二歲的青年共產黨員，身處軍閥孫傳芳統治下的上海，接到姐夫茅盾從國民革命策源地廣州來信（茅盾當時擔任國民黨中央宣傳部秘書，部長汪精衛），邀他去廣州投奔國民革命的喜悅；以及在中宣部工作期間與著名共產黨人張秋人、蕭楚女、毛澤東及其夫人楊開慧等朝夕相處的崢嶸歲月；同時，還記述了作者對蕭楚女、張秋人兩位烈士慘遭殺害的悲憤與迎接解放的歡樂。

　　照說，這是一篇思想性不錯、藝術性蠻好的散文，不至於卡殼乃至塵封啊？那麼，問題出在哪兒呢？問題恐怕就在作者沒有用人們後來習見的頌歌般的誇飾的文學語言來描寫毛，而是用人們陌生的世俗般的寫實的藝術筆法來刻畫毛的胸懷大志和克制精神。而這世俗化描寫竟世俗化到人人在機關生活中都習見的地步。我以為，這篇散文好

就好在這裏，使它和一切誇飾毛的文藝作品迥然不同；也正因為如此，它就不得不經歷與眾不同的命運。

這裏，我們就重點看看作品是怎樣寫毛的。

作者孔另境是 1926 年 3 月 21 日，即是「中山艦事件」後一天踏上廣州長堤的。孔第二天被派到第一次國共合作的中宣部工作，負責管理登記來往公文和信件，辦公桌子就在部長室。這天正好已不經常來工作的部長汪精衛來交待工作，由毛澤東代理部長代理部務，茅盾辭去秘書後，派赴上海主持國民通訊社，秘書由賴特才升任。孔另境的住處與時任幹事的大麻子蕭楚女為鄰，兩人都是單身漢，來往較多。孔對昔日上海大學的師長、心中崇拜的偶像蕭楚女，未升任秘書而當幹事感到不平。

孔筆下的毛是這樣的：我和毛氏的接觸不很長，對於他的觀察自然很浮淺，但在這極短的關係中，我發現毛氏一個很重要的特點，是他的態度非常沈著，理智極強。他在中宣部的工作時日並不長，而且因為政治環境的激變，中宣部的工作也變得非常空虛。毛氏是每天都來中宣部的，但往往無公可辦，所以他來了以後，幾乎不和人談什麼話的，他只是埋頭看報。那時中宣部訂著全國各地報紙的一百四十餘種，他一種一種地看過去，等把報紙看完，他就拎起皮包走了。有時候誰都沒有覺得他已經來了或已經走了！

看上去是平淡無奇的毛，沒有一句誇飾，也沒有一筆渲染，但是一個沉穩、深思、大志藏鋒的毛的形象，還是真實而準確的。在「中山艦事變」後政治低氣壓狀態下的毛，也有打打撲克、賭賭小錢、消遣度日的時候。作品記敘了一次蕭楚女為玩撲克和毛氏抬起槓來，兩人互不相讓，不歡而散的事，其實也是難得一見，饒有風趣、頗見性情的「瑣事」。

這天在毛家打牌是四人，毛氏夫婦、蕭和孔。蕭擺莊，運氣不壞，贏了一大堆雙毫的銀角子。毛部長一向沉靜的態度，這時也有些興奮了，但仍舊很少開口。毛夫人楊開慧卻不住地逗蕭說玩笑話。大概是部長的注下得太多了吧，忽然聽見蕭大聲說：「說過最多六毫子，再多

可不行！」毛說：「不，最多十二毫子！」蕭將要分發的牌擱了下來，說：「不行，不然我就不擺莊了！」毛說：「那行的！」楊說：「蕭，不行如此的，最多十二毫子吧。」毛夫人也輸去不少毫子了，所以自然要幫丈夫說話，作者寫道：「我是一直保守著沈默，因為我是第一次參加玩。也不明白他們從前所訂的法律，但我覺得蕭所說最多六毫子一定是有所根據的，毛夫人說過話後，大家沈默了起來，蕭也不動手，那空氣顯然很緊張了。這樣僵持了好幾分鐘，忽然蕭站了起來，粗聲吒叱說：『不行，就不來了，怕什麼！』我對蕭這堅決的態度覺得很驚異，但衷心也覺得佩服。我猜想這時的毛部長一定要大發雷霆之怒了，但出乎意外地，只見他慢慢地收起了他自己的錢，站了起來，一個字也不再說，踱到隔壁的臥房裏去了。」楊卻打趣地向蕭說：「今天便宜了你，下次我們得重新定辦法了！」蕭把桌上的一大堆銀毫子裝進學生裝的兩個口袋裏，拉了孔就走。走到街上，蕭對孔說：「今天我可贏得不少吧。你輸去多少，我還給你！」

毛與蕭都是 1893 年生，這時倆人都是三十三歲，一個湖南人，一個湖北人。蕭是毛的部下，1922 年加入中共；比毛 1921 年加入中共遲一年，資歷不算淺。毛對蕭還是給面子的，並未對蕭部下為這區區小事情大發雷霆之怒，足見理智極強，克制精神不弱。後來，隔不多久，蕭楚女大麻子又拉上黃埔軍校任政治教官來串門的張秋人大個子和小字輩孔，三人再到毛部長家打「青得渾」撲克去了⋯⋯。

其樂融融的南國之春，畢竟短暫而急促⋯⋯

作品接著簡敘了作者 1927 年 4 月末在武漢聽到蕭楚女於廣州「4‧15」事件中壯烈犧牲的消息，1928 年春在杭州湖濱路目睹時任中共浙江省委書記張秋人被國民黨殺害的棺木，不禁淚如泉湧！全文以「現在毛澤東氏節節成功，彷彿在我的回憶神經上在紮著刺針，使我從痛苦的沉緬中震醒，彷彿在告訴我：毛氏正在以他鋼鐵般的偉力，給那些無道的虐殺者錘擊，把他們打成爛泥，才消我心中的一口怨氣！我要代那無數的冤魂向毛氏致無上的敬意！」收尾。

　　作品創作於 1949 年 2 月的時間，與作者身處國統區的上海創作的地點，最耐人尋味。在這篇〈南國之春〉之前的 1949 年 1 月 10 日作者發表隨筆〈展望〉。上海解放後 5 月 28 日於《大公報》作者發表〈迎接人民解放軍〉詩歌。但是夾在這兩者之間的寫實的〈南國之春〉不僅無法發表，即使作者生前也看不到它的發表。那麼，孔為何創作這篇無法問世的散文呢？這自然是創作衝動的驅使。當時大決戰淮海戰役已經過去，劉伯承、陳毅大軍已飲馬揚子江北岸，渡江戰役的船帆正將掛起。當身處國統區高壓統治下，坐落在上海郊區江灣鎮邊的江灣中學任語文教師的孔另境「展望」中原大地時，不能不想到這支人民軍隊的領袖毛澤東，不能不回憶起二十三年前朝夕相處的先烈蕭楚女、張秋人，還有時任代部長的毛澤東及其夫人楊開慧……，終於秉筆寫下這段難忘的「南國之春」。創作時固然冒著可能遭受當局殺害的危險，但是迎來毛當政的日子裏，一個運動接著一個運動，頌揚毛的調門越來越高，這篇真實而充滿情趣的散文仍然要承受著巨大的風險，這卻是作者始料未及的。既然已經創作出來了，那就只能把它塵封起來，待以時日。

　　孔另境畢竟是承受「五四」科學、民主精神洗禮的老一輩作家。因此，文學散文的生命係於真實的準則，真善美的文學創作原則，他是不會越雷池一步的；承接民主精神的知識份子，也不得不把包括自己在內的一切人，都首先當作人來看待。即使對將噴薄而出已烘託成紅太陽的毛，他在散文裏也明白無疑地寫了 1949 年的「毛澤東氏節節成功」，但是他只能寫出二十三年前在記憶中存留於「南國之春」的毛，一個本來就沒有看見其頭頂上閃耀光環的毛。惟其如此，一個態度沈著、理智極強、獨來獨往而胸懷大志的毛，與生性好贏不服輸、餘暇賭賭小錢、偶爾耍賴敗露並不向部下發雷霆之怒的毛，躍然紙上。惟其如此，當一個堅守文學創作基本原理的作品而不是宣傳品，必然要與毛當政的政治關聯時，這作品顯現出其尷尬與無奈就不可避免了。惟其如此，當作家憑著自己的良知與正直，不考慮對政治功利的迎合

乃至粉飾時，即使經歷一次次知識份子思想改造運動也不改初衷時，那他就只能把作品原汁原味地塵封起來靜靜地等待著，即使自己看不到發表之日，也只能如此；那就給後世留下一幀難能可貴的毛氏剪影吧。說不定，作品在具有文學價值的同時，還具有一定存史的價值呢。

其實，在民主制度健全的國度，即使國家最高領導人當政之時，發表記述其生活瑣事的文字是並不犯忌的，但在中國則無此傳統，孔氏或許因缺乏這個認識，或者是漠視這個傳統，所以竟寫下這篇樸實無華的文字，來迎接「五四」精神將有其名而無其實的毛時代的到來，就不能不是歷史的誤會了。毛時代，反映毛的文藝作品則是一個勁一股風地向宣傳品靠攏看齊，把一切不利於神化崇拜的所謂「瑣事」儘量淘盡，或者根據有利於神化崇拜的需要創作一些所謂「瑣事」細節充塞進去，致使毛形象越來越崇高巨大，結果當人們看到真正的毛的瑣事，反而會持懷疑、或不習慣、或排斥的態度了。

周海嬰先生不久前披露 1957 年 7 月反右開始時，毛澤東回答羅稷南說了一句，魯迅假如活著，要麼是關在牢裏還是要寫，要麼他識大體不做聲，竟引來那麼多責難的文字，就是很顯然的例證。去年年底，由黃宗英以現場直接見證人的身份，站出來證實毛確實說過這句話，反對的聲浪才少了下來。

而孔另境這篇〈南國之春〉則是向「史」接近而遠離宣傳品的散文作品，所以它不僅要在作者逝世三十年之後，還要等毛逝世二十六年後才得以問世，這種事的發生在咱們中國就是完全必然的了。然而，也不得不為之歎息！

因此之故，我把孔另境先生的這篇〈南國之春〉散文的艱難問世，稱之為獨特的文學現象，稱之為中國特有的文字刊佈現象，恐怕並不為過。

鳳毛麟角啊！

（原載《南京作家》2004 年第 1 期）

遭非議的無名氏和他的抗日抒情散文

——〈薤露〉和〈火燒的都門〉

　　無名氏（1917-2002），原名卜乃夫。在中國新文學史上，他的筆名與廢名一樣怪異，「廢名」其實就是「廢」而未「廢」之名，「無名氏」自然也是「無」而不「無」之名。無名氏是位南京作家，出生在和長江和惠民河比鄰為伴的下關，介於火車站和碼頭之間的大馬路西側的天保里一位中醫的家庭。民國之初，津浦鐵路與滬寧鐵路相匯於下關，即從「大馬路」的命名，及此路由於侵華日軍轟炸，至今尚殘留的現代大型商號的建築框架，當可想見 2、30 年代此地的繁華與昌盛。近年來，因建寧路西延並拓寬，惠民河填土築建成惠民大道，火車站與碼頭昔日地位的大幅下降，與上海中共一大遺址建築風格相類似的、經歷世紀風雨浸剝且年久失修的天保里，今日的破落與頹敗的景象，亦當可想而知。這隅的停滯，彷彿是在等待城市現代化之風的吹拂。

　　但是，從下關天保里走出的、在中國新文學史上佔有一席之地的、頗多神秘色彩並屢遭非議的一位作家無名氏，卻在身後還遭到鞭屍，真令人嗟歎不已！作家的地位憑藉可以傳世的人品、作品說話，無名氏概莫能外。他在上世紀 40 年代創作的愛情小說《北極風情畫》、《塔裡的女人》（該小說以南京的風光地貌為背景，1948 年上海已售 13 版，盜版達 21 種，超過滬版印數），風靡全國，至今不衰（50 至 70 年代在大陸查封除外）。還有長達計 260 萬字的代表作《無名書》（共分 6

卷:《野獸、野獸、野獸》、《海豔》、《金色的蛇夜》、《死的岩層》、《開花在星雲以外》、《創世紀大菩提》,創作時間跨度從 1946 至 1984 年)行世。可是在 40 年代,他的作品卻遭左派文壇的抨擊,50 年代起大陸圖書館一律以所謂「黃色小說」的罪名列為禁書。當 70 年代養病期間,聽到年長者趙國義先生,向熟讀 1949 年後出版的諸多中國新文學史的區區,提及這兩本紅極一時的小說及無名氏,我渾然不知時,真是感慨萬千,迄今未忘。天真而幼稚的區區,從這裏終於悟得所謂「歷史」者也,原來如此的奧妙。魯迅在逝世前夕,論說即將興起的抗戰文學時,說得很分明:「我以為文藝家在抗日問題上的聯合是無條件的,只要他不是漢奸,願意或贊成抗日,則不論叫哥哥妹妹,之乎者也,或鴛鴦蝴蝶都無妨。」那麼,為什麼無名氏的「哥哥妹妹」、「鴛鴦蝴蝶」,竟成大逆不道呢?況且,無名氏的作品並不只是兒女情長、花前月下之類呢?看來當年「兩個口號」論爭的兩派,即使以魯迅傳人自居者,其實都把魯迅的這個教誨當作了耳邊風。因此,上世紀 5、60 年代,以季摩菲耶夫著《蘇聯文學史》(水夫譯,海燕出版社出版,1949 至 1951 累計達 15000 冊。足可供中國文學界乃至文化界,向蘇俄「一邊倒」的整體傾斜之需。——筆者按)為模本的、以 1951 年由老舍、蔡儀、王瑤、李何林具名定稿的《〈中國新文學史〉教學大綱(初稿)》(見《中國新文學史研究》,李何林編,新建設雜誌社出版,1951・7・1・15000 冊。足可供當時各大專院學、各文學研究機構的有章遵循之用。——筆者按)為規範的,諸如王瑤、丁易、張畢來、劉綬松等等中國新文學史著作,莫不只有一個調門而大同小異罷了。不僅無名氏,就連「鴛鴦蝴蝶派大師」的張恨水,還有四十年代的錢鍾書、張愛玲,甚至三十年代的沈從文等等,不是從「史」中被驅逐,就是潑上污水了事。這種極不正常的情況,從 80 年代起才逐漸改觀。無名氏的作品,80 年代後期與 90 年代中期,上海和廣州兩地又重新出版了;新文學史中終被提及。

　　1945 年抗戰勝利後由重慶返回上海，開始以《北極風情畫》、《塔裡的女人》為基礎的個人出版事業，並以文養文在杭州西子湖畔潛心創作，完成了《無名書》第 1 至 3 卷合計 82 萬字的寫作與出版，不時往來於滬杭之間；1949 年後蟄居於杭州，生活與母親相依為命，因無稿費來源，靠在香港兄長的接濟，在文壇上銷聲匿跡，埋頭完成了文學作品《無名書》第 4 至 6 卷合計 170 萬字無法發表與出版的寫作，而因所謂政治歷史問題，人身屢遭政治運動的整肅；1982 底經批准往香港探親，次年去臺灣定居，將出境前花費 4 年時間以信函方式寄至香港，由親友代為保存的 300 餘萬字的文學書稿，在臺灣陸讀整理出版；因終日醉心書本，25 歲時情竇方開，一生多次戀愛，包括韓國、白俄、法國女子，數度婚姻，以 1985 年 68 歲時，在臺灣與比他年齡小 41 歲的馬福美小姐結婚最為轟動，均以失敗告終；1998 年孑然一身回大陸訪問，10 月回南京尋訪時的無名氏，已經 81 歲了。在南京的十一天裏：他探訪了出生地——天保里、母校——三民中學即今南京四中，故地重遊了《塔裡的女人》中出現的諸多名勝古跡，接受了江蘇省臺灣同胞聯誼會、南京市臺灣同胞聯誼會、南京市作家協會的宴請，還到南京大學、南京師範大學向中文系的莘莘學子演講；可說家鄉善待遊子。據我所知，所好南京作家李偉先生，先後有《神秘的無名氏》、《愛河中沉浮的無名氏》（本文關於無名氏的資料，未加注者均引此兩書，恕不一一羅列——筆者按）兩本著作問世，並不時相陪伴之，亦可理解為鄉情不薄故人。2001 年中秋節，無名氏最後一次回到故里南京，尋故訪友。一年後的 10 月 11 日，無名氏病故於臺北，時年 85 歲。

　　可是，在無名氏去世的第二年，即 2003 年第 3 期《文學自由談》上，何滿子先生發表了一篇寫於 2003 年 3 月的、題為〈有權拒絕、有權鄙視——從知人論世談無名氏〉的鞭屍文章。該文不僅重提 40 年代所謂「正派讀者就已形成對無名氏的『偏見』」的歷史舊帳，以及 1984 年作〈長春去來〉一文中對無名氏的攻擊，還繼續一口咬定：無名氏

「專寫『與抗戰無關』的黃色小說（好一個以偏概全！就 1944 年出版了《北》《塔》兩本薄薄的中篇小說，連 20 卷本的《無名氏文集》的二十分之一都占不上，何以為「專」！──筆者按），其效應便是誘導人轉移目標，渙散人救亡圖存的戰鬥意志和同仇敵愾之情。當時人認定《塔裡的女人》之類的作品為『黃色小說』，並非因為那裏頭有多少渲染色情的內容，而且因為這些玩藝轉移抗日的大目標，渙散人心，有如黃色工會之用軟性手段干擾抗戰和破壞鬥爭，這正是『黃色』一詞的標準用法。」這簡直是「文革」語言「不准轉移鬥爭大方向」的翻版和「無限上綱」的妙用了，無名氏以《塔裡的女人》之類作品充當「漢奸」或「准漢奸」似呼之欲出。至於，無名氏是不是「專寫」「『與抗戰無關』的黃色小說」？無名氏是參加了抗戰還是破壞了抗戰？無名氏究竟寫了多少「與抗戰有關」的作品？「『黃色』一詞的標準用法」究竟如何？本文不必去一一考察與析辯，用來駁斥這種信口開河了。因為，無名氏的作品久已開禁，對這個問題感興趣的讀者，自可憑無名氏抗戰作品的證據，作出正確的判斷，是不會被何先生的「誘導」弄得暈頭轉向的。其實，最簡單可行的辦法，讀者只要去翻閱一下無名氏的抗日散文集《薤露》，問題便可迎刃而解，而何先生的高談闊論也就不攻自破了。更令人不解的是，何滿子因胡風問題遭受了四分之一世紀的磨難，80 年代初已經平反，重新獲得作品寫作、發表和出版的自由。但是，他對 1979 年已經平反的無名氏，行使這種公民的權利，卻大加討伐：「無名氏去臺灣之前的 1980 年 10 月，浙江文藝社就已發掘了他的作品，以『內部參考讀物』的名義，出了他的《中篇小說選》三卷本，包括在抗戰時期為正派讀書界所不齒的《北極風情畫》和《塔裡的女人》等小說。1982 年湖南作協的文學雜誌《芙蓉》和《湘江文學》也刊登了他的新作，使抗戰時期過來的有識者錯愕莫名了。」總之，在何滿子眼中的無名氏還是「黑人」一個：舊作不得重新出版，理由「抗戰時期為正派讀書界所不齒」；新作也不得發表，理由「抗戰時期過來的有識者錯愕莫名」。在「文革」的暴力下，被所

謂「打翻在地，再踏上一隻腳，讓他永世不得翻身」，但終於還是翻了身的何先生，為什麼在時隔大半個世紀之久的新世紀的今天，還要在無名氏身後的屍體上，「再踏上一隻腳，讓他永世不得翻身」呢？何先生振振有詞地說：「我敢拍胸保證，我所認識的文學界老朋友，無一不是鄙視無名氏的」。何公的激憤溢於言表，但「無一」卻完全靠不住，只舉一例可以為證：無名氏在 1998 年這樣寫道：「重見賈植芳編《現代都市小說專輯》，收拙作《塔裡的女人》影印本，如見五十年前故友，感觸萬端。」（見 2002 年第 3 期《南京作家》第 18 頁）我們從這裏得到的、作為何滿子當之無愧的「文學界老朋友」的賈植芳先生對無名氏的印象，卻並不「鄙視」，也並不「拒絕」的。現在，國共兩黨的領袖都握手了，我就不相信，文壇還會有比政壇更了不得的所謂「鬥爭的原則」，還會有比政壇更難解開的恩恩怨怨。何況，何的指責根本不能成立，何滿子與無名氏之間尚不存個人恩怨，而無名氏的筆下確實留下了對國族存亡所係的抗戰有所作為的文字呢？

在這炎熱的夏季，在這世界慶祝反法西斯勝利 60 周年，和中國慶祝抗日戰爭勝利 60 周年的日子裏，使我想起無名氏的緣由，除了前兩年看了何先生那篇七扯八拉，所謂無名氏如何以黃色小說破壞抗戰的文章，感到鯁骨於喉外，便是他那鮮為人知的充滿民族正氣的抗日抒情散文。而無名氏似因《北極風情畫》和《塔裡的女人》之盛名的掩蓋，作為文人的浪漫形象被過度的喧染，為文學史家司馬長風所稱道的其散文向來不被讀者所注重，致使另一面的金剛怒目被湮沒，恐怕也是其屢遭或易遭曲解、誤解的原因。無名氏，不僅如魯迅所說是「願意或贊成抗日」的作家，而且是成功創作了抗日優秀散文的作家；這些作品向世人證明，無名氏並非只是沉溺於愛河、藏匿於象牙之塔、置民族大義於不顧的浪漫文人。

無名氏的《薤露》集，是以反映抗戰投影於社會方方面面的的散文作品集，我們從中不難看到，作者鮮明的抗戰立場，堅定而強烈的愛國主義情懷。既有作者投向侵略者的憤怒目光和正義譴責，也有對

抗日軍民的讚美與歌頌，更有對抗戰大後方低迷氣氛的鞭笞與嘲諷，還有對歐洲反法斯西戰爭的熱忱感應。其中〈僧二〉、〈烽火篇〉、〈詛咒集〉、〈寶劍篇〉、〈火燒的都門〉、〈夢北平〉、〈絕望的呼籲──給法蘭西國民〉、〈薤露──「8‧13」三周年謹獻給全體死難將士之英靈〉，尤膾炙人口，其中以〈薤露〉與〈火燒的都門〉為最。

〈薤露〉之「薤露」者，即指附著於滿山遍野、隨處可見的野草上，生而滅、滅而生，生生不息的露水，無名氏用以賦比在抗日戰場上捐軀的全體將士的英靈。我們彷彿看到並感受到，作者匍伏著身軀、親吻著祖國的大地，對抗日戰火中葬身於廣闊無垠的、連綿不斷的原野上的無數英靈的：頂禮、膜拜、禮贊、謳歌，是深沉、至誠、執著而感人的。〈火燒的都門〉，其實是由〈啊，你火燒的城！〉、〈生命的剎那〉、〈人性的尊嚴〉、〈花袖章與巨人〉、〈我的眼睛濕了〉、〈屍〉、〈生前與死後〉、〈靈魂頌〉八節組合而成的散文詩，以雄渾而有力的筆觸記載了侵華日機轟炸重慶時發生的空戰，中國軍民憤起反擊，不屈不撓而可歌可泣的歷史畫面。這兩篇抗日抒情名作，在展示了血與肉的代價、血肉與靈魂的衝突、正義與邪惡的抗爭與拚殺之餘，彷彿讓讀者看到了：這場亙古未見的日本侵華戰爭，給中國人民所造成的慘烈與苦痛是空前的，五千年厚重的文明史表明中國是不可戰勝的；確是億萬炎黃子孫應永遠刻骨銘心的。無名氏還清醒地提出了，一個迄今還令世人困惑而悲憤的命題：「如果千千萬萬人的生命、血淚，還不能建築一個新的國際秩序與道義，我寧願人類整個毀滅。」

〈薤露〉於 1940 年發表時反響強烈，當陪都重慶的中央廣播電臺的電波，傳至後方醫院乃至遠及印度的中國遠征軍醫院，住院的傷殘官兵們速記下來，競相傳閱，紛紛要求重回戰場殺敵。傳至前方的將士，更激勵了他們奮勇殺敵的士氣！〈薤露〉發表後，即被黃炎培創辦的中華職業學校入選語文教材，現在還見於臺灣的語文教材。在我看來，這是篇最早的「誰是最可愛的人」，比 50 年代初那篇要早十來年的「誰是最可愛的人」，是大可作為大陸的學校的語文教材的。

　　在我們欣賞這兩篇美文藝術魅力之餘，我以為：這既是對絕非黃色作家的無名氏更深一層的貼近與瞭解，也是對屢屢曲解與非議無名氏者的回答與拒絕，更是在世界反法斯西勝利 60 周年暨中國抗日戰爭勝利 60 周年之際一份菲薄的追思與一份素樸的紀念。

附注：發表時署筆名黃林

2005 年 7 月 23 日　大暑之日於南京寓所

（原載《南京作家》2005 年第 3 期）

　　七十年代末，當「革命大批判」的硝煙漸漸消散，八十年代初「虎氣」文藝批評終於逐漸失去權力的後盾與依託，其殺傷力大不如前了。即使出現過比較短暫的反精神污染和反自由化，還有反人道主義，文藝批評「虎氣」的頹勢也不可避免。當「拉大旗當虎皮」從使用的高頻率和高分貝降下來之後，已完全失去市場，但「虎氣」未去。由「老虎屁股摸不得」取而代之了，一碰就跳，或一摸就吼，做做兇狠的樣子罷了；嚇唬嚇唬心有餘悸者，或意志薄弱者，或一些涉世不深的青年人而已。這時的「虎氣」終因沒有了「階級鬥爭為綱」的大旗，成了被關在動物園的老虎了，這是文藝批評轉換過渡的時代，是文藝批評想繼續充當「文藝員警」而文藝膽敢拒絕「員警」的時代，是文藝批評不再產生周揚、姚文元之輩躍登「龍廷」的時代，隨著「革命大批判」的喧囂聲越來越遠，九十年代初文藝批評經過一段喧嘩之後，終於悄然走向多元眾聲的時代。「虎氣」的文藝批評卻只能作為其中的一元一聲跟進，失去了昔日顯赫的主導地位，其文章鮮有人領教，其刊物無人光顧。「革命」口號無法叫響，「運動」波瀾不興。文藝批評要制服文藝沒有「實際解決」怎麼行呢？於是「虎氣」文藝批評時下要想顯示其威力，不得不尋找並拿起新的武器憲法和法律來了。四處尋找，八方巡邏，主動出擊；文章東抄西引，曲曲折折，臨末不寫到所謂「違憲違法」份上是不丟手的。什麼「這已超出文藝創作的範疇，涉及法律責任問題」啊，什麼「這哪裡是創作，胡編亂造，弄虛作假，存心作偽，已涉及到要依法打擊文化假冒商品問題」啊，還有什麼「這不僅僅是文藝問題，還涉及如何依法加大文化市場管理力度問題」啊……，等等，不一而足。有時，當遭到反唇相譏的回敬時，又忙不迭迭出來要維護名譽權了；完全忘了首先侵權發難者竟是自己手中那枝沾上「虎氣」的筆桿子。如果說八十年代有時還能獲得幾份檢討書作為戰利品，得勝回朝。那麼時下則『處處碰壁』累累失利；或不了了之，無人理睬；或空喊幾聲，未遞狀紙；或反被罵得狗血噴頭，三緘其口，一聲不吭，虛稱雅量；或各走各的路，第二天的太陽照樣升

起。總之，連一份檢討書的戰利品也撈不到了。於是，「虎氣」的文藝批評，只好百無聊賴地仰天長吼，成了「老虎咬天無從下口」了。到了這一地步，是什麼原因呢？這除了「虎氣」文藝批評，誤把「革命」置換成「憲法」，犯了時代的錯誤；還在於以民主為核心的憲法政治是容不得以專橫獨斷為核心的任何變種的「革命大批判」的，是容不得以侵害人格尊嚴為目的的任何變種的「虎氣」文藝批評。「憲法」是公器，就看「老虎咬天無從下口」久久不能得手之後，有否把「公器」轉換成「專利」的手段和能耐了。就像當初把也作為「公器」的「革命」轉換成「專利」那樣，來一個「上綱上線」換成「上綱上憲」的把戲。然而，以我看，大概很難。不過，時下還只能落得個「老虎咬天無從下口」罷了。

對從「拉大旗當虎皮」，到「老虎屁股摸不得」，再到「老虎咬天無從下口」，這「虎氣」三步曲的演變，與其稱顯示了歷史的進步，無如說在權勢孵化下的「虎氣」文藝批評的，要狠也狠不起來了，要凶也凶不了了。虎聲一吼，威震八方，畢竟不可復現了！中國的文藝批評，是終究要徹底脫「虎氣」的，因為「天」是無論如何奈何不得的。

「天」是大氣候呵。

2003 年 9 月 5 日於斗室

（原載《南京作家》2003 年第 4 期）

文學的趣情理與烹飪的色香味

　　首先提出文學作品趣、情、理這個概念的不是敝人，是南京師範大學甘競存教授撰〈略論魯迅雜文的情理趣〉（1983 年第 2 期《魯迅研究》）一文時所創，那時影響頗巨。以我與甘先生交往三十年所聞所見觀之，其人、其言、其文都是「趣」字當頭的，不知當初原創時何以「趣」字殿了後。這裏順成一趣二情三理的層次，可說是敝人對甘先生原創的一個「發展」。甘先生則是對王夫之（1619-1692）於《古詩評選》卷五所倡「亦理亦情亦趣」之「發展」。為此，我思索了二十多年，其實質是把王夫子所說翻了個筋斗，以為把趣－情－理按此順序排列，來認識理解、創作評論、研究賞析文學作品，足可抓住文學的本質。此說，倘若以「正宗」的文學理論目之，似有奇談怪論、胡言亂言之嫌。不過，記得《中華讀書報》（2004 年 2 月 11 日）曾以整版篇幅開展過「文學理論死了？」的專題討論，只一期即剎車收了場，不知是擔心理論問題的多米諾效應，還是其他什麼問題，就不得而知了。那麼，這裏就文學問題扯上兩句，純屬一己之淺見，大概是無關文學理論死與活的宏旨的。

　　一趣。任何文學作品都離不開這首當其衝、撲面而來的「趣」字。極而言之，「趣」簡直就是文學作品的生命；有趣則生，無趣則死。即使在往昔極度強調文藝作品教育功能的日子裏，時不時都要提及「寓教於樂」與「喜聞樂見」的，其實這正是文藝作品的最大特性的「趣」的魅力之所在；雖然當時是絕不准這麼認識文藝特性的，即使時至今日，好像也未見那一部文藝學理論或概論敢把「趣」提高到這樣的高

度。沒有「趣」,「喜」與「樂」從何而來?樂趣盎然而至,喜趣勃然而生,是讀者與觀眾主動接近、接納文藝作品的,亦稱接受美學的最直接的動因。否則,作品便無人買帳。不買帳,時下就是無人買單;無人買單,就是無人消費你的文藝作品。即使是鋪天蓋地的廣告、精美絕倫的包裝、昏天黑地的炒作,倘若作品本身無趣而搞到血本無歸的地步是難免的。這是包括文化市場在內的一般市場規律的必然情勢。當今長篇小說的「繁榮」,電視連續劇的「昌盛」好像蔚為可觀,但落得個「一版」、「一播」命運的要占百分之九十五。這既是對這「繁榮昌盛」的莫大諷刺,也是對人、財、物資源的極大浪費。如果從文化國際市場的進出口這個角度來看,「逆差」恐怕是巨大而驚人的。是否有必要縮減或降低這「逆差」,似乎無人理會。上個世紀七十年代末以降,何以電視小品與武俠小說相競風靡大陸,搶盡了風頭?說白了,就是它們都以一個「趣」字搶佔了文化市場的巨大份額,而讓趣味似有實寡的所謂純文學作品越來越趨於邊緣化狀態。然而,電視小品與武俠小說憑藉「趣」字打天下獲得莫大成功與輝煌的經驗,卻是值得作家們深長思之與認真汲取的。至於趣,自然有雅俗之分、文野之分、莊諧之分、高低之分、大小之分、渾然厚重與輕俏淺薄之分等等。這就要看作家手中那付絢麗多彩的筆墨,根據作品謀篇的需要,如何揮毫成「趣」了。

「趣」字為首,分別與「情」、「理」的相通,便是「情趣」、「理趣」。

時下貶損魯迅成某些作家的一大嗜好。我以為不管如何臧否,只要有那部《阿Q正傳》在,魯迅便可不朽。這部著作的偉大趣味,就是從「開心話」發端的,是那些頑主玩了一大摞子小說,硬是玩不到他的半山腰乃至腳下。可說連老舍、錢鍾書筆下的那份幽默與趣味都望塵莫及,更不必說望魯翁之項背了。

趣,往往是作家的天分。沒有了趣,味同嚼蠟,也就沒有了文學;當然,僅有趣,也不成其為文學。這也是電視小品與武俠小說,以「趣」

打天下，竟落到「弄笑」與「惡趣橫生」的地步，而始終跨不進文學殿堂的致命弱點。

二情。如果說趣是第一層次的，那麼情便是第二層次的。文學作品「無趣」不可想像，文學作品「無情」就成了無源之水，無本之木，也不可想像。大概在上個世紀七十年代末有一種顛覆性文學觀點出現，稱 1949 年後 30 年文學成就不如前 30 年的，一時間沸沸揚揚。近又見德國漢學家顧彬更形象化的比喻，前者是五糧液而後者是二鍋頭。這裏且不去說它，這個倒退的文學現象的原因自然是多方面的。然而，若以一字以蔽之，那就是這個「情」字的撲滅。在批判所謂人性論的一浪又一浪的滌蕩下，「情」字已蕩然無存。人情、人性、人道、人愛、友情、鄉情、親情、愛情等等，統統成了文學作品的絕對禁區，就連《白毛女》中的一對戀人喜兒與大春，在樣板芭蕾舞劇拍成的電影裏一點愛情的意思，都被搞得不敢有一星半點的流露，遑論他者！「戀」而無「情」，也算那個特殊年代留給中國戲劇史的一個「史無前例」。

時下文學作品中的情的禁區早已被打破，八十年代曾經湧現過不少真情所在的作品，很是風光；甚至仍未失文學記憶。但無須諱言，時下許多作品中的「情」並非是作家體驗的真情，而矯情居多，最糟糕的是以欲替情，或以欲煽情，甚至濫情到以身體寫作的地步。喜怒憂思悲恐驚，前人之說備矣，但那是前人之體驗；然而也可說七情難以窮盡，因為隨著社會的不斷進步，生活的不斷豐富，七情六欲也不斷更新著。即使是相同類似的情感，不同時代、不同作家也會產生相異的形形色色的體驗。情固然有特性個性，但又無不人人相通，這就是附麗著「情」的文學作品所以沒有止境，而又可超越時空，被稱之為人類「共同語言」的緣故。緣何今人為古人擔憂，又緣何為洋人灑淚，再緣何後人將為今人拍案驚奇，蓋源自一個「情」字也！在文學作品中翻江倒海的這個「情」字，如火似炭，如風似雲，如暴似潮，

又如花似玉，如月似水，如柳似荷的，真真是十分了得的；如果我們真有本領把一脈脈真情傾瀉於作品之中的話。

　　現在有人批評長篇小說出得太多太快，其實要批評的應是這多而快之中好的太少。據估計 2002 年長篇小說直逼 1000 部（近年仍有節節攀升之勢），若以百分之一有再版之機會計算可得 10 部；而這 10 部之中是否有一部傳世之作那就更難以想像了，這才是問題要害之所在。現在寫作傳統工具的筆桿子已由先進的電腦所替代，而電腦又可與先進的膠版印刷相聯，出得多而快本是件大好事，因為有了可觀的數量自會有一定質量作品的產生的。然而不幸的是，當今文壇又一次面對製造文字垃圾高潮的到來。如果我們作家的真情猶如黃河之水天上來，實感恰似一江春水向東流，有這麼幾位也是在商業大潮中湧現出的像巴爾札克、雨果、左拉、大仲馬那樣的大手筆領軍，呈現一派萬花齊放的景觀，未嘗不是可喜可悅之事。可是，現在是淺嘗則止，下筆萬言；或閉門造車，異想天開；或躲避成風，行走如雲；或矯情氾濫，無病生吟；或隔靴搔癢，言不由衷；或左顧右盼，費盡心思等等不一而足。總之，不是為了僅把「真事」隱去而是為了要把「真情」掩蓋。這樣從面前結隊而過的是製作一次性文學速食的廚師而不見文學巨匠。我想這些可敬的高產作家們，是否可考慮稍息片刻，反思一下你的筆下有幾分真情？或者找三、五本巴爾扎克們傳世的小說捉摸捉摸，之所以傳世的因素，或許會有所裨益的。這位號稱「社會書記」的巴爾札克，當他把筆觸伸向法國各階層的男女時，雖然他並不認同在市場大潮中湧現的發跡者，但他卻毫不掩飾對這群滿身銅臭味的後來者的由衷讚歎之情；而他對其景慕的以國家俸祿為生的貴族的江河日下的哀歎之情，則與之交相輝映。這位巨匠以飽滿而酣暢的筆墨，描繪了對偏見的藩籬的沖決，那真情真讓人神往！現在連巴金小說與散文中的那份熱情，已不可多得多見了！先前小說家的巴金成了 1949 年後的散文家的巴金，後者雖然也難以擺脫時代的強勢影響，但巴金

「把心掏給讀者」的真情還是盡可能一以貫之的，這名言恐怕也是對「情」字最好的詮釋與注解。

情，往往有了體驗才源源而來，甚至奔騰不息；作家倘沒有體驗到的真情在血管中湧動，萬不可輕言創作。文學創作的天敵，是矯揉造作之情；這點決騙不了自己，也騙不了讀者，更不必說去經歷那無情的時間的考驗了。

三理。按我的意思，「理」自然是文學作品在「趣」、「情」之後的第三層次。若以機械的比例來表明這三要素的關係，大概是6:3:1。這裏雖然確定「理」為一分，且又殿後，但這一分卻不是可有可無的一分。因為文學作品畢竟不是學術論著，它的「理」要憑藉藝術形象去體現，而其本身不好直接說話，這是文學作品的特性所決定的；所以應確定為一分而不是六分。打個比方，假若「趣」為人體，「情」為血脈，而「理」乃靈魂也。現在有人問文學作品最缺什麼？我以為就是這個「理」，即在作品中展示的屬於作家自己的靈魂。往昔曾以「人類靈魂工程師」的高帽子抬舉過作家，其實那是政治指派給作家的現成的先驗的「靈魂」，而作家只有以全身解數去圖解政治的份兒。這也不是什麼新東西，而是五四新文學運動曾經推倒的老中國的「文以載道」的翻版與復舊。久而久之，文學作品中作家從人的本位去體驗、去思索、去領悟，人生之理、生活之理、生存之理、生態之理的缺失或不到位已是很普遍的現象；也可說是五四新文學所倡導的「人的文學」傳統斷裂的必然結果。中國社會從上個世統初曲曲折折發展到今天，提供的許許多多的新內容，展示的曾似相識與不曾相識的矛盾與問題，有時連計程車司機都能侃侃而談，而我們許多作家卻不甚了了。有的作家不僅無意探索，甚至漠視乃至蔑視「理」，認為那是理論家的事與已無關。但漠視到連「啟蒙」為何物，現代民主、現代法制、現代公民道德倫理為何物的常識都缺乏，這就遑論作家為何而寫作了。在這種狀態下，有位作家竟然聲稱頒發諾貝爾文學獎的赫爾辛基的西北郊，已有好幾位中國作家的靈魂安葬在那裏，因為據說他們付出的

辛勞已超過了中國到赫爾辛基的實際距離。這是不是有點癡人說夢的味道？我們捫心自問，環顧當今中國文壇，出現過一部文學作品猶如「開談不說紅樓夢，熟讀詩書亦枉然」似的景觀嗎？我們有磨難超過許多前輩的作家，卻沒有從磨難中提升出獨特而深邃的「理」的文學作品。老實不客氣地說，客觀上當然與多年來思想界理論界本身的貧瘠不無關聯。時下思想界對創作家們表示遺棄的態度，大可不必，因為思想界本身確有不少事情並未到位。「今索諸中國，為精神界之戰士者安在？」的老問題，還依然是個問題。不過狠狠衝擊一下文學界對「理」的缺失，還是很有必要的。作家要確立對「理」追求的信念，這是成功作品本身的最起碼的內在要求；否則，無論如何總離不開失魂落魄的模樣。作家的辛勞，不只是要運用在「趣」上和「情」上，更不在創作的數量上，而要在這一分「理」上付出十分乃至十二分的辛勞。而這「理」，只有作家自己「親自」去悟、去探索、去獲取，這個「悟」字是任何人替代不了的。中國古代有部《醫學心悟》，倘若當今文壇有部《文學心悟》，未嘗不可聊備作家一時之需。因為這「悟」的學問實在大得很、深得很、妙得很。

最近有部胡發雲的《如焉》小說名噪一時，為思想界所推崇。我找來一讀，方知是其閃現了批判的光芒，而這批判的光芒是久違了的，與時下的低俗化形成了鮮明的對照；正因為稀缺，也就顯得《如焉》極其寶貴，值得稱道了。

為什麼這些遍於街頭巷議而於報章電視新聞又俯拾皆是的「故事」，就硬是不為作家的筆去有所演繹呢？這與其說作家缺乏「理」的敏銳，無如說作家的勇氣已為新犬儒主義所俘虜，已到可憐的地步；更不必說最起碼的人文關懷了。

其實據我所知湖南作家李躍文以《國畫》為代表的「新官場現形記系列」小說，其批判的鋒芒是銳利的，贏得了讀者的歡迎。但文學批評界似乎對之裝聾作啞，理論界似乎視而不見，不知為什麼？幾年前，我與一位老批評家偶然提到李躍文，他以極不屑的口氣，「還是官

場無好人那一套」回答之。僅據此一句,當然李躍文也就無足道了。我的觀點則不然,在當今文學普遍低俗化的狀態下,李躍文的意義非同尋常,正是由於他的堅守與不懈努力,以埋頭走自己的路對應批評界的沉寂,這幾年我們才欣然地接上章怡和的《往事並非如煙》、《伶人往事》、胡發雲的《如焉》等,以不同的文學樣式,沖決低迷之風與新犬儒主義聯手造成的文壇低氣壓,而讓讀者呼吸到一股清新的空氣,精神為之一震。

無論是老掉牙的批判現實主義,還是老一套的「新官場現形記」,甚至技巧還不夠上乘,所表現的似乎還較浮光掠影,但只要作家的筆觸,敏銳地觸及了現實生活的根須,提供了讀者思考的空間,那就值得肯定他對「理」的探求。

理,是後天的;往往像千百萬噸礦藏中提取一克鈾那樣的艱難與稀缺。這是大師巨匠與一般作家乃至平庸文人、傳世之作與一般作品乃至低俗作品的分水嶺,也是古往今來中外文學史上經典作家與經典文學作品的「經典」啟示。

一趣、二情、三理以及趣、情、理的 6:3:1 的比例,只是大體相對而言,萬勿對此做絕對化的理解,任何量子力學都是無濟於事的。其實,在實際的創作活動與具體的文學作品中,趣、情、理三者都是有機的組合、精美的融匯、天然的匹配,渾然一體而密不可分的。由於作家的經歷、秉性、修養、造詣的千差萬別,小說、散文、詩歌、劇本文學體裁的不同樣式,趣、情、理這三要素在文學作品所呈現的形態決不千篇一律,也不可能千人一面百人一腔,而可多彩多姿的。

再好一比,「理」是品嚐體驗到的「味」,不是可以見到的「色」與可以嗅到的「香」。文學作品中的趣、情、理俱全,猶如美味佳餚中的色、香、味俱全,是很相似的一個道理。如果我們的讀者,一個個能給出文學作品的評語,如同大餐之後個個興奮地說:「味道好極了!」那麼,這部文學作品就真的成功了,真的給讀者帶來了美的愉悅與享受。這樣的作品不僅海內有了市場,恐怕海外也會來「定單」。據我所

知，中國新文學史上外國「定單」最多的作家，是魯迅和老舍，這與他們作品中趣、情、理俱全，為「趣字當頭、情字老二、理字殿後」作出了典範，有莫大關聯。倘若敝人之見，為創作家們所認同，我們中國作家也可以像中國廚師那樣，把中國文學的趣情理像中國烹飪的色香味那樣，像模像樣地推到全世界的角角落落去；長此以往，久而久之，積以時日，不是沒有這個可能的！去年秋天我旅美了兩個月，用中西各色各樣餐時，就免不了要想到這個問題。

問題的關鍵所在，我們要給出一個真正屬於文學自身的文學理論。只要文學不亡，屬於文學的文學理論是不會死的；但外加硬貼的東西則難免死亡的命運，古往今來這類東西難道還少嗎？與文學何干！

這似乎也是文化全球化進程中的題中應有之義，難免涉及進出口的相對統一標準問題與普世價值。這就迫使我們不得不去面對、去理會、去探究，一個與色、香、味相似相通的文學作品中的趣、情、理的三要素問題；這個與人人口欲、口感、口味相似相通的、放之四海皆準的、人類「共同語言」的美學標準是客觀存在的。

2007 年 5 月 21 日修定

（原載《南京作家》2004 年第 2 期）

一息尚存　不說再見

——吳奔星先生二三事

4月20日吳奔星先生走了，就像燭炬最終熬盡僅有的一點發熱發光的能源，不在意料之外；由於耄耋老人，因病魔的摧殘並與之打拼已好幾個年頭了。但噩耗傳來，呆坐在書桌前良久，回想起每次跨進他書屋，總見他伏案工作，筆耕不已，老而彌堅，碩果累累，以及與我交往中的點點滴滴，我的心臟還是不由自主地緊縮起來，感到痛楚。

和吳先生的最後一面，是2002年9月15日。因他當時題贈《吳奔星新舊詩選》的扉頁上面有這個日期。這天有點小雨，我是與甘競存先生約好，並事先徵得吳先生小兒子吳心海歡迎訪晤的意見後，一道去拜望他的。早聽說吳先生在南師大校園散步，不慎摔了一跤，後又患中風，現在辨認熟人已很困難。我覺得此刻，更應該抓緊時間去見上一面。即使不能辨認說不上一句話，但只要能獻上鮮花，置於病榻旁，寄託祝福心願也好。可那天我們走近病榻時，吳先生精神難得的好，在吳心海的照料下，不僅認出了甘老師與我，叫出了我們倆人的名字，還用難以控制的筆，分別在兩本《吳奔星新舊詩選》上為我們題簽，台頭、落款、日期一應俱全。這真使我們喜出望外。吳先生給我題簽的贈書有好幾本，而這一本雖有不少塗改，但卻彌足珍貴。後來聽心海說，這是吳先生一生最後的一批題簽，對那以後來看望的客人，他都無法再握筆了。

　　吳先生前幾年身體還很硬實時，精神一直不錯。有次南師大的幾位朋友約我聚會，我即刻就想起許久未見的吳先生。因此我就和他們說：「聚聚自然可以，但有個附帶的條件，一定要把吳奔星先生邀請到。」對方聞說，欣然同意，並覺得我這個主意很好。他們說，在南師大工作這麼多年了，早就聽說吳先生聞名遐邇，可就是沒有機會見上一面，此次能有此緣分，自然很好。隨後，友人便很熱心地派人往吳老府上相約，吳先生聽說是我的動議，也很開心。屆時，我先到吳老住處，陪同吳老信步向近在咫尺的餐館邊走邊聊天。當我問吳先生：「十幾年前我在《讀者文摘》讀到轉載您的新詩〈別〉之後，曾寫過一首和詩給您寄上，您還記得嗎？」他說：「怎麼不記得，我還把它一直保存著作為一個紀念呢。」我只是隨便說說，完全料想不到，此刻他已轉入沉思，隨即便和著方正的步伐，鏗鏘有力地背誦起他那膾炙人口的〈別〉來：「你走了／沒有留下地址／只留下一串笑容／在夕陽裏／／你走了／沒有和誰說起／只留下一雙眼睛／在露珠裏／／你走了／沒有說去哪裡／只留下一排影子／在小河裏／／你走了／笑容融化在夕陽裏／雙眼動盪在露珠裏／影子搖晃在河水裏／／哪裡都有夕陽／哪裡都有露水／哪裡都有小河／你走了／留下了整個的你！」我靜心地聽他一字一句的吟哦，驚訝不已，他老人家確確實實是在用生命寫詩呵！誰說新詩不能易記、上口、好背呢？這不只是他上了年紀，記憶力還這麼好，而是新詩的創作發展到吳先生筆下，已進入了一個前所未有的境界。他好些新詩都具有這個特點，不能背誦算不得好的新詩。吳先生，你以你最後二十年的輝煌業績，「留下了整個的你！」

　　但我這裏回憶的，只是關於吳先生的幾個碎片。

　　我不是吳先生的詩友，我與吳老很少談詩；我向吳先生請教並談論的更多的是魯迅。他長期擔任江蘇魯迅研究會會長，我忝名理事，二十來年開會見面的機會多，登門請教的機會也不少。

　　1986年春天，南師大唐紀如先生的〈敵乎友乎，豈無公論？──重評徐懋庸關於抗日統一戰線問題致魯迅信〉，在《南京師範大學學報

（社會科學版）》這一年第一期發表，引起吳先生的關注。一天，他通過洪橋先生約我去他府上談論這篇文章。他先問我的觀點，我說不敢苟同。吳先生說：「唐紀如這篇文章的觀點，我是不贊同的。但我不便寫文章，因為唐紀如是我學生。老周，你既然也不贊同，那這篇文章就由你來寫。」我說：「恐怕寫不好，這個現代文學史上的大問題，涉及的資料與紛爭太多太複雜。」吳先生說：「這是關係到魯迅的一件大事，文章出在江蘇，應該由江蘇的同志出來爭鳴。我瞭解你，你的文章大多注意充分佔有資料。你下點功夫，能寫好，寫好拿來給我看看。」沒有教訓，只有啟示。由於吳先生的鼓勵，我只得勉力為之。於是，我花費了二十多天的業餘時間，挑燈夜戰，一氣呵成三萬字的長文。我寫好後，他看了覺得滿意，並說這是一篇很好的駁論。但認為原標題不夠好，幾經推敲，結果由吳先生一錘定音為：〈是乎非乎，豈容顛倒？——評唐紀如同志的「敵乎友乎，豈無公論？」〉。他還解釋說，「本來就是『是與非』，為什麼還把『是非』說成『敵我』呢？這樣好，鮮明。」考較題目的對仗與工整，並與爭鳴對方觀點對照起來，這是吳先生創作舊體詩的習慣。把這個文字技巧，運用到這裏，確給拙作增色不少。拙作當年發表後，2002 年 2 月又為《誰挑戰魯迅》論文集收入，但吳先生已在病中，我已不便拿這本新出的書讓吳老寓目，重溫「敵乎友乎，豈無公論？」與「是乎非乎，豈容顛倒？」這幅由他敲定的對子，再讓詩人撫掌大笑了。

　　吳先生主持每年的江蘇魯研會，我覺得也有幾處可圈可點。1982年秋天在南師大禮堂召開，吳先生在主席臺首先開講，他說：「現在客人還未到，由我先講，邊講邊等。我的題目是『試論魯迅的前期與後期』。……」他還沒有說上十來分鐘，匡亞明先生與陶白先生作為江蘇魯研會的顧問已前來赴會。吳先生發現，即刻打住：「現在我就說到這裏，下面請匡亞明同志和陶白同志分別給大家講話，請鼓掌！」雖然會議還有機會，但他把自己的論題早就拋到腦後，不再提起，盡可能讓更多的同志發言。可是到了來年，吳先生又主持會議的開場白時，

誰都忘記了他那中斷的論題，可他仍興致勃勃舊話重提：「去年我說魯迅的前期與後期，說到哪裡了？」全場哄堂大笑！但吳先生不笑，他依然認真地講了起來……

最使我難忘的是，1986年秋天在南京武定門附近開的江蘇省魯研會年會。當時因在《青海湖》雜誌上發表〈論魯迅的創作生涯〉而被全國不少報刊批評得「聲名狼藉」的邢孔榮，吳先生動議請他來南京參加會議。會前，吳先生還與邢孔榮單獨談過話。使邢頗受觸動，也很感動，惟有江蘇能這麼平等地對待他。吳先生的觀點很明確，雖然不贊同他的觀點，但並不妨礙我們與邢孔榮交流他為什麼要寫這篇文章，交流不是壞事。那天，唐紀如自動赴會，吳先生也表示歡迎。會議觀點交鋒的激烈程度，當可想而知。一個人發言一停，常有十幾個舉手要求發言，個個爭先恐後。而會議在吳先生的主持下，並未發生混亂。最後，吳先生總結道：「今天的大會，開得很好。氣氛熱烈而友好！貫徹雙百方針，我的理解就是要提倡百家意識。在座的每一位都是一家，在學術問題上每一家都有發表自己觀點的權利與自由。觀點不同就要開展平等的爭鳴，只有在爭鳴與交流中才能求同存異！今天的會議體現了這個精神！」事隔快20年了，拿吳先生的話，與當時有位大人先生對江蘇邀請邢孔榮赴會也當作一個事件來討伐，作一比較，認識之高低，真有天壤之別。

江蘇魯研會到連雲港開過兩次會。我記得可能是後一次，吳先生是由吳師母陪同的，留有一件趣事，在記憶中難以磨滅。會議期間，安排觀光了好幾處名勝，一次到了一個我已忘了名字的風景區，大客車一停，大夥兒都爭先恐後地登山而行。剩下十來人，或因疲乏，或因腰酸腳痛，或因年長，只得在山腳下的一座小飯館坐下望山興歎，等待登山而去的大隊人馬。這其中有吳先生與吳師母，還有我，更多的是吳先生已在高校教書的學生。開始先等，彼此談天說地，大家興致還好。臨近餉午時竟覺得有些饑腸轆轆，但也無人點破。這時，不知誰衝著吳先生冒了一句：「吳老師，您是會長，應該請客，我們就這

幾個人！」緊接著幾位女士一哄而起：「對對對，吳會長應該請客！」
吳先生只是隨大夥笑，並不回答。當起哄越逼越緊時，吳先生沈著地
應對道：「你們我一個都不請！我只請一個人，」並把手指向在旁默不
聲響的我，「我就只請老周一個人！來，服務員同志，給我們這桌來三
碗麵條！」我說應由我請吳老師，但吳先生態度堅定，我只好恭敬不
如從命了，好在我與吳師母也熟識。吳先生就這麼機智地從容地成功
地化解了一次突如其來的「圍剿」。大夥兒只是一個勁地笑，也沒有其
他話可對，也說不上偏心之類的話。我想，吳老大概看準我與在座諸
位的無可比性罷。因為除我而外，在座各位個個都是魯研界的專家，
而我只是個以醫生身份在魯研界客串的邊緣人。吳先生此舉既沒有使
自己完全陷於被動招架的地步，卻巧妙地取得主動突圍而去。大家對
吳先生這一招既感意外，也很開心，因為先坐餓等的僵局就在這幾個
回合的風趣說笑中由雙贏的場面打破，個個都有滋有味地拖起麵條來。

　　籌建南京魯迅紀念館，是吳先生逢會必講的永恆性話題。吳先生
的意見，是要把南京魯迅紀念館，設在魯迅讀書處──江南水師學堂
原址，這座晚清建築已列為南京文物保護單位，既可以對社會公開開
放，又可以作為江蘇魯迅研究的一個基地。甚至誰來當館長，誰來當
資料員，他都考慮了。起初，大家都有勁頭，但經一次次碰壁，就氣
餒了，漸漸地把吳先生的呼籲當作不諳世事的老年幼稚話來對待了。
報告照向上送，但誰也不再抱任何希望。而吳先生癡心不改，逢會必
說，年年必講，一直呼籲到他年事已高，不擔任會長當榮譽會長不參
加理事會為止。

　　我覺得，我們誰都沒有吳先生那份執著與純情，誰都沒有吳先生
那份韌性與堅強，誰都沒有吳先生那份不屈不撓的信念與追求。區別
在哪裡？我以為，我們都生活在世俗的現實之中，而吳先生是以詩的
境界來對待現實生活的，即使現實不能滿足他的詩意的要求，他也並
不抱怨，至多一聲長歎，餘下的只有忍耐與期待。他認為他自己所能
做的，就是繼續以詩的美麗和寬容，來不斷地向現實生活傳遞他的訴

求。現實倘有回應固然很好，若沒有回應也無所謂。他認為最緊要的，是該說的話要說，該想的事要想，該做的事要做。即使他撒手人寰之際，還留下許許多多未完之事，給人們以啟示。尤其是夫人李興華女士走後的歲月裏，每當我走進吳先生那寂寞的居室，看到一個老人總是在有條不紊地忙這忙那（沒有秘書或助手）偏無寂寞之感時，想到外面的世界很精彩而一位孤獨老人的內心世界更精彩時，感到中國人在這個年齡段人人都在享受最後的人生而他卻以平均每年一本載著愛與溫暖的書作最後的奉獻時，我的心不得不顫抖起來。我們許多人沒有毅力，更沒有能力，達到他所達到的高度，然而，吳先生的精神，卻再一次讓我深思最有意義的人生究竟是什麼？雖然，我現在已在一步步地向古稀之年走去。

吳先生滾熱的語言：「如果繼續活下去，詩與文還將寫下去，心路歷程是不會終止的。有生之年，都是寫作之日，一息尚存，不說再見。」始終在我的耳際迴響，哪怕他已經走了，無論會有多麼遙遠。

2004 年 5 月 8 日於南京

（原載《中華讀書報》2004 年 6 月 16 日第 12 版，
收入《別——紀念詩人學者吳奔星》）

話說「日丹諾夫情結」

——周揚與胡喬木的 1983 裂變

> 無論什麼黑暗來防範思潮，什麼悲慘來襲擊社會，什麼罪惡來褻瀆人道，人類的渴仰完全的潛力，總是踏了這些鐵蒺藜向前進。
>
> ——王元化 2004 年抄寫的魯迅語錄，
> 原載《魯迅全集第一卷·熱風·生命的路》第 368 頁。

> 那時我是很幼稚的，一直生活在上海，地下黨文委領導人如孫冶方、顧准、林淡秋、姜椿芳，他們都可以說是黨內傾向自由民主思想的。
>
> ——王元化 2005 年 7 月 10 日致筆者信。

1983 年馬克思逝世一百周年之際，中國的兩位馬克思主義者——周揚（1908-1989）與胡喬木（1912-1992），在紀念共同信仰的馬克思主義的日子裏，卻發生了一場爭鬥。這究竟是為了什麼？在四分之一世紀後的今天，我們可否用一個新的視角來作點探尋呢？從三十年代的上海，經四十年代的延安，到五十年代的北京，更歷十年浩劫的磨難，他們可是一路走來的知根知底的老戰友啊。

一、從五十年代說起

話從五十年代說起。1949 年周 41 歲，胡才 37 歲，均深受毛譯東（1893-1976）器重，都身居意識形態之要津，風華正茂，意氣風發。

顧驤先生在〈鄉賢胡喬木〉（《炎黃春秋》2008 年第 3 期）一文中說，「好像讀過王蒙兄寫的回憶文章，記不清是回憶胡喬木還是周揚，記下了這麼一個小場景：一次會議，周揚坐在主席臺上，胡喬木在一旁悄悄地對人揶揄他：『還頗有點日丹諾夫氣派』！說到日丹諾夫，無論是胡喬木還是周揚，好像都未曾謀面，但是肯定對於他們倆人都有深刻影響。」──這裏稱胡「揶揄」周在臺上做報告有日丹諾夫氣派，但另有一說恰好與之相反。此說出自張光年〈回憶周揚──與李輝對談錄〉一文中：「記得 1952 年文藝整風時，在文聯黨組擴大會議上喬木做動員報告，我（即張光年）和周揚坐在一起，他悄悄地對我說，『你看喬木的報告還有點日丹諾夫的味道哩！』他的語氣是讚譽的。」（《憶周揚》第 4 頁，1998 年內蒙古人民出版社）──不只是讚譽，恐怕還折射出頗為欣賞、心儀乃至有所神往的意味。周並沒有見識過日氏演講的風采，也並不瞭解其演講的實際背景，亦無須去瞭解，只是從文本中憑直覺所攝取而存之於心的影幻。其實，周做起報告的才華橫溢並不遜於胡。但這個日氏比喻的實質，不在「形同」而在「神似」，不在「才華」而在「權勢」，不是「並行不悖」而是「並世無雙」。誰坐上那把交椅，誰就成中國的日丹諾夫，不是日丹諾夫也成了日丹諾夫，何至於只是爭做某次報告呢？於此，周氏是否存在某些誤區呢？

實際上，應如張光年所言，說在臺上做報告像日丹諾夫，是周稱胡而不是胡稱周，因為胡稱周的可能性似不大。雖然周的資格比胡要老，在上海左聯時期，胡是由於得到周的賞識而被提攜到領導崗位，猶如周前此得到馮雪峰的賞識而被提攜一樣；周與胡的地位在四十年

代的變化，也如同馮與周的地位在三十年代後期發生的變化相似。周超過了馮，胡超過周，都是後來者居上。但五十年代的周，只是被主人放在文藝總管的位置，而胡比周更接近意識形態總管的高位，胡的官位比周明顯居高，周在毛時代官至中央候補委員，胡則是中央委員並任書記處候補書記，更不必說其長期任毛澤東政治秘書之要職了。這裏所言日丹諾夫的「氣派」或「味道」，不是別的，是指日丹諾夫作為蘇共意識形態的最高指揮官，不容挑戰的理論權威的「光輝形象」，當不言而喻。

顧文稱「好像」讀過王蒙回憶文章中有，但我翻閱了王蒙的〈周揚的目光〉、〈悲情的思想者〉與〈關於胡喬木不成樣子的懷念〉幾篇回憶文章，卻未見顧先生所引的那段指認明確的「小場景」。其實，五十年代的王蒙剛露頭，資歷尚淺。在一般情理上，無論胡還是周與其關係，恐怕都還不到與之言說這樣「悄悄話」的地步；大體屬傳聞之類。

王蒙先生在〈想起了日丹諾夫〉一文中有的倒是這段話：「常常想起四十年代蘇聯共產黨的中央書記日丹諾夫。他在一九四六年整肅蘇聯文藝界的行動與言論舉世震驚，似乎也對中國的革命文藝運動頗有影響。在我從事共青團工作的那些年代，一提起日丹諾夫來大家都十分崇敬，甚至於有人曾經把中國的某一位十分有威望的領導人稱為『中國的日丹諾夫』。而如今，時過境遷，回顧日氏報告，仍是那樣地驚心動魄而又親切難忘。日氏，典型的絕對型、權威型、乾脆說是暴力型的語言，我輩是如此熟悉——我們與這種類型的語言可以說是周旋了一輩子！」

王蒙還說：「讀一讀日氏的講話，真可以稱作是義正詞嚴，浩然正氣，高屋建瓴，勢如破竹，沒了治了。他堅信自己代表的是真理正義光明，而自己所否定的是反動腐朽黑暗。這種絕對化思維模式實在是危害太大了。它越是自以為偉大正確就越是會下毒手做出旁人做不出來的可怕的荒謬的事。因此上述日氏偉大風格的另一面，人們看到的

是專橫跋扈，以勢壓人，殺氣騰騰，訛詐恫嚇，有嘩眾取寵之心，無實事求是之意。實在要不得！」

——王先生的前段話，言簡意賅，既寫出了日丹諾夫在那個年頭的「耀眼光環」，也寫出了這個年代對日氏的重新認識。那年頭即五十年代的中國，實行「一邊倒」的國策，即「一邊倒向蘇聯」，並稱「蘇聯老大哥」。凡事都以蘇俄為楷模，事事尊崇，處處效法，蔚然成風。蘇聯的農業幹了三十年沒有超過沙皇時代的最高水準，已經出現了多年的停滯或倒退（1913 年沙俄糧食產量 8600 萬噸，1953 年史達林逝世時糧食產量 8200 萬噸；而蘇俄因兼併了十五個加盟共和國，領土面積則增加了百分之二十四），可是一部把蘇聯美化為人間天堂的《幸福的生活》（反映集體農莊生活）影片，放遍大江南北，成了我記憶中美輪美奐的「社會主義現實主義」的傑作；國人無不把這種宣傳品視為真實的蘇聯，並趨之若鶩為「天朝聖地」。莘莘學子則被告知，人類所有的科學發明都是俄國人，世界所有領域居於首位者必定是蘇聯。「蘇聯的今天就是我們的明天」的口號家喻戶曉。魯迅寫於三十年代的〈我們不再受騙了〉，明明是由於資訊封閉受騙於蘇聯的虛假宣傳之作，此刻卻成了認識蘇聯，人人必讀的課文乃至範文。於是面對市場經久不衰的「排長隊」現象，其實是經濟狀況從緊，物質消費匱乏的反映，而國人卻也學會了大說「年年豐收、歲歲增長，市場繁榮、物價穩定，既無外債、又無內債，人民生活猶如芝麻開花節節高」之類「革命假話」的新教條新八股。在這個大潮流下，蘇聯成了人人心目中朝思夜想的「理想之邦」，國人乃至文化人，對蘇聯普遍失去最起碼的辨別能力；這當然由於「輿論一律」和文化封閉的客觀形勢所致。以致到六十年代中蘇關係發生逆轉，老百姓竟一時又轉不過彎；足見對其瞞騙很受用。因此，正如王先生所言，當年對「大家都十分崇敬」的日氏，是「親切難忘」；然「時過境遷」，才發覺原是暴力型語言的「典型」。其實，日氏還是那個日氏，至死未變，而是國人今天的視角變了，由粗暴變得不那麼粗暴甚至不粗暴了。當初之所以搞到美醜不分、是非

不明、真偽難辨的地步，不怨別人只怨自己發生了「羊群效應」式的「盲從」，形格勢禁罷了。更可怕的，有的還要「周旋了一輩子！」可見蘇式烙印之深。

　　——王先生的後段話，對日氏報告精神實質的歸納，真是高度概括，擊中肯綮，淋漓酣暢，力透紙背，精彩之至。但是，如果把「日氏」兩字，換上從五十年代興起的歷次大批判，迄至「反對精神污染」、「反對資產階級自由化」中，出現的一個個猶如走馬燈似的耳熟能詳的大名，能說是放錯了位置呢？莫不是「日氏偉大風格的另一面」啊！

　　胡與周，究竟是誰說誰像日丹諾夫，這並不重要；至於人們將其相提並論而致混淆，足證兩人在大夥心目中的身份，相差無幾。重要的正如顧先生所說，日丹諾夫「肯定對於他們倆人都有深刻影響」，這句話說的很到位。說這後者之所以更重要，因為對他們而言，「深刻」到要成為「中國日丹諾夫」的內心情結，從五十年代起，到他們走完最後的人生道路都難以磨滅。可悲的是，他們心儀日丹諾夫乃至爭奪意識形態最高話語權的結果，給國人所帶來的只是「苦難」與「困惑」而不會是別的，包括他們自己。

二、日丹諾夫式的語言

　　其實五十年代，在中國有這樣議論的時候，日丹諾夫（1896-1948）已經去世，餘威尚存。他的前任為盧那察爾斯基（1875-1933），其繼任者已是更顯赫的蘇斯洛夫（1902-1982）了，不過蘇氏涉及文藝對中國的影響比日氏似乎要少得多，而權柄則更重。這三位蘇共意識形態最高掌門人，都被稱為「文藝沙皇」。

　　日氏是秉承史達林（1879-1953）旨意最矢忠不渝的聯共（布）領導人，1930 年起歷任聯共（布）中央委員、中央書記、政治局委員。

1944年任主管意識形態工作的蘇共中央書記。1934年日丹諾夫代表聯共（布）中央，出席蘇聯作家第一次代表大會並發表演講，為 1932年蘇聯官方提出的「社會主義現實主義」，確立為蘇聯文學創作和文學批評的基本方法；並為貫徹執行是年聯共（布）中央《關於改組文學與藝術團體的決定》，箝制文藝乃至文化，立下了汗馬功勞。如果說蘇俄五、六十年代出現過所謂「解凍文學」，那麼其「結冰期」便始於此時，可見冰層之厚。日氏的「社會主義現實主義」理論，在中國的介紹者及其始作俑者，周揚堪稱第一人；在 1933 年周就發表了〈關於「社會主義的現實主義與革命的浪漫主義」──「唯物辯證法的創作方法」之否定〉一文。日丹諾夫 1946 年 8 月在〈關於《星》和《列寧格勒》兩雜誌的報告〉（該報告已由蘇共於 1988 年 10 月 20 日撤銷廢除）中粗暴武斷的文學批評，對中國從五十年代興起的歷次運動的「大批判」發生過惡劣的影響。即從王蒙上述的文字中，也可得到印證。現在到圖書館還可以找到《日丹諾夫論文學、藝術與哲學諸問題》（1949 時代出版社），《日丹諾夫‧加里寧‧基洛夫》（汪守本、林光譯，1955 時代出版社），《日丹諾夫論文學與藝術》（1959 人民文學出版社）等等，不過早成明日黃花，無人問津罷了。

什麼是「日氏的語言」呢？自從日丹諾夫成功推出「社會主義現實主義」一詞，並隨史達林所主筆《聯共（布）黨史簡明教程》及諸多政治讀物樣板的確立，裏鑄新詞，爐火純青，即功高蓋世，無與倫比。所有後來者，只剩下如法炮製的份兒。因為只要把「馬克思主義與修正主義」、「無產階級與資產階級」、「社會主義與資本主義」、「國際主義與民族主義」、「唯物主義與唯心主義」、「辯證法與形而上學」、「歷史唯物主義與歷史唯心主義」，乃至「前進與落後」、「光明與黑暗」、「真理與反動」、「革命與反革命」、「人民與敵人」等等這些相對的概念，並將紛繁複雜的大千世界簡約為「兩者必居其一」的公式爛熟於胸，再與現實主義、人道主義、人性論、民主、人權、平等、博愛、自由、思想、感情等等人類傳統與普世概念相「嫁接」，精心組合、

巧妙排列、翻新配置，以出神入化，運用自如，就所向無敵，無往而不勝。要害是執掌著絕對的話語權，居高臨下，邏輯推導，哲學演繹，再加上諸如「上層建築與經濟基礎」、「世界觀與方法論」、「立場與觀點」等等的分析、綜合與歸納，從而把正面前置詞留給己方而神聖化而成正義之化身（如日丹諾夫在 1934 年 1 月聯共十七大上首次吹捧史達林為「天才的領袖」等，緊隨其後，是凡對上帝的頌詞全向史氏紛至遝來），並將負面前置詞推向對方而妖魔化而為邪惡之象徵（如日丹諾夫在上述「兩雜誌」報告中，把一位好端端的才華出眾的女詩人阿赫瑪託娃（1889-1966）肆意誣為「不知是修女還是蕩婦，更確切地說，是集淫蕩與禱告於一身的蕩婦兼修女」等。1989 年，聯合國教科文組織定該年為阿赫瑪託娃年。這種在極左的政治批判中，夾雜著所謂的「道德批判」傳入中國，則與東方傳統中的假道學，交相呼應；猶如風助火威，為害更盛更烈，迄今並未徹底湮滅。時下，政治批判風光久已不再，然而，動輒演變為「道德批判」的暴力語言，則有乘勢抬頭之機。——筆者按），從而致使所有人群分成左、（中）、右，且不斷向縱深推進；這些語言就像魔杖似地讓人們著迷，一個個或者像巴金所言猶如喝了「迷魂湯」似的暈頭轉向，或者如同喝了狼奶長大似的到處尋找「獵物」。於是，其「悟性」高者便在自己的對手、對方、論敵等等，乃至同事、同伴、同志、戰友，甚至親友等等之中尋找「敵人」，其實是由言詞所營造的概念中的「假想敵」。其所尋「獵物」，沒有不敗下陣去，或落荒而逃，或被吞噬。不可思議的是，「獵物」們對此還感激涕零，磕頭如點蔥，好像在大堂上被打了屁股還不忘連聲稱謝大老爺式的劣根性復發似的。

這些所造之新詞，所以為暴力語言，雖不從日丹諾夫始，但他卻是「黨文化」、「黨八股」的集大成者。三分之一的人類，就是在這日氏暴力語言下，自覺與不自覺地進入了無邊無際的、沒有盡頭的、漫長而黑洞洞的以言詞相互撕殺的歷史，即一方青雲直上，一方蒙冤屈辱，或一方「暫時做穩了奴隸」，一方「想做奴隸而不得」的不斷輪迴，

以至到芸芸眾生則都淪為俯首貼耳的馴服工具的歷史。所經歷的苦難，遠遠超過了政教合一的暗無天日的中世紀。今天，人們回望廿世紀的以莫斯科為中心的國際共運的紛爭史，雖錯綜複雜，令人眼花繚亂，然一言以蔽之，正是這種暴力語言從興起走向衰亡的歷史；而值其顛峰者，便是這為光環籠罩的史達林－日丹諾夫的二十年代末至五十年代。從此，蘇俄徒有「席捲天下、包舉宇內、囊括四海之意，併吞八荒之心」而其圖霸世界之力則日蹙而不逮也。

然而，在這暴力語言覆蓋下的悲慘情景與白骨累累，善良的人們是難以想像的：「據保守估計，從史達林獲得黨領導權的 1928 年到他去世的 1953 年，大約有 2500 萬人受到過政治迫害。這 2500 萬人有的被槍決，有的成為古拉格的囚犯、特殊圈地處的『富農』罪犯，有的成為無數勞改營地的奴工，他們占了蘇聯人口的八分之一（1941 年的蘇聯人口大約是 2 億），平均每 1.5 個家庭就有 1 個『人民敵人』。」（徐賁：〈七十多年前的蘇聯青少年〉，《隨筆》2008 年第 3 期）其中被處死者，這裏有一個比較精確的數字：「1990 年 1 月 30 日，蘇聯國家安全委員會公佈，從 1928 年到 1953 年，共有 3,778,243 人死於非命；1991 年 6 月，蘇聯克格勃主席留奇科宣佈，這一時期內有 420 萬人被鎮壓。」（邢曉飛：〈衛星承載的帝國〉，《隨筆》2008 年第 4 期）這裏僅是蘇聯解體前由官方公開的數字，如果將日丹諾夫式的語言所覆蓋並深受其害的十多個所謂社會主義陣營國家，包括在大饑荒中餓死的冤魂的數字集中在一起，那必定個令人毛骨悚然的數字！

極其吊詭的是，當這種日氏語言的烈火，在哪個國家熊熊燃燒時，哪個國家就大難臨頭；而當它在那個國家漸漸熄滅時，那個國家就呈現出活力與生機，乃至順利成長；至於沒有被其蔓延而其火光不現的國度或地區，則順乎自然，順水行舟，順天應人，隨遇而安。這之間究竟存在什麼關係，恐怕只有語言學家，最好是「病理語言學家」，才能研究出個名堂罷。

緣何有「新社會」、「新國家」、「新世界」、「新紀元」之說？全在於這簇簇新的語彙，在日丹諾夫執掌意識形態時期，由莫斯科語言加工廠設計製造、批量生產，翻譯成世界各種語言，源源不斷地流向全球，而造成的一個「理念新世界」；然未被裹挾者，尚餘人類的三分之二。因此，除了在莫斯科不斷培訓並派往五大洲的布爾什維克者為其鳴鑼開道、傾力宣傳推廣外，還抬出其國的高爾基等，還注重網羅東西方的大作家羅素、蕭伯納、羅曼‧羅蘭、巴比塞、紀德、魯迅等為文化人的「領頭羊」，從而誘惑並吸納、操縱大批理想主義色彩濃厚的知識份子，推其波而揚其瀾，以烘托猶如罌粟花般美麗的「終極世界」，是再自然不過的了。

這個以唯一絕對正確為特徵的、只許死搬硬套的蘇俄式意識形態所造成的效果，真還不錯，一時間所向披靡，風馳電掣了近半個世界。不過，令莫斯科萬萬想不到的是，這些如火如荼的新式規範語言的廣而推之，其結果卻只是為無數新式的權力渴求者們，提供了走向歷史前臺的機遇；而當他們反戈一擊，以其人之道還治其身時，所用還是這日丹諾夫式語言。當莫斯科以此挑戰其他兄弟黨遭遇反擊時，比如南斯拉夫的鐵託、羅馬尼亞的齊奧塞斯庫、阿爾巴尼亞的霍查，還有中國由毛所主持的「九評」等等，哪一個不是日丹諾夫式的「殺氣騰騰」呢？除一片震動耳膜的喧囂聲而外，沒有留下任何有價值的東西。起於 1962 年的那場聲勢浩大的中蘇論戰，事隔二十七年，在 1989 年 5 月 16 日鄧小平會見戈巴契夫時，三言兩語，就被一口氣吹得乾乾淨淨了。至此，中蘇關係才恢復了正常化。

在當今中國，「日氏語言」的聲浪在空氣中的分貝已經越來越微弱化趨小化，幾不可聞。當年離開這種語言便感到無法說話的感受，是今天的人們所無法理解的。但社會的不斷進步恰與此種語言的日趨衰亡形成了鮮明的反比，這可喜的現象亦反證其荒誕無稽；然其反人道的內核卻尚且遺存。

三、「日丹諾夫情結」

我以為發生在 1983 的胡喬木與周揚之間的論爭,除了是兩種思潮的較量外,還有他們固有的氣質因素。說得具體一些,「日丹諾夫情結」的昔日迷誤,還在遮蔽他們的心靈。「日丹諾夫情結」說到底就是「蘇俄情結」、「戀蘇情結」。雖然 1949 年前周與胡,沒有機會像中國許多革命者在年青時代,背井離鄉去喝過蘇聯的墨水,吃過莫斯科的黑麵包。然惟其如此,心中對於虛幻的蘇俄的癡迷,乃至神聖化的程度則更勝一籌。

在五十年代,日丹諾夫的大名與「社會主義現實主義」這個術語,幾乎不絕於周、胡之口,略舉例如下。「這一次,由於在幾個月前,胡喬木同志首先做過關於社會主義現實主義問題的報告,使大家在這方面的學習能夠有一個很好的文件,這是很難得的。」「關於社會主義現實主義,蘇聯的理論家寫了很多文章,數也數不清的,但最有權威的還是在一九三四年日丹諾夫第一次對於社會主義現實主義的解釋,也是最正確的。我想大家都知道了日丹諾夫出席那次會議所講的兩點,喬木同志上次報告也談過了,但我想這次還應該再提一下」云云。(《周揚文集》第 2 卷第 192、198 頁)

「中國的日丹諾夫」是「中蘇蜜月」期,相當流行的諸多比喻模式中的一個。隨著中蘇公開論戰的不斷升級乃至對抗,此類比喻銷聲匿跡,連魯迅是「中國的高爾基」也幾乎無人提起了,遑論其他。但日丹諾夫的陰魂,在中國意識形態領域卻並未消散。借用王蒙的話說,中國文化人與日丹諾夫模式「可以說是周旋了一輩子!」以至於到「文革」浩劫中,中國倒真的出現了大小禍國殃民的「日丹諾夫式」或「蘇斯洛夫式」的人物,不過無人這樣比喻罷了;或者說按照「親切難忘」習慣思維來衡量,他們根本就不配也未可知。在起於七十年代末一波

又一波「撥亂反正」的聲勢下，要返回到「文革」前的「十七年」去的情勢頗為熱鬧，猶如那古老的習性，回到堯舜就萬事大吉似的。由北京師範大學中文係文藝理論教研室所編《文學理論學習參考資料》（1982 年春風文藝出版社出版）新版本，不僅是 1956 年老版本舊基礎上的「增補、刪節和調整」，基本框架照舊，且日丹諾夫的言論與日丹諾夫式的語言，照錄不誤，其在高校中的影響，一仍其舊不是偶然的。但大江東去，這「十七年」連同那美好的「中蘇蜜月」，是無論如何回不去的；而對其迷戀卻也一時難以驅散。

隨著在「文革」中失勢並受整肅的胡喬木、周揚（胡居家靠邊檢查，周在獄中受審）復出，各類原文化文藝機構的陸續恢復，及一大批劫後餘生的「十七年」的文化官員的先後官復原職，「十七年」中的所謂「左」的思維模式，仍在反「左」的形勢下影影綽綽，潛滋暗長。周比胡雖只年長四歲，但俗話所說的「年齡是個寶」，在這個歷史轉折期顯得尤為重要。現在我們不難看到，以周揚為代表的一批文化官員，仕途日短，在思想上日趨出現開拓、進取的傾向較為明顯（為今之所謂「兩頭真」之先河）；以喬木為代表的一批文化官員，仕途略長，在思想上漸次出現反覆、曲折的傾向反而明顯（為今之所謂「新左派」之濫觴）。因為對於仕途而言，寧「左」勿右的權勢慣性，不會隨著改革開放，便戛然而止。雖然老的未必「擋路」，但可以用來「祭旗」；周恰好碰上了胡的「利劍」。八十年代的中國，之所以出現「左」的回潮，重浮水面，呼風喚雨，這可能是諸多原因中的一個吧。「仕途」對於思想解放的束縛與羈絆，不必諱言。所以，到九十年代初，鄧小平的南巡講話提出「要警惕右，但主要是防止『左』」，這才重新打開了改革開放繼續前行的新局面。

1978 年 11 月在廣州舉行一次高規格的學術會議，「中國學術文化界從事『西學』（即西方語言文學界。——筆者按。）的名家大儒馮至、朱光潛、楊憲益、葉君健、卞之琳、李健吾、伍蠡甫、趙蘿蕤、金克木、戈寶權、楊周翰、李賦寧、草嬰、辛未艾、趙瑞蕻、蔣路、樓適

夷、綠原、羅大岡、王佐良等悉數參加，還有與人文學科有關的高校領導以及文化出版界的權威人士吳甫恒、吳岩、孫繩武等名流，濟濟一堂，竟有二百多人。」（柳鳴九：〈我的師長朱光潛〉，2007年6月19日《文匯報》）──柳鳴九在會上作一個主題發言，全面批駁了這裏所說到的這個日丹諾夫，應是向壓在中國文化學術界頭上的這塊頑石，進行第一次認真的開火。「會後的反應相當熱烈，不少德高望重的師長當面向我表示了熱情的贊許與鼓勵。」「朱光潛先生的反應話更是熱情，他走過來跟我握手，連連稱道：『講得好，講得好。』第二天，周揚前來會見大會的全體代表，朱光潛特意將我從後列拽了出來，拉到周揚的面前說：『周揚同志，他就是柳鳴九，他在大會上作了一個很好的報告。』可是，**周揚卻沒有什麼反應。**」（出處同上。此處黑體為筆者所加。──筆者按）──可見，此刻正在不斷「反思」的周揚，其內心深處的「日丹諾夫情結」，卻仍「親切難忘」地封閉著而無絲毫的觸動，這可想而知也是可以理解的；當時周連關於日氏長與短、是與非的一句話都沒留下，更不必說一個稍帶示意的手勢或表情了。我查閱了郝懷明先生所撰的《周揚著作目錄》（1929-1985），沒有發現周曾有過關於日丹諾夫為題的文章。大概越是深藏的東西，往往越是藏而不露，更不必說付諸於筆墨了。但心跡一經流露，那怕是沈默，也難免讓留心的人們，從格外關注的「細節」中或「空白」裏，探聽到他在公開的文字中所沒有的資訊，乃至沒有「反應」的「反應」。

那麼，胡喬木對於日丹諾夫又如何呢？「編《毛選》時，我建議在有的地方加一些話，講講現實主義問題，因為當時說現實主義是馬克思主義文學的根本問題，原《講話》稿沒有這樣的話，我就想把日丹諾夫講社會主義現實主義的定義寫進去，毛主席很不滿意。」（《胡喬木回憶毛澤東》第57頁。說起胡編纂《毛選》，顧驤在〈鄉賢胡喬木〉中對其「功績」有很好的概括，且順勢照錄如下：「過去人們讀宏文四卷，那些對中國社會、階級、歷史的分析，對中國革命戰略配置的構思，對中國革命走向的預測，爾後，無不一一被驗證，讀其書幾

疑為神人。近年來,歷史透明度與黨內外人士知情權都略有增加,當人們從塵封的檔案中,發現個別文章的原始發表文字與現公之於世的經典有較大出入,面貌有異時,怎不令人惘然。同時,也不由得不驚佩協助文字整理的『黨內第一枝筆』真是『生花』的『妙筆』啊!」此處胡的憑空「增補」固遭否決,但對其編纂宏文的具體操作,倒是提供了一個很好的例證。其實,據李銳先生刊於 2008 年第 7 期《炎黃春秋》的〈毛澤東與反右派鬥爭〉一文披露,日本人竹內實所編《毛澤東全集》已對《毛選》每一篇原文的刪改進行了校勘。以〈中國社會各階級的分析〉為例,其刪改量就很大,面目全非,幾乎成了兩篇不同的文章。由此觀之,編纂已遠遠超出一般技術性處理的範圍,大概也不會只是「個別文章」,待考。──筆者按)──雖然胡的這個建議遭到毛的拒絕,但胡的「日丹諾夫情結」卻由此可見一斑。其時,毛要學習蘇聯,但要有所同又有所不同的深意,連身邊的大「筆桿子」都未能真正領悟,其「深」真深不可測。又,五十年代初,毛決定胡主持籌備第二次文代會,胡向毛提出撤銷文聯,因為蘇聯只有作家協會而不設文聯,應向蘇聯一律看齊,引起毛的勃然大怒,乃至馴斥,致使毛又決定把下放湖南參加土改的周揚調回,替換胡喬木;而不再只是「很不滿意」了。可見,胡為效法日丹諾夫所創立的蘇聯作家協會的模式,遭到了被痛斥的代價。然而,人可以被痛斥,胡內心深處的「日丹諾夫情結」,卻是攆不走的。即使在 1983 年中蘇兩黨兩國關係還沒有正常化的情況下,胡就流露了很強的「戀蘇情結」。他在這年8 月 27 日《李大維:〈祖國統一三點建議〉》的批示上,有這樣的話:「與其讓美國文藝傳播,不如讓蘇聯社會主義文藝傳播。蘇聯社會主義文藝教育了我們好幾代人。」(顧驤:《晚年周揚》第 96 頁)胡氏的這個觀點,其源頭當濫觴於日丹諾夫排斥西方文學並將其污蔑為資產階級的「一堆破爛貨論」。

　　於五十年代,在中共黨內的作家中,對於蘇俄文學不以然者,鳳毛麟角;剛剛於滬上謝世的王元化先生(1920-2008)似乎是個「另類」。

他說：「解放後，我沒有在文章中提到過蘇聯的作家和作品，因為引不起我的興趣。」這與都是從上海灘走出的周與胡，乃至眾多作家大相逕庭，極其罕見。

周揚醉心於 1963 年 11 月所做的一個大報告《哲學社會科學工作者的戰鬥任務》更可為證。這篇在中國科學院哲學社會科學部委員會第四次擴大會議上的講話，以反對現代修正主義、批判人道主義為主旨，並以「異化」為哲學武器的報告，獲得了毛澤東的支持並加以修改，毛還興致勃勃地加寫一段關於「必然王國與自由王國」的文字。這篇報告使周搶了胡的風頭，但因有毛撐腰，胡奈何不得（胡從 1961年至 1966 年，因毛批准無限期的長期病假居家「賦閒」，至「文革」初期遭受了衝擊。正如毛 1961 年 8 月 25 日覆胡喬木 8 月 17 日請假信所言：「你須長期休養，不計時日，以愈為度。曹操詩云：盈縮之期，不獨在天。養怡之福，可以永年。此詩宜讀。你似以遷地療養為宜，隨氣候轉移，從事遊山玩水，專看閒書，不看正書，也不管時事，如此可能好得快些。作一、二、三年休養打算，不要只作幾個月打算。如果急於工作，恐又將復發。你的病近似陳雲、林彪、康生諸同志，林、康因長期休養，病已好了，陳病亦有進步，可以效法。」毛信大有主人棄胡如屐之意味。胡所患神經衰弱病，始於兩年前廬山會議風雲突變中的驚恐。胡於 1961 年後再也沒有重返毛的身邊，名為長假，亦實屬「政治病」而遭放逐，似應無疑。──筆者按）；也使周享受了猶如「中國日丹諾夫」的片刻風光，也是周在毛的時代放射的最後的光焰。不過，所不同的，這是以「日氏的語言」，對蘇的反戈一擊罷了。這也是對其時已經開張的「九評」（此時「九評」已發表到「五評」。「九評」亦為下一步的「文革」反對中共黨內的修正主義作了鋪墊。──筆者按），從哲學高度上的有力配合，並享受了與「九評」同等級別的最高宣傳待遇，中央人民廣播電臺向全國並以多種語言向世界進行廣播，《人民日報》、《紅旗》同步發表，人民出版社出版了單行本，一改周過去重要講話，通常由作家出版社或人民文學出版社出版單行本的

前例。真是聲震屋宇，廣傳天下；周擅長這高視闊步，氣吞山河，獨步古今的大報告。

然而，此舉在毛的大棋盤上，不過只是一個小棋子而已，並沒有給周帶來好運。因為毛為了醞釀「文革」，從文藝界打開缺口，不久即發出文化部問題嚴重，「如果不改，文化部就要改名字，改為帝王將相部，才子佳人部，或外國死人部」（這無疑是毛對周重犯在延安時的「大洋古」老毛病的又一次訓斥。──筆者按）之類的兩次批示，要以周「祭」滾滾而來的「文革」之旗，昭然若揭；「中國日丹諾夫」的位子沒有坐穩，也沒過癮。這是周生平可遇不可求、有其一而不有其二的一個特例。隨後，周即從這個高峰一路下滑，三年後竟跌落浩劫的深淵。「日丹諾夫情結」亦隨之重潛心底。

魯迅在三十年代，曾私下稱周揚要做「中國的盧那察爾斯基」，這與「中國的日丹諾夫」一脈相承，不幸而言中。周揚曾對其子周艾若說：「有兩個東西你要崇拜、迷信。一個是蘇聯，一個是毛主席。」由此反觀，蘇俄的「文藝沙皇」在周揚心目的地位是何其崇高。

四、1983 周揚與胡喬木之爭

事隔二十年，歷史翻開了新的一頁，1983 年周為中央委員並任中宣部的顧問，胡則為統領意識形態的中央政治局委員，而鄧力群為中宣部的部長（1982.4.-1985.7.）。這一年周 75 歲，胡 71 歲，雖均年過古稀，且時不時不得不走動於醫院病房，起臥於病榻，帶病工作，但兩人卻仍壯心不已。

這年 3 月 14 日是馬克思逝世一百周年紀念日，兩人以此為契機，終於拉開了一場為爭奪「中國日丹諾夫」式的報告而爭鬥的帷幔。

這次紀念馬克思活動安排了兩個大會，一是由胡耀邦做政治報告，一是由周揚做學術報告。中宣部為學術報告所定的題目，為「關

於馬克思主義與文化問題」，也挑選了幫助周起草報告的專家。周雖同意做報告，但不滿意這個題目，認為範圍太狹窄了；也不滿意中宣部挑選的助手。問題就出在嫌題目「太狹窄了」，而且並不請示報告。周即使意識到，此舉有可能會唐突胡喬木，也可能以為無所謂，不就是一個報告嘛；置身於思想解放的潮流中，早先在毛時代的惶恐心態已不復存在。結果，周確定題為《關於馬克思主義的幾個理論問題的探討》，並物色王元化、王若水、顧驤三位為起草人。（點將王元化，乃是周揚對胡風派的拉攏與分化的一著棋，客觀上也起到一定效果。──筆者按）這年春節一過，周揚前腳走出病房，後腳即跨入在天津安排的一個幽靜處，全神貫注地主持了緊張的撰寫工作。除了所謂「異化」與「人道主義」的理論問題，出自前報告《哲學社會科學工作者的戰鬥任務》，周鑒於浩劫間殘酷鬥爭，踐踏人道主義的現實，認為必須對此重新認識，作出新的理性解答之外，更令周神往的是，前大報告曾執意識形態之牛耳的衝動，使其不能自製。

周於 3 月 7 日在中央黨校做過大報告之後，因其不同凡響的新見，掌聲，祝賀聲，讚譽聲，果然四起，周又一次領略了平生所有文學大報告從未有過的，只有《哲學社會科學工作者的戰鬥任務》方可與之相匹的寥廓天地與萬千氣象，「只緣身在最高層」的風光。

次日（8 日），《人民日報》所發會議的新聞，重點報導了這次會議上最受歡迎的這篇主題報告的要點，王若水因怕上海的《文匯報》或其他報紙來爭奪首發權，即在報導的同時，預告了「全文本報另行發表。」這個不經意的舉措，無巧不成書地刺激了對報告持有不同看法並握有輿論生殺予奪大權者的高度重視。同一天的 8 日，正在住院治療的胡，一個電話已通知中宣部，指示周的報告不能在《人民日報》發表。隨及，據稱因有與周「不同的意見」要與之爭鳴，原定 9 日結束的會議要延期的通知，已經出乎意外地下達。但因時間急促，準備匆匆，又宣佈暫時休會兩天再繼續「爭鳴」。

　　隨及，不祥之手，即來敲門；而處於興奮狀態中的周卻還不以為然。於報告的第三天即 10 日，胡從醫院逕直親往周的家中，並通知中宣傳副部長郁文、賀敬之，文聯副主席夏衍，及《人民日報》總編輯秦川、副總編輯王若水到場，不是隨喜祝賀，而是禮貌而委婉地阻止報告在《人民日報》按原文發表。王若水這樣記載了談話：「最後胡喬木建議：周揚同志是不是可以『再辛苦一次，把講話修改一下，把文章中沒有涉及的地方，或者沒有說清楚，索性再說清楚一些，然後出單行本……』周揚打斷說：『我還要交給《人民日報》發表呢！』胡喬木顯然沒有料到周揚的態度如此堅決，只好說：『那沒關係……如果在報紙上發表，是不是在前面加一個說明。』在大門口告別時，胡喬木對周揚行九十度鞠躬。」而胡在此前的 8 日給中宣傳的電話中，則明確表示：「周揚同志的講話，難以處理，問題不少，不是加幾句話、刪幾句話能解決的。」對胡這背後下達中宣部的指示，暗藏的「殺機」，作為中宣部顧問的周是不知道的。周對胡登門的禮貌周全的真實含意也渾然不覺，仍以不了然胡意，堅持原封不動地發表。胡覺得不必與之糾纏，因為「令箭」已發，周再固執也難以逾越已經設定的防線。11 日周卻以電話摧促報社，此日，胡耀邦安排在 13 日紀念馬克思的政治報告還沒開講，更沒發表，周應是知道的；其急切的心情可想而知。11 日這天的情況，王若水這樣寫道：「周揚叫秘書打電話給我，問他的文章什麼時候發表。我說，『喬木同志已經提了修改意見，不知周揚同志如何考慮？』秘書說他將問問周揚。後來秘書回電話說：『周揚同志的意思是就照這個樣子發表。』」（以上分別見《憶周揚》第 422、426、424 頁）如果說昨天胡的意思委婉而含混，那麼，這天傳遞過去胡的意思應是明確的。事後，3 月 27 日周揚在致胡喬木、鄧力群同志並胡耀邦信中說：「喬木同志談話後，鄧力群同志來電話談到我這篇講話的修改，要我把講話弄個摘要。我說報上發表的已是摘要，我不想再摘了，說時很不耐煩，態度很不冷靜，這是不對的。這篇講話的預告和全文發表，我事先並不知道。」此說與王說稍有不同。但，周承

認了「很不耐煩，很不冷靜」，欲堅持原文發表的意願還是有的，而報社副總編輯王若水在發稿時，未再請示胡喬木，也未再通知周。結果，在 3 月 16 日《人民日報》全文發表，惹下了大禍。這完全出乎胡的意料，這也是胡一生很難遭遇到的挑戰，攔都阻攔不住的又一個理論權威竟橫空出世！但一山容不得二虎，理論權威只有一個。潛意識的「日丹諾夫情結」，讓兩人變得勢不兩立，短兵相接。

3 月 26 日，在胡喬木召集並主持的關於《人民日報》所犯「發稿錯誤」，就中宣部向中共中央所寫報告，向當事人周揚、秦川和王若水徵求意見（這個報告要與當事人見面的做法，是總書記胡耀邦所要求的。──筆者按）的會議上，周與胡面對面地大吵了一場：「周揚看得快一些。我發覺他氣色有些不對，想站起來說話，又坐了下去。突然，他舉起那本報告，擲在喬木面前，連聲說：『這樣做法不正派，不正派，這樣做法不正派！』坐在對面的喬木大概震驚了：『你說什麼？說中央不正派？』周揚憤怒了：『你們這樣不正派！』瞪大眼睛的喬木，把頭伸過來，面對周揚大聲地說：『你這是反對中央！』，周揚：『你不要戴帽子！我是反對你胡喬木這個具體的中央委員。』喬木：『你這是反中央政治局！』周揚：『我只是反對你胡喬木這個具體的政治局委員！』喬木的臉色很不好看，我注意到他上面一排老虎牙都露出來了。雙方劍拔弩張，氣氛緊張，這在黨內會議上是少見的。」（秦川：〈1983 年「清污」運動追憶〉，顧驤著《晚年周揚》第 65 頁，又見 1996 年第 12 期《鏡報月刊》。兩者文字略有出入。──筆者按）這裏所稱「不正派」，應是指周在上述 3 月 27 日信中所解釋的：「我沒有聽見喬木同志說他是正式代表耀邦同志來同我談話的，而且耀邦同志退回我寄給他的清樣也沒有這樣的批示。」說起「不正派」，整人者莫如此。周為了整胡風、馮雪峰，當年在魯迅〈答徐懋庸〉那封著名長信上，玩弄起草人馮雪峰蒙蔽撰稿人魯迅，造成魯受騙於馮的假相，並將魯之真跡（真跡現藏北京魯迅博物館）密而不宣，且從《魯迅全集》中抽掉所有相關書信的一系列做法，也是「不正派」的。不過那時用這個

「反黨」暴力邏輯還管用，但在「文革」後不再以「階級鬥爭為綱」的此刻，胡這裏所顯露的作為，故態復萌，急不擇言，令人啼笑皆非，只能用「以勢壓人」的霸道稱之了。雖然，胡手執尚方寶劍，因為時移世易，他畢竟不能將「反黨」的帽子再扣到周的頭上了。

但是，胡不會就此放過周的。據顧驤披露：「我見證了一場精心佈置的對周揚的批判圍攻。作為列席者，我親眼所見、親耳所聞，平常講話輕聲細語、溫文爾雅的鄉賢，在會議上聲色俱厲地呵斥周揚，像爺爺訓孫子一樣。我驚異鄉賢怎會如此暴戾？難道就因為官大一級就要壓死人嘛?!在會上，周揚孤身獨持己見，凜然不屈。周揚的形象在我心中高大起來，而鄉賢在我心中長期積累起來的尊敬的形象坍塌了。」（見顧驤的〈鄉賢胡喬木〉）

胡對周抓住不放，繼續在「重大現實政治意義」上大做文章，終於把周打壓了下去。隨著春去夏了秋來到，這年 10 月間一場不是運動的「清除精神污染」運動，從天而降。周為形勢所迫，不再堅持，放棄對真理的執著與追求，看清了論爭背後的權勢，萬般無奈地於當年 11 月 6 日在《人民日報》發表：〈周揚同志對新華社記者發表談話擁護整黨決定和清除精神污染的決策就發表論述「異化」和「人道主義」文章的錯誤做自我批評〉的公開檢討。王若水、胡績偉連帶處分，王在「清污」中受到黨內除名、撤除職務的組織處理。顧驤雖未被行政處理，卻被穿小鞋，在意識形態領導機關裏坐了五年的冷板凳。中紀委派員往上海，向王元化調查為周揚講話起草事，隨後上海市委成立由夏征農任組長的思想領導小組，致使王元化的宣傳部長職位形同虛設。期間，王元化在「清污」中，也曾抵制了胡喬木的壓力，胡不高興巴金在香港發表反思「文革」的隨想錄，要撤換巴金的上海市作協主席職務的壓力，結果巴金的主席職務未動。這場理論之爭終於白熱化，使「人道主義」的探討，「異化」到「人道主義」的反面，學術問題又演變成一場「褻瀆人道」的政治鬥爭。

　　與此同時，胡為了從理論上駁倒周，這年 10 月間開始了〈關於人道主義和異化問題〉的撰寫。為將自己反駁周的長文做足，乘「清污」的形勢與周已處於被剝奪話語權的情勢，胡把其列印稿下發八個中央級的文化學術單位與首都高校，多次會議，「歷時三月，四易其稿」。名為徵求意見，實乃擴大影響，造成聲勢。過了一個年頭，胡於 1984 年 1 月 3 日也在周曾報告的原址中央黨校，做上述反駁周的報告，可謂旗鼓相當。1 月 27 日該文由《人民日報》和第 2 期《紅旗》同時發表，隨後人民出版社出版單行本（包括少數民族文字）達兩千萬冊，中央人民廣播電臺向全國廣播，聲勢顯赫，風光無限，可與周的〈哲學社會科學工作者的戰鬥任務〉發表時情景媲美，不相上下，遺憾的是未以多種語言向世界進行廣播。胡批駁周的長文的要旨，「宣傳人道主義世界觀、歷史觀和社會主義異化論的思潮，不是一般的學術理論問題，而是關係到是否堅持馬克思主義的基本原理和能否正確認識社會主義實踐的有重大現實政治意義的學術理論問題。在這個問題上的帶有根本性質的錯誤觀點，不僅會引起思想理論的混亂，而且會產生消極的政治後果。」──這裏，胡在「學術理論問題」前面，扣上所謂「重大現實政治意義」的大帽子，後面又以「消極的政治後果」的大石頭墊後，這那還有什麼「學術理論問題」呢？因為任何「一般」，是都可以推導為「不一般」的；於此，從無界限可言的日氏推導法，「似曾相識燕歸來」。這是其一。其二，當時確定紀念馬克思逝世一百周年舉行兩個大會：一個是政治報告，題為《馬克思主義真理的光芒照耀我們前進》，報告人是胡耀邦。一個是學術報告，這就是周揚所做的這個報告。大框框已經劃定，況且周還在題目上標明「探討」兩字，怎麼說有政治問題就有政治問題呢？其三，這也是中國並未認真釐定、也無力無法劃清，政治與學術的界限，以致可任意混淆的必然結果。連這樣的高端會議，已經搞得這麼涇渭分明，說混淆就混淆，遑論它者。其四，若將其劃為准政治的學術會議，也未嘗不可；因為這畢竟

不可逾越的。反之，周若處在胡的位置上，他就是中國的日丹諾夫，也不會容忍別人來挑戰的。王若水在〈周揚對馬克思主義的最後探索〉一文中說：「周揚接受作紀念馬克思的講演的提議是犯一個錯誤。他本應該表示謙虛，說這個講演應該由比他更合適的人來作，比如由喬木同志來作，這就沒事了。」夏衍曾對周揚說：「你這個講話什麼錯誤都沒有，除了一點，那就是它是你作的。」（《憶周揚》第 434 頁）這真是英雄所見略同。當年周也以此類口吻訓斥過馮雪峰，與嚴厲指責馮把自己駕凌於「黨之上」，如出一轍；這是幾十年一貫制的蘇式體制所造成，而周竟於此迷誤，令人扼腕。

第二個誤區，周到老還不甘心做官樣文章而再現文人的清高。說到底，周身上的官氣很重，說官氣十足也不過分。但他畢竟是文人，中國文人的氣息沒有被「蘇俄情結」脫盡。顧驤在〈此情可待成追憶〉一文中，提到在撰稿過程中，「我曾提醒周揚：對於人道主義喬木同志有不同看法。」「周揚同志又是不以為然地說了一句：『有不同意見可以討論嘛』！」顧先生還介紹道：「周揚同志對這篇報告確實是十分認真，十分重視，想對馬克思主義的研究作些探索，力求在理論上有點新意。他說，『我希望能夠說一點意見，說一點多少有些新意的意見……新意就是探索。』」──說起周揚要寫有「新意」的文章，不要人云亦云，要與官樣文章有所不同，以回歸自我，返樸歸真，從學理的角度出發，無疑值得肯定；但從另一面官場的角度出發，也可理解為要出風頭，標新立異。而官場是離不開官樣文章、遵命文學的；誰若在官場裏自個探索，必定遭殃。這個文人的通病，還有五四的情懷，歷經桑滄，浩劫磨難，到老還是沒有洗滌以盡，倘有機會，便會露頭。尤其是不把其長官胡放在眼中，說好聽些是不唯上，是「探索」；說難聽些是恃才傲物，倚老賣老。胡雖然曾是周的手下，但是居周之上，已經多年，堅而且固，豈可不以上峰待之？說起「探討」，即自由討論，這並無大錯。在五十年代發生「兩個小人物」的批紅事件時，周也說過《人民日報》不是自由討論的場所之類官話，遭到毛的訓斥而化為

烏有，怎麼經過「文革」的嚴厲批判，時至今日，如此健忘了呢？五十年代馮雪峰在周揚手下工作時，也犯過倚老賣老的毛病，凡周召集的會議馮必不到會，而委派人民文學出版社辦公室主任出席。這種文人的清高，在官場的宿命輪迴，令人感喟。

第三個誤區，周沒有選對與身份相應而該做的題目。王元化與顧驤商量的題目是「中國特色的馬克思主義文藝理論」。王若水說：「但他不但當仁不讓，還不甘心講文化問題，而要講馬克思主義理論問題，這就更犯忌了——這樣一來，把黨內公認的馬克思主義權威置於何地？」（《憶周揚》第 442、434 頁）王元化、顧驤與王若水這三位起草人的主意是清醒的，頗有見地，可是被周揚不經意地否決了。這真是旁觀者清當局者迷了。周迷就迷在《哲學社會科學工作者的戰鬥任務》提出人道主義與異化問題，得到了毛澤東的首肯，這點胡是一清二楚的。為什麼那時可談，現在反倒不可以談呢？何況歷史又提供了值得反思的新內容呢？然十年河東，十年河西。周揚老了，他已不比五、六十年代，頭腦靈光腿腳勤了。他如果像當年跑毛公處那樣，為這篇文章多跑幾趟鄧公處，獲得支持與指示，乃至手諭什麼的，說不定這第二次日丹諾夫的「面子工程」又獲成功，暫時領先，也未可知。問題怕是鄧未必會有毛那樣的興趣，他是實幹家而不是詩情蓬勃的詩人。既然，不願意在「功夫在文外」下點功夫，那就安心把文學或文化的文章做好，井水不犯河水，胡未必來興師動眾的。周在上述 3 月 27 日信中也不得不承認「這樣一篇重要講話，雖是一篇學術性的探討文章，但以我的身份宣講，是不夠慎重的。」一失足成千古恨，周竟因此一病不起，令人噓唏不已。

第四個誤區，周沒有認清「日丹諾夫情結」，首先是政治家，其次才是文藝批評家的實質。從盧那察爾斯基到日丹諾夫，再到蘇斯洛夫，莫不以此為模式。文藝只是他們從政治派生出來的衍生物。而周揚過重看待他們「文藝批評家」的身份，而忽略了他們作為政治家的本質。周雖然從五十年代起，嚴厲整肅了一批又一批文藝界人士，但大都是

由毛的推動，為了自保才跟上趟的。這樣說，無意排除周在整人時，
有個人情感的好惡及其所曾發揮的極其惡劣作用的因素。所以，毛一
再批評他在政治上不開展，還批評他對自己圈內的另外「三條漢子」
下不了手云云。其實，毛對諸多文藝界人士，並無個人恩怨，甚至有
的還有過不同程度的友情，如馮雪峰、丁玲、蕭軍等。但為了政治運
動的所要達到的目的，則不得不借用他們的名人名作的名星效應，乃
至諸多文藝家們及其文藝作品在廣大群眾中具有影響力的客觀效應，
去「祭」政治之旗；以致造成事半功倍的威懾作用與影響廣泛的社會
效果。毛對周的不夠「心狠」，還有胡的不夠「手辣」，都是極不滿意
的。因此，在「文革」緊鑼密鼓將要開張之際，毛先將胡從身邊撐開
並逐出中南海，後又以周來「祭」旗並投入監牢，他們都派不上更加
嚴酷整人的大用處了；因為，毛此刻又起用了康生、留用了陳伯達、
推出了江青並又物色了一批京滬兩地的「刀筆吏」與「酷吏」。1966
年4月10日中共中央批發的《林彪同志委託江青同志召開的部隊文藝
工作座談會紀要》（1979年5月3日中共中央正式撤銷該紀要。──
筆者按），從牽動社會神經的文藝大開殺戒，所造成舉國上下的震驚，
真是所「祭」者非周公莫屬了。

其實「禍兮福所倚」，這樣的客觀際遇，反倒讓周還有胡，鬼使神
差地「逃」過了綁於「文革」戰車的劫數而致身敗名裂的命運。周與
胡從嚴格意義上說，都還是文人氣味沒有完全脫盡，意氣用事略勝於
政治功利，官氣雖十足而還不算完全夠格的「日丹諾夫式的人物」，而
他們竟迷戀於此，真是悲劇一場！用瞿秋白的話說，這便是文人於政
治名利場的「歷史的誤會」。

運用日丹諾夫式的政治概念，貼標籤，打棍子，周揚也是此中的
攻防高手。他給「人道主義」加上了「馬克思主義」的頭銜，並以「探
討」殿后，可謂層層防範，似萬無一失。可是，強中自有強中手。胡
喬木卻用「社會主義」來代替「馬克思主義」，仿「社會主義現實主義」
之前例，以「社會主義人道主義」這一招，並以手中握有的權柄，打

敗了周揚的「馬克思主義人道主義」。雖然，胡喬木清楚周揚只是要面子，年歲已大，體弱神衰，船到碼頭車到站，對其權位並不構成威脅。（胡耀邦曾有任周揚為政協副主席以撫慰的打算，因其下臺而未果。退一步說，即使有如此安排，於胡喬木的權勢則並無妨礙。──筆者按）然而，這「中國日丹諾夫」，其實就是抓旗子，是決不能相讓的。因為「日丹諾夫情結」的實質，是權勢與旗子的結合，兩者是一而二、二而一的密不可分的關係。

遙想當年，在三十年代的上海，周揚（1908-1989）抓到從頂峰莫斯科傳遞過來的「建立抗日統一戰線」這面旗子，竟和「盟主」魯翁、「中央特派員」馮雪峰叫板，風光一時。其時，周所執旗下的百十餘員戰將，無人與之爭鋒，英姿煥發。此時年長資深者，連田漢（1898-1968）、夏衍（1900-1995）、陽翰笙（1902-1993）等莫不相從，更不必說年少後進者的胡喬木（1912-1992）只有隨隊跟從的份兒了。關鍵在於周手中握有的「帥印」，故魯翁很識相地稱之為「元帥」。時至今日，峰迴路轉，昔之胡已非今之胡也。此刻，周揚之所以犯下這個低級錯誤，並不遵循上述田漢等大老，於官場不倚老賣老並垂範於先的遊戲規則，而與胡喬木去爭奪這個可望不可及的旗子，竟完全忘了他手中握有而自己手中已沒有的「權劍」，全是內心深處「日丹諾夫情結」惹的禍，這應是問題的癥結之所在。

六、胡喬木贈周揚詩

1984 年 1 月 3 日胡喬木發表那篇〈關於人道主義和異化問題〉批判周揚的文章，總算吐了胸中的一口惡氣。隨後，1 月 26 日（春節前）給周揚寫了封撫慰信並附詩一首（這也可視為文人氣息，尚未脫盡之舉。日氏政治家之流是不會來這一套的。──筆者按）。詩分兩段，第一段是作者問劍，第二段是劍的回答。

誰讓你逃出劍匣，誰讓你／割傷我的好友的手指？／血從他手
上流出，也從／我的心頭流出，就在同時。／／請原諒！可鋒
利不是過失。／傷口會癒合，友誼會保持。／雨後的陽光將照
見大地，／更美了：擁抱著一對戰士。

　　若從詩的表面上看，胡似乎承擔了傷害周的責任；因為「劍」只
能屬主導者胡而不可能屬被動者周。不過，該詩將傷害說成「血從他
手上流出」，同時「也從我的心頭流出」，則有深意存焉。至於傷害的
後果，不是他所想像的那樣輕鬆：什麼「傷口會癒合，友誼會保持」；
什麼「更美了：擁抱著一對戰士」。這是意識形態的戰場，一旦開火後
從未出現也不可能出現的「海市蜃樓」。因為在日氏的辭典裏，只有殘
酷鬥爭與無情打擊，從來就沒有什麼「原諒」、「癒合」、「友誼」、「擁
抱」，乃至妥協、讓步、包容、和諧之類的辭彙。如果有所謂「溫良恭
儉讓」之類詞語的話，那就不會懷抱「日丹諾夫情結」，也不會發生這
場帶血的「主義」之爭了。

　　這詩首當其衝的「誰」字，是全詩的點睛之筆。胡雖沒有上推下
卸，但卻把事件的全部責任，不經意地推向了「誰」即對方了。是你
周揚的一系列不可饒恕的錯誤，讓我胡某這正義化身的、權力象徵的
利劍，「逃」出了劍匣。我有什麼辦法呢？提名你周揚為報告人，並落
實議題，確定起草人，我都是同意的。你說改議題就改議題，說換起
草人就換起草人，不說向我請示彙報罷，這自作主張，連個招呼都不
打，到底還要不要組織紀律性？報告就按你的意思去做，就讓你風光
風光罷，我們畢竟是老朋友、老戰友了。可是風光不能太過分，要強
不要太離譜，這馬克思主義的理論是你周揚份內要「探討」的嗎？這
是黨的事業、黨的工作，你這樣率意而為，把我這意識形態的總管置
於何地？你早就說我像「中國的日丹諾夫」，那時還談不上，現在不是
像不像的問題，我已穩當當地成了「中國的日丹諾夫」，而你周揚卻來
和我一再拗勁，原來這是你的自許啊！報告做過就過去了，如同一陣

風。可你還真當作一回事，立馬要在《人民日報》上見報，究竟誰是當家人？我為這事親自到你府上跑了一趟，深鞠一躬，不完全出於對你的禮貌與尊重，打招呼的意思是明擺著的。這在別人是決不可能有此待遇的。倚老賣老可以，但不能不識相嘛！可你就是固執到底，這能怨誰呢？你即使錯了，不就是讓你在《人民日報》上做個檢討嘛，錯了檢討對於檢討了一輩子的老同志來說，還不是家常便飯、小事一樁嗎？又沒搞成「大批判」。隨後，還是讓你周揚繼續在《人民日報》上發表談田漢（1983.12.9）、談美學（1984.1.6.）、談曲藝（2.13.）、談老舍（3.13.）、談小說（5.7.）、談周信芳（1985.4.7.）的文章。而那篇惹事的〈探討〉，卻只能降格，收進人民文學出版社出版的《馬克思逝世一百周年紀念論文選》裏，而且要冷一冷、放一放（遲至 1988 年才出版。——筆者按），是完全必要的。所有這些，對你周揚沒有什麼大的損傷，猶如傷了手指。而我為這事，在這段日子裏，因神經衰弱的老毛病，卻熬過多少個不眠之夜啊，猶如心頭流血。深不得，淺不得，重不得，輕不得，左不得，右不得，既要原則性還要靈活性，這之間分寸的把握談何容易？夠戰友情誼了。哎——，這究竟怨誰呢？

但讀者從這裏所看到的，仍然是「殺氣騰騰」，被包裝的「殺氣騰騰」。沒有包容，沒有誠實的包容，只有戲弄罷了。這既騙不了對方，也騙不了自己。何至於「戰友」與「擁抱」呢？連起碼的政治文明都談不上。這也難怪，真誠的禮貌變得很陌生已經很久很久了。

然而，這場 1983 之爭，不只是昔日意識形態領域鬥爭的迴光返照，激流漩渦的一泓餘波，而且，爭鬥一旦發生，卻也是又一場風暴將臨，在那遙遙天邊的一次電閃與雷鳴。

周一病不起，不省人事，於 1989 年 7 月 31 日六四風波之後寂然謝世，報上發佈了新華社的「文藝理論家周揚同志於今日逝世」十四字短消息（與胡兩年後逝世即發訃告又發四千餘字生平電訊稿，不可同日而語）外，悼念之文，報刊未見片言隻語。（延至 9 月 5 日在八寶山革命公墓禮堂，舉行了隆重的周揚遺體告別儀式，雖高規格而備極

哀榮，也未改變一片沉寂的狀況。到周冥壽九十歲時，1998 年才由內蒙古人民出版社出版《憶周揚》一書，聊以填補此刻的缺憾。周揚「冰屍」一個多月，前此胡風「冰屍」二個月，事隔四年，兩度「冰屍」，都是意識形態之爭留下的歷史印記。──筆者按）胡也無法企待友誼的回歸，而於 1992 年 9 月 28 日「蘇東波」落幕後逝世。周終年 81 歲，胡終年 80 歲，他們所終身為之憧憬，並為之效法的「日丹諾夫式的風格」，已從克里姆林宮的「發祥地」飄散零落，他們的「血」再也不會讓那「日丹諾夫式的氣派」顯得「更美」了。

因為在胡看來，周突破自己的指示，執意報告的公開發表，不僅越出了文藝領地，向自己所居的理論高地問鼎，而且是對自己的權威發起的公然的挑戰，必須反擊。否則，讓周揚的理論權威大放異彩，那把自己的理論權威置於何地？何以面對國人？古人曰：「惟名與器，不可以假人。」

七、個人氣質與角色定位

就個人氣質而言，周的文學氣質為「優」，感情衝決理智的突破力比胡略強，坦率勝於胡，對於時代的敏銳性強於胡；而胡的政治氣質為「優」，理智駕馭感情的自製力較周稍強，城府深於周，對於時代的敏銳性則弱於周。

從 1978 年開展「實踐是檢驗真理的唯一標準」大討論，兩人當時所表現的態度與作為，可以看出這一點。1979 年 5 月 7 日周揚發表〈三次偉大的思想解放運動〉（該文稱這次大討論是一次偉大的思想解放運動，贏得人們廣泛的稱讚，是值得肯定的。然將延安整風運動列為「三次思想解放運動」之一，在我看來，是美中不足。因為，這恰恰是一次禁錮思想、造神運動的起始。周是親歷者也是獲利者，故為其視角所限。又，周曾與張光年談到延安整風中的搶救運動時說：「幸虧你當

時不在延安，不然你也逃不了。」可見其心中有譜而筆下則無也，甚至不惜以留下讓後人詬病的文字為代價。——筆者按）。即使如此，胡的思想解放狀況卻遠不如周，在開始時甚至有強烈的抵觸情緒，以至於在會上公開指責說：「如認為中央領導在真理標準問題上有分岐，那就是分裂黨中央。」「有人說中央對這個問題有分岐，這是造謠！造謠！」（吳江：〈十年的路〉一書；〈鄭惠、邢小群談胡喬木（一）〉，〈新聞午報〉2005 年 3 月 27 日）。這年秋，鄧小平明確表態，支持「實踐是檢驗真理的唯一標準」的討論，反對「兩個凡是」，胡才跟著鄧轉變了立場，改變了態度，跟上了趨。

胡喬木與周揚的角色定位，始於四十年代的延安時期。如果說，周揚的文藝話語權，來自在延安編輯了《馬克思主義與文藝》，第一次建立了由馬克思、恩格斯、普列漢諾夫、列寧、史達林、高爾基、魯迅和毛澤東所組成的革命文藝理論的新譜係。那麼，胡喬木則是毛的《在延安文藝座談會上的講話》的整理起草者，而周的這本書的編輯還是在《講話》發表後，並接受了毛對其任院長的魯藝，「關門提高」搞大洋古的批評，尋找到「靈感」才動手問世的。五十年代初的一個例子，也表現得很分明。1951 年 11 月 24 日，胡喬木代表中共中央給全國文聯領導成員和文藝工作者作《文藝工作者為什麼要改造思想》的主旨講演，闡釋了高端的意圖，要大家學習毛澤東《講話》，改造思想，以適應新社會的需要。周揚則以文藝領導人的身份發表《整頓文藝思想，改進領導工作》的講演，開頭第一句就是，「關於目前文藝界存在的嚴重現象，剛才喬木同志已有深刻的、中肯的批評。」張光年所說的「日丹諾夫情結」，可能發生在此階段，或許正是此次會議。如果說返回「十七年」，那麼對於周與胡來說，就是回到這個歷史形成的初始定位的原點，相安無事，胡是不會讓周逾越自己已經獲得的話語權的。如果說胡在五十年代的話語權，來自四十年代的《關於若干歷史問題的決議》等政治文件的起草，那麼八十年代的重掌話語權，則來自七十年代末的《中共十一屆三中全會公報》及隨後的《關於建國

以來若干歷史問題的決議》等政治檔的起草，胡已成鄧身邊的「筆桿子」；何況此時胡已身居政治局委員之職（1982-1987）。這是作為中央委員的周揚所沒有的政治資本，所以周揚只能守於或限於原有的文藝領地發號施令。因此，周無論從哪方面說，都是無力向政治哲學理論的高地突進的；雖然只是一篇報告而已。而一篇報告竟演化為「清污」的導火線，恐怕是他所始料不及的。

對於主人毛而言，周與胡可以說是忠忠耿耿地服務了一輩子，至死都沉浸在對毛的回憶中。周與胡這兩位毛身邊的大「筆桿子」，在毛的身後分別度過 13 年和 16 年的歲月，理應有機會與條件，為後人留下較多關於毛的回憶。然周未及動筆，亦難以下筆，這與其文學氣質頗為相關；而胡留下了文件色彩濃厚而文學色彩幾不可見的《胡喬木回憶毛澤東》，這與其政治氣質頗為相關。可惜的是，這部回憶錄動手太遲，因胡病篤逝世，而最終未及按原計劃完稿。胡是清華大學歷史系的科班出身，他也自視「黨史學者」為其「主業」，以政治為安身之本；而周則以革命文學為立命之根，雖視「文學理論家」為其「主業」，有時亦難免將觸角向政治方面延伸。胡雖視文學為「副業」，但卻認為這個「副業」已涵蓋於他的「主業」之下，何況毛的《講話》畢竟是由他整理起草的呢；故多從政治高度俯視文學。所有這些，無疑與個人的修養、經歷、性格、愛好及氣質密不可分；當然也是兩人幾十年來於政治與文學之間，既有諸多重合也時有磕碰的相對而言。這個分野，似乎也決定了他們的角色定位、人生走向，及其以裂變作為最終的結局。

他們的一生離開主人這個核心，幾乎沒有多少屬於自己的更有價值的東西；即使有似乎也只處於次要位置。然而，與唯命是從，亦步亦趨的奴性十足者多少還有點距離。五十年代胡與周在批《武訓傳》、《清宮秘史》、《紅樓夢研究》等事件中都曾依照「事理」拒絕過毛夫人江青提出的要求，可為例證。但胡的「奴性」比周強，而兩人的「奴性」都比馮雪峰強，更不用說與「楚蠻騷客」胡風、「關東文人」蕭軍相比較了。這從毛在「文革」期間分別對喬木與周揚予以輕重不同的

懲罰中，也可見分曉。「奴性」對於左翼文人來說，是難以擺脫的宿命與悲哀。因為信仰尊崇的革命是抽象的，而革命領袖則是具體的，兩者極易混淆而難以分辨。毛固然稱頌魯迅的「沒有絲毫的奴顏與媚骨」，但其意不是指對一切人而是專指敵人，決不是指包括革命領袖在內的。馮雪峰、蕭軍、胡風、王實味都為此付出了慘痛的代價。而毛對自己所用之人還是喜歡其奴性的，美其名曰「革命的螺絲釘」、「馴服工具」。左翼文人能夠將「革命」與「領袖」做出獨立判斷者，微乎其微。在這個敏感問題上，王元化更是個「另類」。1953 年赴京參加全國第二次文代會，出身於基督教家庭的王元化，第一次在會上見到毛時，他是這樣記述當時的情景的：「許多人都懷著虔誠膜拜的神情擁過去，我覺得自己沒有這個情緒，只有我在原地站著，內心不免有些惶恐。這大概就跟基督教精神的影響有點關係，因為在神的面前，人人平等。」（見《南方週末》2008 年 5 月 15 日 D22 版，朱強、夏瑜的〈「這世界不再令人著迷」──解讀王元化的六個關鍵字〉）其實，還有傳統文化中的文人風骨與五四新文化傳統中的「獨立之精神，自由之思想」的影響。可惜的是，周與胡的這種精神資源，都給從蘇俄舶來的個人崇拜的精神資源籠罩而遮蔽住了。但周早年畢竟接受過尼采超人的思想，所以在〈探討〉等思想解放的論述中，隱含了對毛的反思；今天看來雖尚有其局限，但畢竟是難能可貴的。而胡則不然，在「文革」中雖受衝擊卻免於牢獄之災。況且，胡處於 1967 年 5 月 1日「文革」的困境中，有過一次毛要光臨已遷出中南海一年多的胡宅，欲來看望他的特殊經歷，這是極其罕見的。此舉大概是毛於五十年初「登基」後，看望過居住於頤和園的丁玲之外，對所有文武臣僚絕無僅有的一次「寵幸」。這次「皇恩浩蕩」，雖最終因夫人江青的干預而未果，然胡誠惶誠恐的感恩戴德的心態，到八十年代初，似乎還如同煙雲迷漫著他對於毛的反思，並於此躊躇不前、舉步維艱、姍姍來遲。

　　這次論爭，胡雖酣戰經年，志得意滿，好像是奪回了自己最高最後的話語權，即日丹諾夫式的絕對權威，這也是他一直護衛的「禁臠」。

可是時光流逝，日新月異，日氏的原創力，至此已成強弩之末。說句坦誠的話，對於胡將周提出的「馬克思主義人道主義」判定為錯方，而以自己「社會主義人道主義」來替代便屬正方的做法，敝人還是頗為欣賞的，因為承傳了日氏語言組合的技巧，只創一詞，便將對手擊倒，真可謂四兩撥千斤。不過對於凡夫俗子來說，恐怕難入其堂奧。而胡與鄧力群所創「精神污染」一詞倒是個發明，值得稱許。遺憾的是，其後的諸多辭書辭庫並未收錄，連1999年版的長達六千多頁的《辭海》都未予記載。很可惜的是，行之不遠，傳之未久，早就壽終正寢了。然而，時過境遷，早已不是當年那麼嚇唬人的「鋼性」日丹諾夫了，而成了人們並不買賬的「紙質」日丹諾夫。不僅當時對胡文的微詞不斷，二十多年來不絕於耳、見之於文。更不必說那「舉世震驚」和「十分崇敬」的效應久已風光不再了。因為此刻的中國，畢竟走出了「拿起筆當刀槍」的時代，以此為皓首窮經者，安身立命者，名利之階者已經式微，不再如過江之鯽了；改革開放的大潮，波瀾壯闊，洶湧澎湃，勢不可擋。這個激發並凝聚了國人的聰明才智，舉國上下決意不再務虛守窮，為謀實際民生而不懈努力的歷史潮流，衝決了閘門，已成定局。除非關乎命懸天下者，這世上已沒有令人著迷之事了。

周雖敗猶榮。1984年12月底召開的中國作家協會第四次會員代表大會上，當周揚的賀電才讀了一句話：「我因病請假，不能出席，預祝大會勝利成功！」會場立即響起了經久不息的掌聲，長達十九秒鐘！（此說據葉永烈。又一說顧驤、袁鷹稱，為「二分鐘」。──筆者按。）出席會議的366位作家、11個省市代表團，意猶未盡，於1月3日還自發而踴躍地向周揚發出慰問信（見附錄一）。這可否視為作家們對這場論爭所作出的最獨特、最有力的回答呢？

由於周與胡兩人思想觀念衝突的公開化，雙峰對峙，對於全國文藝界乃至文化界所造成的正負兩面的影響無疑是廣泛而巨大的，此處恕不枝蔓。

八、踏了這「鐵蒺藜」

這場論爭的結果，對八十年代思想解放運動的負面影響，無疑是巨大的，以致半途而廢。所以，時至今日，解放思想的呼聲又重新響起，蓋源於此。

1984-1985 之交，作家們出現前所未見的上述活躍情況，不只是反映了這群文人的敏銳、勇氣與信心，當然還與胡耀邦總書記在 1984 年為了排除「階級鬥爭為綱」的遺風，於多次會議上發表了一系列糾正「左」的觀念的重要講話（如 9 月 3 日在考察內蒙古河北期間的會議、13 日全國企業領導班子建設工作座談會、12 月 2 日在全國宣傳部長會議、26 日在中央書記處討論中國作家協會全國第四次代表大會的工作會議，詳見顧驤著《晚年周揚》第 115-123 頁。又見 2008 年第 6 期《炎黃春秋》的魏久明所撰〈胡耀邦談「反對精神污染」〉一文。恕不一一摘引。——筆者按），為作家們營造了寬鬆的氛圍有關。而這卻為 1987 年批判資產階級自由化又一波的興起者胡喬木，提供了反撲的口實。1987 年 1 月 16 日胡耀邦被迫下臺，而這又牽動了一年後的 1989 年更大的風波。由此可見，1983 年的胡周之爭，對於整個八十年代社會思潮的一波三折而言，真是牽一髮而動了全身。

「百花齊放、百家爭鳴」，自 1956 年提出的五十多年來，可能是「唯一」（？）沒有變更而延續的文化方針。胡與周是這個方針歷經兩個歷史時期的重要闡述者、指導者與執行者。但是，國人從這裏不無遺憾地看到，當論戰在他們之間公開展開時，他們又是怎樣貫徹執行這個方針的呢？又是怎樣以身作則維護這個方針的呢？並為國人樹立一個可資學習與領會的楷模呢？如果說這個方針在新時期之前的貫徹與執行，屢遭「左」傾路線的嚴重干擾與摧殘破壞；那麼，在新時期曾為「左」傾路線的受害者們，為什麼又重新陷入以簡單的「壓而不

服」的行政處理的方法去處理學術爭鳴的「昔日怪圈」而樂此不疲呢？
這似乎又一次啟示，所謂「藝術上不同的形式和風格流派可以自由發
展，科學上不同的學派可以自由討論」云云，原是方針中的題中應有
之「魂」，一旦被置於種種「大道理」之下，便仍變得飄忽不定，甚至
化為烏有；遑論它者。而失去這個靈魂，「兩百」也就被釜底抽薪而虛
擬化了。這就是 1983 的胡周之爭，及至 1989 年之波又蛻變成「無聲
的中國」，讓國人對其信心大挫並經久難忘的原因。

　　人類社會自有紛爭、論爭、鬥爭，乃至戰爭以來，禍起蕭牆者，
莫不是言詞之爭。由蘇俄五十年代上溯一百年，下迄上世紀九十年代
「蘇東波」事件的一個半世紀之久的時間段裏的所謂國際共運以來，
所發生的連綿不絕的言詞之爭難以計數，可謂前無古人。這跨越世紀
的言詞之爭，或許唯有耶路撒冷的宗教信仰之戰才可與之相比。這豈
不是褻瀆了堂而皇之而難以休止的「聖戰」嗎？然而，誰又能否認這
不是明擺著的事實，況且對於當今社會的進步、文明的進取、民生的
建設，乃至莘莘學子的成長而言，還會產生多少裨益呢？有百害而無
一利，便是結論。

　　周揚與胡喬木在五十年代，都曾做過以蘇俄意識形態為座標的防
範思潮的「鐵蒺藜」，到八十年代胡喬木還力圖繼續，而周揚則抽身而
去，並躋身於思想解放的行列，究其由便是不再褻瀆而敬畏人道了。
因為，「人類的渴仰完全的」而不是被曲解、肢解、誤解的「潛力」，
思潮、社會、人道等普世價值及其觀念不被支離破碎而「完全的潛力」，
畢竟是難以抑制的。人類倘真的走出螺螄殼裏做道場的言詞爭鬥的狹
窄空間，將會是無比開闊的天地。

　　自從五十年代在政治、經濟、文化上，將蘇俄模式全面搬入中國
社會，配套成龍，不足十年時間。其間，自然也存在著不必死搬硬套
蘇俄模式而堅持中國國情的可貴努力，而孫冶方的經濟理論就是符合
中國國情的傑出代表。然而，在這樣重大國是上，1949 年前已有的所
謂「新民主主義」的共識，1949 年「共同綱領」已有的「新民主主義」

的確認，並沒有經過明確的質疑與重新的審議，即由毛澤東憑藉手中獨掌的權力及其權術，與幾個憑空的邏輯推理，就將中國社會導入一個「拐點」而推進到蘇俄的模式裏去了；那個猶如死胡同的蘇俄之路無疑是越走越狹窄。在七十年代末頭碰南牆之際，中國開始對內改革、對外開放的新時期以來，所謂的改革集中到一點，便是不斷地對蘇俄模式進行深化改革，其所取得一個又一個突破，歷經三十年的時間。但在政治、經濟、文化方面卻終究未將其革除殆盡，可見其根深蒂固及改革的步履維艱。由此可見，1983 的胡周之爭，雖有諸多偶然因素，究其由卻終究難以避免，也是可以理解的。當下又一輪思想解放的興起，是中國改革的宿命。

　　說到底，「日丹諾夫情結」還是把劍，是懸在知識份子乃至人民群眾頭上的利劍！正如這首詩所喻意的利劍！！達摩克利斯劍！！！是昨天、今天、乃至未來，無論什麼時候都萬萬要不得的東西，難道不是嗎？俄羅斯人民是偉大的人民，在一個多世紀時間裏（1812 年俄法戰爭、1945 年蘇德戰爭、1956 年蘇共「二十大」），在世界人民面前扳倒了三個混世魔王——拿破崙、希特勒與史達林。但是，不必諱言，俄羅斯素有「北極熊」之稱，這個「北極熊」的負面特徵的絕對化、簡單化、粗笨化及其強烈的貪婪欲，從沙俄時代發展到史達林——日丹諾夫時代，可謂登峰造極；它不僅給世界、鄰邦的中國，也給俄羅斯帶來了大災難。然而，自十九世紀中葉以來廣袤的俄羅斯大地，不斷哺育的以別林斯基（1811-1843）、車爾尼雪夫斯基（1828-1889）、杜勃羅留波夫（1836-1861）為代表的民主主義傳統，與普希金（1799-1837）、果戈里（1809-1852）、托爾斯泰（1828-1910）為代表的人道主義傳統畢竟沒有被阻斷，即使在嚴酷而血腥的史達林時代，仍由仁人志士，如曼德爾施塔姆（1891-1938）、帕斯捷爾納克（1890-1960）、索忍尼辛（1918-2008）、薩哈羅夫（1921-1989）等（帕氏 1958 年諾貝爾文學獎獲得者、索氏 1970 年諾貝爾獎文學獎獲得者、薩氏為 1975 年諾貝爾和平獎獲得者）舉世矚目地頑強不倔地薪火傳遞

著。這個與專制獨裁不共戴天的以「民主與人道」為內核的偉大傳統的譜系，終於在經歷漫長而艱辛的較量後，於二十世紀九十年代初踏了「鐵蒺藜」，以俄羅斯式的大智大勇與非暴力方式，埋葬了史達林式的暴力專制主義。猶如龐然大物的蘇俄的轟然倒塌，致使俄羅斯重獲新生，並重新融入國際社會，開始走上義無反顧的復興之路。然而，無庸諱言，自羅蒙諾索夫（1711-1765）以來，迄至索忍尼辛，也還有另一個傳統，那就是大俄羅斯的民族主義是根深蒂固的，這似乎仍將成為俄羅斯前進道路上的「坎」。

是的，「日丹諾夫情結」也是把「劍」，是「刻」在那「船」上而「烙」在心頭的「劍」，是「船」已行駛了幾十年，再也無法找回的那久已迷失而只存留於心的「劍」。可是，這兩位理論家，卻終老都在打撈這「劍」，是這樣嗎？時至今日，在這摩肩接踵的人群裏，汗牛充棟的文字裏，不是還可以見到那打撈不可復見的「劍」的身影嗎？並還在時時修補三十年前已經破碎不堪的「鐵蒺藜」嗎？

然而，王元化先生在披閱拙作〈胡風事件五十年祭〉覆筆者信中透露：「我對〈五十年祭〉十分讚賞，覺得它是一篇很好的史論。您指出的胡風在關鍵時刻的認識上失誤，這種失誤其實我也都有。我想，這是由於對黨的絕對信任和對領袖的個人崇拜所致。那時我是很幼稚的，一直生活在上海，地下黨文委領導人如孫冶方、顧准、林淡秋、姜椿芳，他們都可以說是黨內傾向自由民主思想的。」（見附錄二）王先生這樣說，自然不是空穴來風。

正如李銳先生在〈李昌和「一二·九」那代人〉（見 2008 年第 4 期《炎黃春秋》）中所印證的那樣：「這個群體更具理想主義色彩和獨立人格。李昌就是如此。1931 年『九一八』事變爆發，他在上海同濟大學高中部參加了愛國學生運動。隨後，自發組織進步學生團體，接受和宣傳進步思想，加入共青團。後為躲避國民黨抓捕，來到北平。考入清華大學後，又投身『一二九』運動，重新入團，隨後轉為中共

黨員。這個經歷表明，他不是因為生活所迫，而是出於『天下興亡，匹夫有責』的社會責任感，參加共產黨革命的。」

難怪自陳獨秀，及至毛澤東以來，素有「黨外無黨，帝王思想。黨內無派，千奇百怪」之說呢。

綜合這幾條資訊，我不由地在 6 月 26 日手記中寫道：以孫冶方、顧准、林淡秋、姜椿芳、王元化等，還有李慎之、杜潤生、李昌、于光遠、李銳、謝韜等，一大批心路歷程相似的老革命為代表人物的黨內民主派，就是在達摩克利斯劍之下，歷經曲折地、始終不渝地、老而彌堅地踏著這些「鐵蒺藜」，引領思想界不斷前行的披荊斬棘者，這也是中國的「特色」。

在我看來，胡發起這場所謂論爭，乃至不是運動的運動，連篇累牘，純屬一場口水戰，除了玩弄概念，遊戲言詞，於政治修辭學中煞費心機，混淆視聽，而在理論上沒有留下也不可能留下任何有價值的東西。人道主義就是人道主義，就是人文主義，就是人本主義，三詞同源就是，──「以人為本」主義，歷史已經這樣結論。人道主義，雖經歷無數次的挫折、打壓與重重阻礙，卻始終頑強不倔。在 2008 年 4 月 12 日這場突乎其來的四川汶川大地震中，人道主義的價值觀，在包括國人乃至世界範圍內所凝聚並折射出的張力，及其所具有的突破時空的穿透力，突破人與人、民族與民族、人種與人種、國家與國家之間的，有形與無形的「鐵蒺藜」而向前進的巨大的潛力，雖然未必是人類歷史上所絕無僅有，但是，在當今的國人面前卻空前地、難能可貴地展現了它無限美妙的光芒！

別了，那如同夢魘般的「日丹諾夫情結」，還有那蘇俄式的桎梏人性的專制主義、教條主義與本本主義。讓我們繼續踏了這些「鐵蒺藜」去走屬於自己的路罷；或許將會真的更美了！

2008 年 3 月初稿，5 月二稿，7 月定稿於南京寓所。

附錄一

兩封致周揚的慰問信：三百六十六位作家、湖南等十一個代表團。

第一封：三百六十六位作家的慰問信

敬愛的周揚同志：

參加這次會議的全體中青年作家，都熱切地想念你！你病了，不能參加會，多麼遺憾！

您一定知道，黨中央多麼關心這次會，多麼愛護、理解和信賴我們！多年渴望的藝術民主與創作自由的黃金般的時代，終於來到。自信和勇氣在我們心中百倍地增長起來，請您相信，我們一定盡力寫出無愧於這個偉大時代的作品，使我們的文學自豪地走在世界文學的前列。這當然也是您和前輩作家們所期待的。

我們很激動。但您有病，還是希望您克制激動。我們只想用這信，使您快活，舒暢，儘快恢復健康，早日走進我們中間來！

中國作家協會第四次會員大會中青年作家代表

1985 年 1 月 3 日

（簽名）：

史鐵生、陳建功、馮驥才、李杭育、葉文玲、鄭萬隆、鄭義、張煒、張弦、蘇叔陽、邵燕祥、白樺、李陀、張天民、雷抒雁、尤鳳偉、王潤滋、王小鷹、成一、王東滿、張石山、韓石山、韓少功、金河、鄧剛、新鳳霞、艾克拜爾、張抗抗、陳世旭、馮亦代、黃起衰、葉尉林、古華、宗福先、丁耶、趙麗宏、鐵凝、徐盈、何士光、徐放、張辛欣、蔣子龍、繆俊傑、孫靜軒、鳳子、戈寶權、戈揚、王愚、蘇予、安柯欽夫、王春元、劉錫誠、王叔耘、胡采、鄡國培、田中全、程瑋、楊文林、葉辛、从維熙、高平、吳祖光、黃裳、蔣星煜、楊佩瑾、王一地、降邊嘉

措、金成輝、賈平四、舒信波、劉賓雁、黃悌、王德芳、陳忠實、柳鳴九、孫毅、蔣和森、朱寨、韋君宜、馮宗璞、趙亦吾、陳敬容、王歌行、程楓、朱奇、艾煊、顧驤、劉劍青、汪静之、唐達成、閻鋼、焦祖堯、孫幼軍、茹志鵑、王安憶、李玲修、束沛德、高莽、劉富道、李建彤、木青、許行、金近、馮苓植、洪三泰、郭蔚球、江曉天、陳冰夷、林煥平、敖德斯爾、陸地、公木、陳沖、胡正言、洛丁、張長、王松、雁翼、李建鋼、李清泉、張昆華、馬寧、王玉堂、柯爾慕・圖爾迪、鄒志安、李楚城、莫應豐、錢谷融、李元洛、胡萬春、戈壁舟、陳繼光、申躍中、高曉聲、馮至、田間、李根全、益希單增、梅汝愷、樊籬、王辛笛、牟崇光、任曉遠、羅旋、陳丹晨、韓沫童、蔣風、許覺民、徐剛、賈芝、石果、金哲、冰夫、魯兵、葛爾樂朝克圖、金泰甲、鍾藝兵、李納銀、張鍥、饒階巴桑、祖爾東・沙比爾、黃宗英、賀抒玉、李若冰、湯真、李逸民、鄭篤、王偉、徐開壘、何為、公劉、武劍青、思基、謝挺宇、洪洋、張一弓、劉祖慈、方冰、張賢華、李必雨、韓少華、藍芒、劉祖培、李震傑、楊明淵、艾明之、王若望、劉真、葉楠、陳模、王淑明、曲波、宋祝平、曾鎮南、中傑英、彭荊風、謝晃、咸玉芳、馬識途、趙米南、嚴陣、汪淅成、李定坤、賈夢雷、耿龍祥、曹傑、向錦江、溫小鈺、高纓、苗得雨、孫克恒、張潔、戈基、王子野、荒燕、趙清閣、朱春雨、周明、李希凡、袁靜、王志之、白漁、高深、吳淮生、陳定興、金敬邁、葉永烈、胡正、楊織如、袁鷹、鄂華、程樹榛、蕭玉、藍翎、滿銳、楊桂欣、顧工、朔望、常任俠、李學鰲、孟偉哉、楊平、譚談、孫健忠、林斤瀾、孟和博彥、曹辛子、汪曾祺、宮璽、劉亞舟、韶華、李滿天、賀捷生、海波、秦瘦鷗、張化聲、鄭克西、湯吉夫、鮑昌、費禮文、謝昌餘、葛翠琳、葛亭亭、張畢來、黃秋耘、于鐵、歐陽文彬、蔡其矯、柳倩、陳國凱、孔捷生、母國政、鍾敬文、錦雲、劉心武、唐湜、曹玉模、凌力、李惠薪、周雁如、諶容、王金陵、管樺、顧行、黎先耀、王覺、韓作黎、杜谷、宋協周、祖慰、葛一虹、魯藜、路翎、駱文、徐懷中、達理、李準、王杏元、包忠文、劉知俠、鐵依甫江、舒蕪、葉子銘、俞林、唐弢、賈合甫・米爾扎汗、克裏木・霍加、葛洛、卞之琳、周振甫、王佐良、夏侃、莎蕻、程代熙、王笠耘、高光、丘琴、許磊然、屠岸、李致、石言、任斌武、周勃、楊犁、劉學強、呂劍、錫金、趙自、周克芹、曾彥修、朱雯、于浩成、敏澤、李國文、張賢亮、陳伯吹、廖公弦、流沙河、韓文洲、李國濤、涂塵野、孔羅蓀、蘇策、蔣孔陽、楊沫、吳強、航鷹、賈植芳、謝永旺、延澤民、黃新渠、王毅、黃益庸、楊牧、巴波、康濯、京夫、丁洪、林予、柳溪、滕雲、劉再復、許懷中、苗風浦。(實數 364 位)

第二封：湖南等十一個代表團的慰問信：周揚同志

（正文從略）

（簽名）：

上海、江蘇、廣西、遼寧、湖北、四川、湖南、安徽、江西、貴州、雲南代表團

1985 年 1 月 3 日

（中國作家協會第四次會員代表大會簡報，轉自顧驤著《晚年周揚》）

附錄二

王元化先生寄給筆者的信函全文照錄如下，並聊表對 5 月 9 日剛剛謝世的王先生的追思。

周正章先生：

六月二十日寄來的信並大作〈胡風事件五十年祭〉均已收到。數年前，我已由吳興路舊址遷至衡山路 58 弄 3 號慶餘別墅（郵 200031），以後來信望照新址。

大作〈五十年祭〉，你選用的角度是以往同類性質的文章所罕用的，胡風案件的發生是老人家經過積心處慮的考量所作出來的大政方針。知識份子和農民問題是社會主義國家需要處理的重大問題，這兩個問題在前蘇聯及東歐等國均存在。但是我們這裏所採用的方法有自己的特點，這就是發動群眾搞運動的方法，濫觴於延安的整風運動（代表性文件是《講話》），而經過一定的實驗成為一種慣用模式，則是反胡風鬥爭（代表性文件是「材料」和「案語」）。我認為大作是深深理解這一點的，所以才不糾纏在三十年代的和個人的恩怨上面，這是您比許多人高明的地方。其次，您對胡風性格的把握是實事求是的，這也是許多人沒有看清楚的。總之，我對〈五十年祭〉十分讚賞，覺得它是一篇很好的史論。您指出的胡風在關鍵時刻的認識上失誤，這種失誤其實我也都有。我想，這是由於對黨的絕對信任和對領袖的個人崇拜所致。那時我是很幼稚的，一直生活在上海，地下黨文委領導人如孫冶方、顧准、林淡秋、姜椿芳，他們都可以說是黨內傾向自由民主思想的。直到反胡風前，我對於階級鬥爭的政治可以說是一竅不通的。我想，魯迅就不會有這樣的失誤，早年他翻譯過蘇聯的文藝政策，後來根據馮雪峰、樓適夷等的回憶和說法，魯迅對蘇聯的黨的文藝政

策和政治上的階級鬥爭情況可以說是理解的。胡風和魯迅這樣接近，他們之間不會不談到類似這些問題，所以我對胡風認識上的失誤實在感到詫異。他也是真心信仰馬克思主義，相信黨的。他有詩人的氣質，是不是對許多事情的看法都塗上了主觀理想的色彩，或者因此他對自己的理論抱有絕大的信念，認為終究可以說服黨的高層領導。對這些問題，我想的還不很透徹，如果您能繼續發掘下去，一定可以做出更多成果的。

承關注我的身體，這兩年來更為衰老，目力極差，讀寫均要依靠別人，這是很不方便的。因此，寫作也就逐漸少了。給您回這封信，是請一位年輕的同學聽我口授，由她筆記下來的。匆匆不一。

祝好！

2005.7.10.

（以上由王先生口授，一位年輕同學筆錄。

以下為王先生親筆。筆者按）

先生所（提）到記任先生文中引無邪堂那句話，自然是有道德（理）的。但我又（有）一種矛盾心情，認為難以實現。（請見該段話下半面一些說法，即可知道）（此段文字中「提」、「理」、「有」三字，為本人依據文意酌情添補。──筆者按。）

王元化（簽名）

主要參考資料

一、書目

1. 《毛澤東選集》（四卷本），人民出版社，1964 年 4 月第 1 版。
2. 《毛澤東選集》（第五卷），人民出版社，1977 年 4 月第 1 版。
3. 《毛澤東書信選集》，人民出版社，1983 年 12 月第 1 版。
4. 《胡喬木回憶毛澤東》，人民出版社，1994 年 9 月第 1 版。
5. 《在歷史巨人身邊——師哲回憶錄》（修訂本），中央文獻出版社，1995 年 4 月第 1 版。
6. 《魯迅全集》（十卷本），人民文學出版社，1956 年 10 月至 1958 年 11 月第 1 版。
7. 《魯迅日記》（二卷本），人民文學出版社，1959 年 8 月第 1 版。
8. 《魯迅書信集》（二卷本），人民文學出版社，1976 年 8 月第 1 版。
9. 《魯迅著作索引五種》（人名分冊上下二本），四川人民出版社，1980 年 12 月第 1 版。
10. 《魯迅論》，李何林編，北新書局發行，1930 年 3 月第 1 版。
11. 《魯迅先生紀念集》，上海書店 1979 年 12 月據魯迅先生紀念委員會 1937 年初版複印。
12. 《憶魯迅》，茅盾、巴金等著，人民文學出版社，1956 年 10 月第 1 版。
13. 《許廣平憶魯迅》，馬蹄疾輯錄，廣東人民出版社，1979 年 4 月第 1 版。
14. 《魯迅給蕭軍、蕭紅信簡注釋錄》，蕭軍著，黑龍江人民出版社，1981 年 6 月第 1 版。
15. 《魯迅誕辰百年紀念集》，魯博研究室編，湖南人民出版社，1981 年版。
16. 《魯迅年譜》（四卷本），李何林主編，人民文學出版社，1981 年至 1984 年出齊。

17. 《魯迅回憶錄》（專著，三冊本），魯迅博物館魯研室等選編，北京出版社，1999 年 1 月第 1 版。

18. 《魯迅與我七十年》，周海嬰著，南海出版社，2001 年 9 月第 1 版。

19. 《魯迅的五大未解之謎──世紀之初的魯迅論爭》，葛濤主編，2003 年 10 月第 1 版。

20. 《2002 年魯迅研究年鑑》，鄭欣淼、孫郁、劉增人主編，人民文學出版社，2004 年 8 月第 1 版。

21. 《魯迅論集》，朱正著，浙江人民出版社，2001 年 9 月第 1 版。

22. 《魯迅檔案：人與神》，何夢覺編，中國工人出版社，2002 年 1 月第 1 版。

23. 《痛別魯迅》，孔海珠著，上海社會科學出版社，2004 年 7 月第 1 版。

24. 《許廣平畫傳》，李浩著，上海社會科學出版社，2008 年 7 月第 1 版。

25. 《魯迅評說八十年》，子通編，中國華僑出版社，2005 年 1 月第 1 版。

26. 《假如魯迅活著》，陳明遠編，文彙出版社，2003 年 8 月第 1 版。

27. 《魯迅活著》，朱競編，文化藝術出版社，，2005 年 9 月第 1 版。

28. 《1913-1983 魯迅研究學術論著資料彙編》（五卷本，另附《索引》一冊），中國社科院文研所魯研室編，中國文聯出版公司，1985 年 7 月～1990 年 7 月出齊。

29. 《胡適還是魯迅》，謝泳編，中國工人出版社，2003 年 12 月第 1 版。

30. 《胡適文集》（七卷本），人民文學出版社，1998 年 12 月第 1 版。

31. 《胡適論爭集》（三卷本），耿雲志主編，中國社會科學出版社，1998 年 9 月第 1 版。

32. 《胡適評說八十年》，子通編，中國華僑出版社，2003 年 9 月第 1 版。

33. 《胡適評傳》，上海古籍出版社，1999 年 7 月第 1 版。

34. 《關於胡風反革命集團的材料》，人民出版社，1955 年 6 月第 1 版。

35. 《胡風全集》（十卷本），湖北人民出版社，1999 年 1 月第 1 版。

36. 《我與胡風》（增補本），曉風主編，寧夏人民出版社，2003 年 12 月第 2 版。

37. 《獄裏獄外》，賈植芳著，上海遠東出版社，1995 年 3 月第 1 版。

38. 《殉道者──胡風及其同仁、》，萬同林著，山東畫報出版社，1998 年 5 月第 1 版。

39. 《文壇悲歌》，李輝著，花城出版社，1998 年 1 月第 1 版。

40. 《胡風傳》，戴光中著，寧夏人民出版社，1994 年 12 月第 1 版。

41. 《周揚文集》（第一卷），人民文學出版社，1984 年 12 月第 1 版。

42. 《周揚文集》（第二卷），人民文學出版社，1985 年 10 月第 1 版。

43. 《憶周揚》，王蒙、袁鷹主編，內蒙古人民出版社，1998 年 4 月第 1 版。

44. 《為人道主義辯護》，王若水著，生活、讀書、新知三聯書店出版，1986 年 7 月第 1 版。

45. 《晚年周揚》，顧驤著，文彙出版社，2003 年 6 月第 1 版。

46. 《不成樣子的懷念》，王蒙著，人民文學出版社，2005 年 5 月第 1 版。

47. 《蘇聯祭》，王蒙著，作家出版社，2006 年 5 月第 1 版。

48. 《奧斯維辛之後》，邵燕祥著，寧夏人民出版社，2007 年 1 月第 1 版。

49. 《新發現的毛澤東——僕人眼中的偉人》，王若水遺著，明報出版社，2002 年 7 月第 1 版。

50. 《中共中央一枝筆——胡喬木》（最新增補本），葉永烈著，廣西人民出版社，2007 年 2 月第 1 版。

51. 《塔里‧塔外‧女人》，無名氏著，花城出版社，1995 年 1 月第 1 版。

52. 《中華全國文學藝術工作者第一次代表大會紀念文集》，大會宣傳處編，新華書店，1950 年 3 月。

53. 《馬克思恩格斯列寧史達林論文藝》，北大中文系編，人民文學出版社，1980 年 7 月第 1 版。

54. 《文學理論學習參考資料》（二卷本），北師大中文系編，春風文藝出版社 1981 年 12 月第 1 版。

55. 《二十世紀中國文學大典（1966-1994）》，陳鳴樹主編，上海教育出版社，1996 年 7 月第 1 版。

56. 《史記》（全十冊），漢代司馬遷著，中華書局。

57. 《史記》（全二冊，文白對照），漢代司馬遷著，寧夏人民出版社，1994 年 10 月第 1 版。

58. 《古文辭類纂》，清代姚鼐纂集，上海古籍出版社，1998 年 7 月第 1 版。

59. 《中華民國實錄》（十卷本），羅元錚主編，吉林人民出版社，1998 年 2 月第 1 版。

60. 《中華人民共和國實錄》（十卷本），徐達深主編，吉林人民出版社，1994 年 6 月第 1 版。

二、報刊

61. 《新文學史料》（1976 年創刊號——2009 年），人民文學出版社。

62. 《魯迅研究資料》（共 24 輯），北京魯迅博物館。

63. 《魯迅研究月刊》，北京魯迅博物館。

64. 《上海魯迅研究》，上海魯迅紀念館。

65. 《魯迅世界》，廣東魯迅研究會。

66. 《炎黃春秋》，中華炎黃文化研究會。

67. 《隨筆》，廣東花城出版社有限公司。

68. 《粵海風》，廣東省文學藝術界聯合會。

69. 《文匯讀書週報》，文匯新民聯合報業集團。

70. 《南京作家》，南京市作家協會。

三、辭典

71. 《辭海》（1999 年版，三卷本），上海辭書出版社，1999 年 9 月第 1 版。

後　記

　　和我的祖父、父親一樣，我也是在號稱水陸碼頭的下關，這塊土地上喝著長江的水、眺望著鍾山的雲，生於茲長於茲的。

　　雖然，現在的下關，隨著南京火車站與港口的位移及交通樞紐地位的喪失，已趨於冷落，不復當年的繁盛景象。然而，那人群的川流不息、大江的日夜奔騰，及其潮漲潮落的兒時景觀，還有櫛比鱗次的田園、池塘、渡船、冰凍房與農舍，迄今還縈繞在我的夢鄉。

　　孩提時代，一次在閣樓上，我憑藉認識不多的漢字，匐伏在家裏因做生意而用來做包裝紙的書堆上，胡亂地翻閱著。當我從一本外文版世界航道圖書中，無意間發現夾雜在外文中的兩個漢字「下關」，竟比「南京」還大時，興奮得難以自制：我為生活在這塊狹小而尋常的土地，竟名列世界商埠之列而感到自豪。之後，相邀小夥伴，坐在江堤上遐想，彷彿會感到無數從這裏啟航的船舶，飄洋過海，可抵達我想像中的一個個無窮的遠方似的。而那虛無飄渺的偌大世界，似乎都與弱小的我，相通相關。

　　我自小就被老師稱為「少年老成」，大概就在這懵懵懂懂的遐想之中，對於不可捉摸的未來，萌發了憧憬與企盼，勇氣與信念，還有不可避免的驚嚇與刺激，一如這變幻莫測、煙波浩渺的長江。

　　在這勞工社會的「文化沙漠」，也無家學淵源的環境裏，我竟然與文化結緣，實屬偶然。這個機緣，便是一位長我十來歲的緊隔壁近鄰成錫義先生，以伴隨他的不幸，闖入我的生活而結下的。他當時是南京大學歷史系的學生，立志要寫部孫中山傳。對此，我驚訝不已，遠在天涯的寫書人竟然會近在眼前，引起了我無限的敬仰！他在五十年

代的整肅運動中屢屢受挫，雖並沒有戴上什麼「帽子」，休學家中的時間居多，時時奮筆申訴冤屈，這自然石沉大海。他喜歡約我上圖書館、訪朋友、逛書店、看畫展、遊覽名勝古跡，也多次一同去過美麗的南大校園。於是，在其樂融融的文化薰陶中，他成了我的啟蒙老師，我為世間有如許不平之事耿耿於懷，而文學之夢便發端於此。雖然，後來他又經歷了更多的坎坷與磨難，掙扎於一家老小的生計，並未留下什麼文字，已撒手人寰。然而，他給予我精神上的啟迪，一直滋潤著我的心田。

十多歲的我，已感悟到眼前的市井生活之外，還存在著一個看不見的、絢麗多姿而電閃雷鳴的文學天空；當然，也使那稚嫩的心靈，過早地關注時代風雲的突變與吊詭。及長時，又漸漸悟得所謂「逝者如斯夫」的況味。一切的一切，猶如這眼前一去不復返的茫茫東流水；而被一瀉萬里的滔滔江流所積澱下的，只是應該留存的「殘骸」，諸如山巒、礁石、城鎮、村莊、江灘、島嶼與蘆葦。

在 50 年代的中學時代，語文老師吳步尹先生，是桐城人，劉文典的學生，他對如何作文的循循善誘，令我沒齒難忘。我在校內即開始發表文學習作，甚至，有幸在校長公告欄裏絕無僅有地展出過我的詩作。60 年代初，承江賢節老師的賞識，還任過學生會的副宣傳部長兼校報的主編，讓我經受了實際工作與文字能力的鍛煉。甚而至於，我還與同窗好友祝德順、林士繼、方鴻喜、陳學林，發起並組織百餘名同學參加的文藝愛好者社團，辦刊物、開畫展、演話劇等，並獲得校方的認可。現在想來，當時正值反右運動和大饑荒的寒風凜冽之際，真不可思議我的莽撞與幼稚。不過，當時我寫有「耳聞著寒鴉的哀啼／朔風送來了淒雨和落葉／即使傲霜的菊花喲／也在寒流中頹然落地」這樣的詩句，是不會冒然拿出發表的，也還不失清醒與明智。恰此青春期，我如饑似渴地翻遍所能接觸到的文學論著與中外文學經典，其中對歐洲文藝復興及英、法、德作品中的現實主義與人道主義，俄羅斯文學及別、車、杜作品中的民主主義，情有獨鍾，而文學素養

亦似漸成熟。那時，我以為最緊要的是文學批評，那可是能拱起時代與文學的橋樑，也是藝術聯繫學術的紐帶。

我因有條件獨居一陋室，被大夥稱之為「亂齋」，這裏則成了文朋詩友的活動中心。

我好想，像三十年代那樣辦份名為「！」號的同人文學雜誌，去叩文學之門。這自然是異想天開。家長不認同我的志向，文學不能當飯吃，結果支持我讀了醫科大專，三年中醫，（爾後又三年西醫），事與願違地成了靠技術謀生的內科醫生。這卻從客觀上，糾正了我一廂情願的知識結構的傾斜，而不自覺地有了人文學科與自然學科的兩相參照，同時還有了東西方文化異同的知性對比。學醫期間的倆位老師，何氏父子，其愚老先生和獨然小先生，均是醫文並重的奇人，他們的高談闊論，震古鑠今，我耳濡目染，至今仍記憶猶新。

從 1979 年起，我於從醫之餘，開始在國內各種刊物上發表文學評論，迄今已整整三十個年頭。第一篇文字，寫的便是評《十五貫》。嗣後的一系列文字，今天看來似乎大多從魯迅的「將來容不得吃人」的觀念出發，亦暗合了胡適的「為人辯冤白謗，是第一天理」的說法。

其前浩劫的 10 年，與八九風波後的 10 多年，因心冷意寒，無話可說，亦無寫處，除非瞞騙，跟風說假話。好在本人並不以寫作活命，兩度未曾發表有關文學的文字。

上世紀 80 年代中期至 90 年代初期，我受命主編一份企業報，一部《南京交通志》與 1990、1991 兩個年度的《南京交通年鑑》，分別由深圳海天出版社、江蘇科技出版社、江蘇古籍出版社出版。還兼任過由四川教育出版社出版的《陶行知全集》理論卷主編之一。這就從文化實踐活動中，強化並充實了我對交通、教育、新聞、編輯與史學的認知。

無奈，難入文學之堂奧，甚至越走越遠，只能不時遙望文壇罷了。

這一生的蹉跎歲月，曲曲折折，斷斷續續，五花八門，真「雜」得可以。雖說，身不由己，「不凝滯於物而能與世推移」，而內心深處

卻總為文學的磁場所吸引。然則，若說文學誤我，癡迷一生，不思進取，終生不改，也未嘗不可。

現在，靠養老金，度此餘生，但「退而不休」，倒悠然自得地成了「專職作家」了，自我實現了一生孜孜以求、專心致志，潛心文學的夙願。當年的「少年老成」，此刻反倒「老而未衰」了。但不知老天爺，能讓我寫多久？倘一息尚存，那就以良心、良知，無所謂「得失之心」地面對著當下，閱讀、思考與寫作下去罷。倘若如斯，筆耕不已，了結此生，乃幸。至於識見之膚淺，那是無何奈何的；坯子且久亦舊，難以「從頭再來」了。

7、80年代發表的幾十萬文字不計，僅估2002年起所發表之文字，已達30多萬字。其中，《魯迅先生死於須藤誤診的真相》、《魯迅話說「假如活著會如何」》、《胡風事件五十年祭》、《馬克思、倫勃朗與阿壟》與《話說「日丹諾夫情結」──周揚與胡喬木的1983裂變》等較有分量而稍有創意的作品，贏得了學界的好評與勉勵，在我來說是寶貴的。有些文章被幾個文學論集所收，我不感到意外；而《胡風事件五十年祭》竟獲金陵文學獎，倒真出乎料想。

這本集子，主要是從近幾年間所發的文字中，選編而成，也是我關於文學思考文字的首次結集出版。所以有此機緣者，全仗邵建先生的推薦，與蔡登山先生的識荊，還有林世玲小姐的辛勞，謹致謝忱！

值此之際，對在我追求文學的道路上，給予我幫助的諸多友人，表示我的感謝。還有幾位已故的先生，也是此刻不可忘懷的良師與益友。

老妻鶴琴承擔了繁瑣的家務，女兒妍子自大洋彼岸而來的鼓勁，使我得以傾心寫作，一併於此致謝。

作者記於2009年4月下關老屋拆遷之際

首先是魯迅的死因問題。以往國內出版的所有魯迅傳記全都沿用「魯迅死於肺結核病」這個說法。1984 年 2 月 22 日，上海九家醫院 23 位專家、教授組成的「魯迅先生胸部 X 光讀片會」，一致認為魯迅先生死於「左側自發性氣胸」。由是，1984 年 5 月 5 日南京《週末》報發表紀維周先生的文章《揭開魯迅先生死因之謎》一文，根據上海讀片會的結論和魯迅的弟弟周建人在建國初公開刊發的《魯迅的病疑被須藤醫生所耽誤》的看法，紀維周把魯迅的死因問題指向日本醫生須藤。這篇文章發表後，日本的《朝日新聞》於 6 月 4 日、6 月 16 日連續發表泉彪之助教授和學者竹內實的兩篇文章對紀維周的文章提出不同看法。本來，這不過是在魯迅死因問題上的爭議，無須大驚小怪。可是，有些人卻將日本報紙上的文章譯成「內參」向上報告，某些人就像魯迅文章《「友邦驚詫」論》中的那些人一樣也驚詫了起來，指出紀文「有礙中日友好」，「必須設法消除不良影響，以正視聽。」此後，魯迅死因問題竟成了禁區，誰要提須藤有可能誤診，誰便是「有礙中日友好」。紀維周挨批，編發紀文的《週末》報編輯張震麟被調離《週末》報。「中國境內所有報刊關於魯迅死因的探討文字連一個字都不讓露頭」。在此情況下，周正章以民間學者的身份，以他多年從事內科醫生的職業修養，無所顧忌地寫了《魯迅先生死於須藤誤診誤治真相》三萬多字的長文（《魯迅世界》2002 年第 1 期刊出），揭露須藤提供給魯迅治喪委員會的《魯迅病歷》，是「一份須藤偽造過的病歷」，「須藤當時在自發性氣胸的病理、病因、診斷、治療上具備挽救魯迅生命的客觀條件；然而他在主觀診斷上出了偏差，這可從他的處理、治療、預後幾個方面求得論證；至於他在《病歷》中添加的氣胸病名，那是須藤作偽無疑。須藤不過是作了一回為挽回已經丟盡面子的事後諸葛亮而已。」周正章的《魯迅先生死於須藤誤診誤治真相》一文，由於他專業知識的精深，考證的嚴謹，邏輯的嚴密，論點與論據的統一，最後結論的科學和實事求是，文章發表後，原來批判紀維周的魯迅研究某權威，雖然也寫了《關於須藤醫生及其它──致〈魯迅世界〉主

編的公開信》(《魯迅世界》2003 年第 3 期)，為自己作了無力的辨護，但在周正章再寫了《關於魯迅死因問題中的「假傳聖旨」》一文後，也從此閉口無言了。至於那些把紀維周的文章定性為「有礙中日友好」，以「政治問題」論處的，也默不作聲。周文竟成了魯迅死因問題的終結。一個民間學者解開了魯迅死因之謎，周正章由是聲名大震。

　　如果說，周正章之所以能寫出《魯迅先生死於須藤誤診誤治真相》，得力於他的專業醫學知識，那麼，周正章撰寫的《胡風事件五十年祭》(載《粵海風》2005 年第 3 期，《魯迅世界》2005 年第 2 期)，則又充分表現了他的膽識和真知灼見。本來，到 2004 年為止，胡風事件的來龍去脈、前後真相，已經水落石出，人盡皆知，所以，周正章對於胡風事件本身雖然也作了一些梳理，並沒有多費詞章，他的文章的著眼點是黨的最高層何以一手製造了胡風事件。在周正章看來，毛澤東之所以高度重視胡風一案，不在於胡的地位高低，「而在於他討厭胡對馬克思主義辭彙的「班門弄斧」，且在文學界又有一定影響力。毛就要把胡認定為是披著馬克思主義外衣，反對馬克思主義的敵人。有了這只大口袋，不愁今後還會有地位更高、影響更大、人數更多所謂反馬克思主義的敵人，⋯⋯都要陸陸續續裝進這個碩大無比的口袋裏的；因為，這個從內部的挖掘政治上所謂「階級敵人」的資源，反過來說一批又一批給「敵對者」戴上反馬克思主義的帽子以置於死地的策略與經驗，將成為今後繼續革命的主要方略與基本走向。」「從這個角度理解，胡案之所以被毛捕捉，而親自揮毫動筆，並居於第一線位置直接部署、指揮戰鬥不是偶然的」。這一見解，所有寫過有關胡風事件文章的學者、專家，都無人道及過。當年曾陷入胡風案件、新時期平反後曾出任中共上海市委宣傳部部長的王元化看到此文後，於 2005後 7 月 10 日寫信給周正章說：「你選用的角度是以往同類性質的文章所罕用的，胡風案件的發生是老人家經過積心處慮的考量所作出來的大政方針。」「我認為大作是深深理解這一點的，所以才不糾纏在三十年代的和個人的恩怨上面，這是您比許多人高明的地方。」(此信載周

正章:《笑談俱往——魯迅、胡風、周揚及其他》,臺灣秀威資訊科技股份有限公司 2009 年 10 月出版,第 321 頁－322 頁)王元化是中國共產黨內的大知識份子,大學問家,他一眼即看出了周文的價值所在,於此更可見周正章識見的不同凡響,一般人文學者難以望其項背。《胡風事件五十年祭》後來獲得金陵文學獎。

民間學者周正章,並不滿足於對文壇上的歷史事件的探討和研究,他進而對現實的重大事件進行獨到探索。1983 年,馬克思逝世一百周年之際,中國文壇也是政壇上發生了周揚與胡喬木之間的關於人道主義和異化問題的爭議。圍繞著這一事件,理論界、文藝界、思想界已有多人寫過多篇文章。周正章獨具隻眼,寫了《話說「日丹諾夫情結」——周揚與胡喬木的 1983 裂變》(寫於 2008 年,載《魯迅世界》2009 年第 3 期,並見《笑談俱往》),他認為,周、胡二人都存有「日丹諾夫情結」,兩人「為爭奪「中國日丹諾夫」式的報告而爭鬥」。(按:日丹諾夫為蘇聯主管意識形態的最高官員,有「文藝沙皇」之稱。)他在文末呼籲:「別了,那如同夢魘般「日丹諾夫情結」,還有那蘇俄式的桎梏人性的專制主義、教條主義與本本主義。讓我們繼續踏了這些「鐵蒺藜」,去走屬於自己的路吧;或許將會真的更美了!」此文高屋建瓴,言人之所不敢言,再次表現了周正章民間學者的特有本色。不過,此文也有不足處,就是它未能揭示,在胡、周二人關於人道主義和異化問題的論爭中,為什麼鄧小平批評周揚,這又是怎麼回事呢?我專門研究了這個問題,認為鄧小平批評周揚,出於下述原因:

鄧小平不同意周揚把「社會主義異化」論作為改革開放的理論基礎。周揚的晚年是奏出華彩樂章的晚年。周揚對自己過去「左」的錯誤,作了真誠的反省。周揚總結了半個世紀以來特別是新中國成立後思想戰線和文藝工作領導中的歷史經驗教訓,作了《三次偉大的思想解放運動》的報告和關於新「文藝十條」談話。周揚是真心實意支持改革開放的。他作為理論家,企圖為改革開放找到一個理論基礎,回

答「為什麼要搞改革開放」這個問題。他認為，我國之所以要改革開放，是因為在社會主義社會裏同樣存在著異化現象：一是「經濟領域的異化」：「在經濟建設中，由於我們沒有經驗，沒有認識到社會主義建設這個必然王國，過去就幹了不少蠢事，到頭來是我們自食其果，這就是經濟領域的異化。」（這指的是「大躍進」。）二是「政治領域的異化，或者叫權力的異化」：「由於民主和法制的不健全，人民的公僕有時會濫用人民賦予的權力，轉過來做人民的主人，這是政治領域的異化，或者叫權力的異化。」（這指的是「文革」中的「權力異化」。）三是「思想領域的異化」：「最典型的就是個人崇拜，這和費爾巴哈批判的宗教異化有某種相似之處。」（這指的是「文革」前已經開始而在「文革」中登峰造極的「個人迷信」。）周揚在 1983 年講「社會主義異化」時，講的是 1958 年「大躍進」至「文革」十年中我國社會主義的「異化」，這是很清楚的。周揚的本意，原是為鄧小平主持、發動的改革開放做輿論準備，認為「改革開放」是克服「異化」之途，其出發點和動機應該說是很好的。但鄧小平持異議。在鄧小平看來，我們之所以搞改革、開放，絕不只是消極地為了防止和克服社會主義「異化」，而是積極地為了「有利於發展社會主義的生產力」，「有利於增強綜合國力」，「有利於提高人民的生活水平」。（見《鄧小平文選》第 3 卷，第 372 頁）三個「有利於」論，才是我們為什麼要搞改革開放的理論基礎。就思想、理論高度而言，鄧小平把三個「有利於」論作為改革開放的理論基礎，無疑高於也優於「社會主義異化」論。鄧小平批評說：「他們還用克服這種所謂異化的觀點來解釋改革。這樣講，不但不可能幫助人們正確地認識和解決社會主義社會中出現的種種問題，也不可能幫助人們正確地認識和進行在社會主義社會中為技術進步、社會進步而需要不斷進行改革。」那麼，鄧小平是否忽視了社會主義社會裏存在的諸如腐敗、「一言堂」、「長官意志」決策等等陰暗面和負面現象呢？沒有。鄧小平多次講「懲治腐敗」；多次講必須發揚社會主義民主；多次講科學決策。他對社會主義社會裏的陰暗面和負面

現象深惡痛絕，嚴懲不貸。但他又認為，只有從根本上發展和解放社會生產力，增強我國的綜合實力，提高人民的生活水平，改革現有體制中不符合「三利於」的不合理的東西，逐步提高人民的政治覺悟和文化素質，才能逐步地、比較徹底地解決社會主義社會中的政治覺悟和文化素質，才能逐步地、比較徹底地解決社會主義社會中的陰暗面和負面現象。相反，以「社會主義異化」論作為改革開放的理論基礎，「只會引導人們去批評、懷疑和否定社會主義，使人們對社會主義、共產主義的前途失去信心，認為社會主義和資本主義一樣地沒有希望。既然如此，幹社會主義還有什麼意義呢？」至於周揚報告中所說的「經濟領域的異化」、「政治領域的異化或者叫做權力的異化」、「思想領域的異化」即搞個人崇拜，那是社會主義社會裏出現的極左，可以通過貫徹執行正確的路線、政策和法制措施加以糾正和解決。（按：黨的十一屆三中全會以來的三十一年，我們的黨和國家就沒有搞過極左）。鄧小平不同意周揚把「社會主義異化」論作為改革、開放的理論基礎，還因為他擔任過中共中央總書記，熟知「社會主義異化」論的來龍去脈。還在 1964 年，周揚在召開的哲學社會科學學部擴大會議上的講話中，就曾提出過「異化」問題，並得到毛澤東的稱讚。毛澤東搞「四清」，搞「文化大革命」，提出「黨內有走資本主義道路的當權派」，「資產階級就在黨內」，不能不說和「異化」論有聯繫。曾經成為毛澤東「反修」、「防修」理論基礎之一的「異化」論，怎麼能成為改革開放的理論基礎呢？

　　從上可見，鄧小平當時不指名地批評周揚，是有根據、有道理的。那麼，周揚的「社會主義異化」論這個「嬰兒」是不是就可以和「浴盆裏的髒水」一起倒掉呢？不能。我們也無須諱言社會主義社會存在「異化」現象。但把「社會主義異化」論作為我國改革開放的理論基礎卻是不該和不恰當的。我國之所以要搞改革開放，為的是「有利於發展社會主義的生產力」，「有利於增強綜合國力」，「有利於提高人民的生活水平」；同時，改革開放也有助於從根本上克服、糾正「社會主

義異化」現象。而在我國，在新時期，在三個「有利於」論的指導下搞了改革開放，社會生產力大發展，綜合國力大增強，人民生活水平大提高；同時，黨又十分重視解決社會生活中的陰暗面和負面現象問題。所以，三個「有利於」論才是改革、開放的理論基礎，因為它符合我國的國情，也符合馬克思主義的唯物史觀。

　　周正章《話說「日丹諾夫情結」》雖然存在這一不足，但他道破周、胡二人論爭的癥結所在，提出「日丹諾夫情結」問題，仍然是卓爾不群、非同小可的。

　　此外，周正章還就「假如魯迅活著會如何？」魯迅、胡風和茅盾之間的一段交往問題，也都寫過產生了一定影響的文章，但由於它們不能與上述三篇驚世駭俗的文章相比，我也就不在這裏多說了。

　　周正章先生今年才七十歲，來日方長，我衷心祝願他以民間學者的獨特身份，繼續撰寫體現「自由之思想，獨立之精神」的好文章，來警示當代人和後代人。

　　　　　　　　　　　　　　　原載 2011 年第 1 期《博覽群書》

周正章按：對於指出拙著不足之處者，本人向持歡迎態度。陳遼先生指出拙文的不足，頗有見地。然而，陳先生以鄧小平九十年代初才提出的「三個有利於」理論，作為鄧小平 1983 年拒絕周揚「異化」的理由，是否有「以後置前」之嫌呢？

終隨「俱往」 記取「笑談」

——讀周正章先生
《笑談俱往——魯迅、胡風、周揚及其他》漫筆

祝德順（文史學者）

　　讀書可消溽暑，案頭正章兄的《笑談俱往》（2009年10月臺灣秀威資訊公司出版），隨手時時翻閱，如同考古家喜歡時時摩挲一尊精美的青銅器物似的。其實書中幾乎每篇文章，我雖都先睹為快過，可今已輯集成書，自成脈絡，為一家言，時時隨手展讀，無論通篇抑或章節，卻仍有「涵詠工夫興味長」之慨。

　　書中搜集了25篇文章，有11篇專談魯迅，其他雖不專談，也多有涉及。第一篇《魯迅先生死於須藤誤診誤治真相》，是我極喜的一篇。這是一篇資料巨集富，考訂翔實，證據確鑿，邏輯嚴密的佳作。20餘年前，吳奔星先生就頗賞識正章兄，曾說「我瞭解你，你的文章大多注意充分佔有資料」。這倒使我油然想起了我們學生時代的往事，那是上世紀50年代中期，我們還是一群十四、五歲的孩子，四、五個志趣相投且各有偏愛的文史愛好者，居然相互調侃各立旗號，正章是魯迅派，其他還有王維李杜派，俄語的戈寶權派，史學的范文瀾派。然而日居月諸，時光荏苒，50餘年後的今天，將旗號打到底的，卻只有正章兄了。同儕之中，就數他少年老成。我們一起逛書攤淘書，那可是

一生中無憂無慮的最美好時光；正章搜集的方向是「五四」以來新文學資料與著作，特別是 30 年代有關魯迅研究資料，在那個時期，力所能及，儘量收羅。日積月累，三個籐編書架居然排得滿滿檔檔。同時還收全了胡適批判資料與若干胡風批判資料。說實在，關於批判胡適的文字，當時我們未必都能讀得懂，但從中卻懂得「大膽懷疑」，反倒學會了逆向思維，從無字處讀起，獲得了「拿出證據來」，「有一份證據說一份話」的箴言。這句話，正章是受益終生的。所以我讀了正章的文章，並不感到驚訝，反而覺得原本是厚積薄發，水到渠成，理所當然。甚至就《魯迅先生死於須藤誤診誤治真相》一篇，可以毫不誇張地說，「非正章莫屬」。醫學與文學原本兩不搭界的學科，而能勝任溝通並遊走兩界者，捨正章其誰？

文中提到，上海魯迅紀念館和上海第一結核病防治院，於 1984 年 2 月 22 日，興師動眾地邀請上海著名醫學家、教授參加《魯迅先生胸部 X 光讀片會》，9 家醫院 23 位專家作出極具權威性的科學診斷：「魯迅先生不是直接死於肺結核病，而是死於自發性氣胸。」令作者慨歎的是這一權威性的科學診斷，長期以來，許多魯研專家竟然不知，當然也不易讀懂，還繼續沿用「魯迅死於肺結核病」。這倒底是因為資訊閉塞呢？還是拒絕接受這一科學的診斷呢？也可能與國人向來不甚「較真」有關，昏昏然僵守著這個舊說，姑以不知者不怪，且不去說了吧！

正章憑著一名醫生的職業道德，並兼以長年研究魯迅的學人，敏銳地洞見癥結所在：「因為它不僅掩蓋了魯迅非正常死亡的真相，同時也掩蓋了魯迅死於須藤醫生誤診誤治的真相」，於是決定掃去陰霾，撥開迷霧，揭出真相。鐵肩擔道義，盡心作文章。

作者將魯迅因誤診誤治而逝這大半年間的所有資料都攪翻了，這其中有最具價值的《魯迅日記》與《魯迅書信集》，及其親友們在先生生前死後所寫的文字，這些親歷親聞的第一手資料，揭穿了須藤在魯迅死後所寫的《魯迅病歷》，是經過精心編排的偽病歷。這是關鍵的關鍵。作者採用統計法，將《魯迅日記》與《魯迅書信集》及其親友回

憶文章中的日期，與須藤《魯迅病歷》中的相對日期，病症、診斷、治療及療後，兩相對照，結論是：可以搶救的自發性氣胸，魯迅是一次「急診」的發作，並不是不治之症，魯迅死於須藤的誤診誤治。真相大白，鐵證如山，終於成了不容動搖的科學結論。這是一項縝密細緻的工作，要花費大量的時間與精力，這正應了「板凳要坐十年冷，文章不寫一句空」的老話了。

這原本是可以討論的學術問題，卻無端遭到一場大封殺，「讀片會」後，南京魯研學者紀維周，據我所知，紀老從正章處得了點口風，據實寫了魯迅死於須藤誤診誤治的短文，後因有兩位日本人發表了維護須藤的文章，不料引起了有司的「莫名驚詫」，於是魯研界頭面人物稟承上面旨意，出面寫文章，批評此前的撰文者，「不能代表中國魯迅研究界」，指明須藤在魯迅之死上沒有責任，並又惡狠狠地呵道：「以正視聽」。這哪裡是學術語言，這種冷暴力的架勢，又豈止是學閥的口氣！簡直就是舊衙門用以嚇唬善良老百姓的公文佈告。正章對紀老把那麼複雜的大事，以短文出之，惹下了大禍，不僅毫無責難之義，卻義憤填膺，拍案而起，直指聲討者的此公，厲聲叱道：「你就能代表中國魯迅研究界！」憑什麼厲聲厲氣「以正視聽？」挺直腰桿為老實巴結的紀維周老人抱打不平，這種俠肝義膽、古道熱腸的義舉，得到同界朋友們的讚揚與尊重。

退一步言，當年「讀片會」，好像醫學專家憑「X 光片」與有限的病案記錄進行診斷，好像上海魯迅紀念館的專家們，並沒有提供多少有關魯迅病況及治療的資料，即便提了，恐怕也不會全面到位，決不會有正章文中所援引的周全詳實，這是定然的。假如當年上海魯迅紀念館邀請正章參加「讀片會」，哪怕列席，或寬容一點，假如讓正章把他這篇文章中有關章節讀出來，供 9 院 23 位專家會診參考，那麼，須藤誤診一案就會明明白白寫在「臨床討論意見」中了，省卻了日後的許多麻煩。但也許不見得，醫學是科學，直白的，問題是有司與魯研界願不願或敢不敢照發，這其中的玄妙，怕只有有司與魯研界才能明

白。但正章可以不受「『官學』體制行政管理的種種限制，而可以一逞思想之自由，循著我自己選擇的方向，研究我所願意研究的課題，尊重事實，追求真理，」（邵燕祥語）把問題給捅了出來，大白於天下，一洗魯翁 60 年來死於肺結核之誤說，了卻了魯家三代人的心頭之願。不亦樂乎？此誠學術界之幸甚！魯研界之幸甚!「民間學者」之幸甚！

唐人劉知己《史通》謂「史才，史學，史識」，清人章學誠加一「史德」，茲不做具體辨析。而這對於無論專業或業餘的文史學者來說，都是至關重要的。「史德」，就是要文史家應具的道德品質，就是要忠實於歷史，實事求是，不作偽史學，甚至要有太史簡與董狐不畏殺頭「秉筆直書」的精神。正章堅持史實，不作奴顏媚骨態，橫站身子應對八方，不畏大人言，不管是官家，還是專家，套用諸葛亮的話來說，「臣本布衣」，草民一個，但決不是賤民，我怕誰？宋人劉摯嘗言：「士當以器識為先，一命為文人，無足觀矣！」所以顧炎武讀到這兒極為稱賞，「一讀此言，便絕應酬文字，所以養器識而不墮於文人也」。儒有君子儒與小人儒之分，儒當修身，精神需向上一著，而不能下。我記不清在哪篇文章中看到，藤野先生曾寫字勉勵年青的魯迅，文曰：「小而言之為國家，大而言之為學術」。暫不考其確否，故妄聽之。作為一名嚴謹執著的科學家，的確把他所從事的事業看得是頭等重要，正如藝人們常說的「戲比天大」。我看正章，也是把學術看得極為神聖而崇高，茲事體大，摻不得一粒沙子，沾不得半點灰塵，就要有這股「較真」的勁頭。雖然是「民間學者」，一旦著筆，卻也嚴守著這份尊嚴！

著名思想家、學者王元化先生，在致正章的信中說：「我對《胡風事件五十年祭》十分讚賞，覺得它是一篇很好的史論。」的確是一篇很好的史論。說是「史論」，就是因為它不同於一般寫研究胡風的文章。這樣的文章可謂多矣，僅止於回憶與紀念或論證，大體圍繞一個「冤」字，訴冤，呼冤，申冤，最後希望今後不要再發生這樣的冤案，僅此而已。正章這篇則不同，避開陳規舊套，而是從更高的歷史角度進行審視，從更深的歷史層次進行挖掘。文章「高明」在何處呢？作者話

分兩頭：一方是「蒙冤者」，一方是「制冤者」。對「蒙冤者」的氣質性格，及在關鍵時刻在認識上的失誤的把握，既實事求是，又準確到位；同樣對「制冤者」的習性脾氣，及如何「積慮處心」擘劃，並在實施行動進程中不斷有新的發現而層層加碼，掀起一場場政治運動；且鑒於獲得的震攝效果，又有所發明創造從而提煉鑄成為今後治理國事的大政方針。分析細緻，鞭辟入裏，燭見幽微，由微知著。文章有意避開有關 30 年代文壇種種現象，所以胡風的形象生動而簡潔，這就可以將更多的濃墨重彩去勾畫描繪「制冤者」。正因為作者把胡風事件放在毛澤東施政方略這個高度，所以「才真正破譯了這個事件的密碼」。

胡風标什麼？說到底，一介書生，正如魯迅所言，「胡風鯁直，易於招怨」，書生就怕昧於己而不知人，一旦迂不可及，則意氣率性而無所不為，甚則挑戰上層，忤逆龍鱗，終得以卵擊石的悲慘結局，作者扼腕太息，「勇氣可嘉，精神可佩」，亦「實可歎也！」

「制冤者」誰？毛澤東也。作者從大歷史中考察胡案，1949 年後，「槍桿子」式的急風暴雨的階級鬥爭過去了，開始對「筆桿子」式的知識份子進行一波一波的思想整肅運動。知識份子一個個自貶自戕，誠惶誠恐，履冰臨淵，斯文掃地。

在直接對胡風動手之前，已開始採取思想接觸，以圖打掉胡的氣焰，而胡執意堅持，拒絕檢討。毛與胡之間究竟有怎樣的矛盾過節呢？非要置胡於死地方罷呢？

正章在掌握這方面所有資料的同時，也是非常重視謀篇佈局的寫作技巧。為了把事實全過程一一詳細道來，文章融合了兩司馬的筆法：在時間的順序上，借鑒司馬光的編年體，在事件過程的敍述上，則借鑒司馬遷的記傳體。因為是「史論」，絕不取小說家筆法，更不說去嘩眾取寵的演義戲說。故全憑史實，絕不虛構。文章將毛的心目中對胡的印象，分成兩個時期：1949 年前「只是芥蒂」，1949 年後則是「桀驁不訓」。

1945 年毛抵重慶，三次與胡「不冷不熱」的會面，其中細節，詳而實之，活靈活現，宛在眼前，如白頭宮女說天寶軼事。毛為何「不冷不熱」，因為此前周揚已將胡在渝牴牾《講話》的言論記錄在案，上呈御覽。所以作者斷定，毛胡會晤之前，因周揚的小報告，「毛對胡產生的芥蒂早已深藏心底了」。其實這正是一種心理信號，說明毛胡在心理上已產生了潛在的強烈對抗。毛雖存芥蒂，返延安後，仍不放心，第二天就派胡喬木再回重慶，專程調查重慶文藝界，尤其是「胡風問題」。毛此刻已直接瞭解到胡的觀點態度與自己的矛盾衝突，且覺得已到了冥頑不化的地步。中共七大以後，已正式確立「毛澤東思想」，豈容說一個「不」字！在毛看來，一切問題都從屬於政治問題，理論學術盡括其中，你一個胡風豈能例外！

那麼 1949 年之後呢？毛得知胡是第一次文代會文學報告起草人之一，但胡卻「堅辭」；毛又曾問馮雪峰「胡在上海早期的情況」，還問「聽說胡風身邊還有一幫人？」其後周恩來，胡喬木，周揚都找過胡風，胡則沒有認錯檢討的表示；最精彩也最直接的是，江青曾出席文藝界一次會議時說，「新中國文藝的指導思想是毛澤東文藝思想」。胡風當場表示，「在文藝上的指導思想應是魯迅的文藝思想」。江青回家，原話傳達，毛很不高興。這一幕幕戲劇，形象生動，深入人心。宏觀的把握與細微情節的映襯相得益彰；宏觀若不建築在微觀研究的基礎上，則不免流於空疏與浮泛，而微觀若不統蓋在宏觀之中，則又不免顯得委瑣與零碎。作者把握得恰到好處，一篇嚴肅的「史論」，竟寫得如此情趣盎然，曲徑通幽，一步一景，引人入勝。

1954 年 7 月 22 日，胡風向中央政治局與毛呈上《關於解放以來文藝實踐狀況的報告》，即《三十萬言書》，問題擺到了臺面。毛此後發下了一系列的批示與口頭指令，文章詳盡地羅列，如《人民日報》公佈《關於胡風反黨集團的材料》，就所刊胡的自我批判是否為定稿問題，周揚竟繞過周恩來直接請示毛，毛說：「什麼二稿三稿，胡風都成反革命了，就以《人民日報》的稿樣為準，要《文藝報》按《人

民日報》的重排。」「胡風是要逮捕的」，周揚把周恩來的指示糾正了，連招呼都可以不打。甚至 5 月 16 日深夜，即 17 日凌晨，將胡風逮捕，連周恩來都不知情。正章將毛親自撰寫按語的三批材料理順，由胡的「文藝思想」一變為「反黨集團」，再變為「反革命集團」，急不擇言而忘記胡並非中共黨員。毛又決定：「我以為應當借此機會，做一點文章進去。」於是沿順邏輯而推，反對周揚就是反對《講話》，反對《講話》就是反對毛澤東思想反對黨，反對馬列主義。胡反對黨，反對馬克思主義，主子就是帝國主義和國民黨反動派。「文章」一做，就把胡的問題掛上了政治問題，輕而易舉地坐實成「鐵案」了。毛也惡狠狠地出了一口氣，毛討厭胡對馬列主義辭彙「班門弄斧」，討厭這個「魯迅絕頂的傳人」，搬掉胡，從而在政治上，思想上，文化上完全絕對取得駕馭對魯迅的詮釋權，並由此也成了毛今後整肅政治對手的主要手段。

　　1945 年 4 月對《關於若干歷史問題的決議》草案所作說明時，毛曾說過：「孔夫子七十從心所欲不逾矩，我即使到了七十歲相信一定也會逾矩的。」這話表面看似自謙而內心實含自負且作態的意思。建國初期，還只六十上下一點，提前了十年，真是不幸而言中了。他為什麼能從心所欲而逾矩，置《憲法》而不顧，拋開政治局常委、人大而我行我素呢？他不僅要別人神話自己，他自己首先將自己神化，獨步天下，反復無常，行藏進退，神秘莫測，神龍見首不見尾，以至他身邊的人，個個弄得一頭露水，如霧裏看花，因趕不上他的趟而自責跟不上形勢。他憑著自己的「勢」，他也善於運用自己的「勢」，變「術」而成為各種不同的「法」，借「法術」而升「勢」，憑「勢」而耍「法術」，變國家而成私家。這大概就是「英雄造時世」罷。正像當年他的親人毛澤覃指責他說的，「共產黨又不是毛家祠堂！」針對這種蠻橫專斷現象，正章一針見血指出，「他對這個功利主義的意識形態的絕對壟斷，是絕對不容許任何人插嘴的。」「作為以功利主義為宗旨的大政治家，要的就是這個效果。」

「故書不厭百回讀，熟讀深思子自知。」這篇文章言近旨遠，通過胡案的剖析，尤其點睛之筆指出，「在民主健全的國度」是不會有類似冤案悲劇出現的。作者點撥，我油然想到同一個毛澤東說過的話，「中國是有缺點，而且是很大的缺點，這個缺點，一言以蔽之，就是缺乏民主。」（1944 年答中外記者團的談話）「我們已經找到新路，我們能跳出這個週期率。這條新路就是民主。只有人民監督政府，政府才不敢懈怠。」（1945 年與黃炎培「窰中對」）情況變了，地位變了，人也變了，這話也就不作數了。1980 年鄧小平談毛澤東時說：「即使像毛澤東同志這樣偉大的人物，也受到一些不好制度的嚴重影響，以至對黨和國家對他個人都造成了很大的不幸。史達林嚴重破壞社會主義法制，毛澤東同志就說過，這樣的事在英、法、美這樣的西方國家不可能發生。」胡案，還有其他一系列冤案的造成，就是制度的缺失，中國需要一個好的政治制度或好的政治體制。否則，今後還會有胡案，或不同形式的冤案發生。

正章習慣思索，也善於思索。他所想的與所要說的，積聚心頭，久而彌深，流動著蘊釀著，一旦與外界彼時彼地的某一事物碰撞，便將激發出靈感的火花，象詩情一樣噴發，不能或止；而所噴發的總離不開他向來的情愫，即魯翁所言「血管裏噴出的總是血」。

《馬克思、倫勃朗與阿壟──1949 年後關於文藝問題批判「第一槍」》，便是絕好的範例。鑒於作者對魯迅、阿壟為人及文藝思想的瞭解與馬恩對有關問題的闡述，並結合中國當前文藝界動向的觀察與思考，不是不可以寫一些學究式的文藝專題專論之類的文字。然而正章不，他更喜歡通過捕捉一個契機，「妙手偶得」，將幾個問題串連起來，形成一個「鏈」，相互映襯，相互發明，把所要想談論的問題，說得絢爛多姿，搖曳生動，通過「鏈」的效應而讓讀者經久難忘。

文章開頭是這樣寫的，「今年是「倫勃朗年」，也是荷蘭大畫家倫勃朗誕辰 400 周年。於是，我從「倫勃朗年」，想起馬克思恩格斯所說的「倫勃朗化」；再由馬恩的「倫勃朗化」，想起當年因論及「倫勃朗

化」而遭錯誤批判的阿壟。本文題目，就叫「馬克思、倫勃朗與阿壟」罷」。可一讀到副標題「第一槍」，這就震攝了讀者，引起看官且聽下回分解。爭論的核心，「是文藝作品對革命派領袖的描寫，要不要「靈光圈」來神化的問題。」而這「第一槍」對阿壟的批判，正觸及到馬恩關於文藝理論的一個重要論斷：即要「倫勃朗化」，而不要「拉斐爾式」的命題。阿壟正是根據對文藝真實性的要求，提出文藝創作應當遵循馬恩的教導，但遭到在周揚指使下扣以「歪曲」「偽造」馬克思主義大帽子的嚴打封殺。其結果，對當時文藝創作來說，必然將領袖人物的形象納入被誇張了的「拉斐爾式」頭上繞著「靈光圈」的聖畫像。記得那時就有一幅巨幅直立的李宗津畫的《東方紅》，毛高高地站在山頭上，頂天立地，滿天朝霞代替了「靈光圈」，這也可以說是一點時代的進步。可笑的是當時被指責為抄襲蘇聯畫家畫的史達林，殊不知那個年代，中國的政治、思想、經濟、文藝哪樣不是照搬蘇聯的模式，更莫說一幅畫的摹仿了。正章在說明「倫勃朗化」「拉斐爾式」之後，又引證了馬克思「莎士比亞化」與「席勒式」的論述。文中指出這場硬將文藝問題無限上綱到政治問題高度的第一槍，這不是某些人作派的問題，「而是 1949 年以後的知識界、文化界，乃至全社會，將以批判為支點，通過文學的槓桿，開啟泛意識形態化、泛政治化的時代，而留下的一個最初的烙印。」文章最後介紹阿壟的為人，結尾處寫到 1986 年 1 月，作者在胡風追悼會上與阿壟兒子的一次短暫見面，留下了年青英俊而坦蕩靦腆的身影，餘音嫋嫋，不絕如縷，感慨繫之，令人遐思。

《話說「日丹諾夫情結」——周揚與胡喬木的 1983 裂變》，其謀篇立意寫作技巧與上篇有相似之處。作者巧妙地將兩處不經意的互視對方「氣派」與「味道」的比喻性講話，很自然地把講話人的雙方統攝在他們仰望的「日丹諾夫」的名下。由此鋪展開去：日氏是何許人也？作為「文藝沙皇」的日氏與「政治沙皇」的史達林主僕關係如何？日氏的思想與「暴力語言」對中國的政治思想與文藝產生了怎樣的影

響？周揚對日氏心儀企羨，嚮往追求，並以此自期自許種種表現；胡的位勢氣焰與持重固守，且不允觸摸雷池的行動言語；周與胡之間的交叉及糾葛。文章將這段歷史的來龍去脈，產生演變，直至最後裂變，一一不遺，詳盡道來。最後指出周胡「日氏情結」爭奪意識形態最高話語權的結果，給國人帶來了無比的困惑與苦難，連同他們自己。

正章也是以周、胡來說事，且不以此為限，由此及彼，由淺入深，概要形象地剖析了「黨文化」「黨八股」核心，乃日氏暴力語言；這頗出人意料，但這部分的異軍突起的高屋建瓴的文字，卻讓讀者獲得意想不到的滿足，大有「朝聞道夕死可也」之慨。「三分之一的人類，就是在這日氏暴力語言下，自覺與不自覺地進入了無邊無際的、沒有盡頭的、漫長而黑洞洞的以言辭相互廝殺的歷史。」文中搜羅了在史達林統治下，因這種「日氏語言」而遭政治迫害，竟有 2500 萬人，或遭蹂躪，或遭流放，或遭殺頭。同時指出這種「日氏暴力語言」，輸出到哪個國家，哪個國家必大難臨頭。一旦與中國具體情況相結合，中國亦概莫例外。

至於 1983 年周胡之爭，值馬克思逝世 100 百周年紀念日，中共安排兩個大會，其中一個是周揚作學術報告，題為《關於馬克思主義與文化問題》，而周「日氏情結」萌發，將中央原定的題目改為《關於馬克思主義的幾個理論問題的探討》，周鑒於浩劫年間殘酷鬥爭、踐踏人道主義的現實，對「異化」與「人道主義」作了重新的闡釋。這篇報告，獲得了不同凡響的讚譽。這就引起並刺激了主管輿論理論生殺予奪大權的胡喬木的關注，於是精心佈置了一場對周揚的批判圍攻。繼之在「重大現實政治意義」上大做文章，把周揚打壓了下去。文章並沒有在胡周爭論的具體內容上做過多的糾纏，而簡明扼要的點到即止，因文章旨意在彼不在此。反之，從當年 3 月到 10 月這八個月的爭論過程中，雙方的行動表情與心態思路，文章卻很細緻生動羅列並以近距離甚至是特寫鏡頭表現出來：3 月 8 日，即周揚在黨校做大報告之次日，報告將由《人民日報》全文刊登的消息，刺激了在醫院住院

治療的胡的高度重視，「一個電話已通知中宣部」，周揚的報告不能在
《人民日報》發表；第三天即 10 日，「胡從醫院逕直親往周的家中」，
同時「邀」了有關高層，「不是隨喜祝賀，而是禮貌而委婉地阻止報告
在《人民日報》按原文發表」，「在大門口告別時，胡喬木對周揚行九
十度鞠躬」，而前日對中宣部背後下達「暗藏殺機」的指示，與此成為
顯明的對照；特別是 3 月 20 日周胡的當面爭吵，周步步不讓，以守為
攻，實則底氣不足，而胡則步步緊逼，憑勢壓人，聲色俱厲，甚至「他
上面一排老虎牙都露出來了。」同年 10 月，又乘時乘勢，乘勝乘氣，
舉旗揚幡，掀起了一場「清除精神污染」的運動，胡以《關於人道主
義和異化的問題》大作，再顯神威，發行兩千萬冊，產生了「積極的
政治後果。」周揚迫於權勢，萬般無奈地做了公開檢討。旋即對周身
邊的人，做了程度不同的人事處理。歷史的天枰是公正的，每個公民
的手中都有一塊微小的砝碼，作者也有一塊，但攥在手中未投，卻引
用了 1984 年底召開的中國作家協會第四次會議上的一則實況，即當周
揚的賀電才讀一句，「會場上立即響起了經久不息的掌聲，長達 19 秒
鐘！」另有說是「兩分鐘。」會議的 360 位作家，11 個省市代表團，
意猶未盡，於新年 1 月 3 日，還自發而踴躍地向周揚發出慰問信。這
是天意民心對這場爭論作出的最獨特、最有力的回答。作者慨歎：「周
雖敗猶榮！」擲地有聲。

　「周揚與胡喬木在五十年代，都曾做過以蘇俄意識形態為座標的
防範思潮的「鐵蒺藜」，到八十年代胡喬木還力圖繼續，而周揚則抽
身而去，並躋身思想解放的行列，究其由不再藝瀆而敬畏人道了。」
「一大批心路歷程相似的老革命為代表人物的黨內民主派，就在達摩
克利斯劍之下，歷經曲折地、始終不渝地、老而彌堅地踏著這些「鐵
蒺藜」，引領思想界不斷前行的披荊斬棘者，這也是中國的「特色」。
文章結束時，呼籲：「別了，那如同夢魘般的「日丹諾夫情結」，還有
那蘇俄式的桎梏人性的專制主義、教條主義與本本主義。讓我們繼續
踏了這些「鐵蒺藜」去走屬於自己的路罷；或許將會真的更美了！」

本文第八節「踏了這「鐵蒺藜」」，猶如《史記》的「太史公曰」與《資治通鑑》的「臣光曰」，畫龍點睛，值得細讀，讀後定然心竇漸開，思緒邈遠。

如果說《魯迅先生死於須藤誤診誤治真相》一文，是醫學與文學的結合，其中關於「誤診誤治」真相公開與否，含有政治因素。那麼《馬克思、倫勃朗與阿Q》一文，則是兩種文藝思想與創作方法的對立，又將文藝強行納入政治，並以政治手段來解決。而《話說「日丹諾夫情結」》，卻是兩種政治思想的對峙，解決的方法是權勢與地位；其中也自自然然的演繹並透露了官場規則與竹幕。

書中其他各篇，各有獨見，各逞風采，絕不拾人牙慧，隨人短長，名為「笑談」，絕無戲謔。作者擁有充分且經汰洗的歷史資料，以資料證實觀點，以觀點統攝資料，是極富趣、情、理的史論。在今天文化學術界，日顯浮躁，追名逐利，甚至想一夜成名暴富而不擇手段的現象，我們見的還少嗎？去年與今年，前輩大師一個一個離我們而去，悲痛之餘，我們如何將他們的薪火承傳下去，是當前文化學術界極需思考的問題。正章兄沉靜地坐下來，高屋建瓴，平地築基，扎扎實實，摒除俗慮，放言臧否，無所顧忌。張揚人道人性的普世價值，呼喚民主法制的健全。以前賢為人為學的精神「導夫先路」，筆耕不輟，是值得贊許並提倡的。

正章書房榜曰「五斗齋」，我想大約不是自標清高孤傲，隱逸超塵，而更多的是「有所為、有所不為」傳統學人的狂狷氣節。這使我想起鄭板橋一首《題石》的詩，「誰與荒齋伴寂寥，一支石柱上九霄。挺然直似陶元亮，五斗何能折我腰。」這倒頗貼切「五斗齋」主人的心境，一個「挺」字，境界全出。人，說到底，只不過特定時空階段基本粒子的臨時短暫組合而已，人之為人，總得要挺直「脊樑」，中國的事就靠挺直「脊樑」人去幹的。「脊樑」彎了，便是猿；「脊樑」爬了，便成另類。《笑談俱往》一書，我與朋友們拜讀後，每個人都獲益匪淺；遙想後來的人們讀了，想必也會有不同的心得。「俱往矣」已成「俱往」

矣！雖然一切終隨俱往，倘能記取當下，讓讀者覺得往事並不如煙，
回首也曾有過的定格，這也足以讓讀者尤其是作者感到無比的欣慰。

文末以舊作《讀〈笑談俱往〉感懷，奉正章兄》一詩結束：

漫道廉頗身已老，竊攀庾信意凌雲。

董狐正氣傳青史，縱目憑欄看日曛。

2010 年 8 月 19 日　於鍾山南麓

──原載《思想花園》

松排山面千重翠　月點波心一顆珠

——讀周正章著《笑談俱往》箚記

沈存步（雜文家）

　　認識周正章先生近三十年了。由於在江蘇省魯迅研究學會共事，在上個世紀八十年代，學會活動正常，每年舉辦年會少說一次，逢會我是必到，周正章也是從不缺席的，因此交往甚頻。印象中，周兄勤奮，表現在一是讀書二是寫作。幾乎隔幾年便有重要論文問世，一經發表後，影響不凡，甚至飲譽文壇，因此周正章雖非專業作家，卻也因為其文章使之聲名大震。

　　最近其《笑談俱往——魯迅、胡風、周揚及其他》一書，由臺灣秀威資訊科技股份有限公司於 2009 年 10 月正式出版發行，周正章的文字引起了海內外文學界人士的關注。蒙周兄贈賜一本，拜讀之後，感慨甚多，且以讀書箚記方式書寫若干心得，以就教於文學界方家。

　　眾所周知，上個世紀八十年代，南京圖書館紀維周先生在 1984年 5 月 5 日南京《週末》報上發表《揭開魯迅先生死因之謎》，本是言之有據的知識性一類的小文章，算不了什麼，可是卻成為引發為「有礙中日友好」之大罪的文字，省文化廳當時領導居然作為政治問題，責令紀維周檢查。一向謹小慎微的紀老，嚇得吃不下、睡不安，以為大禍臨頭。南京日報社的張震麟（已故），也遭殃及，在報社坐了很長時間的冷板凳。其源由是中國人中一向不乏「左」棍之類的「權威」、

「專家」，把紀維周文章以小報告名義上報有關部門，而唯一的依據只是日本人在 6 月 4 日，6 月 16 日日本《朝日新聞》上，發表了不同意紀老觀點的文章。照說，一篇文章有人讀了同意其觀點，有人讀了反對其觀點，這乃再正常不過的事情了。可是，紀老這則文章居然在當時掀起了軒然大波，是人們始料未及的。其實，魯迅死因，我在小時候上中學便聽老師說他「死於肺結核」，而對日本醫生須藤誤診之說又不是紀維周最早持疑的，魯迅三弟周建人也作文表示過。

周正章是內科醫生，深諳醫道，且多年研究魯迅並佔有資料，有其研究魯迅病理病因之獨特優勢，因此到 2002 年初在廣州《魯迅世界》雜誌上發表了《魯迅先生死於須藤誤診誤治真相》，全文三萬多字。文章發表後立馬引起文學界及廣大讀者的高度關注，上海《文學報》以頭版頭條，南京《現代快報》以半版篇幅，分別報導了周正章先生之文章內容，還有不少省內外傳媒亦競相報導。江蘇省魯迅學會還在江蘇省電大，由錢旭初教授主持下舉行了研討會，包忠文會長（南京大學教授）、甘競存（南京師範大學教授）、劉福勤（江蘇省社會科學院研究員）、姜建（江蘇省社會科學院研究員）、江錫銓教授（江蘇省教育學院）、《魯迅世界》主編鄭心伶教授，一些學人先後踴躍發言，一致稱讚周正章文章的力度、厚度、深度。以我看，周正章這篇文字句句有力、字字擲地有聲，有理有據，說得當年為紀維周文章掀起大波的某「權威」啞口無言了，從此在魯研界一直持疑了幾十年包括魯迅家屬海嬰、周建人在內的諸位，總算從「真相」一文中得到了欣慰，從持疑中找到了答案。當時與會的紀維周老人十分欣喜，當年「大禍臨頭」的日子，雖早已成為了過去，但現在總算又從學術上「平反」；紀老今年九十開外，仍然健在。震麟兄與我是幾十年摯友，直到去世前半年還與我在交談中大罵北京那個所謂「權威」之趺扈囂張之嘴臉，而對「真相」一文的推崇，更不遺餘力。

法律界朋友常說，「辦案要辦成鐵案」。此話是說經得起時間考驗，不怕持疑人士反對，有理有據，決不是冤假錯案。周正章的文章，更

是讓反對者無話可說，無懈可擊。文章之後還刊印了南京胸科醫院院長、主任醫師談光新先生及南京醫科大學第二附屬醫院主任醫師楊志華先生兩位專家對周文的肯定。這樣一來，關於魯迅死因的真相，算是有了「鐵文」：魯迅因「自發性氣胸」一次「急症」狀態的發作，本可救治，竟因日本醫生須藤的誤診誤治而亡，須藤理應遭到遣責。在眾多事實面前，當年魯迅之死的「真相」，終暴露於光天化日之下，無可掩蓋了。說庸醫殺人不用刀，實不為過。

《胡風事件五十年祭》一文則是周正章《笑談俱往》中的另一篇重點文章，不可不讀，且要細讀。談到「胡風反革命集團」，人們如今都有共識，天下一大冤案。胡風的平反昭雪，胡風集團的平反昭雪，已是上個世紀的鐵的事實。

說句良心話，胡風獲「罪」的重要依據，乃是上書「三十萬言書」給毛澤東。但是除了毛澤東，胡風本人及高層少數人（包括周揚、胡喬木）又有幾個人看到過這「三十萬言書」呢？所以，我一直未曾有機會目睹過胡風寫了什麼內容的「三十萬言書」，故無從瞭解其「罪」何來。

直到認真拜讀了周正章先生大文之後，算是明白了個中原因，且不說別的，就憑胡風對毛澤東《在延安文藝座談會上的講話》非議一事，其「罪」即難逃也。毛澤東何許人也，且不說開國後的毛澤東已經當了「最高領導」，即或 1942 年在延安那塊紅色高原上也是「第一把手」或掌有「第一把手」之大權，在延安王實味的下場，誰人不知，誰人不曉？毛澤東一向不准任何人對他指手畫腳，說三道四，尤其開國之後，共和國大權握於毛澤東股掌之中，莫說後來對「第二把手」劉少奇的專橫迫害，在 1955 年治理一下你這個張光人（胡風）還不是一個指頭捻死一隻螞蟻一樣輕便！

1955 年反胡風時我已工作了六年，大體上記憶清楚，尤其是《人民日報》上發表以胡風及其友人的來往書信為內容的三批材料，即算公開了「胡風反革命集團罪行」。叫人看了心裏後怕，從此我切記了寫

信給朋友下筆要當心,「通信自由」是並不受法律保護的。二是當心舒蕪這號「朋友」,一個「猶大」的出現,將禍及終生。因為我不是「胡風分子」,所以也懶得多問多打聽了。直到 1957 年「大鳴大放」之後毛澤東拋出了「陽謀」,我在 55 萬多「右派分子」中占了一席,被「擴大化」進去了,繼而又升級為「現行反革命」,居然在溧陽社渚農場中認識了華田,這個「三批材料中掛上號的胡風分子」,之後平反歸城又認識了「三批材料中有名」的歐陽莊、化鐵及洪橋、曹明諸兄,這時我對胡案情況逐步有了較深層次的瞭解。

周正章先生秉著知識份子的良知、傳統道德及執著地對真理的追求,直率坦蕩,務實求真,大膽放言,擺事實講道理,把紛繁複雜的文壇舊事,逐步疏理清楚,以敏銳的觀察,細膩的剖析,犀利的筆鋒,並科學而思辯地寫出了文壇之今昔,胡案的來龍去脈,真可謂是十分清新、十分精闢、十分新鮮活潑的文字,令人看不釋手,愛不釋手。特別是對毛澤東這方面的分析,令人嘆服。

毛澤東之所以高度重視胡風一案,並親自執筆為《人民日報》寫「編者按」,並不在於胡風地位之高低,充其量是個文人,毛澤東眼睛中最不屑的便是知識份子,毛澤東之所以狠追猛打胡風,正如周正章在文章中所指出的那樣,乃是「在於他討厭胡對馬克思主義辭彙的「班門弄斧」,且在文學界又有一定影響力。毛就是要把胡認定為是披著馬克思主義外衣,反對馬克思主義的敵人。有了這只大口袋,不愁今後還會有地位更高、影響更大,人數更多的所謂反馬克思主義的敵人,……都要陸陸續續裝進這個碩大無比的口袋裏的;因為從內部挖掘政治上所謂「階級敵人」的資源,反過來說一批又一批給「敵對者」戴上反馬克思主義的帽子,以置於死地的策略與經驗,將成為今後繼續革命的主要方略與基本走向。」所以毛澤東抓住胡風集團不放,親自揮戈上陣,親臨第一線部署戰鬥,決非偶然!

對於這一點毛澤東即或在世也無法否認,每逢運動,必祭起胡案以開路。1957 年反右,1959 年盧山會議的反右傾機會主義,1966-1976

年的「文革」中的橫掃一切牛鬼蛇神，……包括鬥劉少奇、揪彭德懷，無不是裝在這個「碩大無比的口袋裏」的「階級敵人」，不過胡風算是在 1955 年「先行一步」罷了，這不能不是周正章文章的新鮮與獨到之處。所以著名文化界老前輩王元化先生（已逝）寫信稱道周正章文章時說：「你選用的角度是以往同類性質的文章所罕用的，胡風案件的發生是老人家經過積心處慮的考量所做出來的大政方針」，「我以為大作是深深理解這一點的，所以才不糾纏在三十年代的和個人的恩怨上面，這是您比許多人高明的地方。」（周正章書中刊有王元化先生信件）

王元化老先生的一錘定音，使周正章的《胡風事件五十年祭》一文的價值，更引發了世人的關注與重視。以筆者之見，周正章之文乃是近一二十年來在研究胡風及其集團的評論文字中，為敢於放言之首，引起學界的重視，乃名至實歸。

在該書中還有一篇重頭文章，是寫 1983 年馬克思逝世一百周年之際，中國發生了一場關於「人道主義和異化問題」的論爭，當時全國學界對此十分關注。而周正章先生在作文時，卻定題目為《話說「日丹諾夫情結」——周揚與胡喬木的 1983 裂變》，真可謂獨闢蹊徑。且說，日丹諾夫乃蘇俄掌控意識形態的最高長官，又有「文藝沙皇」之稱，為專橫獨斷而具有絕對權威的典型人物。書名既是「笑談俱往」，這個「笑談」用在當年周揚、胡喬木對日丹諾夫深入骨髓的崇拜與效仿上，是恰當的；當年即有他們互稱對方做報告的氣派，像日丹諾夫的傳言了。他們為爭奪話語權，一山容不得二虎而怒目相視的情景，真令人啼笑皆非。

作者周正章用這個標題，來寫「周揚與胡喬木的 1983 裂變」，很有寓意很有新意，且是評論家的可貴之神來之筆。

大家都清楚，周揚經過「無產階級文化大革命」的「戰鬥洗禮」後，對其過去「左」的錯誤做了真誠認真的反省，所以在「社會主義異化」問題上作文，當時反響極大，文藝界不少過去稱周揚為「左」棍子的，甚至挨過周揚整的人士，也對周揚這篇發難文章刮目相看，

重新認識周揚。所以，周正章在文中特別提到一個「細節」，1984 年12 月底在北京舉行的中國作家協會第四次代表大會上，當周揚賀電才讀了第一句「我因病請假，不能出席，預祝大會勝利成功！」會場上立刻爆發了暴風雨般掌聲，後來還有許多作家聯名致信慰問周揚同志，這足以證明在與胡喬木論爭中的周揚，雖敗猶榮；作家們以這種方式充分表明了自己的態度，也體現了民意。有的學者在評價周正章這篇力作時，搬出了鄧小平，因為鄧小平對周揚文章持異。中國政壇幾十年，實際上是「強人政治」，毛之後，鄧接班（鄧小平宣稱為「第二代領導人的核心」），一言九鼎。但筆者在此順便說兩句，在「實踐是檢驗真理的唯一標準」大討論時，人們批判了「兩個「凡是」」。應該說，「兩個「凡是」」不僅是對毛澤東而言，對誰也不可以按「兩個「凡是」」辦，對否？所以對胡、周的 1983 年之爭，還該經受實踐的檢驗。況且，理論學術之爭問題，不是足球賽，可由裁判的一錘定音，而應是經受歷史實踐的檢驗。

不管怎麼說，我在認真拜讀了三遍《話說「日丹諾夫情結」》文章後，非常欣賞周正章說的，「不必諱言，俄羅斯素有「北極熊」之稱，這個「北極熊」的負面特徵的絕對化、簡單化、粗笨化及其強烈的貪婪欲，從沙俄時代發展到史達林-日丹諾夫時代，可謂登峰造極；它不僅給世界，鄰邦中國，也給俄羅斯帶來了大災難。」儘管如此，學者周正章還是獨到地展現了未來，他說，「別了，那如同夢魘般的「日丹諾夫情結」，還有那蘇俄式的桎梏人性的專制主義、教條主義、本本主義，讓我們繼續踏著這些「鐵蒺藜」，走屬於自己的路罷，或許將會真的更美了！」

當然，書中還有不少珍品力作。諸如《魯迅、胡風和茅盾的一段交往》、《我觀阿壟〈南京血祭〉》、《緣何一篇散文塵封了半個世紀之久》、《吳奔星先生二三事》……等等，都還是須認真一讀的。特別對茅盾妻弟孔另境所寫的散文的評述，再現了毛澤東當年在廣東任國民黨宣傳部代部長一段生活瑣事情景，其文字，樸素真切，清新自然，

把中年時期的毛澤東、蕭楚女寫活了。毛澤東 1949 年掌權之後，可能是文人吹拍為多，頌贊之詞不絕於耳，那容得孔另境這樣的文字露頭呢！讀之，我以為，雖是一則小文章，卻寫出了大道理。當年「左聯」作家孔另境有知，當含笑於九泉了，舊作居然有人從「出土文物」中掏出重放新光……

　　周正章的《關於魯迅死因、毛羅對話等問題》、《魯迅話說：「假如活著會如何？」》兩篇文章，在那場「毛羅對話」論爭中，對魯迅活到 1949 年後的情況，將並不美妙的「假如」，都做了及時的呼應和很好的分析。從周海嬰先生最初披露「毛羅對話」後，震動了不少人士，有人居然攻擊周海嬰「胡說」，搞得沸沸揚揚。直到黃宗英站出來仗義直言，公佈了親耳所聞，並重刊了當年毛澤東會見文藝界人士羅稷南、黃宗英、趙丹等的新聞照片，及包括周正章文字在內的許多文字，對攻擊者迅速予以反擊，一陣世紀初的鼓噪，才終於銷聲匿跡。毛對魯的態度，當然是「根據鬥爭的需要」。毛澤東在延安對魯的評價極高，稱之為聖人，是神化魯迅的根源。不少魯迅研究者喜歡加以引用，可是，我在研究魯迅時，從來不用毛澤東的這段話，因為我堅信魯迅是人，不是神；是人，是偉人！

　　文章寫到這裏，也該收尾了。

　　我比周正章大整整十歲，但相比之下，垂垂老矣，笨拙愚鈍，寫不出他那樣閃耀「自由思想，獨立精神」的華彩的文章，既是讀者又是受益者，所以為之寫點箚記，記之以日後備考，也是應當的。我從書中感到，周正章作為一個普通知識份子，是本著應有的良知，高屋建瓴，直抒心見的，頗發人深省。故我用白居易詩句「松排山面千重翠　月點波心一顆珠」為題，乃讀周正章先生所贈之書，聊表寸心。此時我更想起了宋代名臣有言，「清心為治本，直道是身謀。秀幹終成棟，精鋼不作鉤」這四句詩，用在周正章身上似很貼切。我想，在中國會有更多更年輕的學人，以他們的睿智與膽識，來凝聚並表達歷史的訴求的；這也是一個老人的微薄願望。

語言文學類　PG0297

笑談俱往
——魯迅、胡風、周揚及其他

作　　者 / 周正章
主　　編 / 蔡登山
責任編輯 / 林世玲
圖文排版 / 鄭維心
封面設計 / 蕭玉蘋

發 行 人 / 宋政坤
法律顧問 / 毛國樑　律師
印製出版 / 秀威資訊科技股份有限公司
　　　　　114 台北市內湖區瑞光路 76 巷 65 號 1 樓
　　　　　電話：+886-2-2796-3638　傳真：+886-2-2796-1377
　　　　　http://www.showwe.com.tw
劃撥帳號 / 19563868　戶名：秀威資訊科技股份有限公司
　　　　　讀者服務信箱：service@showwe.com.tw
展售門市 / 國家書店（松江門市）
　　　　　104 台北市中山區松江路 209 號 1 樓
　　　　　電話：+886-2-2518-0207　傳真：+886-2-2518-0778
網路訂購 / 秀威網路書店：http://www.bodbooks.com.tw
　　　　　國家網路書店：http://www.govbooks.com.tw
圖書經銷 / 紅螞蟻圖書有限公司
　　　　　114 台北市內湖區舊宗路二段 121 巷 28、32 號 4 樓
　　　　　電話：+886-2-2795-3656　傳真：+886-2-2795-4100

2009 年 10 月 BOD 一版
2009 年 12 月 BOD 二版
2011 年 9 月 BOD 三版
定價：420 元

國家圖書館出版品預行編目

笑談俱往：魯迅、胡風、周揚及其他 / 周正章
著. -- 一版. -- 臺北市：秀威資訊科技 ，
2009.10
　　面 ； 　公分. -- (語言文學類 ；PG0297)
BOD 版
參考書目：面
ISBN 978-986-221-303-2 (平裝)

1. 中國當代文學　2. 中國文學史　3. 文學評論

820.908　　　　　　　　　　　98017451

讀者回函卡

感謝您購買本書，為提升服務品質，請填妥以下資料，將讀者回函卡直接寄回或傳真本公司，收到您的寶貴意見後，我們會收藏記錄及檢討，謝謝！如您需要了解本公司最新出版書目、購書優惠或企劃活動，歡迎您上網查詢或下載相關資料：http:// www.showwe.com.tw

您購買的書名：_____

出生日期：_____年_____月_____日

學歷：□高中 (含) 以下　　□大專　　□研究所 (含) 以上

職業：□製造業　□金融業　□資訊業　□軍警　□傳播業　□自由業
　　　□服務業　□公務員　□教職　　□學生　□家管　　□其它_____

購書地點：□網路書店　□實體書店　□書展　□郵購　□贈閱　□其他

您從何得知本書的消息？

　　□網路書店　□實體書店　□網路搜尋　□電子報　□書訊　□雜誌

　　□傳播媒體　□親友推薦　□網站推薦　□部落格　□其他_____

您對本書的評價：（請填代號　1.非常滿意　2.滿意　3.尚可　4.再改進）

　　封面設計____　版面編排____　內容____　文／譯筆____　價格____

讀完書後您覺得：

　　□很有收穫　□有收穫　□收穫不多　□沒收穫

對我們的建議：_____

_____

_____

_____

11466
台北市內湖區瑞光路 76 巷 65 號 1 樓

秀威資訊科技股份有限公司　　　　收

BOD 數位出版事業部

⋯⋯⋯⋯⋯⋯⋯⋯⋯⋯⋯⋯⋯⋯⋯⋯⋯⋯⋯⋯⋯⋯⋯⋯⋯⋯

（請沿線對折寄回，謝謝！）

姓　　名：＿＿＿＿＿＿＿＿　　年齡：＿＿＿＿　　性別：□女　□男

郵遞區號：□□□□□

地　　址：＿＿＿＿＿＿＿＿＿＿＿＿＿＿＿＿＿＿＿＿＿＿＿＿＿

聯絡電話：(日)＿＿＿＿＿＿＿＿＿＿　(夜)＿＿＿＿＿＿＿＿＿＿＿

E-mail：＿＿＿＿＿＿＿＿＿＿＿＿＿＿＿＿＿＿＿＿＿＿＿＿＿＿＿